시와 고사로 들려주는
그림이야기

시와 고사로 들려주는
그림이야기

권오향 지음

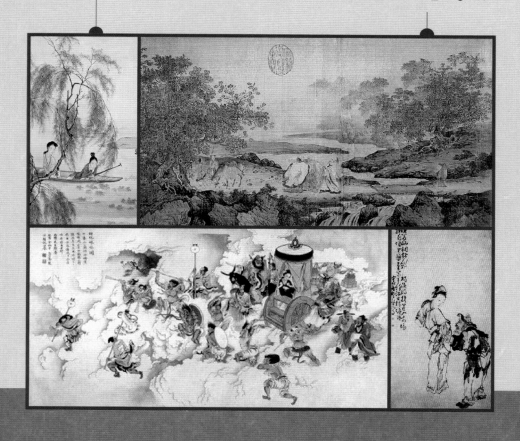

學古房

저자의 글

　고대인들은 문자가 있기 전에 그들의 삶을 그림으로 그려서 벽화로 남겼다. 그 후로 그림은 점점 쓰임의 폭이 넓어져서 사람들을 교화하고 인륜을 도우며 자연의 변화를 연구하고 삶의 이치를 찾아내는 등 다양한 역할을 담당했다. 또 그림은 사람다운 사람이 되는 기본 소양을 갖추는 도구였다. 그 때문에 지식인은 학문과 별도로 예술에도 능해야 했다.

　한漢(BC 202~220)나라에 전문적으로 그림을 그리는 화가가 있었다. 그들은 대부분 궁정에서 오늘날 사진이 해야 할 기록을 대신하는 그림을 그렸고 화가이기보다 순수한 그림쟁이였다. 위진魏晉(265~420) 시기에 정치와 동떨어진 지성인계층으로 사인士人들이 등장했고 그들 중에 그림을 그려 이름을 세상에 알리는 자도 나타났다. 그 대표적 인물이 고개지이다. 그는 실물 그림에다 정신의 경계를 두드러지게 하여 사진 역할의 그림을 예술로 승화시키는 전환점을 만들었다.

　당나라는 시·서·화 문화가 최고조에 이르러 작품을 이론화하기 시작했다. 그래서 시론詩論·문론文論·서론書論·화론畫論을 전문적으로 연구하는 인물이 등장하였다. 북송 시기에 사인士人이라 불리는 사대부 지식인들은 대부분 시, 서, 화에 정통했고 학문에도 뛰어나 사회·문화·정치의 지도자 역할을 담당했다. 그러다 남송 시기부터 직업 화가가 등장하여 화원에 들어가 관직을 가진 자도 있고 자유롭게 작품 활동만 하는 전문적 화가도 생겨났다.

한나라 때 장화가 지은 잠언箴言의 글을 토대로 고개지가 그림으로 그렸고 그 그림에 장화의 잠언시를 적었던 것에서 비롯하여 당나라 이후 본격적으로 제화시 題畵詩가 등장하게 되었다. 당시 화가들은 인물·산수·화훼花卉·초충草蟲 등의 그림을 그리고 화폭의 한쪽에 시를 적었다. 또 한 그림에 여러 문인이 각기 다른 시를 제화하기도 했다. 당대 이후 인물화에는 주로 역사에 등장하는 인물들의 고사를 그림으로 그렸고 그림에 제화 시를 써서 그 고사 이야기를 적었다. 고사는 역사에 존재하던 인물들의 이야기로 각종 경전이나 역사서, 고서에 적혀있는 전고를 바탕으로 시와 그림에 등장한다. 그림에 적힌 제화 시를 읽으면 그 시대의 인물들, 역사적 배경, 당대의 예술 풍조 등을 알 수 있다.

필자는 인물을 그린 그림 중에서 그림에 적힌 시를 직역에 가깝게 번역하고 그림이 주는 뜻을 읽어내는 작업을 하였다. 당나라 이후 좋은 그림은 많으나 그림에 제화시가 없거나 시는 남아있는데 그림이 전해 내려오지 않는 경우가 있어서 다양한 고사를 소개하지 못함이 아쉽고 또 미처 찾아내지 못해 놓친 작품이 있을듯하여 안타깝다. 이곳에 번역한 제화시는 『중국역대제화시선주』, 『역대최경전인물화』, 『중국역대제화시』, 『중국인물화통감』 등에서 자료를 찾았다. 또 이글에서 등장한 화가나 작가들, 고사에 등장하는 인물 이야기는 경전과 고서인 『서경잡기』, 『태평광기』, 『세설신어』, 『인물전』, 『역대명화기』, 『한서』, 『사기』, 바이두[百度], 『중국역대인명사전』, 『미술대사전(인명편)』 등에서 자료를 수집하였다.

필자가 전공하고 대학에서 학생들을 가르친 학문은 동양의 철학이다. 하지만 젊어서 서예와 문인화에 매료되어 거의 20여 년 이상 서화에 빠져 있었기 때문에 여행을 다니며 미술관과 박물관 관람에 부지런히 발품을 팔았고 화가들의 작품집을 열심히 사들였다. 특히 중국의 시·서·화에 매료되었다. 오래전 필자가 중국 호남성 학술답사를 하던 중 빈객으로 우리 일행과 함께 여행했던 기태완 교수님과 인연이 되어 10여 년이 넘게 『시경』, 『초사』, 〈한부〉, 위진남북조와 당송의 시, 명청의 시 외에 『고문관지』, 『다경』 등의 명문장과 시문학 공부에 매진했고 아울러 방학마다 중국 곳곳에 시화에 관련된 장소와 인물들의 현장을 찾아다녔다.

또 다년간 예술철학을 전공한 최성애 박사, 이용희 박사와 함께 다양한 미학 서적들을 함께 공부하며 미학에 관심이 더욱 커졌다. 오래전 기태완 교수님의 권유로 중국 역대 명화名畫 중에서 시가 적힌 그림을 찾아 시를 번역하고 인물화, 화조화, 산수화로 구분해 두었다. 하지만 철학서를 내느라 오래 미루었다가 이번에 시 이야기, 작가·화가 이야기, 고사 이야기 등을 곁들여 인물편을 『시와 고사로 들려주는 그림 이야기』라는 제목을 붙여 출간하게 되었다. 수년간 시를 읽고 새길 수 있도록 지도해주신 기태완 교수님과 시를 함께 읽어준 이종숙 박사와 차명희 박사, 이해경 선생에게도 감사드린다.

락지재樂知齋에서 해여海餘

목차

쉽게 읽는 시와 그림 이야기 ·· 400

청清

고대 화가들을 보다

중국에서 그림을 그리기 시작한 것은 고대 헌원軒轅[1]시대부터이다. 헌원시대는 사황史皇[2]이 그림을 잘 그렸다. 그는 중국 역사상 최초의 화가라 할 수 있으며 주나라에 화가 봉막封膜, 전국시대 제 나라에 경군敬君, 진나라 열예烈裔가 그림을 잘 그렸다고 『역대명화기』에서 전한다.

전한 시대에 6명의 화가가 있었다. 갈홍의 『서경잡기』에 '원제의 후궁을 그린 모연수毛延壽가 인물을 잘 그렸고 진창陳敞, 유백劉白, 공관龔寬은 말 그림을 잘 그렸고 양망陽望과 번육樊育은 채색을 잘 했다.'라고 한다. 잠시 쉬어가며 모연수 이야기를 소개한다.

모연수는 한나라 원제의 '궁인 인물화'를 그렸다. 원제는 후궁이 워낙 많아서 모연수에게 그녀들을 그리게 하고 그 그림을 펼쳐보며 밤마다 아름다운 여인을 품었다고 한다. 그래서 후궁들이 저마다 자신을 잘 그려달라고 뇌물을 바쳤다. 그중 왕소군은 워낙 출중한 미인이라 자신감에 뇌물을 주지 않아 모연수가 그녀를 가장 못생기게 그렸다. 원제 시기 한이 흉노족에게 화해를 요구하자 흉노가 전리품으로 황제의 후궁을 요구했다. 원제는 모연수가 그린 그림에서 가장 못생긴 왕소군을 주겠다고 했고, 흉노족 선우가 그녀를 데리러 한 왕실까지 직접 왔다. 왕이 그녀를 왕실로 불렀는데 뜻밖에 그녀는 너무나 아름다웠다. 원제는 후회했지만 이미 늦었다. 결국, 왕소군은 흉노의 선우

1) 헌원시대 : 중국 고대에는 삼황오제가 있었다. 헌원은 오제 중 황제이다. 헌원의 언덕에서 살았기 때문에 헌원이라 불렀다. 염제를 무찌르고 또 치우의 반란을 평정하였다.
2) 사황은 창힐이다. 황제의 신하로 그림을 잘 그렸고 최초로 문자를 발명한 사람이다.

를 따라 북으로 가고 모연수는 죽임을 당한다. 당대 뛰어난 화가였던 그는
부를 축적하려다가 결국 죽임을 면치 못했다.

후한 시대에도 6명의 화가가 있었다. 범엽의 『후한서』에 '조기趙岐, 유포劉褒, 채
옹蔡邕, 장형張衡, 유단, 양노가 그림을 잘 그렸다.'라고 하였고 『역대명화기』에 위
魏나라 화가는 4명을 소개하고 있다. 위 4대 황제 폐제廢帝 조모3)가 글씨와 그림에
뛰어났고 조식4)의 측근이던 양수, 환범桓範, 서막徐邈이 그림을 잘 그렸다고 한다.
전한 시대에서 위나라까지 화가들은 궁정 화가들이었다. 삼국의 오나라에는 조불
흥曹不興의 용 그림이 일품이었으며 오왕 손권의 조부인이 그림과 글씨에 뛰어나
궁궐에서 그녀를 기절奇絶이라 불렀다고 한다. 촉나라에서는 제갈량諸葛亮과 그 아
들 제갈첨諸葛瞻이 서화에 뛰어났다.

진晉나라는 화가들의 그림이 오묘해지기 시작했고 남북조시대에도 뛰어난 화가
가 등장하였다. 『역대명화기』에 진나라 화가 23인을 소개했다. 사마의 아들 명제
사마소가 예술정신이 뛰어났고 순욱, 장묵은 골법을 버리고 정밀한 영혼을 취하여
그림이 오묘한 신의 경지에 이르렀다고 한다. 진의 대표적 화가는 자가 호두虎頭인
고개지顧愷之이다. 고개지는 전신사조傳神寫照의 화풍을 세웠으며 재주와 기예가
많고 그림에 뛰어나 당시 사람들은 고개지를 재절才絶·치절癡絶·화절畵絶의 삼절
이라 불렀다. 고개지 이야기는 본문에 소개되어 있다.
『역대명화기』에 남조 송의 화가 28명이 이름을 올렸고, 남조 제나라 화가가 28
명, 양나라의 화가는 20명이 이름을 올렸으며 양나라 장승요張僧繇와 송의 육탐미
陸探微가 고개지의 전신사조를 이었다.

. . . .
3) 조모는 조조曹操의 증손자이자 고조 조비曹丕의 손자이고 조예의 이복동생 조림曹霖의 아들이
   다. 조예 사후 황제 조방이 사마사에게 폐위된 후, 공경들과 상의한 사마사에 의해 황제로 옹립
   되었다.
4) 조식은 조조의 아들이고 고조 조비의 동생이다.

16

주周나라, 위진魏晉의 시풍詩風을 엿보다

주나라 문학의 풍은 『시경詩經』으로부터 시작된다. 『시경』은 서주西周 초기(B.C. 11세기)부터 춘추시대 중기(B.C. 6세기)까지 전승된 시가 실려 있으며, 고대 중국의 풍토와 사회를 배경으로 살아가는 사람들의 생활을 노래한 가장 오래된 시가집이다. 『시경』에 수록된 시의 양식은 풍風, 아雅, 송頌이다.

풍風은 초기에는 신내림의 종교적 가요를 말했으나 나중에 지방의 풍습이나 사람들의 생활 감정을 노래하는 민요적 시로 변화하였다. 아雅는 가면을 쓰고 춤을 추면서 조상의 공덕을 노래하는 서사적인 시를 말한다. 씨족 집단의 결속을 강화하는 목적으로 만들어졌으나, 나중에 궁정과 귀족사회에서 벌어지던 향연에서 아악으로 불리게 되었다. 송頌은 조상의 공덕을 가무로 재현하는 서사적 시를 말한다. 이때는 시가 음악의 가사가 되고 음악이 만들어지면 춤이 만들어져 시와 악무는 늘 하나가 되었다.

전국시대(BC403~BC221) 초나라의 시풍은 전한前漢의 유향이 굴원·송옥 등 초나라와 한 초기 사람들의 사詞와 부賦를 모아 엮은 『초사楚辭』에 잘 드러나 있다. 『초사』는 초나라 지방의 문학 양식·방언·음운을 사용했고, 또 그 지방의 풍물을 많이 묘사하여 짙은 지방색채를 띠고 있으며 사와 부의 형태를 지녀 시구의 길이가 한결같지 않다. 『초사』는 옛 무덤에서 초백서楚帛書5)에 적힌 것이 발견되었는데, 이때부터 비단에 글을 쓰고 그림을 그려 넣었음을 잘 알 수 있다. 굴원의 〈이소離騷〉는 충신의 근심과 한탄을 소재로 하지만 서정적이고 낭만적인 성격을 지닌다. 〈구가九歌〉는 신화에 등장하는 고사나 인간의 사랑을 나누는 내용 등을 남겨두었다.

....
5) 초백서楚帛書는 초나라 비단에 적은 글이다. 비단에 초서가 적힌 것이 무덤에서 발견되었으나 누구의 무덤인지는 분명하지 않다.

이 두 작품은 초의 문학을 대표하며 후대 많은 문인이 그들의 글을 가차하거나 화가들이 그 내용을 그림으로 그렸다. 굴원의 뒤를 이은 초나라 송옥은 〈고당부〉와 〈신녀부〉를 지어 후에 위나라 조식이 지은 〈낙신부〉의 전고가 되었다. 굴원과 송옥의 이야기는 본문 '고사 이야기'에 소개되어 있다.

한대漢代에는 시詩나 사詞보다 부賦를 많이 지었는데 위魏나라 조조, 조식, 조비의 삼조三趙와 서진西晉의 건안칠자建安七子6)가 활발하게 시를 짓기 시작했다. 그들은 대부분 사대부 출신이었고 그들의 글은 현실과 상호 작용하여 솔직했으며 수식이 화려했다. 이러한 시풍은 궁정문학의 흐름이 되었다. 위진 교체기에는 죽림칠현竹林七賢7)이 등장하여 사인士人들의 심미 취향이 이전과 다르게 드러난다. 혜강과 완적 등은 궁정이 아닌 곳에서 술을 마시며 청담을 나누고 시를 읊으며 금琴을 연주했는데 너무나 낭만적이고 자유 분망하여 특별한 정취가 있었다. 이들의 시풍은 마치 장자의 자유와 굴원의 낭만을 합해놓은 듯하다.

사인 미학은 동진東晉의 왕희지와 사령운, 도연명에 이르러 다양해졌다. 왕희지의 곡수유상曲水流觴 놀이와 계회를 통한 즐거움, 사령운과 도연명의 산수 자연의 즐거움이 문학의 풍이 되었고 동진의 사안謝安을 주인공으로 그려진 《동산휴기도東山攜妓圖》나 《죽림칠현도竹林七賢圖》를 보면 화단畫壇의 자유분방한 풍을 엿볼 수 있다.

....

6) 건안칠자建安七子는 후한 말의 관리이자 7인의 문학가들이다. 건안은 후한의 마지막 14대 헌제獻帝의 연호이다. 칠자는 공융孔融, 진림陳琳, 왕찬王粲, 완우阮瑀, 유정劉楨, 서간徐幹, 응창應瑒 등 7인이다. 한나라 때 유행했던 부賦 대신 오언시의 발전에 공헌했다.

7) 죽림칠현竹林七賢은 진晉나라 초기에 유교의 형식주의보다 노장의 무위사상을 중시하여 죽림에서 청담清談을 나누며 자유롭게 지내던 일곱 명의 선비를 말한다. 칠현은 완적阮籍, 완함阮咸, 혜강嵇康, 산도山濤, 상수尚秀, 유영劉伶, 왕융王戎이다.

《낙신부도洛神賦圖》

[동진東晉] 고개지顧愷之

고개지가 《조식의 낙신부를 그린 그림》에 적다

黃初三年 황초삼년	황초 3년
餘朝京師 여조경사	나는 입조 후
還濟洛川 환제락천	돌아가는 길에 낙천을 지나게 되었다.
古人有言 고인유언	옛사람이 말하길
斯水之神 사수지신	그 강에는 신이 있는데
名曰宓妃 명왈복비	이름이 복비라고 한다.

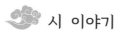 시 이야기

그림에 글을 적는 것을 제화題畫라고 한다. 고개지가 그린 《낙신부도》에는 조식의 〈낙신부〉 머리글을 제화하였다. 내용은 '조식이 위나라 건국 초 3년 되던 해에 조정에 들어갔다가 고향인 견성鄄城으로 돌아가는 길에 낙수를 지나게 되었다. 낙수에 신선이 있는데 그 이름을 복비라고 한다.'이다. 이 글은 옛적 전국시대 초楚나라 송옥宋玉이 양왕襄王에게 바친 〈고당부高堂賦〉에서 이곳에서 만났던 조운朝雲이란 이름을 가진 무산신녀巫山神女에 대해 말한 것을 가차하여 무산신녀를 복비로 적었다. 조식은 위魏의 황제이며 형인 조비의 아내 문소황후를 남몰래 연모하였다 한다. 이 시에서 복비는 문소황후를 빗댄 것이다. 아래에 그녀에 대한 고사가 적혀있다.

《낙신부도洛神賦圖》

동진의 고개지가 위魏나라 건안 시기 조조의 아들 조식이 지은 〈낙신부〉의 내용을 사건의 전개에 따라 연환화連環畵의 형식으로 그린 산수 인물화이다.《낙신부도》는 조식曹植이 낙수洛水의 선녀 복비宓妃와 사랑에 빠졌다가 결국 헤어진다는 내용의 그림이며, 조식이 지은 〈낙신부〉의 마지막 부분을 그림으로 묘사한 것이다. 그림은 북경의 고궁박물원, 심양의 요녕성 박물관에 모본이 전해지며, 미국 워싱턴의 프리어갤러리와 대만 타이베이의 고궁박물관에는 모본의 일부가 소장되어 있다.

송옥宋玉

초나라 송옥은 굴원의 제자로 초사의 후계자이다. 사마천의 『사기·굴원열전屈原列傳』에 '굴원이 죽고 난 뒤에 초나라에는 굴원의 제자로 송옥, 당륵唐勒, 경차景差가 있었는데, 모두 사辭를 잘 지었고 부賦로도 이름이 났다.'라고 하였다. 송옥이 전국시대 초 양왕에게 바친 〈고당부〉에서 무산신녀巫山神女에 대해 말을 전했던 것을 후한 말 조식이 〈낙신부〉를 지어 유명한 고사가 되었다. 작품으로 〈고당부〉, 〈신녀부〉가 있다.

〈낙신부洛神賦〉 마지막 부분　조식曹植

感宋玉 감송옥	송옥이
對楚王神女之事 대초왕신녀지사	초왕과 신녀의 일에 대해 느끼는 바가 있어,
遂作斯賦其辭曰 수작사부기사왈	이에 부를 쓴다. 부에서 말하기를
(중략)	
遺情想象 유정상상	그녀에게 남은 정을 상상하며
顧望懷愁 고망회수	돌아보며 탄식하네

冀靈體之復形 기령체지복형	신령한 몸의 형태 되찾기 바라며
御輕舟而上溯 어경주이상소	작은 배 몰아 강을 거슬러 오르네
浮長川而忘反 부장천이망반	장강에 떠 있으며 돌아감을 잊고
思綿綿而增慕 사면면이증모	생각이 이어져 그리움을 더하네

夜耿耿而不寐 야경경이불매	밤에도 잊지 못하여 잠들지 못하더니
露露霜而至曙 점로상이지서	이슬에 젖으며 새벽이 되었네
命僕夫而就駕 명복부이취가	마부에게 명하여 수레를 내게 하여
吾將歸乎東路 오장귀호동로	나는 동쪽 길로 돌아가리

攬騑轡以抗策 남비비이항책	말고삐 잡고 채찍 들었으나
悵盤桓而不能去 창반환이부능거	서운하여 갈 수가 없네

〈낙신부洛神賦〉의 마지막 부분에서 그녀는 복비宓妃이지만, 실제는 형 조비의 아내 문소황후이다. 조식은 그녀를 그리워하며 잠 못 이루다가 마침내 떠나가며 아쉬운 마음을 적었다.

 ## 고사 이야기

무산신녀巫山神女

전국시대 초나라 회왕懷王이 운몽雲夢(지금의 동정호) 호수에 놀러 나간 적이 있었다. 좀 피곤해 잠시 낮잠에 빠졌는데 꿈속에서 아리따운 선녀가 나타나 말했다. "저는 무산에 사는 조운朝雲이라는 여자인데 왕께서 오셨다기에 일부러 찾아왔습니다. 하룻밤만 모시고 싶습니다."하여 왕은 그녀와 하룻밤을 지냈다. 꿈속에서 정을 나눈 왕에게 여인은 떠나면서 말한다. "저는 아침에는 구름이 되고朝雲, 저녁에는 비가 되어夕雨, 아침저녁으로 양대陽臺 아래에 있을 것입니다." 왕이 다음 날 아침에 보니 여인의 말대로 구름이 걸려 있어 그곳에 묘당을 짓고 조운묘朝雲廟라 하였다. 그 후 조운은 무산신녀로 불리고 남녀의 정사를 운우지정雲雨之情이라 부르게 되었다.

삼조三曹와 문소황후文昭皇後

삼조는 후한 말 조조曹操와 두 아들 조비曹丕, 조식 삼부자를 말한다. 이들은 삼국시대의 건안칠자와 더불어 문학의 천재로 불렸다. 조조는 셋째 아들인 조식의 글 재주를 아껴 총애했고 조식은 〈동작대부銅雀臺賦〉를 지어 부친에게 바쳤다. 형 조비가 위나라 황제가 되어 동생을 경계하여 죽이려고 하자 조식은 〈칠보시七步詩〉를 지어 위기를 모면했다. 그가 지은 〈낙신부〉에서 낙수의 여신 복비를 우연히 만나 그녀의 미모를 읊었는데, 이는 형수가 되는 조비의 아내 문소황후를 남몰래 연모하여 그녀를 복비로 설정하여 작품화한 것으로 전한다.

문소왕후 견희甄姬(183~221)는 삼국시대 위魏의 초대 황제인 조비가 황제에 오르자 황후가 되었다. 그녀는 원래 원소袁紹의 차남 원희袁熙의 아내였다. 조조가 기주冀州를 공격했을 때 조조의 큰아들 조비는 먼저 원소의 저택을 기습했고 그때 견부인을 본 뒤 바로 데리고 가서 아내로 삼아 아들 조예와 딸 동향공주를 낳았다. 그러나 조비의 총애는 점차 희미해지고 관심이 곽귀인, 이귀인, 음귀인 등에게로 옮겨갔다. 이에 견황후는 조비에게 원망의 말을 했고 그 때문에 조비는 황초黃初 2년 그녀에게 자결을 명했다. 조비의 아들 조예曹叡는 2대 황제로 즉위한 후 어머니 견황후의 명예를 회복시켰다.

고개지 《낙신부도洛神賦圖》 북경 고궁박물원 소장

《열녀인지도列女仁智圖》

[동진] 고개지

《어질고 지혜로운 여인을 가르치고자 그린 그림》

衛靈夜坐 위령야좌	위령공이 밤에 앉아있고
夫人與存 부인여존	부인이 함께 있네
有車轔轔 유거린린	수레 소리 덜컹덜컹
中止闕門 중지궐문	궐문에서 소리를 멈추었네
夫人知之 부인지지	부인이 그를 알고 있으니
必伯玉焉 필백옥언	분명 거백옥이리라
維知識賢 유지식현	오직 현자를 분별할 줄 알아서
問之信然 문지신연	물어보면 믿을만했네

 시 이야기

춘추시대 위衛나라 제후 영공靈公이 부인 남자南子와 술을 마시고 있고 궐문 밖에 말을 내리는 재상이 있었다. 부인은 그가 거백옥蘧伯玉 임을 바로 알아차렸다. 충신인 거백옥은 지혜롭고 겸손하여 늦은 밤에도 궁의 문 앞에 도달하면 반드시 말에서 내려 왕에 대한 경의를 표했다. 부인은 그의 예의 바른 거동으로 궐문에서 말 내리는 소리만 듣고도 거백옥이 온 것임을 알아차렸다고 한다.

《열녀도列女圖》

《열녀도》는 서한의 유학자 광록대부光祿大夫 유향劉向(BC77~BC6)이 지은 『열녀전列女傳』에 등장하는 여성들을 소재로 그린 그림이다. 『열녀전』에는 고대 중국 여인들에게 교훈을 주기 위해서 실제 인물들의 행실을 적고 있어 인물 그림의 전고典故가 되었다. 『한서·유향전』에 유향이 열녀로 소개하는 사람은 모두 어진 왕비[賢妃]와 정숙한 부녀자[貞婦]이며 나라를 흥하게 하고 가정을 드러내게 한 부녀자들의 올바른 행동을 적었다. 100여 명의 부인이 등장하고 품행의 분야별로 「모의전母儀傳」, 「현명전賢明傳」, 「인지전仁智傳」, 「정순전貞順傳」, 「절의전節義傳」, 「변통전變通傳」, 「얼패전孽嬖傳」으로 분류하여 적었는데 6권은 미덕이고 마지막 한 권은 반면을 적어 교훈으로 삼아 깨우치고자 했다. 《열녀도》는 동진 시기 화가 고개지 외에도 진명제晉明帝 사마소司馬紹(300~326)와 그의 스승이며 참모였던 왕이王廙(275~322)가 그렸고, 유송劉宋 시기 사치謝稚, 복도흥濮道興, 남제南齊의 진공은陳公恩, 왕전王殿 등도 그렸다.

《열녀인지도列女仁智圖》

고개지의 그림으로 15개의 고사와 49명의 여인이 등장하나 현존하는 그림에는 초 무의 부인 등만楚武鄧曼, 허나라 목공의 부인許穆夫人, 조나라 희부기의 아내 曹僖負羈妻, 손숙오의 모친孫叔敖母, 진나라 백종의 아내晉伯宗妻, 위나라 영공의 부인衛靈公夫人, 노나라 칠실마을의 여인魯漆室女, 진나라 양설자의 아내 숙희晉羊叔姬의 8개 고사를 그린 《열녀인지도列女仁智圖》만 남아있다.

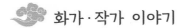

화가 · 작가 이야기

고개지顧愷之, 344~406

동진의 화가이다. 호는 호두虎頭이며 강소성 무석 사람이다. 강남 명문 호족 출신으로 그림뿐만 아니라 재주와 기예가 많고, 시부詩賦와 서법書法에도 우수했으며 박학다식했다. 특히 그의 그림은 대단히 오묘했다. 『세설신어』에 사안이 고개지에게 "그대의 그림은 인간이 생겨난 이래로 일찍이 없었다."라고 했다. 또 당시 사람들이 그를 일러 화절畫絕·재절才絕·치절癡絕의 삼절三絕이라 칭했다. 그는 중국 미술의 기틀을 닦은 화가로 인물, 동물, 풍경화 등 다양하게 잘 그렸고 특히 인물화에 뛰어났다. 그는 형태를 그리는 형사形似보다 정신을 그림에 불어넣는 신사神似를 중시하였다. 작품은 《낙신부도》, 《열녀도》, 《여사잠도권》이 남아있다.

고사 이야기

위령공과 남자南子

위령공은 공자와 같은 시대에 살았기에 『논어』에 「위령공」편이 있다. 공자의 영공에 대한 평가는 그리 좋지 않았으며 그의 가족들도 많은 문제를 일으킨다. 영공의 부인 남자南子는 음란하고 부도덕한 여자로 알려져 있다. 위령공의 전 부인 소생인 태자 괴외蒯聵가 이를 수치스럽게 여겨 새어머니 남자를 죽이려다 발각되어 진晉나라로 망명하게 된다. 위령공이 죽은 뒤 새어머니 남자는 괴외의 아들인 첩輒에게 왕위를 승계한다. 그가 위출공衛出公이다. 망명 중이던 괴외가 아들이 왕이 되자 몰래 나라 안으로 잠입하여 위출공을 쫓아내고 제후의 자리에 오르니 그가 곧 위장공衛莊公이다. 부도덕한 부모, 모자 살해, 부자 왕위쟁탈 등 요즈음의 막장 드라마 이야기와 다르지 않다.

공자와 남자南子의 만남

『사기·공자세가』에 '공자가 거백옥의 집에 머물렀다. 위령공의 부인 남자가 사람을 보내 공자를 만나고 싶다고 전했다. 공자가 들어가 북쪽을 향해 절을 하자 부인도 휘장 안에서 답례했는데 그녀 허리에 찬 구슬 장식이 맑고 아름다운 소리를 냈다.'라고 적혀있다. 『논어·옹야』에 '공자가 남자의 부름을 받고 만나러 가려고 하자 제자 자로가 좋아하지 않았다. 공자가 맹세하며 말하기를 "내가 부도덕한 짓을 한다면 하늘이 나를 버릴 것이다. 하늘이 나를 버릴 것이다."라고 하고는 그녀를 만났다.'라고 한다. 남자는 음란하다고 평판이 나서 실상은 공자도 만나고 싶지 않았을 것이다.

재상 거백옥蘧伯玉

거백옥은 공자가 존경했던 인물로 춘추시대 위나라 대부였다. 성은 거이고 이름은 원이며 백옥은 자이다. 『논어·헌문』에 거백옥의 심부름으로 사자使者가 공자를 만나러 와서 공자 "선생님께서 무엇을 하시냐?" 하고 물으니 대답하기를, "선생께서는 자신의 허물을 줄이고자 노력하는데 아직 잘 안되시는 것 같다."라고 대답했다. 「위령공」에 공자가 그를 칭찬하기를, "군자로다! 거백옥이여. 나라에 질서[道]가 있으면 벼슬을 하고 나라에 질서[道]가 없으면 그만두는구나."라고 하였다. 『장자·칙양』에 영공이 어느 날 밤에 부인과 함께 앉아있는데, 덜컹덜컹 수레 소리가 들렸다. 대궐에 이르러 멎었다가 대궐을 지나면서 다시 소리가 들렸다. 영공이 부인에게 물었다. "누구인지 아시오?" 부인이 말했다. "거백옥입니다." 영공이 말했다. "어떻게 아시오?" 부인이 말했다. "거백옥은 공의 궁궐 문 앞에서 말을 내려서 예를 표한다고 합니다."라고 하였다. 거백옥은 예의 바르고 세상을 사는 모범 답안을 가진 자로 평가되었다.

고개지 《열녀인지도列女仁智圖》 북경 고궁박물원 소장

고개지 《여사잠도女史箴圖》 1[1]

[동진] 장화張華

고개지가 그린《여인들 경계하기 위한 그림》1

玄熊攀檻 현웅반함	검은 곰이 우리를 벗어나니
馮媛趨進 풍원추진	풍첩여가 달려 나아가네
夫豈無畏 부기무외	어찌 두려움이 없었겠는가
知死不殺 지사불살	죽는 것이 죽임을 당하지 않는다고 알았다네

 시 이야기

그림에서 한나라 원제가 좌우에 여인 셋과 함께 작은 평상에 앉아있고 수비병 둘이서 창을 들고 곰을 위협하고 있으며 한 여인이 곰에게 달려나가고 있다. 시에서 말하기를 "곰이 우리를 탈출하여 왕이 위험에 처하자 왕 옆에 앉아있던 풍첩여가 곰에게로 달려들었다. 그녀도 분명히 곰을 두렵게 여겼지만 일단 자기가 곰의 먹이가 되면 곰은 다른 사냥감을 노리지 않을 것이기에 왕을 살릴 수 있다는 생각에 두려움을 무릅쓰고 달려나간 것이다."라고 했다. 이는 비빈들에게 충성하는 방법을 가르치고 있다.

1 〈여사잠女史箴〉은 진晉나라 문인 장화張華가 역대 현명한 연인들을 기록된 글에서 뽑
아서 적은 글이다. 장화는 이 글을 통해 궁정 부녀자들을 교육하고자 했다. '여사女史'
는 궁정 부녀자들을 가리키고 '잠箴'은 경계하여 규범으로 삼는다는 뜻을 지녔다. 《여
사잠도》는 장화가 지은 〈여사잠〉을 고개지가 그림으로 그린 것이다.

참고

풍첩여馮婕妤

풍첩여는 전한 원제(BC49~BC33)의 비빈으로 좌장군 풍봉세의 딸이다. 원제가
궁궐 동산에 행차하여 후궁들과 함께 짐승들의 싸움을 구경하던 중 그중 곰 한
마리가 울타리를 벗어나 황제가 있는 전각 위에 오르자 주위 사람들은 모두 도망
치고 오직 귀비 풍첩여만 남아 곰과 마주했다. 병사들이 곰을 죽이고 나서 원제
가 풍첩여에게 혼자 몸으로 곰을 막아선 이유를 물으니 그녀가 대답하기를 "곰
은 원래 먹이를 잡으면 거기서 멈추기 때문에, 자신을 해치면 다시 왕을 해치지
않을 것입니다."라고 대답했다. 왕은 그 일 후로 풍첩여를 총애하였다. 그녀는
BC6년 평제平帝가 즉위한 뒤 주술로 부태후와 황제를 저주했다는 모함을 받아
자살했다.

 작가 이야기

장화張華, 232~300

서진西晉의 화가이며 문장가이고 범양範陽 방성方城 사람으로 자는 무선茂先이
다. 완적阮籍에게 박학하고 문장을 잘 쓰는 재능을 인정받아 위魏나라에서 중서랑
에 올랐고, 진무제晉武帝 때 산기상시散騎常侍를 지냈다. 양호羊祜와 오吳나라를

멸망시킬 계책을 세워 오나라 멸망에 공을 세워 광무현후光武縣侯에 봉해졌고 혜제惠帝 때 태자의 스승인 태자소보太子小傅가 되었다. 시부 작품에 〈초료부鷦鷯賦〉, 〈여사잠女史箴〉, 〈잡시雜詩〉, 〈정시情詩〉, 〈여지시勵志詩〉가 있다. 백과사전인 『박물지博物志』를 저술했고, 시문집 『장사공집張司空集』이 있다.

 ## 고사 이야기

'호두虎頭삼절'의 고사가 있다. 호두는 동진 화가 고개지의 호이며 화절畵絶·재절才絶·치절癡絶의 삼절三絶을 갖추었다고 알려진 동진의 화가이다. 진나라 인물을 묘사하고 품평하는 저서인 『세설신어』에 고개지가 초상화를 그린 후 몇 년 동안 눈을 그리지 않자 사람들이 이유를 물었다. 그가 대답하기를, "사지의 형체가 아름답고 추한 것은 본디 작품의 오묘한 점과는 무관하니, 정신을 밖으로 전하여 비치는 것을 그리는 것은 바로 눈동자에 있습니다."라고 했다. 364년 동진 건강(지금의 남경)에 신축된 절의 벽에 《유마힐상》을 그리고 마지막 눈동자는 그리지 않다가 후에 그리는 모습을 신도들에게 보여주고 시주를 모았다는 일화도 있다. 고개지 이전 화가들은 그림에 형태나 골격을 중시하였으나 그로부터 이후로는 신神의 묘사가 중요시되었다. 전신傳神이라는 용어는 고개지로부터 생긴 말이다. 그는 전신론과 '이형사신以形寫神'의 이론을 세웠고 그 이론은 중국 최초의 화론으로 인정받고 있다. 호두재절·호두화절·호두치절의 고사 이야기를 보자.

호두재절虎頭才絕

재절은 재기才氣가 뛰어나다는 뜻이다. 그는 위진의 명신 배해裵楷에게 초상화를 그려주었는데 뺨 위에 세 가닥의 털을 덧그렸다. 그리고 설명하기를 "배해는 명철하여 식견이 있다. 이 세 가닥의 털이 식견의 상징이다."라고 하였다. 감상자가 이 그림을 자세히 보면 정신이 매우 뛰어남을 바로 느낄 것이다. 사람들이 그의 재기를 칭찬하여 재절才絕이라 불렀다.

태수 은중감殷仲堪에게 그림을 그려주려 했으나, 은중감이 눈병으로 고사하자, 고개지는 그의 걱정을 알고 "밝은 부분이 바로 눈과 귀가 되니, 만약 태수의 아픈 눈동자를 명확하게 그리고 다시 비백飛白의 필법으로 그 위를 스쳐 지나가게 한다면 마치 가벼운 구름이 달을 가리는 것과 같게 될 것입니다."라고 하였다. 그의 관찰력과 미적 감각이 비범하였다. 이 역시 정신을 표현하는 재기를 볼 수 있는 일화이다.

호두화절虎頭畵絕

대화 4년(서기 369), 고개지는 환온桓溫을 따라 호북성 강릉현江陵縣을 순시하였다. 크고 작은 화려한 관선들이 장강을 따라 물을 거슬러 올라간다. 가장 큰 배 한 척에 환온과 많은 막료, 빈객들이 타서 양 해안의 풍경을 감상하였다. 넓은 강 위에 많은 작은 배들이 먼 곳의 풍파 속에서 출몰하고, 흰 물새 몇 마리가 수면을 스치며 세찬 파도가 배에 맞닥뜨려 하얀 물보라가 되었다. 환온은 이런 경치를 보며 마음이 후련해졌고, 다른 사람들이 이 풍경을 보고 무슨 말을 할지 궁금했다. 그를 따르는 사람들은 그의 마음을 알아차리고, 한 명씩 그의 곁으로 모여들었으나 오직 고개지 한 사람만은 배 옆에 기대어 산과 물 그리고 주변 경치를 바라보고만 있었다.

배는 이미 강릉에서 멀지 않은 강 나루에 이르렀고, 환온은 이곳이 매우 익숙하였으나 고개지는 처음 이곳을 찾았다. 환온이 과거 촉을 벌할 때 강릉에 주둔하였고 그때 강릉성을 쌓았다. 그는 그 당시 강릉성의 모습과 번창한 시가지를 떠올리고 북쪽을 바라보았다. 그곳에서 지금쯤 강릉성이 나타나야 하는데 아무것도 보이지 않았다. 그는 갑자기 "누가 강릉성을 보았느냐"라고 물었다. 배 안의 모든 사람이 한 방향으로 눈을 돌려 바라보았는데 아득한 강 위에 연파만 보이고, 성곽의 그림자도 전혀 보이지 않아, 아무 대답도 하지 못했다. 환온은 연이어 세 번을 물었는데 대답이 없자 흥이 깨져 큰소리로 "강릉성을 가장 먼저 본 자에게 상을 내리겠다!"라고 말했다. 이 말을 듣고 뱃전을 바라보고 있던 고개지는 슬그머니 웃으며 "제가 보았습니다."라고 말했다. 환온이 그의 시선을 따라 바라보니 하늘과 물이 연결되어 있었다. 석양이 기울어 빛이 강물을 금빛으로 비추는데 강릉성이 어디에 있다는 말인가? 사람들이 웅성웅성하며 "왜 우리는 안 보이지?"라고 말했다.

고개지는 미소 지으며 "여러분들은 당연히 안 보이지요. 나는 평소 그림 그리는 것을 좋아했고, 늘 여러 가지 사물을 주의 깊게 관찰해 자연스레 좋은 안목을 익혔습니다."라고 말했다. 모두 그의 설명을 듣고, 비록 반신반의하기는 했지만, 어떤 반론할 빈틈을 찾아낼 수 없었다. 환온은 고개지 곁으로 다가가 그가 가리키는 방향을 보았다. 그러나 성곽은 보이지 않았다. 환온은 고개지가 강릉에 가본 적이 없고 강릉성의 모습을 결코 알지 못할 것이라는 생각이 들어 잠시 고개지를 쳐다보았다. 고개지는 당황하지 않고 정숙한 자세를 취하며, 일부러 눈을 가늘게 뜨고 먼 곳을 바라보다가 "보세요 저 멀리 겹겹이 쌓아 올린 성벽이 높이 있지요. 성 위의 붉은 건물들은 햇빛을 받아 마치 붉은 노을빛과 같습니다."하였다. 모두 그곳을 바라보았는데 석양에 비친 하늘가에 붉은 노을이 유난히 아름답게 칠해져 있었으나 아무리 보아도 성곽은 보이지 않았다. 누구라도 그곳이 바로 강릉성이 나타나야 할 곳이라는 것을 알고 있었지만 만일 남들이 다 보이는데 나만 못 보면 비웃음을 당할까 하여 모두 아무 말 없이 고개만 끄덕였다. 그래서 사람들이 고개지를 화절畵絕이라고 불렀다

호두치절虎頭癡絕

치절의 치癡는 대단히 어리석다거나 미치광이의 뜻이다. 『진서晉書』에 따르면 고개지는 권신 환온의 아들 환현에게 많은 그림을 잠시 맡겼다. 모두 오묘한 작품으로 진귀하고 은밀하게 수장한 것들이어서 상자를 봉하고 그 위에 뜯지 말라는

글을 썼다. 그러나 환현은 몰래 상자 뒤편을 열어 그림만 훔치고 다시 잘 봉하여 빈 궤를 돌려줬다고 한다. 고개지는 그림을 훔쳐갔다고 의심하지 않고 상자의 봉제가 원래대로 되어있는데 그림만 잃어버리자 '그림이 오묘하게 귀신과 함께 날아가 버렸다. 이는 인간이 신선이 되어 올라간 것과 같다.'라고 하며 이상한 기색을 전혀 보이지 않았다. 사람들이 고개지를 어리석다고 치절癡絶이라고 불렀다.

고개지는 또 이웃의 한 여인을 좋아하여 벽면에 그 여인의 모습을 그렸다. 어느 날 벽에 못을 박았는데 그녀의 가슴에 못이 박혔다. 그러자 그 이웃의 여인은 고개지에게 가슴에 통증이 심하다고 말했다. 고개지가 그 말을 듣고 방으로 달려가 그림에서 못을 빼내니 바로 여인은 가슴의 통증이 사라졌다고 한다. 이 일로 사람들은 그를 마치 미치광이 같다고 하였다.

고개지 《여사잠도女史箴圖》 런던 대영박물관 소장

고개지 《여사잠도女史箴圖》 2

[동진] 장화

고개지가 그린 《여인들 경계하기 위한 그림》 2

班婕有辭 반첩유사   반첩여가 수레를 타기를 사양하여
割歡同輦 할환동련   왕과 같이 수레 타는 기쁨을 베어내었네
夫豈不懷 부기불회   어찌 마음에 없었겠는가
防微慮遠 방미려원   작은 것을 막아서 먼 것을 생각한 것이겠지

 시 이야기

한나라 성제가 자신의 연輦 옆을 걸어가고 있는 반첩여에게 연에 오르라고 제안하였으나 그녀는 사양한다. 그녀 역시 왕의 총애를 받고 같이 연에 오르고 싶었지만, 자기 일신의 기쁨보다 왕의 여성 편력으로 나라가 망할 수도 있음을 잘 알고 있기에 본심과는 다르게 사양한 것이다. 이것은 작은 자기의 기쁨보다 나라의 안위를 먼저 생각한 충심이며 성제에게 성군이 되어야 한다고 알리는 무언의 호소이다.

반염의 가문

반염의 가문은 학자 집안이었다. 반고와 반표는 한나라 역사가이다. 중국 청나라 때 『사기史記』에서 『명사明史』까지 정사正史인 흠정 24사欽定 二十四史를 편찬하였다. 흠정 24사 중 사마천司馬遷의 『사기』를 이은 역사서가 바로 반고의 『한서漢書』이다. 『한서』는 반고의 부친 반표가 저술하기 시작하여 반고가 집필을 계속하다 마무리를 남기고 죽음을 맞게 되어 여동생 반소에게 완성하라고 유언을 남겼다. 반소는 오빠가 남긴 자료를 정리하고 검증하여 「8표八表」와 「천문지」를 완성하였다. 『한서』는 반씨 집안에서 40년에 걸쳐 마무리된 역사서이다. 성제의 후궁이던 반염은 반표의 고모이다.

 고사 이야기

할환동련割歡同輦

할환동련은 반첩여의 고사로 '황제와 연輦에 같이 타는 기쁨을 베어내다.'라는 뜻의 고사이다. 연은 황제가 타는 가마이다. 한나라 반첩여의 이름은 반염班恬으로 반황班況의 딸이며, 반표班彪의 고모이고, 반고班固, 반초班超, 반소班昭의 고모할머니이다. 이들은 모두 당대에 글을 잘 써서 유명했던 인물들이다. 반씨는 처음에 입궁하여 소사少使에 머물다가 총애를 받아 첩여婕妤에 책봉되었다. 첩여는 한漢나라 때 여관女官의 호칭이다.

『한서·외척전』에 다음과 같이 적혀있다.

하루는 성제成帝(BC51~BC7)가 궁궐 뒤에 있는 정원에서 유람하다가 반첩여가 지나가는 것을 보고 연輦에 같이 타자고 말했다. 그러자 반첩여가 말하기를, "옛날 그림을 보건대, 성현이 된 임금은 모두 옆에 명 대신이 있었고 삼대三代의 말기에 나라를 망하게 한 임금 옆에는 늘 총애하는 여자가 있었으니, 제가 황제와 더불어 수레를 타면 이러함이 없겠습니까?"라고 하며 황제의 연에 함께 타고 싶은 마음을 스스로 잘라냈다.

반첩여는 초기에는 매우 총애 받는 후궁이었고 이 일 이후로 성제는 그녀를 더욱 아꼈다. 하지만 젊고 아름다운 조비연趙飛燕과 그 여동생이 후비로 입궁하면서 그녀는 점점 총애를 잃게 되고 결국 조비연 자매에게 모함을 받게 된다. 그녀는 장신궁長信宮의 태후太后를 봉양하겠다는 이유를 들어 스스로 천자天子의 곁을 떠났다.

훗날 반첩여는 홀로 한 성제의 능묘를 지키며 그를 추억하는 것으로 일생을 보냈다고 한다. 그녀는 비록 황제의 사랑을 오랫동안 받지는 못했으나 시를 잘 지어 후대의 많은 시인과 문인들에게 사랑받는 시인으로 기억되고 있다. 〈원가행怨歌行〉을 지어 자신의 처지를 여름 한 철에만 중히 여겨지는 부채에 비유했다.

〈원가행怨歌行〉	반염
新裂齊紈素 신열제환소	새로 자른 제 나라 흰 비단
皎潔如霜雪 교결여상설	희고 깨끗하기가 서리와 눈 같네
裁爲合歡扇 재위합환선	재단하여 합환 부채 만드니
團圓似明月 단원사명월	둥글기는 밝은 달 같네
出入君懷袖 출입군회수	임의 품안과 소매 속을 드나들며
動搖微風發 동요미풍발	요동쳐 산들바람 일으키네
常恐秋節至 상공추절지	늘 가을이 되면
凉飇奪炎熱 양표탈염열	가을바람 불어 더위와 열 빼앗을까 두렵네
棄捐篋笥中 기연협사중	부채가 대 상자 속에 버려지는 것은
恩情中道絶 은정중도절	임의 정이 중도에 끊어지는 것이라네

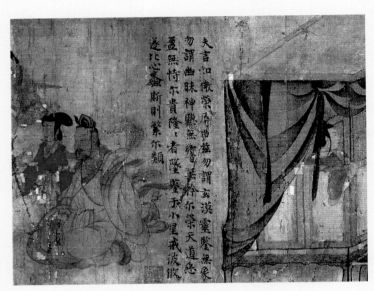

고개지 《여사잠도女史箴圖》 런던 대영박물관 소장

고개지 《여사잠도女史箴圖》 3

[동진] 장화

고개지가 그린 《여인들 경계하기 위한 그림》 3

人鹹知修其容 인함지수기용　사람은 모두 자기 용모를 가꿀 줄 아는데
莫知飾其性 막지식기성　　자기 본성을 가꿀 줄 모르네
性之不飾 성지불식　　　본성이 가꾸어지지 않아서
或愆禮正 혹건례정　　　혹자는 예의 바름을 어그러지게 하네
斧之藻之 부지조지　　　깎아내고 꾸며서
克念作聖 극념작성　　　능히 성인 되는 것을 생각해야지

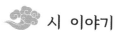 시 이야기

　사람들은 매일 자기의 용모를 가꾸면서 자신의 덕은 가꾸지 않아 예의가 부족하다. 누구나 본성을 수양하여 성인이 될 수 있으니 본성 가꾸기를 외모 가꾸듯 하라는 철학적 의미를 시에 담았다. 맹자가 자기 본성은 원래 선한데 욕망에 이끌려 좋은 본성을 잃어버리는 것이니 의로운 일을 많이 행하여 본래 하늘로부터 받은 선한 본성을 되찾아야 한다고 가르친다. 시인은 맹자의 가르침을 여인들의 미모 관리에 빗대어 적었다.

고개지《여사잠도女史箴圖》런던 대영박물관 소장

당나라 시와 그림의 풍風을 엿보다

수나라는 불교를 숭상했지만, 민간에서 도교가 난립하였다. 그래서 당나라는 건국과 함께 도교를 국가 주도적 관방 도교로 숭상하며 불교와 도교로 사회 통합을 이루고자 했다. 그러나 사상적 자유를 구속하지 않아 유학자도 많았다. 결국, 나라 전체에 유·불·도 삼교가 병행하게 되었고 이는 당나라 문화예술 발전에 크나큰 공헌을 하게 되었다. 두보杜甫(712~770)나 한유韓愈(768~824)와 같이 유교를 숭상하는 문장가도 있었고 이백李白(701~762)이나 오도자吳道子(680~758)처럼 도가적 자유를 표현한 예술가도 있었으며 왕유王維(699~759)와 장언원張彦遠(815~879) 같은 선도禪道를 표방한 예술가가 있었다. 중당의 사인인 백거이白居易(772~846)는 도심에 살면서 작은 인공적 원림으로 대자연의 산수를 대신하여 정신적 자유를 즐긴 시인이다. 그는 자신의 〈중은〉 시에서 중은의 장점을 밝혔다. 사상적 자유는 결국 당나라의 문학을 최고조에 달하게 했으며 많은 시인을 배출하였다.

남송의 엄우는 『당시비평』에서 당나라 시문학을 중심으로 당을 넷으로 나누어 그들을 비평하였다. 그 넷은 초당初唐, 성당盛唐, 중당中唐, 만당晚唐이다. 당나라 문학은 시가 주를 이루어 많은 시인이 등장하고 주옥같은 작품들이 남아 전한다. 초당은 현종 즉위 전 100년간을 말하며 왕발王勃·양형楊炯·노조린盧照鄰·낙빈왕駱賓王의 초당사걸이 있었고 문학이 가장 전성기를 이룬 시기인 성당은 시문학이

41

가장 융성했던 시기로, 현종 개원開元 원년(713)에서 숙종 상원上元 2년(761)에 이르는 48년간이다. 성당 전기에는 이백李白, 후기에는 두보杜甫가 맹활약하였고, 대표적 시인에 맹호연孟浩然, 왕유王維, 고적高適, 왕창령王昌齡 등이 있다. 그들 중 이백은 풍류와 쾌락을 노래하는 시를 특색으로 하여 시인 중의 신선[詩仙]이 되었고 두보는 민중을 대변하여 현실의 부조리에 대한 저항의 노래를 지어 시인 중 성인[詩聖]이 되었다. 왕유는 불교적 색채를 띤 글을 많이 지어 시인 중 부처[詩佛]가 되었다.

중당은 대력大曆(766~779)부터 태화太和(827~835)에 이르는 약 70년간으로 안사의 난을 겪을 무렵이다. 중당 초기에는 위응물韋應物·유장경劉長卿 및 대력십재사大曆十才士 등이 이름을 날렸으며, 원화元和 연간에 한유韓愈·유종원柳宗元·원진元稹·백거이白居易 등 거장을 배출하여 고시古詩가 번창했다. 만당은 문종 개성開成(836~840) 연간에서 말기까지 약 70년간이며 내우외환이 심각해진 시기이다. 두목杜牧·이상은李商隱이 대표적 시인이다. 만당의 시는 사랑 이야기를 다루는 등 감상적이고 퇴폐적 경향도 있었다. 청나라 강희제의 칙령으로 편찬한 전 900권의 『전당시』에 당나라 작가 2,200여 명, 시 4만 8,900여 수가 수록되어 있다.

그림에서는, 장언원의 화론인 『역대명화기』에 당나라 전기 화가는 128명을 꼽고 후기 화가는 79명을 꼽았다. 특히 당나라에는 화론을 지은 인물이 많이 나와 성당 시기에는 화가들 작품의 격格을 품품으로 평가하였다. 한 예로 황휴복黃休復의 『익주명화록益州名畫錄』에서 신품神品, 묘품妙品, 능품能品, 일품逸品의 사격四格으로 품평하였다. 이때는 일품이 가장 하품이었으나 주경현의 『당조명화록』에서는 일품을 제일 으뜸 작품으로 올렸다. 당의 화가 중 전기에 가장 많이 상품上品으로 등장한 화가가 이사진과 염립덕·염립본 형제이며 그들은 주로 인물을 특징을 잡아 정밀하게 그렸다. 다만 작품에 제화 시를 적지 않아 이 책에 소개하지 못해 못내 아쉽다.

그 뒤 백대화성百代畫聖으로 불리는 오도자는 장승요의 화법을 이어 사찰에서 벽화를 많이 그렸다. 그가 선을 이용하여 《지옥변상도地獄變相圖》를 그렸는데 당시 장안 백성들은 그림 속 지옥 모습을 보고서 두려워 벌벌 떨었다고 전한다. 『당조명화록唐朝名畫錄』에 이런 기록이 있다.

　　　일찍이 경운사 노승이 하는 말을 들으니 오도자가 《지옥변상도》를 그리고
　　　나서 도성에서 도축하고 물고기를 잡거나 술을 파는 자들이 죄짓는 게 두려
　　　워 업종을 바꾸는 자가 더러 있었고 모두 선善을 닦았다.

선으로만 그린 그림이 실제의 일처럼 느껴져 죄지은 백성들이 그림을 보고 반성하고 착하게 살아야겠다고 마음먹었다 하니 얼마나 생동감 있게 그렸는지 알 수 있다. 그는 술을 좋아하였고 붓을 휘두르며 자신만의 새로운 화풍을 개척하였는데 그의 그림은 신품神品에 올려졌다. 오도자는 시선인 이백과 글씨의 장욱과 함께 호방하고 자유분방한 예술의 경계에 있었기에 당삼절唐三絶이라고 일컬어졌다.

산수화는 위언과 왕유가 잘 그렸다. 왕유는 실경산수화 같은 완성된 그림은 오히려 부족하다고 여겼다. 실질적 완성보다 본질적 완성을 추구하여 풍경을 세밀하게 그리지 않았다. 북송의 소동파가 당의 왕유 그림과 시를 보고 "그림에 시가 있고畵中有詩 시에 그림이 있다詩中有畵."라고 말했듯이 왕유의 전원 산수 그림을 보면 내면에 품고 있는 것이 많아 저절로 시를 짓게 하고 그의 시를 읽으면 풍광이 한 폭의 그림이 되어 눈 앞에 펼쳐진다. 명나라 동기창董其昌(1555~1636)은 왕유의 산수화풍을 남종화의 조종祖宗이라고 했다. 남종화는 왕유를 이어 북송의 소식과 황정견, 남송의 마원과 하규를 거쳐 원 사대가가 전성기를 이루면서 사대부들이 그리는 문인화가 되어 명대 동기창과 심주 등 오파에게 전해졌고 조선에서도 사대부들이 문인화를 즐겨 그렸다.

43

실경산수화를 새로운 화풍으로 마련한 화가는 이사훈(651~716)과 이소도(670~730) 부자이다. 그들은 청록으로 채색하여 '청록산수화'의 풍을 이루었다. 주방(558)과 장훤(618~907)은 궁정화가로 궁중의 풍속과 인물을 그렸는데 특히 사녀들이 일하는 모습을 주로 그렸다. 또 조패(704?~770?)와 한간(701~761)은 말 그림을 잘 그려 황제와 대신들의 사랑을 듬뿍 받았다.

《단청인丹靑引》[1] 증조장군패

[당唐] 두보杜甫

《단청인 그림》을 조패 장군에게 드리다

將軍魏武之子孫 장군위무지자손[2]　장군은 위무제의 자손인데

於今爲庶爲淸門 우금위서위청문　지금은 서민이 되어 청빈한 가문 되었네

英雄割據雖已矣 영웅할거수이의　영웅 할거하던 시대는 이미 끝났지만

文采風流今尙存 문채풍류금상존　문체와 풍류는 지금 여전히 남아있네.

學書初學衛夫人 학서초학위부인[3]　글씨공부는 처음 위부인을 배웠는데

但恨無過王右軍 단한무과왕우군[4]　다만 왕우군을 넘지 못한 것이 한스럽네

丹靑不知老將至 단청부지노장지　그림 그리다 늙음에 이르는 줄도 몰랐고

富貴於我如浮雲 부귀어아여부운[5]　부귀는 나에게 뜬구름 같았다네.

開元之中常引見 개원지중상인견[6]　개원 연간에 황제를 항상 뵙게 되니

承恩數上南熏殿 승은수상남훈전[7]　은혜 입어 여러 번 남훈전에 올랐네.

凌煙功臣少顔色 능연공신소안색[8]　능연각의 공신상 그림이 얼굴빛이 바래어

將軍下筆開生面 장군하필개생면　장군이 붓을 대니 얼굴빛이 살아났네.

良相頭上進賢冠 양상두상진현관[9]　훌륭한 재상의 머리에 진현관을 올렸고

猛將腰間大羽箭 맹장요간대우전　용맹한 장군의 허리춤에 대우전을 끼었네.

褒公鄂公毛髮動 포공악공모발동[10]　포공과 악공의 머리털이 일어나고

英姿颯爽來酣戰 영자삽상래감전　영웅의 자태는 늠름하여 한창 싸우다 온 듯.

先帝天馬玉花驄 선제천마옥화총[11]　선제가 타던 천마 옥화총 그림은

畫工如山貌不同 화공여산모부동　화공들이 산 같이 많아도 그린 모습이 다르네.

是日牽來赤墀下 시일견래적지하　이날 붉은 계단 아래로 천마를 끌고 와서

逈立閶闔生長風 형립창합생장풍[12]　멀리 궁문 앞에 세우니 긴 바람 일어났네.

詔謂將軍拂絹素 조위장군불견소　장군에게 명을 내려 흰 비단 펼치게 하니

意匠慘澹經營中 의장참담경영중[13]　어떻게 그릴까 고심하며 구상하더니

斯須九重眞龍出 사수구중진룡출　이 순간에 궁궐에 진짜 용이 그려내어서

一洗萬古凡馬空 일세만고범마공　만고의 평범한 말 한 번에 씻어 없앴네.

玉花卻在御榻上 옥화각재어탑상　옥화총이 도리어 어탑위에 있게 되니

榻上庭前屹相向 탑상정전흘상향　어탑 위와 뜰 앞에 우뚝 서로 마주했네.

至尊含笑催賜金 지존함소최사금　지존이 웃음 머금고 금을 하사하라 재촉하니

圉人太僕皆惆悵 어인태복개추창[14]　마부와 태복관 모두 슬퍼하였네.

弟子韓幹早入室 제자한간조입실[15]　제자인 한간도 일찍 입실의 경지에 들어

亦能畫馬窮殊相 역능화마궁수상　또 말을 잘 그려 다양한 모습 다 그려내었으나

幹惟畫肉不畫骨 간유화육불화골　한간은 살만 그리고 뼈는 그리지 않았으니

忍使驊騮氣凋喪 인사화류기조상[16]　화류마의 기상을 시들고 상하게 하였다네

將軍畫善蓋有神 장군화선개유신　장군은 참으로 잘 그려 신묘함이 있는 듯하니

必逢佳士亦寫眞 필봉가사역사진　반드시 훌륭한 선비 만나면 참모습 그렸는데

卽今漂泊幹戈際 즉금표박간과제　지금 전쟁 중에 떠도니

屢貌尋常行路人 누모심상행로인　길가는 보통 사람들 자주 그리네

塗窮反遭俗眼白 도궁반조속안백[17]　곤궁하여 도리어 사람들에게 백안시당하니

46

世上未有如公貧 세상미유여공빈　　세상에는 공처럼 가난한 이도 없다네

但看古來盛名下 단간고래성명하　　다만 보건대 예부터 성대한 명성 아래에는

終日坎壈纏其身 종일감람전기신[18]　오랫동안 곤궁함이 그 몸 휘감는다네.

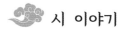 시 이야기

　광덕廣德 2년(764) 두보가 성도成都에서 조패장군이 그린 《단청인》 그림에 제화한 시이다. 조패장군은 조조의 후손으로, 글씨는 왕희지 스승이던 위부인의 글씨를 익혔다. 두보는 시에 '조패는 능연각凌煙閣의 공신 상과 황제의 말을 잘 그렸는데, 그린 말들은 모두 신마였으며 마치 실제 말이 흰 비단을 뚫고 나올 것 같다.'라고 평했다. 당시 말을 그린 화가가 많았어도 조패를 따를 자는 없었다. 그는 재상들의 초상도 그려주고 많은 재물을 받아 부귀와 명예를 다 누렸으나 전쟁이 나자 길에서 떠돌며 보통 사람들 초상을 그려주고 끼니를 연명하며 빈곤하게 살아야 했다. 조패의 《단청인》은 전하지 않는다. 하지만 후대 말 그리는 화가들은 두보의 〈단청인〉 시 때문에 《단청인》 그림을 많이 그렸다. 이곳에는 한간이 그린 《단청인》을 실어두었다.

주

1 단청인丹靑引에서 단청丹靑은 그림이고 인引은 악곡의 일종이다.

2 위무魏武는 위무제魏武帝 조조曹操를 말한다. 장남 조비가 위魏 왕조를 세운 후 그의 아버지 조조를 태조 무제로 추대하였다.

3 위부인衛夫人은 진晉나라 여류 서예가로, 이름은 삭鑠이고 자는 무의茂漪이며 이구李矩의 처이다. 서예에 뛰어났는데, 종요種繇로부터 서법書法을 배웠고 왕희지王羲之를 어릴 때부터 가르쳤다. 조패는 그녀에게서 직접 배우지는 않았고 그녀의 필체를 배웠다.

4 왕우군王右軍은 왕희지王羲之이다. 동진東晉의 명필가이며 관직이 우군장군右軍將軍이다. 서예는 위부인에게 배웠다.

5 부귀어아여부운富貴於我如浮雲은 『논어·술이』에 '거친 밥을 먹고 물을 마시며 팔을 굽혀 베고 누워도 즐거움이 또한 그 가운데 있으니, 의롭지 못하면서 부유하고 귀함은 나에게 뜬구름과 같다.飯疏食飮水, 曲肱而枕之, 樂亦在其中矣, 不義而富且貴, 於我如浮雲.'에서 가져온 글이다.

6 인견引見은 신하들이 황제를 뵙는 것이다.

7 남훈전南熏殿은 흥경궁興慶宮 안에 있는 내전內殿이다.

8 능연각凌煙閣은 당 태종唐太宗 정관 17년(643) 공신 24명의 초상을 그려 걸어두고 기념하던 전각殿閣이다.

9 진현관進賢冠은 옛날 유학자들이 황제를 뵈러 조정에 들어갈 때 쓰던 관모이다.

10 대우전大羽箭은 당 태종이 특별히 제조한 네 막대에 깃털을 꽂은 긴 화살을 말한다.

11 포공褒公은 충장공忠壯公으로 능연각凌煙閣 공신상 가운데 제10열에 있으며, 악공鄂公은 위지공尉遲恭으로 자는 경덕敬德인데 능연각凌煙閣 공신상 가운데 제7열에 있다. 둘 다 맹장猛將으로 알려져 있다.

12 옥화총玉花驄은 선제 현종이 타던 준마로 총驄은 청백색靑白色의 말을 가리킨다.

13 창합閶闔은 신화나 전설 중의 하늘의 문이거나 왕궁王宮의 정문이다.

14 의장意匠은 구상이나 디자인을 뜻한다. 화가가 그림 그리는 것을 장인(匠人)이 마음을 쓰며 구상하는 것에 비유한 것이다.

15 태복관太僕官은 궁중의 말과 수레를 관장하는 벼슬 이름이다.

16 한간韓幹은 당대唐代의 화가로 대량大粱(지금의 개봉)사람이다. 소년 시절 왕유王維로부터 그림 재주가 있음을 인정받았다. 처음에는 조패에게 그림을 배우고, 나중에 독자적인 화풍을 만들었다. 천보 연간에 궁정화가가 되었다. 인물화를 잘 그렸으며 특히 안마도鞍馬圖에 뛰어났다.

17 화류驊騮는 원래 주周나라 목왕穆王이 타던 팔준마八駿馬 중의 하나이다. 화류는 검정 갈기에 검정 꼬리를 한 붉은 말이며 좋은 말이라는 뜻도 지녔다. 『목천자전穆天子傳』에 '팔준마는 적기赤驥, 도려盜驪, 백의白義, 유륜逾輪, 산자山子, 거황渠黃, 화류驊騮, 녹이綠耳이다.'라고 하였다.

18 안백眼白은 경시하여 가볍게 본다는 뜻이다. 죽림칠현竹林七賢의 한 사람인 완적阮籍이 속된 사람을 만나면 눈의 흰자위를 보이며 무시하는 모습을 보였는데 이를 백안白眼이라 하고, 의기투합하는 사람을 만나면 검은 눈동자로 대하여 반가운 뜻을 보였는데 이를 청안靑眼이라 했다. 다른 사람을 무시한다는 의미로 '백안시하다'라고 쓴다.

19 감람坎壈은 순조롭지 않은 일을 당하여 곤궁困窮한 것이다.

48

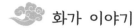 화가 이야기

조패曹霸

당나라 화가로 안휘성 초군譙郡 사람이다. 위 4대 황제 폐제 조모曹髦의 후손이다. 그는 가학家學을 이어서 말 그림에 뛰어났으며, 초상화에도 능력이 출중하여 현종玄宗 개원開元 연간에 이미 명성을 떨쳤다. 천보天寶 연간 말에 능연각凌煙閣 공신상功臣像을 보수하였는데 그때 조패도 참가하여 공신들의 초상을 그렸다. 그림에서 채색이 마치 살아있는 듯했다. 두보가 시를 지어 그를 알렸으나 조패의《단청인》그림이 전해지지 않는다.

 작가 이야기

두보杜甫, 712~770

성당盛唐의 시인으로 시성詩聖으로 불렸다. 자는 자미子美이고, 호는 소릉少陵이며 하남성 공현鞏縣에서 태어났다. 먼 조상은 진대晉代의 위인 두예杜預이고, 조부는 초당初唐 시인 두심언杜審言이다. 소년 시절부터 시를 잘 지었으나 과거에는 급제하지 못하였고, 전국 각지를 돌아다니며 이백·고적高適 등과 교유했다. 이백李白과 병칭하여 이두李杜라고 일컫는다.

44세에 안녹산安祿山의 난이 일어나 적군에게 포로가 되어 장안에 연금된 지 1년 만에 탈출하였고 현종 이후 즉위한 숙종에게 나아갔다. 그 때문에 좌습유左拾遺의 관직에 오르게 되었다. 관군이 장안을 회복하자 돌아와 조정에 출사하였으나 1년 만에 화주華州의 지방관으로 좌천되었으며, 다시 1년 만에 기내畿內 일대의 대기근을 만나 48세에 관직을 버리고 처자와 함께 감숙성 진주秦州와 동곡同穀을 거쳐 사천성 성도成都 근교 완화계浣花溪에다 완화초당浣花草堂을 세우고 여생을 보냈다.

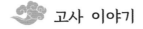 고사 이야기

천리마

천리마는 하루에 천 리를 달릴 수 있는 아주 빠르고 좋은 명마를 말한다. 고대 주周나라 목왕이 천리마를 구하기 위해 곤륜산에서 서왕모를 만났다는 이야기도 있다. 목왕의 팔준八駿은 이미 경이로운 속도를 자랑하는 명마였다. 한무제는 부하 이광리 장군에게 천금을 주고 서역으로 가서 명마名馬를 얻어오게 했고, 또 세상에서 가장 빨리 달리는 한혈마汗血馬를 구하겠다고 흉노와 맺은 조약을 파기하고 전면적 전쟁을 시작했다고 한다. 한나라 왕릉에서 하늘을 나는 제비보다 빠른 말이라는 뜻의 '마답비연馬踏飛燕'의 청동상이 출토되었는데, 무제가 가장 가지고 싶었던 명마였다고 한다.

또 알려진 천리마로는 여포가 적진으로 돌진했던 적토마이다. 당시에는 천하제일 장군은 여포이고 천하제일 말은 적토마赤土馬라고 하였다. 여포가 조조에게 패해 죽임을 당하자 적토마는 조조의 손에 들어갔고 조조는 관우를 자기편으로 만들기 위해 적토마를 주고 회유하였다고 한다. 적토마는 무제가 찾던 한혈마의 한 종류로 붉은 땀을 흘린다는 말이다.

또 당 태종 이세민이 타던 육준마六駿馬가 유명하다. 육준마는 이세민과 전쟁터를 누비며 생사를 같이했다. 그가 태종이 되어 당시 화가 염립본에게 육준마를 그리게 하여 소릉에 육준마의 부조가 세워져 있다. 육준마의 이름은 백제오白蹄烏, 특륵표特勒驃, 삽로자颯露紫, 청추青騅, 십벌적什伐赤, 권모왜拳毛騧이다. 그 외 당 현종의 조야백照夜白과 옥화총玉花驄, 곽자의 장군의 사자화獅子花, 항우의 오추마 烏騅馬 등이 천리마이다.

韋諷錄事宅觀曹將軍《화마도畫馬圖》[1]

[당] 두보

위풍록사댁의 조장군이 그린 《말 그림》을 보고

國初已來畫鞍馬	국초이래화안마	개국한 이래 안장을 한 말을 그렸는데
神妙獨數江都王	신묘독수강도왕[2]	신묘하기로는 오직 강도왕을 꼽는다네
將軍得名三十載	장군득명삼십재[3]	조장군이 이름 얻은 지 30년
人間又見眞乘黃	인간우견진승황[4]	세상에서 또 진짜 승황을 보게 되었네
曾貌先帝照夜白	증모선제조야백[5]	일찍이 선제의 조야백을 그렸는데
龍池十日飛霹靂	용지십일비벽력[6]	용지에서 나와 열흘 동안 벽력같이 날았지
內府殷紅瑪瑙盤	내부은홍마노반[7]	황실 창고의 짙은 홍색의 마노반을
婕妤傳詔才人索	첩여전조재인색[8]	첩여가 어명 전해 재인에게 찾아오게 하니
盤賜將軍拜舞歸	반사장군배무귀[9]	마노반을 받은 장군은 배무하고 돌아가는데
輕紈細綺相追飛	경환세기상추비	가볍고 가는 비단들이 서로 좇으며 날아드네
貴戚權門得筆跡	귀척권문득필적	귀척과 권문 세도가들 그의 그림 얻고서야
始覺屛障生光輝	시각병장생광휘	비로소 병풍에서 빛이 나는 것을 알았네
昔日太宗拳毛䯄	석일태종권모왜[10]	옛날 태종의 준마 권모왜
近時郭家獅子花	근시곽가사자화[11]	근래 곽씨 집의 명마 사자화
今之新圖有二馬	금지신도유이마	지금 새 그림에 이 두 마리 말이 있으니

復令識者久嘆嗟 부령식자구탄차　다시 식견 있는 자들 오래 감탄하게 하네

此皆騎戰一敵萬 차개기전일적만　이들 모두 기마전서 한 마리가 만을 무찌르니

縞素漠漠開風沙 호소막막개풍사　하얀 비단에 아득하게 모래바람 펼쳐놓았네

其餘七匹亦殊絕 기여칠필역수절[12]　나머지 일곱 필 말 또한 빼어난데

迥若寒空雜煙雪 형약한공잡연설　멀리 찬 하늘에 안개 눈 섞인듯하고

霜蹄蹴踏長楸間 상제축답장추간　말발굽이 긴 가래나무 사이를 밟았고

馬官廝養森成列 마관시양삼성렬[13]　마관과 하인들 숲에 빽빽하게 늘어서 있네

可憐九馬爭神駿 가련구마쟁신준[14]　가련하게 아홉 필 말 신비와 준걸을 다투니

顧視清高氣深穩 고시청고기심온　돌아보니 시선은 청고하고 기운은 심온하네

借問苦心愛者誰 차문고심애자수　묻나니 고심하며 이 말을 아낀 자 누구인가?

後有韋諷前支遁 후유위풍전지둔[15]　후대에 위풍이 있었고 전대에 지둔이 있었네

憶昔巡幸新豐宮 억석순행신풍궁[16]　그 옛날 신풍궁에 순행했던 적을 추억하니

翠華拂天來向東 취화불천래향동[17]　비취색 깃발 하늘에 나부끼며 동쪽으로 향했고

騰驤磊落三萬匹 등양뢰락삼만필　뛰어오를 듯이 빼어난 삼만 필의 말들이

皆與此圖筋骨同 개여차도근골동　모두 이 그림 속 말들과 근육과 골격이 같았네

自從獻寶朝河宗 자종헌보조하종　보물 바치러 하백에게 조회 간 후로부터는

無復射蛟江水中 무복사교강수중[18]　다시는 강물 속에서 교룡을 잡지 못하였네

君不見 군불견　그대는 보지 못했던가

金粟堆前松柏裏 금속퇴전송백리[19]　현종의 무덤인 금속퇴 앞 소나무 측백나무에

龍媒去盡鳥呼風 용매거진조호풍[20]　준마는 가버리고 새들만 바람 속에 우네

52

🌀 시 이야기

　이 시는 광덕廣德 2년(764)에 성도成都에서 조패가 그린 구마도九馬圖를 보고 지은 것이다. 제화 시에서 조패가 말 그림을 그리면 마치 신이 키운 승황 같고, 현종의 애마 조야백을 그리니 용이 솟는 샘에서 말이 솟아 나와 10일간을 벽력처럼 빠르게 달렸다고 하니 두보의 표현도 엄청나지만, 조패가 아홉 마리 말 그림에 형태를 그린 뒤 정신을 심어 명마임을 알 수 있게 했다. 또 이 시를 읽으면, 조패가 군주나 귀족들로부터 받은 사회적 대우를 알 수 있다. 조패 이전에 말 그림을 그리는 화가로 강도왕이 있었는데 그의 말 그림이 신묘하긴 했어도 조패에 비해 생동감이 부족하였다. 조패가 그린 그림은 위풍과 지둔이 좋아하여 소장할 것이기에 그림은 다행히 후세에 전하게 될 것이다. 결국, 현종의 죽음으로 말도 쇠락의 시기를 맞게 되었다. 그의 무덤 옆에도 그가 아끼던 준마의 자취는 볼 수 없고 다만 측백나무만 우두커니 서 있다. 두보가 조장군에게 써준 두 수의 시 〈증조장군패〉와 〈위풍녹사댁관조장군화마도〉는 조패가 그린 말 그림이 뛰어남을 묘사하고 있지만, 준마의 삶도 화가 조패의 화려한 삶도 일시적인 호시절이었음을 말하고 있다. 그 예로 주나라 목왕도 장생하려고 뇌물 들고 하백에게 조회했으나 결국 죽었고, 현종도 양귀비와 해로할 줄 알았는데 양귀비는 자신이 보는 앞에서 자기 군대 병사의 손에 죽게 되었고 또 현종 자신도 황제 자리에 복귀하지 못했다. 두보는 구마도九馬圖를 묘사하면서 현종 시대의 역사를 추억하며 '부귀영화는 결코 영원할 수 없음'을 빗대어 말하고 있다. 두보의 이 시는 제화 시 중 가장 걸작이라고 전한다.

주

1　위풍韋諷은 낭주록사閬州錄事 이었기 때문에 '위풍록사댁'이라 하였다. 그의 집은 사천성 성도成都에 있었고, 낭주閬州는 지금의 사천성 낭중현閬中縣이다.

2　강도왕江都王은 이름이 이서李緖이다. 곽왕霍王 원궤元軌의 아들이고 당 태종 이세민의 조카이다. 재주가 많고 글씨를 잘 썼으며 안마를 잘 그리기로 유명했다. 수공垂拱

연간(685~688)에 관직이 금주金州자사에 이르렀다.

3　조장군曹將軍은 조패曹霸이다. 조패는 위魏나라를 세운 조비의 자손이며 4대 황제였던 조모曹髦의 후손이다. 그는 개원開元 연간에 이미 명성을 얻어 천보天寶 말기에는 늘 황제의 부름을 받아 어마御馬와 공신상功臣像을 그렸다. 관직이 좌무위장군左武衛將軍에 이르러 조장군으로 불리었다.

4　승황乘黃은 신이 키운다는 말이다. 서쪽에서 나고, 여우의 꼴을 하고 있으며 등에 뿔이 나 있다.

5　조야백照夜白은 현종이 타고 다녔다는 준마駿馬의 이름이다. 현종이 타는 말로는 옥화 총玉花驄도 있었다.

6　용지龍池는 못 이름인데, 장안 남쪽 남훈전南薰殿의 북쪽에 있다.

7　마노반瑪瑙盤은 마노瑪瑙라는 보석이 박힌 쟁반이다.

8　첩여婕妤는 후궁으로 정삼품正三品이고 재인才人은 정5품正五品이다.

9　배무拜舞는 아래에 꿇어앉아 머리를 굽힌 후 춤을 추며 물러나는 의례를 말한다.

10　권모왜拳毛騧는 당 태종이 타던 여섯 마리 준마 중의 하나이며, 그의 여섯 명마를 소릉 육준昭陵六駿이라 한다. 소릉은 당 태종 이세민과 문덕황후의 합장묘인데 묘 앞에 소 릉육준의 부조가 있다. 소릉육준은 십벌적什伐赤, 청추青騅, 특륵표特勒驃, 삽로자颯 露紫, 권모왜拳毛騧, 백제오白蹄烏이다.

11　곽가사자화郭家師子花의 '곽가'는 곽자의郭子儀이고 '사자화'는 대종代宗 이상李豫의 준마 이름인데, 훗날 공훈을 세운 곽자의에게 하사한 말이다.

12　칠필七匹은 조장군이 그린 그림《구준도九駿圖》에 권모왜와 사자화 외 7필을 말한 것 이다.

13　상제霜蹄는 말발굽을 가리킨다.

14　마관시양馬官廝養에서, 마관은 말을 관리하는 관원이고 시양은 궁중에서 말들 먹일 것 을 준비하거나 마구간을 청소하는 등 잡일을 하는 자들이다.

15　지둔支遁(314~366)은 동진의 고승高僧이다. 진류陳留, 지금 하남 개봉 사람이다. 자는 도림道林이고 사람들이 임공林公이라 불렀으며 별칭은 지형支硎이다. 25세에 출가하 여 중 생활은 지형산에서 했다.《세설신어·언어》에 "지도림은 일찍이 몇 마리의 말을 키웠는데, 혹자가 이르기를 '도인이 말을 키우는 것은 운치 있는 일이 아니다.'라고 하니, 지도림이 '나는 그 신준神駿함을 중히 여길 뿐이다.'하였다.支道林, 嘗養數匹馬, 或謂道人畜馬不韻, 支曰, 貧道重其神駿耳."라는 기록이 보인다.

16 신풍궁新豐宮은 화청궁華淸宮이다.

17 취화翠華는 황제가 순행을 나갈 때 사용하였던 깃발로 취조翠鳥의 깃털로 장식하였다.

18 사교射蛟는 『한서·무제기武帝紀』에 "원봉 5년 겨울에 무제가 남쪽으로 순수巡狩를 떠 났다. 심양에서부터 강에 배를 띄워 가다가 강 가운데서 직접 교룡을 쏘아 잡았다.元 封五年冬行南巡狩, 自尋陽浮江, 親射蛟江中, 獲之."고 하였다. "다시 교룡을 쏘지 못하 였다."라는 말은 현종의 죽음을 의미한다.

19 금속金粟은 산 이름이다. 현종을 금속산金粟山에 장사지내고 태릉泰陵이라 하였다.

20 용매龍媒는 준마를 뜻한다. 『한서·예문지』에 '天馬徠龍之媒'라고 한 것을 사고師古의 주에서 응소應劭가 다음과 같이 해석하였다. "천마는 신룡의 부류인데 지금 천마가 이미 왔으니 이 용은 반드시 효험이 있을 것이다. 이 말이 있은 후 준마는 용매라고 불리게 되었다.言天馬者乃神龍之類, 今天馬已來, 此龍必至之效也. 後因稱駿馬爲龍媒." 또 두보의 〈화마찬畫馬贊〉에서 "저 준골을 봐 정말 용매이네.瞻彼駿骨, 實惟龍媒."라 고 하였다.

조패의 《구마도九馬圖》

당나라 초 강도왕 이서선이 말을 그렸는데, 장언원의 『역대명화기』에 '서선은 재주가 많고 서화에 능하며 안마 그림으로 잘 알려져 있다.'라고 하였다. 개원 ·천보 시대에 이르러 조패가 말을 신들린 듯 그려 명성이 더욱 높아졌고, 조자앙 은 탕후湯垕의 『화감畫鑒』을 인용하여 "당나라 사람 중에는 말을 잘 그리는 사람 이 많은 데 조패와 한간이 가장 잘 그린다."라고 했다. 광덕 2년, 두보는 낭주녹 사 위풍댁에서 소장하고 있던 《구마도九馬圖》를 보고 위풍諷風을 위해 이 제화 시를 썼는데 '아홉 필 말이 신비함과 준걸함을 다툰다.'라고 적었다.

두보의 제화시

제화 시는 흔히 실제 그림을 읽는 수법으로 짓는데, 두보가 말을 제화한 시는 너무나 명쾌하고 변화무쌍하다. 두보는 '사람들이 진짜 승황을 본다', '용지에서 10일간 벽력같이 난다', '하얀 비단에 모래바람 일어난다' 등의 구절로 조패의 그림 솜씨를 아낌없이 칭찬하였다. 시에서 화마를 마치 진짜 말로 표현하였으며, 현종에 대한 시인의 애틋한 마음도 담았다. 시의 작법이 변화무상하고 기세가 격동하며 정취가 담겨있어 고금의 장편 제화 시 중의 걸작으로 알려져 있다.

 ## 고사 이야기

헌보조하종獻寶朝河宗

헌보조하종은 '하종에게 조회하고 보물을 바치다.'라는 뜻의 고사이다. 『목천자전穆天子傳』에 '무인년 주나라 목천자가 서쪽으로 원정을 가다가 양우산陽紆山에 이르렀는데 하종백河宗伯을 만났다. 일명 하백이라고도 부른다. 황하의 신 하종河宗이 무이武夷에 거주하였는데 이름이 백伯이었다. 고대에는 황하를 4갈래로 흐르는 물의 종宗으로 삼았기에 하종河宗이라고 불렀으며 하백을 하종백이라 했다. 얼마 후 천자는 하종백을 황산黃山에서 조회하며 비단 뭉치와 벽옥을 바쳤다. 하종백은 천자의 보물을 두루 살펴보았다. 주 천자의 보물은 옥으로 만든 과일, 옥구슬, 은촛대, 황금 덩어리 등이었다. 천자는 장수하기 위해 하종백에게 뇌물을 바쳤는데 뇌물 바친 지 오래지 않아 연연산燕然山에서 죽고 말았다.'라고 하였다. 시에서 이 고사를 끌어온 이유는 당 현종도 피난 간 뒤 다시는 교룡을 잡지 못하고 죽었기 때문이다. 교룡을 잡지 못한 것은 황제가 되지 못했다는 뜻이다.

사교강수射蛟江水

사교강수는 '강에서 교룡을 쏘아 잡다.'의 뜻이다. 이는 한무제의 고사 이야기를 인용한 것으로, 『한서 · 무제기』에 '원봉元封 5년, 무제는 심양 부강浔江에서 친히

강에 활을 쏘아 교룡을 잡았다.'고 하였다. 부강은 현재 강서성 심양의 구강이다. 서한 원봉 5년(BC106) 겨울, 한무제가 남쪽으로 순행을 떠나 강을 따라 내려와 종양縱陽에 이르렀을 때, 갑자기 강물이 범람하고 파도가 세차게 일었다. 종양강 해안 부근 달관산에 오른 한무제는 강에 교룡이 파도를 일으키고 있다고 의심하여 활을 꺼내 강에 화살을 쏘자 파도가 잦아들었다. 한무제는 흥분하여 즉흥적으로 '종양의 노래縱陽之歌'라는 시를 지었다고 한다. 아쉽게도 이 시는 현재 남아 전하지는 않는다.

현종이 여산으로 순행하였는데, 황제의 마차 취화翠華가 나무 우거진 숲속으로 깃발을 하늘 높이 흔들며 앞서가고 수만 필의 말이 그 뒤를 따랐다. 각기 다른 털 색의 말들이 한 줄로 늘어서 있고, 또 말들은 서로 떨어져 있어 멀리 바라보면 수놓은 비단처럼 보였다고 한다. 하지만 현종은 이미 사망했기 때문에 두보가 한무제의 고사를 가차하여 '아무도 강가에서 교룡을 쏘지 않았다射蛟江水.'고 한 것이다.

조패 《구마도九馬圖》

題《벽상위언화마가壁上韋偃畫馬歌》

[당] 두보

《벽 위에 위언이 그린 말 그림에 적은 노래》에 적다

韋侯別我有所適 위후별아유소적　위후가 나와 이별하고 갈 곳이 있었는데
知我憐君畫無敵 지아련군화무적[1]　내가 그대 그림 아낌은 비할 곳 없음을 아네
戲拈禿筆掃驊騮 희념독필소화류　몽당붓 쥐고 장난으로 화류마를 그려내니
欻見麒麟出東壁 홀견기린출동벽[2]　갑자기 기린이 동쪽 벽에 출몰함을 보게 되네
一匹齕草一匹嘶 일필흘초일필시　한 필은 풀을 뜯고 한 필은 울고 있으니
坐看千里當霜蹄 좌간천리당상제[3]　천리마의 말발굽을 보게 되네
時危安得眞致此 시위안득진치차　때가 위태로우니 언제 진정 여기에 이르러
與人同生亦同死 여인동생역동사　사람들과 같이 살고 또 같이 죽을까

🌀 시 이야기

　안사의 난이 일어나 나라 안의 관리나 지식인들은 모두 도망가야 하는 국운에 처하였다. 두보가 좋아하던 화가 위언 또한 성도를 떠나게 되었는데 떠나기 전에 그는 몽당붓을 잡고 초당 벽에다 준마 두 마리를 그렸다. 한 필은 풀을 뜯고 한 필은 울고 있는 모습인데 두보는 그 그림을 보고 마치 천리마를 눈앞에서 보는 듯

하다고 시에 적었다. 하지만 세상이 전쟁 중이라 훗날 두보가 다시 이곳에 와서 위언이 그린 말 그림 감상하며 사람들과 동고동락할 수 있을지를 생각하며 우국憂國 우민憂民의 감정을 담았다.

 주

1 연련憐은 아끼고 좋아하는 것이다. 위언은 두보가 그의 그림을 아끼는 것을 알았다. 그 때문에 고별하면서 한편으로 그림을 그려 흔적을 남겼다.
2 홀견欻見은 대충 보는 것이다.
3 좌간坐看은 오직 눈으로 보는 것이다. 좌시坐視의 의미와 같다.

화가 이야기

위언韋偃

8세기 당나라 때 장안 사람으로 화가이다. 그가 살던 곳은 사천성 성도成都이다. 관직은 소감少監에 이르렀다. 산수山水와 인물, 대나무 등을 잘 그렸으나 특히 말을 잘 그렸다. 담벽락에 그림을 그리거나 시를 짓는 것을 좋아했는데 그가 그림을 그린 곳은 바로 두보 초당의 벽이었다. 부친도 화가였는데 부친을 뛰어넘었고 조패, 한간과 함께 안마를 그리는 화가로 이름을 나란히 했다. 역대《방목도放牧圖》를 그린 화가는 140여 명이 되고 그려진 말은 1,200여 필이 된다. 이공린이 위언의 그림을 모방하여 그린《임위언목방도》는 북경 고궁박물원에서 소장하고 있다.

위언 《벽상위언화마가壁上韋偃畫馬歌》

自題《사진시위한림학사寫眞時爲翰林學士》

[당] 백거이白居易

《한림학사가 되었을 때 실물 그림》에 스스로 적다

我貌不自識 아모부자식	내 얼굴을 자신도 모르는데
李放寫我眞 이방사아진	이방이 내 실물을 그렸네
靜觀神與骨 정관신여골[1]	조용히 정신과 뼈대를 살펴보니
合是山中人 합시산중인	딱 산중 사람이네
蒲柳質易朽 포류질이후	포류의 성질은 썩기 쉽고
麋鹿心難馴 미녹심난순[2]	미록의 마음은 길들이기 어려운데
何事赤墀上 하사적지상[3]	무슨 일로 궁궐에서
五年爲侍臣 오년위시신	오년이나 왕을 모시는 신하가 되었던가
況多剛狷性 황다강견성[4]	하물며 굽히지 않는 성질이 많고
難與世同塵 난여세동진	세상과 더불어 같은 부류되기 어렵다네
不惟非貴相 불유비귀상	귀한 상이 아닐 뿐더러
但恐生禍因 단공생화인	단지 화를 부를까 두렵네
宜當早罷去 의당조파거	마땅히 일찍 사직하고 돌아가서
收取雲泉身 수취운천신[5]	운천에서 몸을 취함이 적합하리라

🌫 시 이야기

　백거이는 당대 화가인 이방이 그려준 자신의 초상화를 보고 자신은 성질이 곧고 강인하여 산에 사는 것이 어울리고 관직 생활하기에는 맞지 않는 사람이라고 하였다. 그는 29세부터 관직에 나아갔고 35세 한림학사가 되었을 때 이 글을 지었는데 이 시기는 이미 좌천의 쓴맛을 보아 성품이 많이 유순해졌을 시기였다. 부들과 버드나무는 썩기 쉬워 물에 살고, 사슴 부류는 길들이기 어려워 산에 사니 각기 성질을 알아서 각자 처할 곳을 알고 있다. 그런데 자신은 성질이 곧고 완고해 황제를 모시는 신하로 있기에는 적합하지 않고 또 자칫 화를 입을 수도 있으니 빨리 은거해야겠다고 적었다.

주

1　**포류蒲柳**는 갯버들[水楊]을 말한다. 일찍 시드는 성질에 비유되었다. 『세설신어주世說新語注』에 "고열顧悅과 간문제簡文帝 사마욱司馬昱(320~372)은 동갑인데도 고열의 머리카락이 일찍 희었다. 간문제가 그 까닭을 물었다. '그대는 왜 일찍 백발이 되었나?' 고열이 '송백의 자질은 가벼운 서리에 더욱 무성하고 포류의 자질은 체질이 연약하여 풍상을 견디지 못하고 가을이 되기 전에 시들고 말지요. 일찍 시들기 때문에 항상 쇠약한 체질에 비유되고 또 비천함에 비유되는 것입니다.'라고 대답하였다."
2　**미록麋鹿**은 세계에서 희귀한 동물이며 사슴과에 속한다. 그것의 머리와 얼굴은 말을 닮았고 뿔은 사슴을 닮았고 목은 낙타를 닮았고 꼬리는 당나귀를 닮았다. 그래서 사불상四不像이라는 이름을 얻었다. 여기서는 길들이기 어려운 짐승에 비유했다.
3　**적지赤墀**는 단지丹墀라고도 한다. 황궁의 계단을 적색으로 칠을 했기 때문에 붉은 계단으로 황궁을 대신해서 쓰였다.
4　**강견剛狷**은 정직하고 세속에 물들지 않고 자신을 지키는 것을 말한다.
5　**운천雲泉**은 한적한 거처를 의미하여 이 시에서 은거하고 싶은 마음을 내포하고 있다.

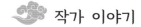

작가 이야기

백거이白居易, 772~846

당나라 중당 시인이다. 자는 낙천樂天이고, 호는 취음선생醉吟先生·향산거사香山居士 등으로 불리었다. 하남성 낙양洛陽 부근 신정新鄭에서 태어났다. 어려서부터 총명하여 5세 때부터 시 짓는 법을 배웠으며 15세가 지나자 시에 재능을 보였다. 대대로 가난한 관리 집안에 태어났으나 29세에 진사에 급제하였고 32세에 황제의 친시親試에 합격하였으며, 그 무렵에 지은 〈장한가長恨歌〉는 너무나 유명하다. 35세로 한림학사가 되었고, 이듬해에 좌습유가 되어 유교적 이상주의의 입장에서 정치·사회의 결함을 비판하는 작품을 많이 썼다.

그는 구강九江의 사마로 좌천되어 명시 〈비파행琵琶行〉을 지었고 그 후 충주자사, 항주자사, 소주자사를 지내고 난 후에 중앙에서 비서감을 지냈다. 뒷날 태자보도관의 직책에 있을 때는 시와 술과 거문고를 벗으로 삼았기에 이를 백거이의 삼우三友라 하고, '취음선생'이란 호를 쓰며 유유자적하는 나날을 보냈다. 문학적 지기知己인 원진元稹과 만나게 되어 『백씨장경집白氏長慶集』을 편집하였다. 현재 전하는 것은 『백씨장경집』 75권 가운데 71권이 있고, 〈신악부新樂府〉 50수, 『백향산시집』 40권도 있다. 현존하는 작품 수는 3,800여 수이고, 그중에서 〈비파행〉, 〈장한가〉, 〈유오진사시遊悟眞寺詩〉는 불멸의 걸작이다.

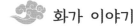

화가 이야기

이방李放, 780~820

당나라 덕종과 헌종 때 화가이며 초상화를 잘 그렸다. 원화 초기에 백거이가 한림학사가 되었을 때 그의 초상화를 그려주었다. 그의 작품은 주경현의 『당조명화록唐朝名畫錄』과 백거이의 『백씨장경집白氏長慶集』에 수록되어 있다.

이방 《백거이 실물 그림》

題張僧繇《취승도醉僧圖》

[당] 회소懷素

장승요가 그린 《취한 중 그림》에 적다

人人送酒不曾沽 인인송주불증고[1]　　사람마다 술 보내주어 사 먹은 적이 없고
終日松間掛一壺 종일송간괘일호　　　종일 소나무 사이에 술병을 걸어두네
草聖欲成狂便發 초성욕성광편발[2]　　초성이 광초를 이루고자 하여 바로 떠났으니
眞堪畫入醉僧圖 진감화입취승도　　　정말로 취승도 그림에 들어갈 만하네.

🌫 시 이야기

친구들이 늘 술을 사주어 자기 돈으로 산 적이 없다. 또 소나무 숲이 있는 산속
에서 친구가 사준 술병을 종일 나무에 걸어두고 기다려도 산이 깊어 찾아오는 벗
이 없다. 광초를 이루고자 떠난 이는 장욱이지만, 회소는 장승요가 그린 《취승도》
에 그려진 중이 산속에서 홀로 술 취한 모습은 바로 초성이 되고파 은거하고 있는
자신의 형상이라고 말하고 있다.

주

1 고沽는 '사다'의 뜻인 매買와 같다. 예전에는 무엇을 팔아 술을 샀기 때문에 사다는
　뜻에 '팔다'의 뜻을 동시에 가진 '고沽'자를 썼다.

2 **초성草聖**은 초서를 가장 잘 쓰는 서예가의 미칭이다. 당대에는 장욱이 초성으로 불렸다. 서예가 장욱은 회소의 초서 스승이다.

 ## 작가 이야기

회소懷素, 725~785

당나라 중이며 서예가이다. 자는 장진藏眞이고 세속에서 성은 전錢씨이다. 호남성 장사長沙 사람이다. 광초를 잘 쓰기로 이미 당대에 이름이 났으며 스승은 초성인 장욱이다. 그는 장욱의 필법과 기술을 계승 발전시켰다. 어려서 출가하여 사방을 돌아다녔는데, 일찍이 하루 아홉 번 술에 취해 붓을 들고 말을 달리는 듯 빨리 글을 썼다. 술을 좋아하여 술 마신 후에도 붓을 휘두르는 것이 회오리바람과 같았는데 사람들이 미치광이 장욱과 미치광이 회소란 뜻으로 전장광소顚張狂素라고 했다. 시에도 능해 『전당시全唐詩』에 시 2수가 전한다.

 ## 화가 이야기

장승요張僧繇

중국 남조 양나라 화가이다. 강소성 소주 사람이다. 생몰은 미상이고 주요활동은 6세기 상반 무렵 양무제(재위 520~549) 천감 연간에 무릉왕국시랑武陵王國侍郎이 되었고 후에 또 직비각화사直秘閣畵事가 되었다. 관직은 우군장군과 오흥태수직을 역임했다. 그는 인물화와 불화에 능하여 사원에 많은 벽화를 그렸다. 또 귀족, 서민, 중국인, 외국인도 절묘하게 그려냈다. 그는 또 천화擅畵, 불상佛像, 용龍, 매鷹 등의 많은 작품을 두루마리나 벽화로 남겼다. 그는 '화룡점정畵龍點睛'의 고사를 남겼고

『역대명화기』에 '그의 필치는 점을 찍으며 붓을 끌고 찍고 쓸어내리는 방법에서 위부인의 필법을 따랐는데 점하나 획 하나가 모두 새로운 기교였으며 굽은 창과 날카로운 검은 모두 섬뜩했다.'라고 적혀있다. 장승요의 회화예술은 후세에 큰 영향을 미쳤으며 고개지, 육탐미, 오도자와 함께 화가의 4대조로 불렸다.

 ## 고사 이야기

화룡점정 畫龍點睛

화룡점정은 용 그림에 마지막으로 눈동자를 그린다는 뜻이다. 사물의 가장 요긴한 곳 또는 무슨 일을 함에 가장 핵심적인 부분을 끌어내어 전체를 생동적이고 두드러지게 한다는 의미를 지닌 말이다. 이는 남조 양나라 화가 장승요張僧繇 그림의 신묘함을 표현하는 용어이다. 화룡점정에 대한 다양한 고사 이야기가 전한다.

양무제가 장승요에게 금릉金陵 안동사安東寺에 그림을 그리도록 명하였다. 그는 3일 만에 그림을 그리겠다고 답하고는 절 사당 벽면에 4마리의 금룡金龍을 그렸다. 이 용들은 마치 살아있는 것처럼 생생하게 그려져 생동감이 넘쳤다. 장승요가 그린 그림이 완성되자 사람들이 구경하러 가서 잘 그렸다고 칭찬하였다. 그런데 가까이 가보니 네 마리 용이 모두 눈이 없어 그림의 흠이라고 쑥덕거렸다. 사람들이 눈을 그려달라고 부탁하자 장승요가 대답하기를 "용에게 눈을 그리는 것은 어렵지 않지만, 눈을 그리면 용이 벽을 깨고 날아갈 것이다."라고 하였다. 다들 그 말을 믿지 않았고 벽에 그려진 용이 날아간다는 말은 황당하다고 생각했다. 사람들은 더욱 그의 거짓말을 확인하고 싶어졌다. 그러자 장승요가 많은 사람이 지켜보는 가운데 붓을 들어 두 마리 용에 눈을 그렸다.

갑자기 하늘에 먹구름이 잔뜩 끼더니 광풍이 불고 사방에서 천동과 번개가 쳤다. 천동 속에서 두 마리 용이 벽을 부수고 하늘로 올라가는 것이 아닌가? 잠시 후 구름이 걷히고 하늘이 맑아지자 사람들은 어안이 벙벙하여 한마디도 하지 못했다. 다시 벽을 보니 눈이 없는 두 마리 용 그림만 남았고, 나머지 두 마리의 용 그림은 어디론가 사라졌다.

회소서초懷素書蕉

회소서초는 '회소懷素가 파초 잎에 글씨 쓰다.'라는 뜻으로 옛사람들 글에 많이 등장한다. 당나라 차성茶聖인 육우陸羽의 〈회소전〉에 다음과 같이 적었다.

> 회소는 소박하고 형식에 구애받지 않으며 술을 마시는 것을 본성의 수양
> 으로 삼았고 초서를 써서 마음을 가지런히 했다. 술이 거나하게 취하면 흥이
> 나서 절의 담벼락, 담장, 옷이나 그릇에까지 글씨를 쓰지 않는 곳이 없었다.
> 가난하여 종이 살 돈이 없어 파초를 만여 주 길러 그 잎을 따다가 글씨 연습
> 을 했다.

또 송 도곡陶谷의 『청이록淸異錄』에 다음과 같이 적었다.

> 회소는 영릉암零陵庵 동쪽 외곽에 살았는데 파초를 손수 심고 길러 수만
> 주를 키우고 잎을 취해서 글씨를 썼다. 호를 녹천綠天이라 하고 암자를 종지
> 種紙라 하였다.

회소는 청빈한 중이었는데 서예에 대한 마음만은 각별했다. 그는 가릉강嘉陵江 물소리를 듣거나 나무꾼이 나무를 하는 장면을 보거나 한여름 구름과 기이한 산봉우리를 보고서 서예의 이치를 깨달았다고 한다.

회소는 자신이 기거하는 절 밖에다 파초 일만 주를 직접 심었다. 파초는 바나나 열매를 맺는 나무이고 잎이 넓어 글씨 연습하는 종이를 대신 할 수 있다. 그는 산속 절에서 생활하였기 때문에 연습 종이를 살 돈이 없었고 종이는 많이 필요했기

때문에 그 문제를 해결하기 위해 종이 대신 파초잎을 사용할 수밖에 없었다. 그는 파초 잎이 푸르고 무럭무럭 자라 점점 넓어지는 것을 보고 서예에 대한 기대와 자신감을 길렀다. 그가 서예를 좋아하는 것은 목적이 뚜렷해서도 아니고 처자를 봉양하기 위해서는 더욱 아니었다. 서예는 그에게 단순한 취미였을 뿐이었다. 하지만 그는 스승인 장욱과 함께 초서의 최고봉이 되었고 그의 '회소서초' 고사는 문인화가들의 그림에 단골 소재가 되었다.

당삼절唐三絶

당대에 세 명의 신선이 있었다. 시를 잘 쓰는 이백李白, 검무를 잘 추는 배민裴旻, 초서를 잘 쓰는 장욱張旭이 그들이다. 사람들이 그들을 '당삼절'이라 불렀는데, 어느 날 문종이 직접 이백의 시문, 배민의 검술, 장욱의 서예를 '당삼절'로 봉인하라는 명령을 내려 공식으로 인증했다. 그 당시에 이미 이백은 시를 쓰는 신선[詩仙]으로 불렸고 장욱은 초서의 성인이면서 미치광이라는 뜻인 초성풍전草聖瘋顛이라 불리었으며 배민의 검무는 움직임이 활달하고 힘이 있어 장욱이 그의 춤 동작을 초서에 응용했다고 한다.

당나라 때 광기 예술가로 유명한 소주 출신 장욱은 초서 서예가로 초성草聖이라고 불렸다. 송 태종이 명하여 엮은 『태평광기』에 다음과 같이 적었다.

그는 행인들이 서로 길을 두고 다투는 것을 보고 글자의 구조가 엇갈리는 것을 깨닫고, 음악을 듣고 글자의 리듬이 빠르다는 것을 깨닫고, 공손대랑의 검무를 관찰하고 글자의 변덕을 깨닫고, 마침내 독특한 광초풍을 형성하였다.

또 『구당서舊唐書』에 다음과 같이 적었다.

그가 술을 좋아하여 술에 취하면 호들갑을 떨며 돌아다닌다고 했지만, 그가 글씨를 쓸 때는 늘 마음을 고요하게 하여 필법이 자유자재로 변화한다. 때로는 술에 취해 뒤로 묶은 머리채에 먹물을 묻혀 글을 썼는데 술이 깬 후 자신이 쓴 글씨를 보고 너무 신기해서 다시 써 보았으나 그만큼 쓸 수 없어 놀랐다 한다.

당시 사람들은 그를 장전張顚이라고 불렀는데, 이는 '장씨 미치광이'라는 뜻이다. 배민을 소개하면 그는 장군이었는데 검술이 놀라웠다. 당 이원의 『독이지獨異志』에 다음과 같이 말한다.

그는 검을 수십 미터 높이로 공중에 던진 후 다시 검의 집[劍鞘]에 다시 꽂자 구경꾼 중 어떤 이는 엉덩이가 시리고 오줌을 싸는 이도 있었다.

『신당서新唐書』에는 다음과 같이 적었다.

그는 전쟁터에서 화살이 날아와 바로 칼을 휘둘렀는데 화살이 칼에 맞아 부러져 적들이 놀라 곧바로 철수했다.

당대 최고의 화가 오도자는 배민의 검무를 보고 그림 솜씨가 늘었다고 하였다. 『선화화보』에 검술·회화·서예의 합동공연 이야기가 있다. 개원 연간에 장군 배민이 모친상을 당했는데 오도자에게 천궁사天宮寺에 걸 귀신 그림을 그려 모친의 명복을 빌어 달라고 부탁했다. 오도자는 배민에게 상복을 벗고 군장을 갖추어 달리는 말에서 검무를 추게 했다. 춤의 기운이 격렬해지다가 갑자기 기세를 꺾는 영웅호걸의 뛰어난 자태에 구경꾼 수천 명이 놀라 두려워하지 않는 이가 없었다. 오도자가 옷을 벗고 다리를 쭉 뻗은 채 편하게 앉았다. 그 기세로 그림의 구상을 거침없이 펼쳐서 붓을 대니 바람이 일며 천하의 기이한 광경을 보았다. 장욱도 그 현장에 있었는데 한쪽 벽에다 글씨를 썼다. 오도자와 배민 장욱 세 사람이 만나 각자 재능을 맘껏 펼치며 합동공연을 하게 된 것이다.

어느 날 당 황제가 저잣거리를 지나가는데 이백이 시를 읊고, 배민이 춤을 추며, 장욱이 머리채를 풀고 일필휘지하는 광경을 직접 보고 흥분하여 궁으로 돌아가서 잠을 못 이루었다고 한다. 마치 요즈음 사람들이 길거리에서 좋아하는 연예인을 만나 흥분하는 것처럼 그런 기분이었을 것이다. 세 사람 중 한 사람만 만난 것이 아니라 셋이 함께 퍼포먼스를 하고 있었으니 황제라 하더라도 흥분하기에 충분했다. 당나라에는 각 분야에 최고의 인물들이 있었으니 더욱이 그들이 한 자리에서 공연을 하였다면 누구라도 흥분을 금치 못했을 것이다.

장승요 《취승도醉僧圖》

《명황행촉도明皇幸蜀圖》[1]

[당] 이소도李昭道

《명황이 촉도로 가는 그림》

青綠關山迥 청록관산형	청록의 관산은 먼데
崎嶇道路長 기구도로장	가파르고 험한 길이 길기만 하구나
客人各結束 객인각결속	객인들은 각자 단단히 묶고
行李自周詳 행리자주상	짐들은 자기가 두루 마음 쓰네
總爲名和利 총위명화리	모두 명예와 이익이 되니
那辭勞與忙 나사로여망	어찌 힘들고 분주하다고 말하겠는가
年陳失姓氏 연진실성씨	해가 가니 성씨를 잃어가고
北宋近乎惠 북송근호혜	북송이 은혜 받음에 가까워졌구나

 시 이야기

　당나라 명황明皇은 6대 황제 현종이다. 《명황행촉도》는 현종이 안사安史의 난을 당해 촉蜀으로 피난 가는 것을 소재로 삼고 있다. 그림에서 오른쪽 아래 구석에 붉은 옷을 입고 있는 사람이 바로 명황明皇이고 빈비嬪妃와 대신들이 그려져 있다. 화가가 관산關山을 청록색으로 그린 것은 봄이 깊어 여름으로 접어들고 있음을 말하고 또 첩첩산중의 모습을 그려 촉도蜀道로 가는 길이 험함을 표현하였다. 촉도 가는 길이

험한 것은 이백의 시 〈촉도난〉에 잘 표현되어 있다. 그림에 직접 제왕의 일행이 촉도로 가는 길에서 어려운 행보를 그렸는데 시인은 명예와 이익을 버리지 못해 그 어려운 행렬을 따르고 있는 인물들이 많았다고 하였다. 그들은 산속 위험한 절벽에 만들어진 잔도를 지나야 하니 각자 단단히 묶고 행장도 각자 잘 챙겨야 했다. 시인은 이렇게 세월이 지나가면 북송이 당나라를 차지할 날이 가까워졌음을 예견하였다.

주

1 촉도蜀道는 사천성으로 통하는 매우 좁고 험한 길이다. 이백의 〈촉도난〉 시에 촉도가 잘 설명되어있다.

참고

〈촉도난蜀道難〉　　　　　　　　　이백李白

噫籲戲 희우희　　　　　　　　　아!

危乎高哉 위호고재　　　　　　　험하고도 높구나

蜀道之難 촉도지난　　　　　　　촉도의 어려움이

難於上青天 난어상청천　　　　　푸른 하늘 오르는 것보다 어렵구나

蠶叢及魚鳧 잠총급어부　　　　　잠총과 어부 같은 촉나라 왕들이

開國何茫然 개국하망연　　　　　개국한 지가 어찌 그리 아득한지

爾來四萬八千歲 이래사만팔천세　개국 이래로 사만 팔천 년에

始與秦塞通人煙 시여진색통인연　비로소 진나라 변방과 인가가 통했다

西當太白有鳥道 서당태백유조도　서쪽엔 태백산과 통하는 조도가 있어

可以橫絕峨眉巔 가이횡절아미전　아미산 꼭대기를 가로지를 수 있구나

地崩山摧壯士死 지붕산최장사사　땅 무너지고 산 막혀 장사들이 죽으니

然後天梯石棧方鉤連 연후천제석잔방구연

　　　　　　　　　　　　　　　그런 후 구름다리와 돌길이 바로 놓였네

上有六龍回日之高標 상유륙룡회일지고표

위에 육룡이 해를 두르는 높은 표식 있고

下有沖波逆折之回川 하유충파역절지회천

밑에 물결에 거슬러 꺾여 도는 냇물 있네

黃鶴之飛尚不得 황학지비상부득 　 황학이 날아서 여전히 이르지 못하고

猿猱欲度愁攀援 원노욕도수반원 　 원숭이 건너는데 근심스레 잡고 매달렸네

青泥何盤盤 청니하반반 　 청니 고개는 어찌나 구불구불한지

百步九折縈岩巒 백보구절영암만 　 백보에 아홉 번 꺾어 굽은 바위산에서

捫參歷井仰脅息 문참력정앙협식 　 참호잡고 우물지나 위협 우러르며 숨쉬고

以手撫膺坐長嘆 이수무응좌장탄 　 손으로 가슴 만지며 앉아서 길게 탄식하네

問君西遊何時還 문군서유하시환 　 그대에게 묻노니 서쪽으로 떠나 언제 돌아오나

畏途巉岩不可攀 외도참암불가반 　 험한 바위 길 두려워 오르지 못하네

但見悲鳥號古木 단견비조호고목 　 다만 슬픈 새 고목에서 슬피 우는 것 보고

雄飛雌從繞林間 웅비자종요림간 　 수컷 날면 암컷 따라 날아 숲속을 돌아다니는

又聞子規啼 우문자규제 　 자규새 우는 소리 들리고

夜月愁空山 야월수공산 　 밤에 뜬 달은 빈산을 슬퍼하네

蜀道之難 촉도지난 　 촉도의 어려움은

難於上青天 난우상청천 　 푸른 하늘에 오르기보다 어렵구나

使人聽此凋朱顏 사인청차조주안 　 사람이 이를 들으면 붉던 얼굴 창백해진다

連峰去天不盈尺 연봉거천불영척 　 연이은 봉우리 하늘과 거리가 한자도 못되고

枯松倒掛倚絶壁 고송도괘의절벽 　 마른 소나무 거꾸로 걸리어 절벽에 의지했네

飛湍瀑流爭喧豗 비단폭류쟁훤회 　 나는듯 여울 사납게 흐르고 다투듯 시끄러우며

冰崖轉石萬壑雷 빙애전석만학뢰 　 언 언덕 굴러떨어진 돌 온 골짝 우렛소리

其險也如此 기험야여차 　 그 험함이 이와 같도다

嗟爾遠道之人 차이원도지인 　 아, 당신 길 떠나는 사람이여

胡爲乎來哉 호위호래재 　 어떻게 오시려오

74

劍閣崢嶸而崔嵬 검각쟁영이최외	검각산은 가파르고도 높네
一夫當關 일부당관	한 남자가 관문을 지키면
萬夫莫開 만부막개	만 남자들도 열지 못하리
所守或匪親 소수혹비친	지키는 곳이 익숙하지 못하면
化爲狼與豺 화위랑여시	변하여 이리나 승냥이 될 것이네
朝避猛虎 조피맹호	아침에는 사나운 호랑이 피하고
夕避長蛇 석피장사	저녁에는 긴 뱀을 피하네
磨牙吮血 마아연혈	이를 갈고 피를 빨아
殺人如麻 살인여마	사람 죽인 것이 삼대같이 많다네
錦城雖云樂 금성수운락	금성에서 삶이 비록 즐겁다고 말하지만
不如早還家 불여조환가	일찍 집에 돌아옴만 못하네
蜀道之難 촉도지난	촉도의 어려움이여
難於上青天 난우상청천	푸른 하늘에 오르는 것보다 어려워
側身西望常咨嗟 측신서망상자차	몸 돌려 서쪽 바라보며 늘 탄식하네

안사의 난

755년부터 763년까지 당나라의 절도사인 안록산安祿山·부하인 사사명史思明과 그 자녀들이 일으킨 대규모 반란이다. '안사의 난'이란 안록산과 사사명의 첫 글자를 따서 지은 이름이다. 안록산은 나라 이름을 연燕으로 하고 스스로 황제라고 선포하고서 9년간 전쟁을 지속했다. 전쟁하는 동안 당나라의 인구는 3600만 명이나 줄었다. 전쟁의 발단은 다음과 같다. 천보 11년(752)에 재상 이임보가 죽자 재상의 자리를 두고 안록산과 양국충 사이에 다툼이 벌어졌으나 양귀비의 먼 친척 오빠인 양국충이 재상이 되었다. 안록산은 양국충이 재상감이 아닌데 재상이 될 수 있었던 것은 오직 양귀비 때문이라고 생각하여 반란을 일으켰다.

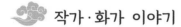 **작가·화가 이야기**

이소도李昭道, 675~758

당나라 때 화가이다. 벼슬은 중서사인과 태원부 창조직집현원倉曹直集賢院을 했다. 부친 이사훈은 북종화北宗畵의 시조이다. 특히 산수를 잘 그렸는데 부친의 청록산수 형식을 계승하였다. 부친과 함께 두터운 명성을 누려 회화사에서 이사훈을 대이장군大李將軍, 그를 소이장군小李將軍이라고 불렀다. 대표작으로《명황행촉도明皇幸蜀圖》,《산수조렵山水鳥獵》,《산수도》 등이 있다.

 고사 이야기

명황행촉明皇幸蜀

'명황행촉'은 당 현종이 지금의 사천성 촉蜀 땅으로 피난 가는 것을 말한다. 당시 재상이던 이임보가 추천하여 안록산은 지방 절도사가 되었다. 이임보가 죽고 양귀비의 오빠인 양국충에게 세력이 밀려난 안록산은 양국충 토벌을 명분으로 내세우고, 범양에서 거병하여 낙양으로 진격했다. 안록산이 장안을 향해 빠르게 진격하자 현종은 양귀비와 황족, 양귀비의 일족, 대신, 측근들을 데리고 촉 땅인 사천성으로 피란을 떠났다. 촉 땅으로 가는 길이 너무나 험하여 이백이 촉으로 가는 길의 험함에 대해 〈촉도난蜀道難〉이라는 시를 썼는데 이 시를 이소도가 그림으로 그렸고 다시 〈명황행촉〉 시를 지어 그림에 적었다.

현종 일행이 촉으로 가는 도중 마외파에서 관군들이 갑자기 현종을 향해 양귀비를 내놓으라고 총을 겨누었다. 현종은 결국 양귀비에게 자결할 것을 요구하고 결국 눈앞에서 사랑하는 여인이 죽어가는 모습을 보게 된다. 백거이가 〈장한가〉에 현종과 양귀비의 사랑, 양귀비가 죽어가는 모습, 현종이 양귀비를 그리워함 등을 잘 묘

사하고 있다. 아래에 〈장한가〉 뒷부분 양귀비가 마지막 죽어가는 모습과 현종이 그
녀를 그리워하는 장면만 아래에 소개한다.

〈장한가〉 후반 일부   백거이

漁陽鼙鼓動地來 어양비고동지래   돌연 어양 쪽 땅 울리는 북소리
驚破霓裳羽衣曲 경파예상우의곡   예상우의곡을 놀라 멎게 하였네.
九重城闕煙塵生 구중성궐연진생   구중궁궐에 연기 솟아오르고
千乘萬騎西南行 천승만기서남행   수천수만 관군들은 서남으로 달아나네.
翠華搖搖行復止 취화요요행부지   천자의 기 흔들며 가다가 다시 섰다가
西出都門百餘里 서출도문백여리   도성문 서쪽으로 나와 백여리
六軍不發無奈何 육군부발무내하   육군이 움직이지 않으니 어찌하리
宛轉蛾眉馬前死 완전아미마전사   눈썹 뒤집히며 군마 앞에 죽었네.
花鈿委地無人收 화전위지무인수   땅에 떨어진 꽃비녀 거두는 사람 없고
翠翹金雀玉搔頭 취교금작옥소두   취교, 금작, 옥소두 땅에 흩어졌구나.
君王掩面救不得 군왕엄면구부득   황제 얼굴 가린 채 구할 수 없으니
回首血淚相和流 회수혈루상화류   고개를 돌릴 제 피눈물이 흐르네.
黃埃散漫風蕭索 황애산만풍소삭   누런 흙먼지 일고 바람 쓸쓸한데
雲棧縈紆登劍閣 운잔영우등검각   구름 걸린 잔도 돌고 돌아 검각산에 오른다.
峨嵋山下少人行 아미산하소인행   아미산 아래에는 오가는 이 적으니
旌旗無光日色薄 정기무광일색박   천자 깃발 빛을 잃고 햇빛도 희미하네.
蜀江水碧蜀山青 촉강수벽촉산청   촉강 푸르고 촉산도 푸르건만
聖主朝朝暮暮情 성주조조모모정   황제는 아침저녁 생각이 깊어라.
行宮見月傷心色 행궁견월상심색   행궁에서 보는 달에 마음 더욱 상하고
夜雨聞鈴腸斷聲 야우문령장단성   밤비 속에 들리는 애끊는 말방울 소리.

天旋地轉回龍馭 천선지전회룡어 　천지가 변하여 황제 돌아오는 길에

到此躊躇不能去 도차주저불능거 　여기에 이르러 주저하여 걸음 뗄 수 없었네

馬嵬坡下泥土中 마외파하니토중 　마외파 아래 진흙 속에

不見玉顔空死處 불견옥안공사처 　고운 얼굴 어디 가고 빈자리만 남아

君臣相顧盡沾衣 군신상고진첨의 　황제 신하 서로 보며 눈물 옷깃 적시며

東望都門信馬歸 동망도문신마귀 　동쪽 도성문 바라보고 말에 길을 맡긴다.

歸來池苑皆依舊 귀래지원개의구 　돌아와 보니 못과 정원은 예와 같아

太液芙蓉未央柳 태액부용미앙류 　태액지의 부용이며 미앙궁의 버들이며

芙蓉如面柳如眉 부용여면류여미 　부용은 얼굴 같고 버들은 눈썹 같으니

對此如何不淚垂 대차여하불루수 　이런 것을 보고 어찌 아니 눈물지으리.

春風桃李花開夜 춘풍도리화개야 　봄바람에 복숭아꽃 자두꽃 피는 밤

秋雨梧桐葉落時 추우오동엽락시 　가을비에 젖어 오동잎 지는 때

西宮南內多秋草 서궁남내다추초 　서궁과 남원에 가을 풀 우거지고

落葉滿階紅不掃 낙엽만계홍불소 　낙엽이 섬돌을 덮어도 쓸어낼 사람 없네.

梨園子弟白髮新 이원자제백발신 　이원의 악사들은 백발이 성성하고

椒房阿監靑娥老 초방아감청아노 　초방에 시중들던 젊은 시녀들도 늙었구나.

夕殿螢飛思悄然 석전형비사초연 　저녁 궁궐에 반딧불 나니 더욱 처량하여

孤燈挑盡未成眠 고등도진미성면 　등불 심지 돌우도록 외로이 잠 못 드니

遲遲鍾鼓初長夜 지지종고초장야 　더딘 종과 북소리에 처음에 밤이 길었고

耿耿星河欲曙天 경경성하욕서천 　은하수 반짝이며 날이 밝아지려 했네

鴛鴦瓦冷霜華重 원앙와냉상화중 　원앙기와 차디차니 서리꽃이 무거운데

翡翠衾寒誰與共 비취금한수여공 　비취 금침 싸늘한데 누구와 함께하리

悠悠生死別經年 유유생사별경년 　생사를 달리한 지 아득하니 몇 년이런가

魂魄不曾來入夢 혼백부증래입몽 　꿈에서도 혼백은 오지 않는구나.

臨邛道士鴻都客 임공도사홍도객 　임공의 도사가 홍도문에 객인데

78

能以精誠致魂魄 능이정성치혼백   정성으로 혼백을 불러올 수 있다 하니
爲感君王輾轉思 위감군왕전전사   황제의 전전긍긍한 생각에 감화되어
遂敎方士殷勤覓 수교방사은근멱   방사시켜 은근히 찾게 하였네.

排風馭氣奔如電 배풍어기분여전   바람을 가르고 번개처럼 내달아
升天入地求之遍 승천입지구지편   하늘 끝에서 땅속까지 두루 찾아
上窮碧落下黃泉 상궁벽락하황천   위로 푸른 하늘에 다하고 아래로 황천까지
兩處茫茫皆不見 양처망망개불견   두 곳 모두 아득할 뿐 찾을 길이 없는데
忽聞海上有仙山 홀문해상유선산   문득 소문에 바다 위에 신선산 있는데
山在虛無縹紗間 산재허무표묘간   그 산은 허무와 표묘 사이에 있어,
樓殿玲瓏五雲起 누전영롱오운기   전각은 영롱하고 오색구름이 일어
其中綽約多仙子 기중작약다선자   그곳에 아리따운 선녀들이 많이 사는데,
中有一人字太眞 중유일인자태진   그중 한 사람 이름이 옥진이라
雪膚花貌參差是 설부화모참치시   눈같은 살결, 꽃다운 얼굴과 비슷하더라.
金闕西廂叩玉扃 금궐서상고옥경   황금 대궐 서쪽 방의 옥문을 두드리고
轉敎小玉報雙成 전교소옥보쌍성   소옥시켜 쌍성에게 알리도록 말 전하니
聞道漢家天子使 문도한가천자사   한황제의 사자라는 말 전해 듣고
九華帳裏夢魂驚 구화장리몽혼경   구화장에서 꿈꾸던 혼백이 놀랐도다.
攬衣推枕起徘徊 남의추침기배회   옷자락 잡고 베개 밀고 일어나 서성이더니
珠箔銀屛迤邐開 주박은병이리개   구슬발 은병풍 비스듬히 연결되어 열리며
雲鬢半偏新睡覺 운빈반편신수각   구름 머리 반쯤 드리우고 막 잠에서 깬 듯
花冠不整下堂來 화관부정하당래   화관도 정리 못한 채 당에서 내려왔네.
風吹仙袂飄颻擧 풍취선메표요거   바람 부는 대로 소맷자락 나부끼니
猶似霓裳羽衣舞 유사예상우의무   예상우의곡에 맞춰 추던 그 모습인 듯
玉容寂寞淚欄干 옥용적막루란간   옥 같은 얼굴에 쓸쓸히 눈물 떨구니
梨花一枝春帶雨 이화일지춘대우   배꽃 한 가지 봄비에 젖은 듯

含情凝睇謝君王 함정응제사군왕　정을 품고 응시하며 황제께 아뢰기를
一別音容兩渺茫 일별음용량묘망　헤어진 뒤 옥음, 용안 둘 다 아득하네
昭陽殿裏恩愛絶 소양전리은애절　소양전에서 받던 은혜와 사랑도 끊어지고
蓬萊宮中日月長 봉래궁중일월장　봉래궁의 보낸 세월 길기만 하네
回頭下望人寰處 회두하망인환처　머리 돌려 저 아래 인간 세상 보아도
不見長安見塵霧 불견장안견진무　장안은 보이지 않고 짙은 먼지와 안개뿐
唯將舊物表深情 유장구물표심정　오래 지닌 물건으로 깊은 심정을 표할 뿐이니
鈿合金釵寄將去 전합금차기장거　자개 상자와 금비녀를 가지고 가시옵소서.
釵留一股合一扇 차류일고합일선　비녀 하나 전합 한 짝 남기니
釵擘黃金合分鈿 차벽황금합분전　비녀는 금을 떼고 전합은 장식을 분리했네
但教心似金鈿堅 단교심사금전견　마음이 비녀와 전합처럼 굳다면
天上人間會相見 천상인간회상견　천상에서 인간은 다시 보게 되리.

臨別殷勤重寄詞 임별은근중기사　헤어질 즈음 간곡히 다시 하는 말
詞中有誓兩心知 사중유서량심지　말 중에 두 사람만 아는 맹세의 말 있었으니
七月七日長生殿 칠월칠일장생전　칠월 칠일 장생전에서
夜半無人私語時 야반무인사어시　사람 없는 깊은 밤에 속삭이던 말
在天願作比翼鳥 재천원작비익조　하늘을 나는 새가 되면 비익조가 되고
在地願爲連理枝 재지원위연리지　땅에서는 연리지가 되자
天長地久有時盡 천장지구유시진　영구한 천지 다할 때가 있겠지만
此恨綿綿無絶期 차한면면무절기　이 슬픈 사랑의 한 끊일 때가 없으리.

이소도 《명황행촉도明皇幸蜀圖》

송宋나라 시와 그림의 풍風을 엿보다

송대에는 시詩보다 사詞가 문학의 주류를 이루었지만, 시도 『전당시』에 수록된 양에 비교할 만큼 많이 전한다. 당시가 호방한 기개를 표현하거나 산수 자연을 서정적으로 표현하였다면, 송시는 논리적이고 사변적이라고 할 수 있다.

송초宋初의 시단은 양억楊億을 수령으로 전유연錢惟演·유균劉筠 등 조정 대신이나 한림학사들 17인으로 구성된 서곤체西崑體[1]가 흐름으로 자리 잡았다. 하지만 호탕하고 청려한 소순흠蘇舜欽·매요신梅堯臣·구양수歐陽脩 등 궁정 대신들이 서곤체를 지나치게 화려하다고 비판하며 송시는 새로운 국면에 돌입하게 되었다. 구양수의 뒤를 이은 소식과 왕안석王安石은 복고를 주장하며 '시문 혁신 운동'을 벌렸다. 서곤파는 점차 소멸하였고 소식의 복고주의를 이은 황정견이 주창한 강서시파江西詩派가 주류를 이루었다. 황정견·장뢰·조보지·진관의 '소문4학사蘇門四學士'가 강서시파를 오래도록 전수했다. '소문4학사'들도 소식의 시와 문장을 뛰어넘지는 못했으니 북송 시는 소식이 정점을 찍었다고 볼 수 있다. 남송에서도 시파가 나뉘었는데, 진여의·육유·양만리·범성대의 남도사가南渡四家, 영가시파, 강호시파가 있었고 주희를 중심으로 하는 이학파의 시파가 있었다. 이학파의 시는 '문장

---

1) 서곤체西崑體는 송宋나라 초기에 일부 시인에게서 유행한 한시체漢詩體이다. 당唐나라 말기의 시인 이상은李商隱의 시풍을 모방한 것으로, 화려한 수사와 대구, 전고典故 등을 중시하였다. 서곤파西崑派는 송초 양억楊億이 시작하였다.

으로 도를 싣는다는 문이재도文以載道'의 법칙을 따랐다.

당나라 화가들은 실용적 인물화를 많이 그렸으나 송나라 화가들은 감상용 산수화를 많이 그렸다. 북송 화가로는 북방 산수화를 그린 형호·관동과 이성·범관이 화단의 주를 이루었다. 특히 이성의 산수화는 북방 산수화와 남방 산수화를 융합시켜 북송의 화풍을 이루었다. 하지만 이성의 남아있는 진적眞跡은 찾기 힘들다. 이성을 추종한 화가는 범관, 곽희郭熙, 이공린 등이다. 곽희는 기록이 많지 않았으며 북송 3대 화가는 이성, 범관, 동원이었다. 이들의 산수화는 전경을 그려 신품으로 분류되었다. 그러나 곽희의 아들 곽사가 정리한『임천고치林泉高致』에 곽희가 화원의 대조待詔였다고 전하고 그의 평담平淡의 화풍을 널리 알려 이성과 이성의 제자인 곽희의 화풍을 이곽파라 부르며 소식과 황정견이 곽희의 그림을 높이 추앙했다.

송나라 미술의 양식은 북송과 남송으로 나뉘어 확연한 차이를 나타낸다. 북송에서 사실적인 산수화를 많이 그렸다면 남송에서는 문인화가 유행하였다. 북송의 그림에도 두 부류의 품격으로 평가되었다. 그 하나는 신품으로 형호·관동처럼 먹으로 사실적 형태를 그리거나 황전처럼 색채를 써서 사생을 그려 유가적 신神을 표현했고, 다른 하나는 일품으로 소식·미불처럼 먹만으로 문인화풍을 표현하거나 남송의 마원과 하규처럼 산수 일부분만 화폭에 담은 일우一隅산수화가 이에 속했다.

남송의 문인화는 북송의 소식과 미불이 그리기 시작하여 남송에 전해졌고 휘종은 문인화풍의 화조화가 중에서 최고였다. 산수화로는 북송에서 이당과 곽희 등 화원 화가가 이형사신以形寫神의 신神을 중시한 그림을 주로 그렸다면 남송에는 마원과 하규 등이 이신사형以神寫形의 일逸을 중시하는 문인화풍에 가까운 일우산수화를 그렸다. 문인화에서도, 문동은 대나무를, 소식은 괴석을, 이공린을 사람을, 송적은 소나무를, 미불은 산수를 간결하게 그려 오묘함을 드러냈다.

題韓幹《십사마도十四馬圖》

[송宋] 소식蘇軾

한간의 《14필의 말 그림》에 적다

二馬並驅攢八蹄 이마병구찬팔제[1]   두 필은 나란히 달리며 여덟 말발굽을 모으고

二馬宛頸鬃尾齊 이마완경종미제[2]   두 필은 고개 숙이고 갈기와 꼬리 가지런하네

一馬任前雙舉後 일마임전쌍거후[3]   한 필은 앞발로 딛고 쌍으로 뒷발을 추켜들고

一馬卻避長鳴嘶 일마각피장오시   한 필 말은 물러나 피해서 우네

老髥奚官奇且顧 노염해관기차고[4]   수염난 노인인 해관이 기이하여 돌아보니

前身作馬通馬語 전신작마통마어   전생의 말이 되어 말 언어로 소통하네

後有八匹飲且行 후유팔필음차행   뒤에 여덟 필 말 있어 물 마시려고 달려가니

微流赴吻若有聲 미류부문약유성   또랑에 달려가 들이키니 소리가 나는 듯하네

前者旣濟出林鶴 전자기제출림학   앞말은 이미 건너 숲의 학들 몰아내고

後者欲涉鶴俯啄 후자욕섭학부탁   뒷말 건너려는데 학이 고개 숙이고 쪼아대네

最後一匹馬中龍 최후일필마중룡   최후 한 필은 말 가운데 용인데

不嘶不動尾搖風 불시부동미요풍   울지도 움직이지도 않고 꼬리로 바람 날리네

韓生畫馬眞是馬 한생화마진시마   한간이 말을 그렸는데 진짜 말이고

蘇子作詩如見畫 소자작시여견화   내가 지은 시는 마치 그림 보는 것 같다.

世無伯樂亦無韓 세무백락역무한   세상에 백락이 없으면 한간도 없으니

此詩此畫誰當看 차시차화수당간   이 시와 그림 누가 볼 수 있으리

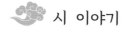 시 이야기

한간은 《십육마도十六馬圖》를 그렸다. 소식이 제화하며 14필 말들의 자태를 자세히 표현하고 《십사마도》라고 이름 붙였다. 그리고 명마 감별사 백락이 없었으면 한간이 명마를 그리지 않았을 것이고 그림이 없었다면 후대 사람들이 소동파의 시도 감상하지 못하였을 것이다. 소식은 한간이 그린 말은 진짜 말 같고 자신이 지은 시는 마치 그림 보는 것 같다고 하였다.

주

1 찬팔제攢八蹄는 여덟 말굽을 모은다는 뜻으로 두 말이 달리는 것을 형용한다.
2 완경宛頸은 '머리 숙이고 목을 구부린다.'라는 뜻이다.
3 임전任前은 전신의 중량을 앞의 두 다리에 두었다. 대구對句로 거후擧後라고 쓰는데 뒤 말굽을 딛고 일어서는 것이다.
4 해관奚官은 해당 관리를 뜻하며 여기서는 말을 기르는 관리를 말한다.

참고

백락伯樂

백락은 춘추시대 때 사람이다. 말의 관상을 보는 상마가相馬家이다. 그는 성이 손孫이고, 이름은 양陽이다. 진목공秦穆公의 신하로 있으면서 말을 감정하는 일을 맡았다. 그가 천리마를 보는 안목이 뛰어나서 그가 고르는 말은 모두 명마였다. 한유韓愈의 〈마설馬說〉에 '세상에는 백락이 있고 난 뒤에야 천리마가 있었는데, 천리마는 항상 있으나 백락은 항상 있는 것이 아니다.'라고 하여 천리마가 있어도 백락이 없었다면 알아보는 사람이 없었을 것이라고 하였다.

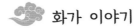

화가 이야기

한간韓幹, 706?~783

당唐대 화가이며 섬서성 경조 남전藍田 사람이다. 관직은 태부시승太府寺丞을 지냈다. 어렸을 때 주점에서 일하며 왕유의 집에 술값을 받으러 간 적이 몇 차례 있었는데 왕유는 그가 장난삼아 그린 안마 그림을 보고 잘 그렸다고 칭찬하였다. 그로 인해 한간이 그림 공부에 전념하였고 처음에 궁중화마宮中畵馬의 대가 진홍陳閎에게 그림을 배웠다. 그런데 크게 진전이 없어서 마구간을 자주 다니며 말의 습성을 세심하게 관찰하고, 말의 특징을 찾아내고, 말의 동작을 관찰하여 기록하는 등 주로 사생으로 초상, 인물, 귀신, 화죽, 화마를 그렸다. 후에 조패曹霸를 스승으로 삼았다. 천보 연간에는 왕실에 불려가 궁중의 명마를 모두 그렸다. 《목마도牧馬圖》, 《어인조마도圉人調馬圖》가 고궁박물원에 소장되어 전해 내려오고 있다.

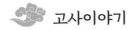

고사이야기

백락일고伯樂一顧

백락일고는 '백락이 한 번 뒤돌아본다.'라는 뜻이다. 어느 날 말을 팔려는 사람이 백락에게 다가와서 말 감정을 부탁했다. 그 사람은 꼭두새벽부터 말을 팔러 나왔지만 아무도 그의 말을 사려고 하지 않아 난감한 지경에 있었다. 간곡한 부탁에 못 이겨 따라나선 백락의 눈에 비친 그 사람의 말은 생각보다 훨씬 좋은 준마였다. 놀란 백락은 자기도 모르는 사이에 감탄하는 표정을 지은 채 한동안 말을 바라보다가 아깝다는 표정을 지은 채 그 자리를 떠났다. 말 감정으로 저명한 백락이 그리하는 것을 본 사람들은 앞을 다투어 그 말을 사려고 했고, 말 주인은 처음 생각했던 값의 열 배가 넘는 돈을 받고 말을 팔 수 있었다고 한다. 그 이후 백락일고의 고사가 생겼다.

백락상마伯樂相馬

백락상마는 '백락이 말을 관찰한다.'라는 뜻이다. 초나라 왕이 백락에게 좋은 말을 구해오라고 명령했다. 명을 받은 백락이 길을 나서던 중 소금장수의 마차와 마주쳤다. 소금 마차를 끌던 말은 비쩍 마르고 볼품없이 생겨 언뜻 보기에는 아무데도 쓸모없어 보이는 말이었는데, 천하의 명인이었던 백락은 단번에 그 말이 천리마의 자질을 갖추고 있음을 직감했다. 불세출의 천리마로 태어나 왕을 태우고 세상을 호령했어야 할 말이 보잘것없는 먹이를 먹고 비쩍 마른 채 소금 수레를 끌고 있었다. 그 모습을 보자 백락은 절로 측은지심이 들어 입고 있던 베옷을 벗어 말의 잔 등을 덮어 주었다. 그러자 말은 자신을 알아주는 데 감격해 길고 우렁차게 울었다. 백락이 소금장수의 말을 사서 나라 안에서 가장 좋은 먹이와 마구간을 내주어 힘써 보살피니 말은 곧 위풍당당한 천리마의 모습을 되찾았다. 이에 초나라 왕이 말 위에 올라타 채찍을 한 번 휘두르니 말은 그 길로 천 리를 질주했다고 한다.

한간 《십육마도十六馬圖》

自題 《금산화상金山畫像》¹

[송] 소식

스스로 《금산사에 그려진 소식 상》에 적다

心似已灰之木 심사이회지목²	마음은 이미 재가 된 나무와 같고
身如不繫之舟 신여불계지주	몸은 매어 놓지 않은 배와 같네
問汝平生功業 문여평생공업	그대의 평생 이룬 공적을 물으니
黃州惠州儋州 황주혜주담주³	황주, 혜주, 담주라 하네

 시 이야기

『금산지』에 따르면, 이공린이 금산사에 머무는 동안 소식의 초상을 그려 벽에 걸어두었다. 소식은 소동파이다. 그 후 동파가 금산사를 들르게 되어 그곳에 걸린 《금산화상》에 자신이 제화 시를 썼다. 이 시를 쓸 때는 동파가 황주에서 4년, 혜주와 담주에서 5년 반의 유배 생활을 겪은 뒤라 그는 이미 마음이 재가 된 나무와 같이 텅 비어 아무런 욕심도 없고 몸은 자유롭다. 그런데도 그간의 업적을 그에게 물으니 할 말을 잃고 그는 귀양 다닌 것을 자신의 업적이라고 말하고 있다. 마음이 재가 된 나무와 같다고 함은 『장자』에 전고가 있다.

주

1 《금산화상金山畫像》은 이공린李公麟이 그린 소동파의 초상화이다. 정국靖國 원년(1101)에 소식은 건주虔州로부터 강서성 예장豫章(지금의 남창)을 거쳐 남강南康, 서주舒州, 당도當塗, 강소성 금릉金陵을 거치고 5월에 의진儀眞에 도착하고 6월에 윤주潤州를 경유하여 상주常州에 이르러 그곳에 거주했다. 이 몇 수의 시는 의진에 도착한 후 금산사를 유람하며 지은 것이다. 『금산지』에 '이용면이 금산사에 머무르며 동파의 초상을 그렸는데 후에 동파가 금산사를 지나며 스스로 그 그림에 글을 적었다.'라고 적혀있다.

2 심사이회지목心似已灰之木은 마음이 불 꺼진 재와 같다는 뜻이다. 『장자·제물론』에 "안성자유가 스승님을 앞에 모시고 서 있다가 물었다. '어찌 된 일입니까? 육체가 본디 마른 고목처럼 될 수 있고 마음도 불 꺼진 재가 될 수 있습니까? 지금 책상에 기대신 모습은 예전에 기대고 계시던 모습과는 다릅니다.' 스승이 대답했다. '언아, 너 참 훌륭한 질문을 하는구나. 지금 나[吾]는 나[我]를 잊었다.'顔成子游, 立侍乎前曰, 何居乎. 形固可使如槁木, 而心固可使如死灰乎. 今之隱几者, 非昔之隱几者也. 子綦曰, 偃不亦善乎. 而問之也, 今者吾喪我."라고 하였다. 소동파에게 지금 변화한 나[吾]는 마음을 텅 비우고 아무 곳에도 구속받지 않는 자유로운 나이고 이전의 나[我]는 관직에 머무르며 높은 곳을 바라보고 달려가던 마음, 좌천되어 분한 마음 등 다양한 마음들의 복합체이다. 그는 마음을 다 비우고 모든 욕망과 욕심이 사라진 오상아吾喪我 상태이기 때문에 바로 '마음이 불 꺼진 재와 같다心似已灰之木.'라고 표현하였다.

3 황주黃州는 지금의 호북성 황강현黃岡縣이며 동파가 적벽부를 지은 곳이다. 혜주惠州는 광동성에 있고, 담주儋州는 해남도에 있다. 이곳은 모두 소동파가 오랫동안 유배갔던 곳이다.

 화가 이야기

이공린李公麟, 1049~1106

북송(960~1126)의 화가이며 미술품 수집가이다. 이름이 공린公麟이고 자가 백시伯時이며 호는 용면龍眠이다. 안휘성 서성舒城 사람이다. 명화를 많이 수집하고 있는 명문 집안에서 태어났다. 북송시대 사대부들로부터 크게 칭송받은 저명한 화가이다. 1070년 진사시에 급제하여 중서문하中書門下를 거쳐 성산정관省刪定官에 이르렀으나 병을 얻어 1100년에 사직하고 물러나 용면산龍眠山에서 회화에 전념했다. 하남성 개봉開封에서 벼슬을 하고 있을 때 소식과 미불 등 당대의 명인들과 교유交遊하였고 인물, 불화, 마화, 산수, 화조 등에서 한 곳도 정밀하지 않은 바가 없어 '송나라 화가 중 제일인'으로 불렸다. 작품으로《산장도山莊圖》가 있고 전해지는 작품으로는《오마도五馬圖》,《유마힐도維摩詰圖》 등이 있다.

 ## 작가 이야기

소식蘇軾, 1036~1101

북송의 문학가이고 서화가이다. 사천성 미산眉山에서 태어났다. 자는 자첨子瞻이고 호는 동파거사東坡居士이다. 아버지 소순蘇洵, 동생 소철蘇轍과 함께 '3소三蘇'라고 일컬어지며 삼부자가 문장에 뛰어나 당송8대가唐宋八大家에 속한다. 그의 아버지 소순은 두 아들의 시를 구양수歐陽修에게 보여주었는데 격찬을 받았다. 이들 형제는 그해 가을 진사進士가 되었고 이듬해 예부禮部에서 주관하는 시험에 나란히 급제했다. 그는 봉상부鳳翔府의 첨서판관簽書判官이 되었고 임기가 끝나 상경한 1065년에 부인 왕씨王氏와 사별하고 〈망처왕씨묘지명亡妻王氏墓地銘〉을 썼다. 이듬해 아버지 소순이 죽자 아버지의 관을 고향으로 가져가서 상을 치렀다. 탈상脫喪하고 상경하였는데 신종神宗이 즉위하여 참지정사參知政事 왕안석王安石을 중심으로 한 개혁파가 신법新法을 시행하였다. 신법에 대해서 비판적이었던 소동파는 지방 근무를 자청하여 절강성 항주杭州, 산동성 밀주密州, 서주徐州, 호주湖州 등지의 지방관을 역임했다. 그는 신법으로 인해 고생하는 농민들의 생활상을 시로써 묘사하였다. 호주지사湖州知事로 있던 1079년 조정의 정치를 비방하는 내용의 시를 썼다는 죄목으로 어사대御史臺에 체포되어 수도로 호송되었다. 이때 어사들의 심문과 소동파의 변명을 담은 기록이 〈오대시안烏臺詩案〉에 남겨져 지금까지 전해오고 있다. 다행히 사형을 면한 그는 100일간의 옥살이를 마치고 호북성 황주黃州로 좌천되었다. 황주의 좌천은 정치에는 관여하지 않고 그곳에 거주할 의무가 주워진 유형流刑이었다. 그는 황주 동파 언덕에 살아 동파거사가 되었고 황주 적벽에서 삼국시대 적벽대전이 있었던 남쪽의 적벽을 생각하며 〈적벽부赤壁賦〉를 지어 유명한 작품으로 남게 되었다. 다시 사마광司馬光이 정치 중심에 있게 되며 왕안석이 만든 신법들을 폐지했다. 이때 소동파도 다시 발탁되어 예부낭중禮部郎中을 시작으로 중서사인中書舍人 · 한림학사지제고翰林學士知制誥 등의 요직에 올랐다. 사마광이 죽고 난 후 다시 당쟁이 시작되었고, 또 좌천되어 혜주사마惠州司馬로 임명되었다. 그에 대한 탄압은 여기에 그치지 않았다. 그를 질시하는 정치인들로 인해 해남도海南島로 다시 유배되었다. 철종이 죽고 휘종徽宗이 즉위하자 제거옥국관提擧玉局觀이라는 명예직에 봉해져 상경하던 도중에 병을 얻어 상주常州에서 잠시 머물었는데 그때 금산사에 들러 벽에 걸린 이공린이 그린 《금산화상》 그림을 보고 제화 시를 썼다. 그리고 고향에는 돌아가지 못한 채 66세에 생을 마감했다.

 고사 이야기

소식과 왕조운王朝雲

조운은 성이 왕씨이고 절강성 전당(지금의 항주) 출신으로 간아幹兒라는 이름을 가진 아들이 있었는데 일찍 요절했다. 그녀는 소식이 항주에 있을 때 소식의 집에 심부름하러 들어갔다. 소식이 영주潁州와 양주揚州로 좌천되어 지방으로 돌 때 집안의 시녀들이 하나둘씩 떠나가 버리고 몇 남지 않았다. 소식은 남만南蠻 지역으로 좌천이 아니라 유배당해 떠나게 되었다. 그곳은 사람 살기 쉽지 않은 곳이라 시중

들러 따라나서는 조운을 그가 만류했다. 그녀는 왕부인이 세상을 떠나 도와줄 사람이 없으니 자신이 소식을 직접 보살펴야 한다며 호북성 황주黃州와 광동성 혜주惠州로 귀양 갈 때 동행하였다.

소식은 당나라 백거이를 존경했다. 백거이는 만년에 번소와 소만이라는 두 시첩이 있었고 그녀들을 자랑하기 위해 시를 지어 '앵두는 번소의 입술이요, 버들은 소만의 허리로다.'하였다. 두 여인은 가무에 능했으나 백거이를 사랑하지 않았고 만년에 모두 그를 떠나갔다. 소식은 왕조운이 자신에게 지극정성을 다하는 모습을 보고 〈조운시병인〉을 썼다.

〈조운시병인〉 　　　　　　　소식

不似楊枝別樂天 불사양지별낙천　그녀는 낙천을 떠난 번소를 닮지 않았고
恰如通德伴伶玄 흡여통덕반영현　흡사 영현과 동반했던 통덕과 같으니
阿奴絡秀不同老 아노낙수부동로　낙수처럼 아들과 같이 늙지는 않았지만
天女維摩總解禪 천녀유마총해선　유마힐의 천녀처럼 선을 알았네
經卷藥爐新活計 경권약로신활계　도가경전과 약 풍로는 새로운 수행법인데
舞衫歌扇舊因緣 무삼가선구인연　가무로 맺은 오래된 인연이니
丹成逐我三山去 단성축아삼산거　단약 만들어 나를 따라 삼신산 가려고
不作巫陽雲雨仙 부작무양운우선　무산의 운우 신선 되지 못하네

양지楊枝는 양류지楊柳枝로 당나라 때 유행한 악곡이다. 백거이의 가기였던 번소가 이 노래를 잘 불러 그녀의 별칭으로 불린다. 조운은 왕조운으로 소식이 무산신녀의 고사를 빌려다 조운을 자랑했다. 무산신녀의 이름이 조운朝雲이다. 소식은 일찍이 그녀를 신선에 비유하여 이름을 조운으로 지어 주었다. 이 시에 조운은 나와 함께 영원히 동행할 것이라 백거이보다 내가 행복하다는 의미가 깃들어 있다.

교유대련交遊對聯

교유대련은 '대구對句의 글을 지으며 교유하다.'의 뜻이다. 소동파의 여동생 소소매蘇小妹는 낭군을 찾기 위해 문장으로 남편을 뽑겠다고 했다. 당시 이 소문이 온 마을에 전해지자 글을 올린 구혼자가 수를 셀 수 없이 많았다. 그중에서도 방약허方若虛라는 부호의 공자가 있었는데, 오랫동안 소소매를 흠모하였다. 마침 그 소식을 듣고 서둘러 응모했다. 그는 득의양양하게 시문 몇 편을 올렸고 소소매가 한 번에 그의 시는 '맹물처럼 담담하다淡如白水.'고 여겨 붓을 들어 '그 재주는 적고 마음에는 계책이 없다筆底才華少, 胸中韜略無.'라고 그의 글 위에 써서 일련의 대구對句 글로 비평하였다. 이 글을 본 소동파는 몹시 초조했다. 방약허에게 미움을 사지 않으려고 시비를 피해 몰래 소소매의 연 뒤에 대련을 다음과 같이 고쳤다. '글 재주는 적게 있고, 마음속에 계략은 무궁무진하다.筆底才華少有, 胸中韜略無窮.'라고 유有와 궁窮 한 글자씩을 뒤에 붙여 의미를 바꾸어 보냈다.

방약허는 연을 읽고 난 후 정말 기뻐서 빨리 소소매를 만나 자신의 마음을 표현하려 했다. 소식은 여동생이 그에게 관심조차 없다는 것을 알고, 자칫 서로가 끝을 잘 마무리하지 못할까 봐 황급히 그를 찾아가서 말했다. "내 여동생은 글재주가 좀 있지만, 용모가 뛰어나지 못하고 얼굴은 길며 이마는 튀어나왔다. 믿지 않는다면 너에게 그녀의 시 한 편을 들려주겠다."하고는 '작년에 그리움으로 흘린 눈물 한 방울이 아직 뺨에도 흐르지 않았다.'라고 읊으니 방약허는 소동파가 자신을 속이고 있다는 것을 모르고, 정말 소소매가 못생겨 정인에게 소박맞은 것으로 생각하고 실망하고 스스로 떠났다.

진소유秦少遊는 송대 시인이며 '소문4학사蘇門四學士' 중 한 명인 진관秦觀이다. 진소유가 소소매蘇小妹에게 장가갈 때, 결혼 전에도 여러 차례 대련을 짓게 하여 어려움을 겪었는데 드디어 결혼이 성사되어 신혼집 문 앞에 도착했는데 신부 소소매가 또다시 글 한 연聯을 내놓고 대련을 출제했다. 신부가 한 글귀를 던졌는데 진관秦觀은 오랫동안 생각했는데도 연결할 다음 구를 내놓지 못하였다. 그러자 소동파가 새신랑을 도와주고 싶어서 먼 곳에서 돌멩이 하나를 주워 호수에 멀리 던졌고, 진소유는 영감을 받아 갑자기 글을 지었다. 진관은 결혼 후에 소식蘇軾의 천거로 태학박사太學博士가 되어 국사원 편수관國史院編修官을 겸임하였다. 하지만 신당파의 등장으로 구양수와 함께 구당파였던 소식이 실각하게 되어 같이 유배길에 올랐다.

어느 날, 소동파와 매제 진소유는 같이 교외로 놀러 나갔는데, 오솔길에 세 개의 돌로 만든 뇌교磊橋를 보았다. 소동파는 돌다리를 발로 한 번 걷어차며 상련을 읊었다. "뇌교를 부수니 세 덩어리 돌이네.踢破磊橋三塊石."하고는 진소유를 돌아보며 하련下聯을 지어보라고 했다. 진소유는 한참을 생각했지만 끝내 대련을 짓지 못해 집에 돌아와서도 내내 찜찜하고 즐겁지 않았다. 소소매는 남편의 불쾌한 표정을 보고 무슨 일이 있었을 것으로 짐작하여 물어보자 말을 꺼내기도 전에 대련이었다는 생각이 들었다. 그녀는 두 말도 없이 종이 한 장에 '출出'자를 쓰고 동시에 가위로 두 토막으로 잘랐다. 진소유는 문득 크게 깨닫고, 하련을 "출出자를 가위로 자르니 산이 둘이네.剪斷出字兩重山."라고 적었다.

소식지학경蘇軾之學境

소식지학경蘇軾之學境은 소식의 학문 경지를 말한다. 소식이 젊었을 때 타고난 자질이 총명하여 시·서를 읽었고, 경전과 역사에 널리 통달하였으며 작문에도 능하여 사람들의 칭찬을 많이 받았다. 따라서 어려서부터 자긍심이 싹트기 시작했다. 하루는 소식이 문 앞에다 두 연의 글귀를 적었는데, 한쪽에는 '천하의 글씨를 두루 다 깨친다.識遍天下字.' 다른 한쪽에는 '세상에 있는 책을 모두 다 읽는다.讀盡人間書.'라고 썼다. 이미 운자로 '두루 다' 의미인 '편遍'자와 '모두 다' 의미인 '진盡'이 대구를 이루어 소식이 당시에 지녔던 자긍심을 생생하게 그려냈다. 뜻밖에도 며칠후, 한 마리 학처럼 머리가 하얀 노인이 소식의 집으로 찾아와서 가르침을 청했고 그는 자기가 가져온 책을 자세히 알려달라고 청했다. 소식은 조금도 개의치 않고 책을 받아서 보더니 갑자기 멍해졌다. 책에 적힌 글씨는 하나도 알지 못했다. 그렇게 도도하던 소식이 부끄러워하며 노인에게 사과하니 노인은 웃음을 머금고 급히 그곳을 떠났다. 소식이 부끄러워서 문 앞으로 달려가 그 대련에 각각 발분發憤과 입지立志 두 글자씩을 더하여 '노력하여 천하의 글자를 다 안다.發憤識遍天下字.', '세상에 있는 책을 모조리 다 읽기로 뜻을 세운다.立志讀盡人間書.'라고 고쳤다. 그리고 소식은 지키려고 노력했다. 소식의 학문의 경지는 시·서·화 모든 부분에서 최고의 경지에 올렸다.

사태염량寺態炎涼

사태염량寺態炎涼은 '사찰의 태도가 더웠다가 싸늘했다가 상황에 따라 바뀐다'라는 이야기이다. 소동파는 막간산莫幹山을 유람할 때 한 절에 가서 작은 자리에 앉았다. 절의 주지 스님은 낯선 사람이 오자 담담하게 "앉아라坐"하고 말했다. 또 어린 스님에게 "차茶"라고 소리쳤다. 두 사람이 자리에 앉아 이야기를 나누던 중 주지 스님은 상대방이 주옥같은 말을 하는 것을 발견하고 이 사람이 범상치 않을 것을 예상하여 손님을 사랑방으로 들라고 하여 계속 이야기를 나누었다. "앉으세요請坐." 하고 또 옆에 있던 어린 스님은 "차를 권합니다敬茶."라 하였다. 이야기를 나누며 손님이 유명한 소동파라는 것을 알았다. 주지 스님은 황급히 읍을 하고 공손하게 그를 응접실로 안내하며 "위쪽에 앉으세요請上坐."라고 하고는 어린 스님에게 명하여 "향차를 올리라敬香茶."고 하였다. 소동파가 떠날 때, 주지 스님은 그에게 대련 한 구를 써달라고 부탁했다. 소동파는 미소를 머금고 휘호를 하였는데 한쪽 연에 좌坐, 청좌請坐, 청상좌請上坐, 다른 한쪽 연에 차茶, 경차敬茶, 경향차敬香茶라고 썼다.

소식 《금산화상金山畵像》

李亮功家周昉畫 《미인금완도美人琴阮圖》¹

[송] 황정견黃庭堅

이양공댁에 있는 주방의 그림 《미인이 금을 타는 그림》에 적다.

周昉富貴女 주방부귀녀	주방은 부귀한 여인을 그렸는데
衣飾新舊兼 의식신구겸	복식은 새것과 옛것을 겸했네.
髻重髮根急 계중발근급	틀어 올린 머리는 무겁고 머리끝은 좁구나.
薄粧無意添 박장무의첨	담박하게 단장하여 더 칠할 뜻이 없네.
琴阮相與娛 금완상여오²	금완을 켜며 서로 함께 즐거워하고
聽絃不觀手 청현불관수	현 소리를 듣는데 손은 보이지 않네
敷腴竹馬郞 부유죽마랑	포동포동한 죽마 탄 사내애들은
跨馬要折柳 과마요절류³	말을 타고 와서 버들가지 꺾어 주기를 요구하네.

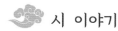 시 이야기

　황정견과 가까이 지내던 이양공의 집에 주방이 그린 《미인금완도》가 있었다. 이양공은 이용면의 동생인데 형 용면은 화가이면서 그림 수집가였다. 황정견은 주방이 그린 그림 속 부잣집 여인들의 겉모습을 보고는, 옷은 옛것과 당시의 유행하는 옷을 골고루 입고 있으니 틀어 올린 머리에 많은 장식이 무거워 보이는 것 외에는

담박하게 단장하였다고 평했다. 여러 여인이 함께 어울려 금을 타고 있는데 어찌나 손놀림이 빠른지 손이 보이지 않는다. 금 타느라 정신이 없는데 살이 포동포동 찐 아이들은 자기네 말채찍으로 쓸 버들가지 꺾어달라고 부탁하고 있다. 그림을 보지 않아도 제화 시를 읽으니 그림이 저절로 그려진다.

주

1 이양공李亮功은 북송 사람이며 용면 이공린의 동생이다. 이공린은 용면산의 풍경이 너무 아름다워서 두 동생 이원중과 이양공을 데리고 용면산에 은거하며 그림을 그렸다. 그래서 그들을 용면삼이龍眠三李라 불렀다. 그는 소식, 황정견과 친분을 가졌다.
2 금완琴阮은 악기이다. 현악기인 비파琵琶, 월금月琴 부류를 지칭한다.
3 절류折柳는 버드나무 가지를 꺾는다는 뜻으로 이별, 송별의 대명사이다. 유柳는 유留의 음과 같기 때문인 것에서 비롯되었다. 이 시에서는 이별의 의미로 쓰이지 않았다.

 화가 이야기

주방周昉

당나라 저명한 화가이다. 자는 중랑仲朗·경현景玄이고 섬서성 장안 사람으로 귀족 출신이다. 관직은 월주越州와 선주宣州에서 장사長史를 지냈다. 처음에는 장훤의 그림을 배웠지만, 후에는 인물의 정신과 자태를 잘 묘사했다. 귀족 모습만을 주로 그렸다. 장언원의 『역대명화기』에서 주방의 그림을 평하기를, '의상은 필체가 힘이 있고 형상이 간결했으며 채색은 부드러우면서도 화려했다.'라고 했고, 주경현의 『당조명화록』에는 '상품上品에 해당한다.'라고 하였다. 작품으로 《휘선사녀도揮扇仕女圖》가 전한다.

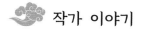 **작가 이야기**

황정견黃庭堅, 1045~1105

북송의 저명한 시인이고 서예가이다. 자는 노직魯直이고 호는 산곡도인山穀道人이며 만년에 호를 부옹涪翁이라 불렀다. 강서성 홍주洪州 분영分寧 사람이다. 진사가 되어 이부원외랑吏部員外郞을 지냈다. 시는 두보의 풍을 배웠고 장뢰張耒, 조보지晁補之, 진관秦觀 등과 소동파蘇東坡의 문하에서 공부하여 소문사학사蘇門四學士라 불리었다. 또 서예에서 소동파·미불·채양과 함께 '송4대가'로 불린다. 황정견은 소동파보다 학구적이고 내향적인 사람이었고, 문학에서는 소동파를 뛰어넘지 못했으나 창작 기법 면에서 더 신비적인 면을 보였다. 그의 서법은 당의 승려 회소의 맥을 잇는 자유분방한 초서체로 유명하다. 『산곡집山穀集』과 시집 『산곡정화록山穀精華錄』, 사집 『산곡금취외편山穀琴趣外篇』이 있다. 또 서예집으로 『화엄소華嚴疏』, 『송풍각시松風閣詩』, 『염파인상여전廉頗藺相如傳』 등이 있다.

 고사이야기

죽마랑竹馬郞

죽마랑은 말[馬]이라 부르는 대나무 장대를 타고 노는 사내아이들을 말한다. 당시에는 대부분 할아버지의 지팡이를 사용하였다. 막대를 타는 것과 다른 아이들의 어깨에 걸쳐 앉는 것에도 같은 이름을 쓴다. 『화한삼재도회』에 '후한後漢의 도겸陶謙이 열네 살에 스스로 깃발을 만들고 대나무 말을 타며 놀았다.'라고 쓰여 있고 이백의 〈장간행長幹行〉에 '소년이 죽마를 타고 와서郞騎竹馬來 청해靑海에서 놀았다.'라고 하여 후에 '청해죽마랑靑海竹馬郞'이라 했으며 이는 천진하게 노는 남자아이를 가리키게 되었다. 이 때문에 어렸을 때부터 친하게 지낸 가까운 벗을 죽마고우라고 부른다.

백아절현伯牙絶絃

금琴에 대한 고사 이야기는 너무도 많다. 백아절현은 백아伯牙가 금의 줄을 끊었다는 뜻이다. 전국시대 진나라 대부인 백아는 금 타는 솜씨가 뛰어났다. 백아가 사신이 되어 초 땅으로 배를 타고 가게 되었다. 초 땅에 배를 대고 백아는 금을 한 곡조 탔다. 멀리서 나무꾼이 금 소리를 가만히 엿듣고 있었다. 백아는 그를 불러 이름을 물으니 종자기鍾子期라 하였고 "금의 소리를 아느냐?"라고 물으니 "조금 압니다"라고 대답했다. 그래서 백아는 금을 타고 종자기는 감상하며 지음知音의 벗이 되었다. 백아는 이번 일을 마치고 돌아갔다가 모월 모일에 다시 만나자고 약속하고 헤어졌다. 백아는 약속일이 되어 초 땅 약속 장소에 찾아갔는데 종자기가 나오지 않았다. 의아하게 여기는 중 나뭇짐을 한 노인이 종자기를 기다리느냐고 물었다. 그는 종자기가 갑자기 죽었고 이 약속을 지키지 못해 못내 아쉬워했다고 전하였다. 백아는 그의 산소를 찾았고 그곳에서 종자기가 즐겨 듣던 한 곡을 타고는 금의 줄을 끊어버렸다. 자기가 금을 타더라도 그 금의 음을 알아주던 지음이 없어졌기 때문이다.

『열자·탕문』에 다음과 같이 적혀있다.

백아는 거문고를 잘 연주했고 종자기는 백아의 연주를 잘 감상했다. 백아가 거문고를 탈 때 그 뜻이 높은 산에 있으면 종자기는 '훌륭하다. 우뚝 솟은 그 느낌이 태산 같구나.'라고 했고, 그 뜻이 흐르는 물에 있으면 종자기는 '멋있다. 넘칠 듯이 흘러가는 그 느낌은 마치 강과 같군.'이라고 했다. 백아가 뜻하는 바를 종자기는 다 알아맞혔다. 종자기가 죽자 백아는 더이상 세상에 자기를 알아주는 사람知音이 없다고 말하고 거문고를 부수고 줄을 끊고 종신토록 연주하지 않았다.伯牙善鼓琴, 鍾子期善聽. 伯牙鼓琴, 志在高山, 鍾子期曰, 善哉. 峨峨兮若泰山. 志在流水. 鍾子期曰, 善哉. 洋洋兮若江河. 伯牙所念, 鍾子期必得之. 子期死, 伯牙謂世再無知音, 乃破琴絶絃, 終身不復鼓.

혜금완소嵇琴阮嘯

혜금완소는 '혜강이 금을 타고 완적이 길게 휘파람 불다.'라는 뜻이다. 혜강과 완적은 서진 시기 죽림칠현竹林七賢 명사 중 두 사람이다. 혜강嵇康은 금을 잘 타는데 특히 〈광릉산廣陵散〉을 잘 연주하였고 시도 잘 지었다. 또 음악에 정통하여 『금부』를 저술하였다. 죽림칠현은 위나라 정치를 손에 넣은 사마소司馬昭의 행동이 마음에 들지 않아 종종 술에 취해 사마소를 풍자하다가 결국 사마소를 화나게 하였다. 사마소는 진晉을 건국한 사마염의 부친이고 대장군 사마의의 아들이다.

처음 사마소가 혜강을 조정에 부르고자 했으나 그는 이미 속세와 인연을 끊었다고 하며 거절했다. 죽림칠현 중 산도가 선조랑이 되면서 혜강을 추천하고자 했지만 혜강은 답하는 서신에 '자신은 유속을 따르지 않고 탕무湯武를 부정하고 주공周公을 가벼이 본다.'라고 적어 거절의 뜻을 전했다. 사마소가 이를 듣고 분노했다. 이는 주나라 주공이 삼감의 난을 평정한 것을 낮춘 것인데, 여기서 주공은 사마소를 빗대어 말하는 것이었다. 사마소는 분노하여 혜강을 죽여야겠다고 생각한다. 그런데 종회가 사마소에게 "혜강은 제갈량과 같으니 그냥 두어서는 안 됩니다."하며 혜강을 제거하라고 주청하게 된다. 그 때문에 혜강은 결국 죽임을 당했다. 제갈량은 사마소의 아버지인 사마의와 치열하게 대립했던 인물이다.

혜강은 죽음을 앞두고 금을 어루만지며 〈광릉산〉을 한 번 타고 나서 탄식하며 "충신 원효니袁孝尼가 일찍이 내게 이 곡을 가르쳐 달라고 부탁했지만 나는 그에게 전수하지 않았다. 내가 죽고 나면 이 곡은 끊어질 것이다!"라고 말했다. 이 곡은 오래전에 삼천 명 태학의 학생들이 배우게 해달라고 상소했었으나 조정에서 이를 거부했다. 후에 누군가가 동한 채옹蔡邕의 묘를 도굴하여 그 속에서 〈광릉산〉 악보가 발견되었다고 하였다. 그러나 그 곡을 연주해보니 원곡과 같지 않아 위보僞譜로 판명되었다. 혜강의 〈광릉산〉은 20세기에 이르러 관평호管平湖가 복원하였다.

완소嘯嘯는 완적阮籍이 휘파람을 길게 분다는 이야기이다. 완적 또한 죽림칠현 중 한 명으로 유령劉伶 등과 술에 취해 감정을 표현하며 사마소에 대한 불만을 토로하곤 했다. 어느 날 소문산蘇門山에서 한 선비가 득도하여 소법嘯法을 익혔다는 말을 들었다. 완적은 그 소문만 듣고 소문산에 올랐다. 산에 오르니 도인이 정좌하고 있었는데, 완적이 아무리 소법을 가르쳐 달라고 졸라도 도인은 그를 상대하지 않았다. 완적은 할 수 없이 산에서 내려왔다. 산 중턱에 막 이르렀을 때, 문득 산에서 긴 휘파람 소리가 들려와 완적이 고개를 들어 올려다보니 바로 도인이 내뱉은 휘파람 소리가 산골짜기를 진동하고 있었다. 완적은 드디어 도인의 휘파람 소리를 들었고, 그도 문득 깨달음이 있어 긴 휘파람으로 화답했는데, 이것이 바로 완적의 휘파람 이야기이다. 혜강의 금 타기와 완적의 휘파람 길게 불기가 함께 병칭되어 혜금완소嵇琴阮嘯로 고사가 전한다.

주방 《미인금완도美人琴阮圖》

題李亮功戴嵩《우도牛圖》

[송] 황정견

이양공댁 대숭의 《소 그림》에 적다

韓生畫肥馬 한생화비마[1]	한간은 살찐 말을 그렸는데
立仗有輝光 입장유휘광[2]	입장에서 광채를 발하네
戴老作瘦牛 대로작수우[3]	대숭은 깡마른 소를 그려
平生千頃荒 평생천경황	평생 수많은 황무지를 갈았다네
觳觫告主人 곡속고주인[4]	소는 주인에게 하소연하지만
實已盡筋力 실이진근력	실제로 이미 힘을 다 소비했네
乞我一牧童 걸아일목동	나에게 목동 그림 한 점 그려달라 하니
林間聽橫笛 임간청횡적	수풀 사이에서 횡적 소리를 듣네

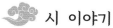 시 이야기

당나라 한간이 말을 잘 그렸는데 주로 살찐 명마들을 그렸다. 대숭은 밭 가는 소를 많이 그려 시인은 그가 그린 소들이 수많은 황무지 땅을 갈아엎었다고 표현했다. 누군가 대숭에게 소를 모는 목동 그림을 부탁하는데 시인은 벌써 목동이 횡적橫笛 부는 그림을 상상하여 숲속에서 횡적 소리가 들리는 것 같다고 적었다. 목

동을 그린 그림은 대다수가 횡적 부는 목동을 그렸기 때문이다. 횡적 부는 목동에 대한 고사 이야기가 전한다.

 ## 화가 이야기

대숭戴嵩

당나라 화가이며 한황韓滉(723~787)을 스승으로 삼았다. 한황은 덕종德宗 때 절서진수浙西鎭守였고 화가였다. 대숭은 산수 자연의 경치를 잘 그렸고 소를 그려 유명해졌다. 후대 한 평론가는 그의 소 그림은 '야생에서 근골의 오묘함野生筋骨之妙'을 얻었다고 했다. 한간의 말 그림과 함께 병칭하여 '한마대우韓馬戴牛'라고 했다. 작품에 《삼우도三牛圖》와 《귀목도歸牧圖》가 있다.

 ## 고사 이야기

곡속觳觫

시에서 곡속은 소를 대신하여 쓰였다. 곡속의 의미는 벌벌 벌벌 떤다는 뜻이지만, 눈에서 멀어지면 마음에서 멀어진다는 의미로 쓰인 고사이다. 이 고사는 『맹자

·양혜왕』에 맹자와 제선왕과의 대화에서 유래되었다.

> 저는 호흘胡齕이란 자가 한 말을 들은 적이 있습니다. 언젠가 왕께서 대전
에 앉아 계실 때 어떤 사람이 대전 아래로 소를 끌고 지나가자 왕께서 그것을
보시고 그 소를 어디로 끌고 가는지 물으셨고, 그 사람은 흔종釁鍾(종을 주조
할 때 소를 죽여 목의 피를 종에 바르는 의식)에 쓰려고 한다고 대답했습니다. 그러
자 왕께서 "그 소를 놓아주어라. 부들부들 떨면서 죄 없이 도살장으로 끌려
가는 모습을 나는 차마 못 보겠다."라고 하셨습니다. 그러자 그 사람이 대답
했습니다. "그러면 흔종 의식을 폐지할까요?" 그러자 왕께서는 "흔종을 어
찌 폐지할 수 있겠느냐. 소 대신 양으로 바꾸어라."라고 하셨다는데 그런 일
이 정말로 있었는지 모르겠습니다.臣聞之胡齕曰, 王坐於堂上, 有牽牛而過堂
下者. 王見之曰, 牛何之. 對曰將以釁鍾. 王曰舍之吾不忍其觳觫, 若無罪而就
死地. 對曰然則廢釁鍾與. 曰何可廢也, 以羊易之. 不識有諸.

이 이야기에서 왕은 소가 아까워서 양으로 바꾸라고 한 것이 아니라 소를 측은
하게 생각한 것이다. 소가 죄 없이 사지로 끌려가는 것을 보고 측은히 여겼다면
소나 양이나 마찬가지이다. 다만 소는 눈으로 보아 측은지심이 발동하였고 양에게
는 측은지심이 나타나지 않았다. 그 이유는 양을 눈앞에서 보지 않았기 때문이니
물리적 현상만을 보고 심리가 작용한 것이다. 곡속은 '벌벌 떨다.'의 뜻이나 눈에
보이는 것을 의미하며 또 단순히 소를 대신하여 쓰이게 되었다.

목동취적牧童吹笛

목동취적은 '목동이 비스듬히 피리를 불다.'라는 뜻이다. 송대 시인 뇌진雷震
(689~ 740)이 〈촌만村晚〉 시에서 다음과 같이 읊었다.

〈촌만村晚〉 　　　　　　　[송] 뇌진雷震

草滿池塘水滿陂 초만지당수만피	저수지 제방 가에 풀들이 가득한데
山銜落日浸寒漪 산함락일침한의	산 품은 해 떨어져 차가운 물에 빠졌네
牧童歸去橫牛背 목동귀거횡우배	돌아가는 목동은 소등에 비껴 타고
短笛無腔信口吹 단적무강신구취	짧은 피리 곡조 없이 내키는 대로 부네

　　〈촌만〉 시는 풀로 뒤덮인 연못, 산을 물들인 붉은 낙조, 목동이 소 등에 걸터앉아 피리 불며 돌아가는 농촌의 만경晚景을 읊었다. 이 시에서 목동이 소를 타고 비스듬히 누워 피리 부는 모습을 묘사한 후로 시를 쓰거나 그림을 그리는 작가들이 소를 그릴 때는 자주 소 등에 올라타 횡적을 부는 목동을 표현하곤 하였다. 그로 인해 '목동취적牧童吹笛'의 고사가 생겨났다.

대숭 《우도牛圖》

왕마힐 《포어도捕魚圖》

[송] 곽상정郭祥正

왕마힐의 《고기잡는 그림》

魚躍魚沉都不知 어약어침도부지 물고기 뛰어오름 가라앉음 모두 알지 못하는데
垂竿只要得魚歸 수간지요득어귀 낚싯대 던져놓고 물고기 잡아 돌아가길 바라네.
天寒浪急魚難得 천한랑급어난득 날씨 춥고 물결 급하여 물고기는 잡기 어렵고
愁入蘆花日又西 수입로화일우서 갈대꽃 속으로 배 저어 들어가니 해 기우네.

🌊 시 이야기

　마힐은 당대의 시인 왕유王維의 자이다. 왕유가 배를 타고 물고기를 잡아서 돌아가려고 낚싯대를 던져놓고 기다리지만 고기는 잡히지 않으니 더욱 춥게 느껴진다. 낚싯배가 갈대 속으로 들어가다 보니 어느새 어두워졌다. 왕유는 낚시할 줄 아는 이가 아니다. 물고기 움직임조차 모른다. 다만 낚싯대 던져놓고 유유자적하며 은거하는 모습을 그린 것이다. 왕유의 망천輞川 생활은 아래 '고사 이야기'에 있다.

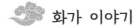 화가 이야기

왕유王維, 701~761

당나라의 시인이며 화가이다. 자가 마힐摩詰이고 호는 마힐거사이며 섬서성 태원
太原 기현祁縣 사람이다. 지방 관리의 집안에서 태어나 어릴 때부터 문장과 음악에
재능을 보여 상류사회에서 각광받았다. 현종의 개원 9년에 진사에 합격하고 우습유
右拾遺와 감찰어사를 지내고 천보 말에 급사중給事中을 지냈다. 736년에 이임보李林
甫가 재상이 되고 정치가 점점 쇠퇴하게 되어 그는 정치에 실망하였다. 하지만 당장
관직을 버리지는 못하다가 얼마 되지 않아 망천輞川 지역에 별장을 지어 은거에 들
어갔다. 그의 시는 고담枯淡 속에서도 풍성한 감각을 지닌 작품이 많아 진晉의 도연
명과 사령운謝靈雲의 흐름을 계승하여 새로운 자연미를 완성했다는 평가를 받는다.
그는 불교 신자라서 사찰에 대한 시를 많이 지었고 산수화의 거장으로서 청대 동기
창에 의해 남종화의 시조로 추앙받게 되었다. 그가 시화를 통해 추구한 것은 현세를
누리면서 은둔을 즐기는 이상적인 문인의 경지였다. 후에 사람들은 성당 시인 중
이백을 시선詩仙으로, 두보를 시성詩聖으로, 왕유는 시불詩佛로 불렀다.

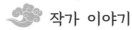 작가 이야기

곽상정郭祥正, 1035~1113

북송의 시인이며 자는 사공산인謝公山人·취인거사醉引居士·정공거사淨空居士·
장남랑사漳南浪士 등으로 불렀다. 안휘성 당도當塗 사람이다. 황우皇祐 5년에 진사
로 시작하여 역관비서각 교리, 태자중사太子中舍, 정주통판汀州通判, 조청대부朝請
大夫 등을 역임했다. 일생 동안 1400여 수의 시를 썼으며 시집인 『청산집靑山集』
30권이 남아있다.

🌀 고사 이야기

왕유가 한번은 다른 사람이 그린 《주악도奏樂圖》를 보고 자기도 모르게 웃었다. 사람들이 왜 웃느냐고 물으니, 왕유는 그림을 가리키며 "이 그림은 '예상우의곡'의 세 번째 첩曡 제1박拍을 그린 것이다. 좋은 일을 하는 사람이 있으면 집악공은 그림대로 연주한다."라고 하였다. 왕유의 음악적 재능은 한 번도 잘못된 적이 없었다. 왕유는 시, 그림, 음악 등 모든 예술 분야에서 탁월했다. 그에 대한 고사는 여러 가지가 있다.

대괴천하大魁天下

'대괴천하'는 나라 안에서 최고로 우수하다는 의미이다. 개원 9년 왕유는 장안에 가서 시험에 응시하여 벼슬을 하겠다는 포부를 가지고 있었는데 갑자기 누군가가 '장구고張九皋는 당 공주의 경로를 통해 이미 전시 1등을 약속받았다.'라는 말을 듣게 되었다. 왕유도 가만히 있을 수 없어 당시 친하게 지내던 기왕岐王 이범李範 (현종의 동생)과 의논하였고 이범은 왕유에게 두 가지 일을 준비하라고 일러 주었다. 하나는 청신하고 준수한 시 10수를 기록하는 것이고, 다른 하나는 스스로 비파곡 한 곡을 작곡해서 익히는 것이다. 그리고 닷새 후에 공주를 소개해 주겠다고 하였다. 왕유를 공주에게 소개하는 날, 이범은 왕유를 파격적으로 꾸미게 하고 먼저 눈에 띄는 자리에서 악기樂伎들과 더불어 즐겁게 춤을 추게 했다. 왕유의 범상치 않은 기질은 공주의 관심을 끌었다. 공주는 이범에게 왕유에 대해 이것저것 물었고, 이범이 "저 사람은 음을 아는 자다知音!"라고 말했다. 이어 왕유에게 비파를 연주하게 했는데, 왕유가 탄 것이 바로 자신의 신작 〈울륜포鬱輪袍〉였다. 후대 사람들은 이 곡을 〈패왕사갑霸王卸甲〉의 전 작품이라고 여겼다. 왕유의 기예는 듣는 사람들이 숨도 쉴 수 없게 만들었다. 공주는 더욱 기이해 했고 기왕은 한술 더 떠서 "왕유는 음률에 그치지 않고 사詞에도 우열을 가릴 자가 없다."라고 했다. 왕유가 즉시 자신이 지어온 시권詩卷을 바치자 공주는 놀라움을 금치 못했다. 며칠 후 왕유는 정장을 입고 다시 공주를 만나 귀빈의 예의를 다하여 문안을 여쭈었다. 드디어 장안에서 과거가 열렸다. 공주는 왕유가 상경하여 시험을 보러 왔다는 것을 알았고 혼자 말하기를, "이런 재주가 뛰어난 사람이 1등에 오르지 않으면 누가 감히 그를 대적하겠는가?" 하며 시험관을 불러서 말을 전했다. 시험관은 이미 왕유의 능력을 들은 바 있어 잘 알고 있었다. 전시에 붙은 왕유는 마침내 벼슬길에 올라 세상에 이름을 떨치게 되었다. 왕유는 시詩·서書·화畵·악樂 분야에 두드러진 실력을 지닌 자로 술수 역시 뛰어나 대괴천하라고 불렸던 인물이다.

불익이비不翼而飛

불익이비는 '날개가 없는데도 날았다'라는 뜻이다. 왕유가 일찍이 기왕 이범을 위해 《거석도巨石圖》를 그린 적이 있었다. 몇 획으로 엉성하게 그린 것 같은데도 자연스럽고 생동감이 넘쳤다. 기왕은 그림이 마음에 들어 이따금 꺼내서 감상하며 마치 자신도 그림 속에 녹아드는 듯했다. 어느 날 비바람이 거세게 불어 천둥 번개가 치며 '쾅'하는 소리가 들렸는데 한 물건이 지붕을 뚫고 하늘로 날아갔고 집은 다 망가졌다. 도대체 무슨 영문인지 원인을 몰랐다. 나중에 《거석도》의 빈축을 보고 날아간 것이 그림 속의 돌이었음을 알게 되었다. 몇 년 후 헌종이 왕위를 계승하였다. 고려의 사신이 당나라로 찾아와 헌종에게 말했다. "어느 해 어느 날 큰 비바람에 신숭산神嵩山 위로 기이한 바위가 날아들었는데 바위 위쪽에 왕유의 인장이 찍혀 있어 이 바위는 당나라 것일 것이라고 짐작했습니다. 그 때문에 이 돌은 당에 돌려주어야 한다고 여겼습니다."라고 하였다. 그 돌을 본 헌종은 신하에게 명하여 이 돌과 그림 속의 돌을 비교해보게 했는데 조금의 차이도 없다고 알려왔다. 헌종은 왕유의 그림 솜씨가 신묘하다는 것을 알고 급히 사람을 보내어 나라 안팎에서 왕유묵보王維墨寶를 찾아오도록 하여 궁에 보관했다. 그리고 그림 속의 물건이 다시 날아갈까 걱정이 되어 땅에 짐승의 피를 뿌리는 의식을 거행했다. 왕유의 그림 속 물건들은 날개가 없어도 날기 때문에不翼而飛 날아가지 못하도록 푸닥거리를 한 것이다.

왕유 《포어도捕魚圖》

題《여산도盧山圖》

[송] 옥간玉澗

《여산 그림》에 적다

過溪一笑意何疏 과계일소의하소 　호계 건너자 한바탕 웃은 뜻이 어찌 소탈한지
千載風流入畵圖 천재풍류입화도 　천 년의 풍류가 그림 속에 들어있네
回首社賢無覓處 회수사현무멱처 　고개 돌려도 결사한 현인은 찾을 수 없는데
爐峰香冷水雲孤 노봉향랭수운고 　향로봉 향기 시원하고 강물과 구름 외롭네.

🌀 시 이야기

　동진東晉의 혜원법사가 동림사에서 도연명과 육수정을 만나 깊게 학문을 논하고 헤어질 때 두 사람을 배웅하며 담소하다가 무심코 호계를 지나가자 갑자기 호랑이가 크게 포효하였다. 그 소리를 듣고 셋이서 한바탕 웃었다. 그들은 그 뜻을 알기 때문에 크게 웃었고 시인은 그 웃음이 지니는 뜻이 소탈하다고 시에 적었다. 시인은 이미 천 년 전 동진의 풍류는 많은 그림으로 남송까지 전하지만 혜원이 조직한 백련결사 자취는 찾아볼 수 없게 된 것을 안타깝게 여겼다. 또 당나라 이백의 시에 '여산 향로봉에 해 비추니 자색 안개가 일어난다日照香爐生紫煙.'라고 한 것에서 유래하여 향로봉과 마주한 여산 폭포 쏟아져 내리는 물줄기에 해가 비추어 향로봉에서 향기를 맡으니 시원하다고 했다. 하지만 혜원, 도연명, 육수정, 결사에 가담한

112

18명의 현인들, 이백 그 누구도 없으니 외로운 정감을 느낀 것이다. 이 시는 '백련결사'와 '호계삼소' 고사와 이백의 〈망여산폭포〉 시를 전고典故로 하여 지어졌다.

〈망여산폭포望廬山瀑布〉	이백
日照香爐生紫煙 일조향로생자연	해가 비쳐 향로봉에 자색 안개 피어나고
遙看瀑布掛前川 요간폭포괘전천	멀리 폭포 바라보니 긴 강에 걸려 있네.
飛流直下三千尺 비류직하삼천척	날아서 곧장 삼천 척 아래로 떨어지니
疑是銀河落九天 의시은하락구천	하늘에서 떨어진 은하수가 아닌가 싶네

 작가·화가 이야기

옥간玉澗

송말 천태종의 스님으로 전하며 생몰은 미상이다. 세속의 성은 조曹이고 이름은 약분若芬이다. 자는 중석仲石이고 절강성 무주婺州 사람이다. 항주 상축사上竺寺 주지 스님이었다. 시를 잘 쓰고 산수를 잘 그렸다. 그의 그림은 웅장하고 미묘함을 잘 표현하였다. 미불의 아들인 미우인米友人과 벗하였다.

 고사 이야기

호계삼소虎溪三笑

호계삼소는 '호계에서 세 사람이 웃다.'의 뜻이다. 세 사람은 동림사東林寺 주지

혜원慧遠, 문인 도연명陶淵明, 도사 육수정陸修靜이다. 송나라 진성유陳聖兪의 『여산기廬山記』에 호계삼소에 대한 전고가 나온다. 동림사는 강서성 여산 아래에 있는 정토종淨土宗 사찰이고 혜원이 창건하였다. 혜원은 중국 정토교의 초대 조종으로 당시 교유가 넓어 명사들과 왕래가 잦았다. 그는 동림사를 창건하고 주지가 되어 '그림자조차도 절 문을 나가지 않고, 또 사람들 사는 세속에는 발을 들여놓지 않겠으며, 또 손님을 배웅할 때도 호계교를 건너지 않겠다.'라는 금률禁律을 세우고 오랫동안 잘 지켰다. 그러던 어느 날 당대 최고의 문인 도연명과 도사 육수정이 동림사를 방문했다.

세 사람은 서로 마음이 통하여 유·불·도의 경계를 넘어 깊이 있는 학문적 담론을 하다가 날이 이미 저물었다는 것을 알지 못했다. 개천이 절을 돌아 절 문밖 다리 아래로 흘러가는데 혜원법사가 두 손님을 배웅하면서 이야기가 끝날 줄 몰라 생각 없이 이 다리를 건넜는데 갑자기 호랑이 울음소리가 들렸다. 세 사람은 호랑이가 울부짖는 소리를 듣고서야 이미 금률로 정해둔 경계를 넘었다는 사실을 깨달았고 서로 마주 보고 웃으며 작별인사를 했다. 그런 일이 있고 난 후 혜원이 그 다리 이름을 '호계虎溪'라고 지었고 후손들은 이들이 헤어진 곳에 '삼소정三笑亭'을 지어 그날의 일을 추억하게 했다. 그리고 많은 문인과 화가들이 '호계삼소'를 소재로 삼아 글을 쓰고 그림을 그렸다.

백련결사白蓮結社

결사는 단체를 조직하는 것이다. 동진의 혜원이 여산의 동림사에서 맺은 백련결사가 결사의 시작이다. 여산의 백련결사는 동림사 주지였던 혜원법사가 동림사 주변 지역에 은둔하고 있던 승속의 은사 유유민劉遺民 등 123명을 모아 결사하여 서방정토 극락세계 왕생을 기원하는 서원을 세우고 염불삼매를 행하여 정업淨業을 실천하고자 했다. 결사의 명칭이 백련白蓮이 된 것은 산속의 동쪽과 서쪽에 있는 연못에 백련을 심은 데서 유래한다. 혜원을 비롯하여 18명의 명사를 '18고현高賢'

이라 불렀고, 백련결사는 중국 불교 특히 정토종의 중요한 사건이었다. 혜원법사는 고현으로서 도덕적인 기풍을 지녔던 인물이었기에 지금까지도 문인들의 글을 통해 잘 알려져 있다.

옥간玉澗 《여산도廬山圖》

금원金元의 시와 그림의 풍風을 엿보다

금나라 문학은 원호문이 『중주집中洲集』을 엮어 시인 246인의 작품 1982수를 알렸다. 좋은 작품을 남긴 시인으로 우문허중, 채송년, 왕정균, 조병문 등이 있었다. 원호문 자신은 두보의 시에 조예가 깊어 『논시』 절구 30수를 지어 두보를 능가하는 중후함을 보여주었다.

원나라는 문화예술의 과도기였다. 정치적으로 비한족이 100여 년간 나라를 차지했고 송 말에는 은일 문화를 실현하는 한족 예술인이 많았다. 문풍文風의 흐름은 당에서 시詩가 가장 번창했고 송에서는 사詞가 문학의 주를 이루고 원에서는 곡曲이 주를 이루었다. 하지만 금의 원호문이 세운 시풍이 원에 이어졌기 때문에 시는 중국 문학에서 계속하여 주요한 흐름이 될 수 있었다. 원나라 북방 시인은 주로 송·금의 유민들로 금의 원호문의 시풍을 따라 호방하고 거칠게 험준한 자연을 묘사했으며 유병충, 요수, 허형, 왕운 등이 대표적이다. 남방 시인은 산수의 수려함을 아름답게 표현했으며 정거부, 대표원, 오징, 송무 등의 시인이 있었다. 이들은 대부분 시·서·화를 겸한 사인士人들이었다.

원의 화가들은 송의 일품론逸品論에 근거하여 일품逸品을 최고로 여겼고 또 문인화를 최고의 화풍으로 여겼기 때문에 문인화는 역대 최고의 경지에까지 이르렀다. 원의 화풍은 북송의 화가 형호·관동·범관·이당의 웅혼하고 기이한 것과 동원과 거연의 복고적 양식을 따른 거대한 전경을 그렸고 이들의 화풍은 명대 항주를 중심으로 직업 화가들의 모임인 절파로 이어졌다. 남송 화가 마원과 하규는 일우一隅 산수화를 주로 그렸는데 이들의 산수화풍을 이어받아 조맹부가 원 화단의 문인화의 틀을 마련했다. 원말에 황공망·오진·예찬·왕몽의 원말사대가가 산수를 단순하게 선으로 그려 품격과 은일을 표현했다. 특히 은일 정신은 송대 문인화를 한층 돋보이게 했으며 명대 오파에게 전하여 후대 예술의 표본이 되었다.

문인화가들은 산수 외에 화훼花卉나 초충草蟲을 그렸다. 화조화에서는 황전과 서희가 뛰어났고, 그들을 이어 황전파黃筌派와 서희파徐熙派로 나뉘었다. 황전파는 조정의 부귀를 그리는 전통을 이어받아 정밀하게 채색하여 신품에 해당하는 작품을 주로 그렸고 서희파는 재야에 머물며 묵만을 사용하여 일품에 해당하는 작품을 그려냈다. 대나무 그림은 송나라 소식이나 문동의 풍을 이었고 필묵의 운용에서 서법과 상통했다.

화원의 시험문제에는 시가 출제되었다. 시를 그림으로 표현해내야 하는데 드러나는 형形보다 내면의 신神을 잘 표현하고 일逸을 살려내야 장원의 그림이 되었다. 결국, 문인화는 서법의 필법을 빌려 그림에 접목한 것이며 시를 그림에서 잘 표현할 수 있어야 하니 시·서·화는 하나가 된 것이며 사인들의 전유물이었다.

문인화의 경계는 선비의 기상인 사기士氣의 이론적 표현이었다. 원에서 사기는 조맹부처럼 관에 나가 활동한 선비의 기상도 있고 전선처럼 원의 조정에서 부름을 거부하고 은거하여 절개를 지킨 사기도 있었다. 이들의 문인화는 지적이고 문학적이었다. 이후 문인화는 사대부의 전유물로 사대부 문인화라는 이름이 붙게 되었다.

伯時畵《구가九歌》[1]

[금金] 조병문趙秉文

백시가 그린 《구가》 그림

楚鄕桂子落紛紛 초향계자락분분	초 땅의 계수나무 꽃 떨어져 어지러운데
江頭日暮天無雲 강두일모천무운	강가의 해 저물고 하늘은 구름 없네.
煙濃草遠望不盡 연농초원망부진	안개 짙고 초원 넓어 바라보아도 끝이 없고
翩翩吹下雲中君 편편취하운중군	산들산들 바람 불어 운중군이 내려오네
九歌歌曲送迎人 구가가곡송영인	구가의 악곡으로 사람을 보내고 맞이하는데
還將歌曲事靈均 환장가곡사영균[2]	도리어 악곡으로 영균에게 제사지내네.
一聲吹入汨羅去 일성취입멱라거[3]	한 음악 소리가 불어 들어 멱라수로 들어가
千古秋風愁殺人 천고추풍수살인	천고의 가을바람 사람을 시름 짓게 하네.

 시 이야기

전국시대 초 땅이던 향리에는 이미 계수나무가 떨어질 시기이고 강가는 어둑어둑하게 저물었다. 하늘에 구름은 없어도 안개가 자욱하다. 초원은 아득하게 멀게 보이는 배경에 『초사楚辭』의 〈구가九歌〉에 등장하는 운중군이 바람결에 내려오는 모습이 그려져 있고 〈구가〉의 음악이 울려 퍼진다. 영균은 굴원이고 〈구가〉는 죽은 이의 영혼을 달래기 위한 악곡이다. 굴원을 제사 지내며 〈구가〉를 노래하는데 그 소리가 그가 빠져 죽은 멱라수로 들어가니 굴원의 죽음이 더욱 안타깝게 여겨져 제사 지내는 사람들이 수심에 차게 된다.

1 〈구가九歌〉는 중국 고대 한족 시가집이다. 〈구가〉는 하나라 때 악가樂歌였는데 후에
  민간에게 흘러들어 민간들이 제사 지낼 때 부르는 곡이 되었다고 한다. 왕일은 '「구가」
  는 『초사楚辭』의 편명으로, 원래 초 땅에 전해 내려오는 가곡 중 하나의 명칭이며 신에
  제사 지내는 노래이다.'라고 하였다. 〈구가〉는 전국시대 초나라 굴원이 민간들이 제사
  지내는 신의 악가에 근거하여 개작하였거나 혹은 가공하여 만들었다. 모두 11편인데,
  〈동황태일東皇太一〉, 〈운중군雲中君〉, 〈상군湘君〉, 〈상부인湘夫人〉, 〈대사명大司命〉,
  〈소사명少司命〉, 〈동군東君〉, 〈하백河伯〉, 〈산귀山鬼〉, 〈국상國殤〉, 〈예혼禮魂〉이다.

2 굴원屈原(BC343?~BC278?)의 이름은 평平·정칙正則이고, 자字가 영균靈均·원原이다.
  중국 호북성湖北省 자귀현秭歸縣 굴원진에서 출생하였다.

3 멱라汨羅는 멱라강을 일컫는다. 멱라강은 상강湘江 지류이고 호남성 동북에 있다. 굴
  원이 빠져 죽은 곳이다.

〈어부사〉 중에서	굴원
擧世皆濁我獨清 거세개탁아독청	온 세상이 모두 혼탁한데 나만 홀로 깨끗하고
衆人皆醉我獨醒 중인개취아독성	모두 취해 있는데 나만 홀로 깨어 있구나
滄浪之水清兮 창랑지수청혜	창랑의 물이 맑으면
可以濯吾纓 가이탁오영	갓끈을 씻고
滄浪之水濁兮 창랑지수탁혜	창랑의 물이 흐리면
可以濯吾足 가이탁오족	발을 씻는 것이지
新沐者必彈冠 신목자필탄관	머리를 감을 사람은 반드시 갓의 먼지를 털고
新浴者必振衣 신욕자필진의	몸을 씻을 사람은 반드시 옷의 먼지를 털어야지

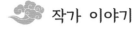

작가 이야기

조병문趙秉文, 1159~1232

금나라 시인이다. 자는 주거周巨이고 호는 한한거사閑閑居士이며 만호는 한한노인이다. 하북성 자주 사람이다. 세종 대정大定 25년(1185)에 진사가 되었다. 흥정 원년(1217)에 예부상서가 되었고 애제 즉위 후 한림학사가 되어 수국사修國史를 겸하였다. 다섯 왕조를 거치며 특별히 권력을 지니지 않은 선비처럼 묵묵히 봉직했고 74세에 세상을 떴다. 원호문元好問이 그의 시를 평하며, '시가 고담하여 마치 동진의 도연명과 같다.'라고 하였다. 저서에 《한한노인부수문집閑閑老人滏水文集》이 있다.

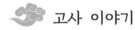

고사 이야기

굴원투강屈原投江

굴원투강은 굴원이 멱라강에 투신하였다는 뜻이다. 전국시대 초나라 회왕은 진秦나라에게 패한 후 다시 제나라와 손을 잡으려고 했다. 그런데 이때 진나라에서는 소양왕昭襄王이 왕위에 올랐다. 소양왕은 자못 겸손한 태도로 초나라로 서한을 보내어, 친선의 맹약을 맺자고 회왕을 섬서성 무관武關으로 초청했다. 초나라의 대부 굴원屈原은 진나라의 음모이니 가시면 분명히 화를 입을 것이라고 하며 회왕이 무관으로 가는 것을 말렸다. 그러나 회왕은 굴원의 말을 듣지 않고 떠났다.

회왕이 진나라 경내의 무관에 이르자, 진나라는 매복해 놓았던 군사로 돌아갈 길을 즉시 차단하고 초나라 검중黔中 땅을 넘기라고 협박했다. 회왕이 무리한 요구라고 거절하자, 소양왕은 그를 함양에 연금시켰다. 그리고 초나라 조정에 속히 땅을 바치고 회왕을 데려가라는 통지를 보냈다. 자국의 임금이 진나라에 갇혔다는 소식을 들은 초나라 대신들은 모두 격분해서 그 요구를 거절했다. 그리고 태자를 왕으로 세웠는데 그가 바로 경양왕頃襄王이다. 회왕은 1년 동안 진나라에서 갇혀서 온갖 고생을 하다가 결국 초나라로 돌아오지 못하고 병들어 죽었다. 그 소식을 들은 초나라 사람들은 울분을 참지 못했으며, 특히 굴원은 더욱 격분했다. 그는 경양왕에게 인재를 모으고 소인을 멀리하며, 장병들을 격려하고 훈련을 강화하여서, 회왕과 나라의 원수를 갚아야 한다고 충고했다. 그런데 영윤今尹 자란子蘭과 근상斳尙이 이를 반대했다. 그 둘은 기회만 있으면 경양왕 앞에서 굴원을 헐뜯었다. 어리석은 경양왕은 자란과 근상의 말을 믿고 굴원을 파직시키고 호남으로 유배 보냈다. 호남에 이른 굴원은 멱라강汨羅江 일대를 돌아다니면서 슬픈 시를 읊었다. 그러다가 굴원은 더 이상 굴욕적인 삶을 살기 싫어서 기원전 278년 5월 5일, 커다란 돌을 가슴에 안고 멱라강에 뛰어들어 자살했다屈原投江.

  근처에 있던 백성들이 앞 다투어 배를 몰고 가서 굴원을 구해내려고 했으나 여러 날을 애써도 시체조차 찾지 못했다. 일전에 굴원을 만났던 어부는 슬픔에 잠겨서 대나무 광주리에 있는 쌀을 강에다 뿌리며 그의 죽음을 애도했다. 이듬해 5월 5일, 굴원이 멱라강에 몸을 던진 지 일주년이 되는 날, 백성들은 배를 몰고 멱라강에 와서 참대 광주리에 담은 쌀을 강에다 뿌리며 굴원의 죽음을 슬퍼했다. 후에 중국 사람들은 매년 5월 5일이 되면 참대 광주리에 담은 쌀 대신 참대 잎에 찰밥을 싼 '종자棕子'를 던져 물고기 먹이를 주었다. 또한, 배를 몰고 오는 대신 배 몰기 시합인 '새룡선賽龍船' 경기를 했다. 굴원을 기념하는 이런 행사들은 점차 하나의 풍습이 되었다. 그 후 음력 5월 5일은 단오절이며 굴원의 제삿날인데, 굴원 살아생전에 빼어난 시를 많이 지어 문학의 날로 기념하고 있다. 그의 문학 작품 중 가장 유명한 시는 〈이소離騷〉이다. 이 시는 나라를 팔아먹는 소인배들을 질책하고, 나라와 백성들을 근심하는 우국 우민의 감정을 절절하게 표현하고 있으며, 초나라의 풀한 포기 나무 한 그루까지 무한한 사랑을 보여주고 있다.

중취독성衆醉獨醒

  중취독성은 모두 취했는데 나만 깨어있다는 뜻이며 『초사楚辭』의 한 편인 〈어부사漁父辭〉에 적혀있다. 『사기史記』의 〈굴원屈原·가생열전賈生列傳〉에 '불의가 만연된 혼탁한 세상에 물들지 않고 자신의 덕을 지키려는 자세 또는 그러한 사람을 가리킨다'라고 하였다.

굴원은 전국 시기 초나라 귀족이었다. 그는 처음에 왕의 신임을 얻어 관직이 삼려대부三閭大夫에 까지 올랐는데 삼려대부는 담당 고관들의 제사 예절을 책임지는 직책이었다. 하 왕조에서는 점치는 무사巫史가 담당했던 직위로 최고 통치자보다 높은 자리로 국가의 운영에 관한 전반적 권리를 가지고 있었다. 그러나 그는 나라를 위하여 여러 차례 충심으로 간언을 하였다가 동료 신하들의 미움을 사서 결국 관직을 박탈당하였다. 조정에서 쫓겨나 초췌한 몰골로 강가를 서성이던 굴원은 한 어부를 만났다. 어부는 "삼려대부께서 어쩐 일로 이런 곳에 계시냐?"고 물었다. 굴원은 "세상이 온통 혼탁한데 나 홀로 깨끗하고舉世皆濁我獨淸, 모두 취하여 있는데 나만 홀로 깨어 있어衆人皆醉我獨醒 이렇게 쫓겨나고 말았소."라고 대답하였다. 그러자 어부는 "어째서 세상 사람들이 하는 대로 따르지 않고 홀로 고상하게 살려 하느냐?"고 물었다. 그러자 굴원은 "머리를 새로 감을 사람은 먼저 관의 먼지를 털고 몸을 새로 씻을 사람은 옷에 묻은 먼지를 털어내야 한다고 들었소. 어찌 깨끗한 몸으로 더러운 것들을 받아들일 수 있겠는가? 차라리 상강湘江에 뛰어들어 물고기 뱃속에서 장사지낼지언정 어찌 결백한 몸에 세속의 먼지를 뒤집어쓸 수 있겠소?"라고 하였다. 여기서 중취독성衆醉獨醒의 고사성어가 생겼다.

이공린 《구가도九歌圖》

122

題周昉畵 《권수도倦繡圖》

[금] 이준민李俊民

주방이 그린 《수놓기를 게을리하는 그림》에 적다

心情猶在未收時 심정유재미수시 　마음은 오히려 거두어들일 때가 아닌데
卻顧花間影漸移 각고화간영점이 　도리어 꽃 사이 그림자 점점 옮겨가는 것 보네
不道春來添幾線 부도춘래첨기선 　봄이 오는 것을 모르고 몇몇 선을 보태니
日長只與睡相宜 일장지여수상의 　해가 길어 다만 잠자기에 딱 좋네

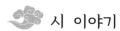 시 이야기

　《권수도》는 '수놓는 것을 게으르게 하다'라는 뜻으로, 당의 주방이 그린 그림에 이준민이 송나라의 시가詩歌로 전해 내려오는 〈권수도〉를 인용하여 화폭 한쪽에 제화하였다. 마음으로는 수놓는 일을 그만두고 싶지 않다. 하지만 꽃들 사이에 그림자가 점점 옮겨가니 시간이 많이 흘러 이미 어두워지기 시작한 것이다. 봄이 되니 해가 길어져 더욱 나른하고 자꾸 잠이 온다. 시에서 수를 더 놓고 싶은 마음과 잠자고 싶은 몸의 갈등을 묘사했다.

《수놓기를 게을리하는 그림》에 적다   [당] 주방

花殘院靜畵陰長 화잔원정주음장
困思普騰下繡床 곤사몽등하수상
肯信村中蓬鬢女 긍신촌중봉빈녀
夜燈辛苦織機忙 야등신고직기망

꽃은 시들고 정원은 고요해 대낮의 해가 길구나
괴로운 상념에 등 아래에서 상보 수놓네.
촌에 쑥 비녀 꽂은 여인이라고 기꺼이 믿지만
밤 불빛 흐릿하여 상보 짜기가 두렵구나.

꽃도 이미 시들었고 정원에도 마음이 가지 않는다. 그래서 해가 길게만 느껴진다. 이런저런 번잡한 생각 탓에 어두워졌는데도 등나무 아래에 앉아 상보를 수 놓고 있다. 자신은 쑥으로 만든 비녀를 꽂는 시골 아낙이지만 밤까지 상보에 수놓는 것은 싫었다.

《수놓기를 게을리하는 그림》에 적다   [명] 당인

夜合花開香滿庭 야합화개향만정
玉人停繡自含情 옥인정수자함정
百花繡盡皆鮮巧 백화수진개선교
惟有鴛繡不成鴦 유유앙수불성원

야합화 피어 향기가 정원에 가득한데
옥인은 수놓는 것 멈추고 스스로 정을 품네.
온갖 꽃 다 수놓으니 모두 기교가 선명하구나.
유독 원앙의 수만 완성되지 않았네.

야합화夜合花는 합환화合歡花라고도 한다. 남녀의 정을 상징하는 꽃이 정원에 가득하니 미인은 수놓다가 갑자기 그만두고 짝과 함께 하는 마음을 슬그머니 품어본다. 야합화처럼 짝을 이룬 꽃들을 두루 수놓았으나 자신은 짝이 없다. 아마 짝을 만나면 원앙을 수 놓는 일도 완성할 것이다. 원앙금침은 여자가 시집갈 때 혼수로 준비하기 때문이다.

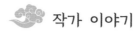

작가 이야기

이준민李俊民, 1176~1260

금나라 문장가이다. 자는 용장用章이고, 호는 학명노인鶴鳴老人이며 금나라 택주澤州 진성晉城 사람이다. 이준명李俊明이라고도 한다. 당나라 고조 이연의 22째 아들 한왕韓王의 후사이다. 어렸을 때 경전·역사서·백가百家를 부지런히 공부했고 이정二程의 이학理學에 정통했다. 장종章宗 승안承安 연간 25세에 경의經義로 진사과에 급제하여 관직을 받았으나 얼마 뒤 관직을 버리고 향리에서 교수가 되어 제자 양성에 진력했다. 금나라가 수도를 남으로 천도한 뒤 숭산嵩山과 서산西山에 차례로 은거하면서 스스로 '학명도인'이라 하였다. 금이 망한 후 원나라 세조가 초빙했지만 나아가지 않았다. 죽어서 장정선생莊靖先生이라는 시호를 받았다. 저서에 『장정집莊靖集』 10권이 있다.

주방 《권수도倦繡圖》

李唐《우牛》

[원元] 원각袁桷

이당의 《소》

稏稏原空蟋蟀吟 파아원공실솔음[1] 벼 흔들리는 들판 공중에 귀뚜라미 울고
秋來乞得自由身 추래걸득자유신 가을되니 자유롭던 몸을 애걸하네
平蕪又見鱗鱗綠 평무우견린린록[2] 넓고 무성한 들판이 푸르고 푸르니
復與田翁共苦辛 부여전옹공고신 다시 밭 늙은이와 함께 고생해야 되겠네

시 이야기

넓은 가을 들판에는 벼가 누렇게 익어 바람에 흔들리고 귀뚜라미 짝 찾느라 시끄럽게 울고 있다. 소는 초봄에 밭을 갈고 나면 할 일이 없어 편하게 지내지만, 가을이 되면 벼가 익어 추수해야 한다. 소는 밭에서 일하는 노인과 함께 추수하느라 고생할 일만이 남았다.

주

1 파종稏稏은 벼가 흔들거리는 상태를 말한다. 또 벼의 종류이기도 하다.
  실솔蟋蟀은 귀뚜라미이다.
2 평무平蕪는 초목이 자란 넓은 들판이다.
  린린鱗鱗은 푸르고 맑은 모양이다.

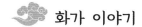 **화가 이야기**

이당李唐, 1066~1150

　북송 후기에서 남송 초기의 화원 화가이다. 자는 희고晞古이고 하남성 맹현 사람이다. 처음에는 그림을 팔며 살다가 휘종 선화(1119~1125) 연간에 화원에 들어갔다. 송나라가 임안(지금의 항주)으로 천도한 후 화원에 복직하여 대조待詔가 되었고, 관직은 성충랑成忠郞에 제수되었다. 처음에 이공린을 스승으로 삼았는데 후에는 자신의 화풍을 마련하였다. 산수, 인물에 능했고 소를 그리는 것으로도 알려져 있다. 유송년, 마원, 하규와 함께 '남송의 4대가'로 불린다. 대표작으로《만학송풍도》,《청계어은도》,《연사송풍》,《채미도》등이 있다.

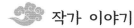 **작가 이야기**

원각袁桷, 1266~1327

　원나라 문학자이며 절강성 은현鄞縣 사람이다. 자는 백장伯長이고, 호는 청용거사淸容居士이며, 시호는 문청文淸이다. 무재이등茂才異等으로 천거되어 여택서원산장麗澤書院山長에 기용되었다. 성종成宗 대덕大德초에 한림국사원翰林國史院 검열관에 천거되었고 관직은 시강학사로 마쳤다. 왕응린에게서 사사 받았고 시에도 능하였다. 저서에《청용거사집淸容居士集》이 있다.

이당 《소》

題韓幹《조야백도照夜白圖》[1] 4수

[원] 왕운王惲

한간이 그린 《조야백 그림》에 적다 제1수

開元天子燕遊多 개원천자연유다[2]　현종은 주연을 베풀고 노는 일이 빈번하니
一骨承恩玉色瑳 일골승은옥색차[3]　한 말이 승은을 입어 옥색이 선명하고 희구나
所養自來非所用 소양자래비소용　길러지고도 쓰이는 곳이 없었으나
雨中蜀棧要靑騾 우중촉잔요청라[4]　우중에 촉으로 가는 길에 청라를 필요로 했네

한간이 그린 《조야백 그림》에 적다 제2수

纓紱騶衣一色紅 영불추의일색홍[5]　비단 끈 묶은 추의는 오로지 붉은색이고
玉華光照苑門空 옥화광조원문공　옥화는 빛나지만 궁원 안에서 공허하네
昭陵六駿秋風裏 소릉육준추풍리[6]　소릉 육준은 가을 바람 속에서
辛苦文皇百戰功 신고문황백전공[7]　문황의 백전의 공적에서 고생하였구나

한간이 그린 《조야백 그림》에 적다 제3수

沉香亭下牡丹芳 침향정하모란방[8]　침향정아래 모란꽃
宮漏穿花夜未央 궁루천화야미앙[9]　궁궐 시계소리 꽃 사이 뚫는데 날 새지 않네

輦路傳呼停鳳燭 연로전호정봉촉[10]　천자의 수레 길은 봉촉을 세운다고 전하네

內家歸詫玉麟光 내가귀타옥린광　내가로 돌아가 옥기린의 광채를 자랑하네

한간이 그린 《조야백 그림》에 적다 제 4수

政捐金鑒九齡歸 정연금감구령귀[11]　정치에 금감록을 버리니 장구령이 돌아가고

聲色糊塗醉不知 성색호도취불지　미색에 빠져 어리석은 것 취하여 알지 못하네

天意種深天寶禍 천의종심천보화　하늘의 뜻이 천보 연간에 화를 깊이 심어

故生尤物配妖姬 고생우물배요희[12]　우물을 만들고 요희와 짝지었기 때문이라네

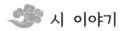 시 이야기

한간이 그린 《조야백 그림》에 적다 제1수

　현종은 당나라 천보연간의 제6대 황제이다. 명황明皇으로 불린다. 그는 초기에 번영을 이끌었으나 양귀비와 사랑에 빠진 후 당은 쇠퇴의 길을 걷게 된다. 현종 시기는 태평성대라 전쟁도 없었으며 또 양귀비를 얻은 후 주연을 자주 열었으니 현종의 애마 조야백은 하는 일 없이 편히 지냈다. 그러던 중 안록산의 난을 당해 현종이 잔도를 통해 사천성으로 피난 가며 드디어 조야백도 할 일이 생겼다. 왕 자리에 있을 때 승은을 입은 조야백이지만 이제는 말 역시 도망가는 신세라 격이 낮은 청라로 표현되었다.

한간이 그린 《조야백 그림》에 적다 제2수

　추의騶衣는 붉은 말로 비단 끈처럼 털이 부드럽다. 옥화는 잘 키워 빛났으나 궁

원에서 쓰일 일이 없었다. 다만 당 태종이 천자가 되기 전 여러 전쟁에 나갔기에 그의 말들은 전쟁터에서 고생을 많이 했다. 훗날 그의 여섯 천리마 육준六駿은 그의 무덤 소릉昭陵 앞에 부조 석각으로 그를 지키고 있다.

한간이 그린 《조야백 그림》에 적다 제3수

궁궐 정자 침향정에는 모란이 피어 연회가 계속되었다. 궁궐의 해시계 모래시계가 계속 시간이 흐름을 가리키고 있는데 그 소리가 모란꽃 사이를 뚫고 침향정에 이르나 밤새는 줄 모르고 연회를 즐기고 있다. 왕이 타는 준마를 봉촉이라 했는데 봉촉이 바로 조야백이다. 왕은 연輦을 타지 않고 조야백을 타고 양귀비가 머무는 내전으로 들어가니 거기서 준마의 광채를 자랑한다.

한간이 그린 《조야백 그림》에 적다 제 4수

장구령은 현종 정권의 정승이었는데 『금감록』을 지어 양귀비에 빠진 현종을 깨우치려 했다. 그러나 현종이 『금감록』을 버리고 취하지 않으니 장구령은 결국 고향으로 돌아가고 현종은 천리마와 미색에 빠져 자기가 어리석다는 것을 깨우치지 못한다. 이 때문에 하늘이 벌하여 당나라는 난을 맞게 된다.

> **주**
>
> 1 조야백照夜白은 당 현종이 타고 다니던 명마이다.
> 2 개원천자開元天子는 당 현종을 가리킨다.
>   연유燕遊는 한가로이 노닐다閑遊, 자유롭게 노닐다漫遊, 연회를 베풀며 놀다. 라는 의미를 지닌다.
> 3 차瑳는 옥색이 선명하고 새하얗다는 의미를 지닌다.
> 4 우중촉잔雨中蜀棧은 안사의 난 때 비가 오는데 현종이 촉蜀땅으로 잔도를 통해 피난

가는 길을 말한다.

촉잔蜀棧은 고대 관중關中에서 한중漢中과 파촉巴蜀으로 통하는 도로를 말하고 현재로는 섬서성에서 남쪽으로 사천성에 이어지는 도로이다.

청라靑騾는 잘 달리는 푸른 말이다. 북주北周 유신庾信이 지은 〈애강남부哀江南賦〉에 '백말을 탔는데 앞으로 나아가질 않아 청라를 채찍하니 앞으로 나아가네乘白馬而不前, 策靑騾而轉礙.'라 했고 당 이하李賀는 〈마시馬詩〉에서 '어린 소년이 바닷가에서 말을 타는데 사람들이 보고 청라라 했네少君 騎海上, 人見是靑騾.'라고 하였으며 송 육유(陸遊)는 『요평중소전姚平仲小傳』에서 '평중은 공을 세우지 못해 청라를 타고 망명했는데 하루 밤낮을 750리를 달렸고…, 화산에 숨으려 했다.平仲功不成, 遂乘靑騾亡命, 一晝夜馳七百五十里 … 欲隱華山.'라 했다.

5 **영불纓紱**은 명주 끈이다.

추의騶衣는 말을 기르는 관리의 의복이다. 추의는 말을 관리하는 관직을 가진 사람이다. 여기서는 옥화와 함께 말의 이름이다.

6 **소릉육준昭陵六駿**은 섬서성 예천醴泉 동북의 구주산九主山 당 태종의 소릉 앞에 여섯 말의 석각을 말한다. 당 태종 이세민이 당 왕조 건립 시 기르던 여섯 필 준마의 조각이다.

7 **문황文皇**은 당 태종 이세민李世民의 시호이다.

문황文皇 **백전의 공적百戰功**은 다음과 같다.

617년 이세민의 아버지 이연이 거병(당시 이세민 18세) 이래로 618년 천수 일대의 설인고를 격파(19살), 620년 유무주, 송금강을 격파, 하동을 지키고 산서 탈환(당시 21살), 620년 7월 바로 남하, 낙양의 왕세충을 격파하고 낙양에 가둠, 그 상황에서 621년, 하북의 두건덕이 10만 대군을 이끌고 남하 왕세충을 낙양에 가둬둔 채 두건덕과 싸워 두건덕 격파(당시 22살) 등 이세민의 무공은 어마어마했다.

8 **침향정沉香亭**은 당나라 궁궐 안의 정자 이름이다. 주로 연회하는 곳이다.

9 **궁루宮漏**는 궁중에서 시간을 계산하는 기기이고, **미앙未央**은 '아직 끝나지 않았다.未盡.'이다.

10 **연輦**은 사람이 끄는 수레인데 천자의 수레를 연輦이라 했다.

11 **금감金鑑**은 장구령이 정세의 흥하고 패하는 근원을 적어 한 권의 책을 저술했는데 책 이름이 『천추금감록千秋金鑑錄』이다. 글의 구성과 내용은 풍자로써 당 현종을 깨우치려는 의도가 담긴 글이다.

장구령張九齡(678~740)은 소주韶州 곡강曲江 사람으로 자는 자수子壽이고, 다른 이름은 박물博物이다. 유방의 책사였던 장량의 후예이다. 장구령은 어렸을 때부터 총명해서 문장을 쓰는 데 뛰어난 재주를 보였다. 예부원외랑禮部員外郎, 사훈원외랑司勛員外郎 등을 역임했고 재상에 올랐다. 그의 정치 능력은 당나라가 '개원지치開元之治'의 전성기를 맞이할 수 있게 했다. 장구령이 재상일 때 이임보의 사람됨을 의심하여 승진을 계속 반대했었다. 그 때문에 이임보가 재상이 되자 장구령을 모함하여 호남성으로 좌천시켰다.

12 우물尤物은 뛰어난 물건으로, 여기서는 천리마 조야백을 말한다. 남송의 범성대範成大는 매화를 천하의 우물尤物이라 하였다.

 ## 작가 이야기

왕운王惲, 1227~1304

원나라 정치가겸 학자이며 시인이다. 위주衛州 급현汲縣 사람이다. 자는 중모仲謀이고 호는 추간秋澗이다. 중통 원년(1260) 중서성 상정관詳定官을 했고 중통 2년 중서성 좌사도사左司都事가 되었다. 다시 한림원에 부임했는데 이단李壇과 왕원통王文統 사건에 연루되어 파면되었다. 지원至元 5년(1268) 감찰어사에 임명되었다. 26년(1289) 소중대부少中大夫와 복건성 민해도閩海道 제형안찰사提形按察使를 역임했다. 대덕 5년(1301)에 통의대부, 지제고동수국사知制誥同修國史를 했다. 78세까지 세조, 유종, 성종 등 3대의 황제를 섬긴 충직한 신하로 청렴결백했다. 원호문元好問의 제자로 시와 사곡詞曲에 뛰어났고, 산문을 잘 지었다. 대표작품으로 〈찬송제명비贊頌題名碑〉, 〈월조평호악越調平湖樂〉, 〈상조침취동풍雙調沉醉東風〉이 있고, 저서로 『추간선생대전문집秋澗先生大全文集』 100권과 『추간악부秋澗樂府』 4권이 있다.

한간 《조야백도照夜白圖》 북경 고궁박물원 소장

題《희영도戱嬰圖》

《어린아이를 데리고 노는 그림》에 적다

殿閣森森氣自淸 전각삼삼기자청　　전각에 가득한 기운이 저절로 맑으니
不知人世有蓬瀛 부지인세유봉영**1**　　인간 세상에 신선이 있는지 알지 못하네.
日長無事宮中樂 일장무사궁중락　　해가 길어도 궁중에 일이 없어 좋으니
閑與諸姬伴戱嬰 한여제희반희영**2**　　한가로이 미녀들과 아기 데리고 노네.

🌀 시 이야기

　궁중의 여인들이 일이 없어 전각에 앉아 아기와 놀고 있는데 맑은 기운이 전각
안으로 스며드니 마치 신선이 된듯하다. 그래서 인간 세상이 신선이 사는 봉래산·
영주산과 다를 것이 없다고 한다. 궁중의 일을 하는 것에 비해 아이들과 노는 일을
신선놀음으로 여긴 것이다.

주

1　**봉영**蓬瀛은 봉래산蓬萊山과 영주산瀛州山으로 방장산方丈山과 함께 중국 전설상에 나
　오는 삼신산이다. 『사기·진시황본기』에 '바다에는 삼신산이 있는데 이름을 봉래, 방
　장, 영주라 하고 신선들이 그곳에 살았다.海中有三神山, 名曰蓬萊瀛州方丈, 仙人居之.'
　라고 했다. 이 산에는 신선이 살며 불사의 영약靈藥이 있었다고 한다.

2 희姬는 미녀를 총칭한다.

작가 · 화가 이야기

전선錢選, 1239~1299

송말 원초의 대표 화가이다. 자는 순거舜擧이고 호는 옥담玉潭 · 손봉巽峰 · 삽천옹雪川翁이고 별호는 청화노인淸臞老人 · 천옹川翁 · 습란옹習懶翁 등으로 불렸다. 절강성 호주湖州(지금의 오흥) 사람이다. 조맹부를 대표로 하는 '오흥팔준吳興八俊'의 한 사람으로 꼽혔다. 남송 경정景定(1260~1264) 3년에 향리에서 진사가 되었다. 송나라가 멸망하고 조맹부는 원나라 조정의 부름을 받아 그 일파들이 모두 벼슬길에 나갔다. 하지만 전선은 원나라를 섬기지 않고 재야에 묻혀 시 · 화에 전념하며 평생을 마쳤다. 전선은 인물 · 산수 · 화조를 잘 그렸다. 당시 산수화의 조종이던 조맹부, 인물화의 조종이던 이공린, 화조화의 조종이던 조창 등의 영향을 받았으나 일가에 얽매이지 않고 두루 자신의 화풍을 만들었고 오히려 소식 등의 문인화 이론을 계승하고 사기설을 제창하였다. 그림 속의 '사기士氣'를 내세워 그림에 시문詩文이나 발어語語를 쓰면서 시 · 서 · 화가 긴밀하게 결합한 문인화의 뚜렷한 특색이 싹텄다. 그의 인품과 그림은 당시 사람들의 많은 찬사를 받았다. 인물화의 대표작품으로 《시상옹상柴桑翁像》, 《귀거래사도歸去來辭圖》, 《부취도扶醉圖》 등이 있다.

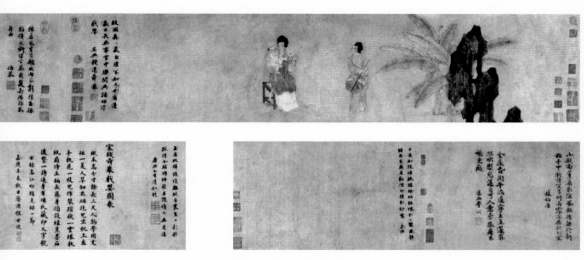

전선 《희영도戱嬰圖》 권

題《왕희지관아도王羲之觀鵝圖》[1]

[원] 전선

《왕희지가 거위를 감상하는 그림》에 적다 1

照眼雙鵝引頸來 조안쌍아인경래[2]   눈에 두 거위가 목 빼고 오는 것 보이니
胸中妙思與之偕 흉중묘사여지해   가슴 속의 묘한 생각이 함께 어우러지네
寥寥尚友千年後 요요상우천년후[3]   드물게 옛 벗을 숭상한 것이 천년 후인데
只有洧翁識此懷 지유부옹식차회[4]   다만 부옹은 이 뜻을 안다네

《왕희지가 거위를 감상하는 그림》에 적다 2

修竹林間爽致多 수죽림간상치다   긴 대나무 숲에 시원함이 생겨남이 많으니
閑庭坦腹意如何 한정탄복의여하   한가한 정원에서 품은 뜻은 무엇인가?
爲書道德遺方士 위서도덕유방사   도덕경을 써서 방사에게 주고
留得風流一愛鵝 유득풍유일애아   거위를 사랑하는 풍류를 남겼네

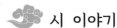 시 이야기

《왕희지가 거위를 감상하는 그림》에 적다 1

정자에 앉아 앞의 못을 바라보니 머리를 길게 빼고 다가오는 두 마리 거위가 눈

에 보였다. 거위를 보니 왕희지 생각이 떠오른다. 전선은 경정(1260~1264) 연간에 진사였다는 기록이 있으니 왕희지(307~365)는 약 1000년 전의 인물이다. 작가는 옛 사람 중 존경하는 인물이 그리 많지 않은데 다만 왕희지를 존경하였고 갑자기 거위를 보니 천 년 전의 왕희지가 떠오른 것이다. 부옹은 북송의 정치가이고 서예가인 황정견이다. 황정견 역시 왕희지를 존숭하였기 때문에 부옹이 내 뜻을 알 것이라고 하였다.

《왕희지가 거위를 감상하는 그림》에 적다 2

왕희지의 별장인 난정蘭亭에는 대나무 숲이 우거져 있는 넓은 정원이 있다. 정원에 거위를 기르는 아지鵝池도 있고 유수곡상流水曲觴 하는 자리도 마련되어있다. 그 넓은 정원에서 왕희지는 어떤 뜻을 품었을까? 그가 〈도경〉을 써주고 거위와 바꾸는 풍류는 전순거가 살던 원나라에까지 글과 그림으로 남아있게 했는데 그 전고가 되는 글은 이백이 쓴 〈왕우군〉 시이다. 전순거의 두 번째 시도 《왕희지관아도》 그림 한쪽에 적혀있다. 명대 문학가 방효유方孝孺의 〈제관아도題觀鵝圖〉에서 '전순거의 그림을 보면 풍류에 한가하고 아득한 정취가 더욱 눈 가운데 넘치니 이는 어찌 세속의 언어로 바꾸겠는가.'라고 하였다. 아래에 원문이 있다.

주

1 관아觀鵝는 거위의 움직임을 감상하는 것이다.
2 역鶃은 거위 소리를 말하여 거위를 의미한다. 아鵝와 함께 쓰인다.
3 요요寥寥는 드물다는 뜻이다. 상우尙友는 책을 통하여 옛사람을 벗으로 삼는다는 것이다.
4 부옹涪翁은 황정견黃庭堅(1045~1105)이다. 그의 자는 노직魯直이고 호는 산곡山穀인데 만호가 부옹涪翁이다. 그는 북송의 저명한 문학가이며 서법가이다. 그는 왕희지를 존경하고 〈난정서〉를 즐겨 썼다.

〈왕우군〉　　　　　　　　이백

右軍本淸眞 우군본청진　　　왕우군은 본시 성품이 맑고 진지하여
瀟灑出風塵 소쇄출풍진　　　거리낌 없이 세속을 벗어났다.
山陰過羽客 산음과우객　　　산음에서 도사를 만나니
愛此好鵝賓 애차호아빈　　　거위를 좋아해 거위 가진 손님도 좋아했네
掃素寫道經 소소사도경　　　흰 비단을 펴 〈도경〉을 쓰니
筆精妙入神 필정묘입신　　　필법이 정교하여 입신의 경지로다.
書罷籠鵝去 서파농아거　　　글씨 마치고 조롱에 거위를 넣고 떠나니
何曾別主人 하증별주인　　　언제 주인에게 작별을 고했을까?

〈제관아도題觀鵝圖〉　　　방효유方孝孺

　　세상에서 왕일소(왕희지)가 거위를 사랑했다고 하는데, 거위가 어찌 깊이 사랑
할만한 것인가? 왕희지는 단지 거위를 취했을 뿐이리라. 사물의 변화, 천지의 행
적, 음양 귀신의 오묘함, 마음에서 얻는 것은 책에 쓰여 있고, 그것을 취하는 것은
다만 조금에 해당한다. 두 칸을 채우는 것은 모두 왕희지의 서예일 뿐이다. 거위
는 그중 하나의 물일 뿐이다. 전순거의 그림을 보면 풍류에 한가하고 아득한 정
취가 더욱 눈 가운데 넘치니 이는 어찌 세속의 언어로 바꾸겠는가?世稱王逸少愛
鵝, 鵝何足深愛? 逸少固有以取之你. 事物之變, 陰陽鬼神之蘊奧, 心之所得, 寫之於
書, 其所取者, 其特一短哉? 盈兩間者, 皆逸少之書法也. 鵝蓋其一物而已. 觀錢舜舉
之畵, 風流閑遠之趣, 猶溢於目中, 此豈易與世俗言耶?

140

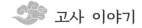 고사 이야기

산음과우객山陰過羽客

산음과우객은 '산음에서 도사를 방문하다.'라는 뜻이다. 산음은 왕희지가 살던 지금의 절강성 소흥이고 우객은 도교에서의 도사를 일컫는다. 왕희지는 거위를 좋아하여 그의 별장 난정蘭亭에 거위를 기르는 연못 아지鵝池가 있다. 그는 거위들의 노는 모습을 보고 글씨를 연구했다고 전한다. 그는 산음에 사는 한 도사가 거위를 기른다는 소릴 듣고 거위를 사러 찾아갔다. 도사가 '도덕경'을 써주면 거위와 바꾸겠다고 하자 그는 흔쾌히 글씨를 써주고 거위와 바꾸었다. 이 고사의 전고는 이백이 시에서 '왕희지는 원래 맑고 진솔한 사람이며 속세를 벗어난 듯 소탈하고 대범했다. 산음 땅에서 만난 한 도사는 거위를 좋아하는 이분을 몹시도 반겨주었고 도사가 흰 비단을 펴자 왕희지는 일필휘지로 『도덕경』 중 〈도경〉을 써 내려갔다. 그는 글씨 써주고 얻은 거위를 조롱에 담아 떠나면서 거위에 마음을 다 주어 주인과는 작별인사조차 하지 못했다.'라고 적었기 때문에 고사 이야기가 만들어졌다.

동상쾌서東床快婿

동상쾌서는 '동쪽 침상에 기댄 이를 빠르게 사위로 맞이하다.'라는 뜻이다. 진晉 나라 치감郗鑒은 태자의 스승이었다. 치감에게는 딸이 하나 있었는데, 나이가 28세이고 용모가 빼어나지만, 아직 혼인하지 않았다. 치감은 딸을 사랑하여 좋은 사위를 택하여 딸에게 짝지어 주고 싶었다. 그는 승상 왕도와 정분이 두텁고 조정에서 관리로 일했는데, 들자니 그 집에는 자제가 매우 많아 하나같이 재능과 용모가 모두 뛰어나다고 하였다. 왕도王導 집안은 사씨謝氏 집안과 함께 진나라 최고의 가문으로 명성이 나 있었다. 어느 날 아침 일찍 치감은 자신이 왕가에서 사위를 택하고 싶다는 마음을 왕 승상에게 알렸다. 왕 승상은 "그럼요, 우리 집에는 자제가 많으니 마음대로 고르십시오. 당신이 마음에 드는 사람은 누구든지 저는 동의합니다."
라고 말했다. 치감는 심복인 집사에게 큰 선물을 가지고 왕승상 댁으로 가게 했다.
왕씨 집안의 자제들은 치감이 사위를 찾는 사람을 보냈다는 소식을 듣고 모두 치
장하고 나왔다. 집사가 사윗감을 찾다 보니 자제 중 한 사람이 빠졌음을 알게 되었
다. 승상 댁 집사는 치감의 집사와 함께 동쪽 건널목의 서재로 갔다.

그런데 한 청년이 동쪽 벽에 비스듬히 기대어 누워 있는 것이 아닌가? 그는 치
감이 사위를 찾는 일에 대해 아무런 반응을 하지 않았다. 집사가 돌아가서 치감에
게 말하였다. "승상 댁 젊은 공자 20여 명이 치감 댁에서 사위를 찾는다는 말을
듣고 서로 앞다투었는데, 오직 공자 한 명만 태평하게 동쪽 침상에 누워 있었다."
하니 치감이 말하기를, "이 청년이 바로 내가 찾던 사람이다."하고는 직접 승상 댁
에 갔다. 그 청년의 성격은 활달하면서 점잖았고 게다가 재능과 용모를 겸비했음을
보고 즉석에서 예물을 내려 사위로 선택했다. 그로 인해 '동상쾌서'라는 고사가 생
겼다. 치감은 확실히 안목이 평범하지 않았다. 그의 사위가 바로 후에 '서성書聖'으
로 칭하는 서예가 왕희지王羲之이다.

유상곡수流觴曲水

유상곡수는 흐르는 물에 잔을 띄워 그 잔이 자기 앞에 오기 전에 시를 짓는 놀이
를 말한다. 중국에서는 고대로부터 3월 3일 상사일上巳日은 수계修禊의 풍습이 있
었다. 수계는 은·주 이래로 한대에 이르기까지 관리들이 백성들과 함께 동쪽으로
흐르는 물가에 가서 묵은 때를 씻어 재앙을 예방하고 축복을 기원하는 무속 행사
였다. 동진 왕희지는 삼월 삼짇날 자신의 별장 난정에서 그와 가까이 지내던 지역
명사들을 불러 수계의 풍습에 따라 목욕재계한 후에 깨끗한 마음으로 시를 짓는
행사를 열었다. 그날 왕희지는 술을 마시며 유난히 기분이 좋았다. 취기가 적당히
돌아 붓을 들고 명사들이 지은 시를 엮어 그 서문을 썼는데 그 글이 〈난정서蘭亭
序〉이다. 〈난정서〉는 천하제일의 행서로 통하게 되어 당 태종이 몹시 아껴 자기 무

덤에 가지고 갔다고 한다. 〈난정서〉에 '곡수는 자연에서 물을 끌어들여 인공적으로 에돌아 흐르게 만든 것이고 이런 장소에서 술잔을 띄우고 시를 짓는 행사를 거행했다.'라고 적혀있다. 그 행사가 바로 유상곡수이다.

죽선제자竹扇題字

죽선제자竹扇題字는 대나무 부채에 글자를 적는다는 뜻이다. 한번은 왕희지가 산음성山陰城(지금의 소흥)에 있는 다리를 건너려는데 어떤 노파가 육각형 대나무 부채 한 바구니를 들고 장에서 "부채 사세요!"하고 소리쳤다. 노파의 대나무 부채는 매우 누추하고 아무런 장식도 없어 지나가는 사람들의 흥미를 끌지 못했고 노파는 매우 초조해했다. 왕희지는 이 상황을 보고 그 노파를 동정하여 그녀에게 다가가 "이 대나무 부채에 그림도 없고 글자도 없으니 당연히 팔리지 않을 것이다. 내가 글씨를 써 주겠다."라고 했다. 노파는 왕희지를 모르지만, 그가 이렇게 열성적인 것을 보고 대나무 부채를 그에게 내주었다. 왕희지는 붓을 들어 부채마다 다섯 글자를 힘차게 써서 노파에게 돌려주었다. 노파는 글을 몰라 그가 조잡하게 썼다고 생각하여 기분이 언짢았다. 왕희지는 노파에게 "부채 사는 사람에게 왕우군이 쓴 글씨라고 말하라."하고는 자리를 떴다. 잠시 후 노파는 그의 말대로 했고 모인 사람들이 보더니 정말 왕우군의 글씨라고 하며 앞다투어 부채를 샀다. 대나무 부채 한 소쿠리가 금방 다 팔렸다.

당태종과 난정서

당 태종이 〈난정서〉를 훔쳐낸 고사가 있다. 동진 목제 영화 9년(353) 3월 3일 회계 산음(저장성 소흥) 난정에서 당시의 명사 41명이 모여 계회를 하고 나서 유상곡수流觴曲水의 유흥으로 시를 지었다. 왕희지가 그날의 시를 묶은 시집에다 서문을 직접 썼는데 그것이 〈난정서〉이다.

이 난정서는 왕희지의 7대손 지영에게 전해졌다고 하는데 지영은 승려라 자손이 없었기 때문에 100세로 입적하게 되자 죽기 직전 이것을 제자인 변재에게 물려주었다. 태종이 사람을 보내 이것을 가져오려 했으나 당시 승려이던 변재는 자신이 가지고 있지 않다고 돌려보냈다. 그러자 태종은 신하들에게 이를 의논하였고 방현령이 감찰어사 소익蕭翼을 보내 이걸 가져오게 하면 좋겠다고 하였다. 소익은 길손으로 위장해서 "지나가는 객인데, 스님이 바둑을 잘 두신다면서요?" 하고 친해지려고 바둑을 같이 두었다. 변재도 바둑을 좋아해서 둘은 자주 바둑을 두었는데, 소익이 지나가는 말로 왕희지 이야기를 꺼내자 변재는 〈난정서〉를 꺼내서 보여주었고, 소익은 정말 훌륭하다고 반응하고 바둑에만 열중하는 척했다. 그들은 바둑을 두면서 〈난정서〉를 다시 꺼내 보곤 하였다. 그러던 어느 날 소익은 바둑을 두며 자신이 가져온 모조품 〈난정서〉와 진품 〈난정서〉를 바꿔치기하였다. 그리고 황급히 그곳을 떠났다. 변재는 나중에야 속은 걸 알았지만 당나라 황제가 시킨 것임을 알고 앓아누웠다. 황제는 〈난정서〉의 값으로 비단과 쌀을 보냈다. 변재는 스승의 유품을 잃은 것에 애통해하다가 1년이 지난 뒤 81세에 숨을 거뒀다. 〈난정서〉는 그 후 태종이 소장하고 있다가 죽으며 자신의 무덤에 가지고 들어갔다. 그러나 훗날 당나라가 멸망한 뒤 소릉이 도굴당하여 원본은 영원히 사라지고 말았고 태종의 글씨, 우세남과 저수량의 글씨 등 원본과 흡사한 필사본이 여럿 남아 전한다.

전순거 《왕희지관아도王羲之觀鵝圖》 미국 메트로폴리탄 아트박물관 소장

題梁楷《설새유기도雪塞遊騎圖》

[원] 대표원戴表元

양해가 그린 《눈 속에 말 타고 유람하는 그림》에 적다

聳胵攢蹄一駐鞍 용두찬제일주안[1]	목을 길게 빼고 발굽 모아 한번 말을 세우니
氈衣韋帽白漫漫 전의위모백만만[2]	털옷 가죽모자에 하얀 눈 가득하네
秖應田舍騎牛者 지응전사기우자	다만 농가에 소 탄 사람을 응당하게 여기니
無此風沙踏雪寒 무차풍사답설한	이곳은 사막 바람 없어 눈 밟으니 차갑네

🌊 시 이야기

《설한유기도》는 차가운 눈 밟으며 말을 타고 유람하는 그림이다. 말이 목을 길게 빼고 발굽을 모은 것은 말을 세워 묶으려 할 때 하는 몸짓이다. 가는 길에 눈이 내려 털옷과 모자에 하얀 눈이 가득 쌓였다. 농가를 지날 때면 소 탄 사람을 만나게 된다. 지나가는 곳이 변방의 사막인데도 바람 불지 않으니 눈이 그대로 있어 하얀 눈을 밟게 된다. 당나라 맹호연이 봄이 오기 전에 매화를 찾아 눈속을 헤매었다는 '답설심매' 고사와 통한다.

주

1 두胵는 목과 목덜미를 말한다.
2 위모韋帽는 소가죽 모자이다.

참고

〈답설심매 踏雪尋梅〉　　맹호연 孟浩然

數九寒天雪花飄 수구한천설화표　　깊은 겨울 하늘 눈꽃 나부끼고
大雪紛飛似鵝毛 대설분비사아모　　큰 눈은 거위 털처럼 어지럽게 나는데
浩然不辭風霜苦 호연불사풍상고　　맹호연은 풍상의 고통 사양하지 않고
踏雪尋梅樂逍遙 답설심매락소요　　눈 밟으며 매화 찾아 즐겁게 소요하네

 화가 이야기

양해梁楷, 1150~?

송나라 서예가이며 화가이다. 부친, 조부, 증조부가 북송의 대신이었다. 그들은 산동성 동평東平 사람인데 송이 남으로 천도하여 양해는 절강성 항주 전당에 자리를 잡았다. 남송 영종 때 화원의 대조待詔였다. 그는 행동이 특이한 화가였으며 남송 초기의 궁정 화가인 가사고賈師古에게서 가르침을 받아 인물, 산수, 도교와 불교, 귀신을 능숙하게 그려내어 청출어람靑出於藍이라고 칭송받았다. 그는 술을 좋아했는데 술 취하면 예법에 맞지 않는 행동을 하여 사람들이 그를 양풍梁瘋이라 불렀다. 전해지는 대표작으로《육조벌죽도六祖伐竹圖》,《이백행음도李白行吟圖》,《발묵선인도潑墨仙人圖》,《팔고승고사도권八高僧故事圖卷》 등이 있다.

 작가 이야기

대표원戴表元, 1244~1310

송말 원초의 문장가이다. 동남東南문장의 대가로 불렸다. 자는 수초帥初·증백曾

146

伯이고 호는 섬원剡源이다. 절강성 반계 사람이다. 7세 때 문장에 능했고 시문에는 기어奇語를 많이 썼다. 일찍이 태학에 입학하여 남송 예부상서 왕응린王應麟과 서악상舒嶽祥 등 문학 대사에게 사사 받았다. 남송 함순 7년(1271)에 진사에 뽑혔고 적공랑迪功郞을 제수받았다. 다음 해 건강부建康府(지금의 남경)교수가 되었다. 덕우 원년(1275)에 임안(지금의 항주) 교수로 옮겼다. 전란이 일어나 섬 땅으로 돌아가 경전과 역사서를 읽고 시문을 지었다. 다음 해 3월 원의 병사들이 남하하여 천태天台와 은현鄞縣에 피난했다. 상흥 2년(1279)에 수복되어 고향으로 돌아왔으나 전란 후라서 생활이 더욱 가난하여 은현과 항주 등을 전전하며 제자들을 가르치고 글을 팔아 생계를 꾸렸다. 원나라 지원 29년(1292) 봉화양정당사奉化養正堂師로 채용되었다. 서진舒津, 임사림任土林 등과 『봉화현지奉化縣志』를 지었다. 원나라 대덕 8년(1304) 61세 때 신주(지금의 강서성 상요)교수로 천거되었으나 병으로 사직했다. 저서로는 『섬원집剡源集』이 있다.

 ## 고사 이야기

답설심매踏雪尋梅

답설심매는 '매화 찾아 눈을 밟다'의 뜻이다. 고사故事는 『고씨화보顧氏畫譜』나 『당시화보唐詩畫譜』 등에도 등장하여 중국뿐 아니라 한국과 일본의 많은 화가도 이 소재로 그림을 즐겨 그렸다. 장대張大의 『야항선夜航船』에 다음과 같이 적혀있다.

　　맹호연은 마음에 품은 것이 광달하여 늘 눈을 맞으며 당나귀를 타고 매화
　　를 찾으러 떠나며 자신의 시사詩思는 파교灞橋에서 당나귀 등에 앉아 풍설
　　을 맞으며 만들어졌다고 했다.

아직도 겨울이 끝나지 않아 나무와 길가에 거위 털 같은 눈송이가 쌓여있는데

깊은 산 속 당나귀를 탄 남자가 눈 속에서 매화를 찾아 즐겁게 나선 것이다. '당나귀를 탄 처사'를 그린 그림으로 '기려도騎驢圖'도 있다. 당나귀와 함께 개울 위 다리가 등장하는 대표적인 시와 그림은 매화에 미친 남자 맹호연孟浩然(689~740)이 이른 봄에 첫 번째 핀 매화를 찾아 파교를 건너 설산으로 간다는 '파교탐매灞橋探梅' 혹은 '답설심매'를 소재로 하였다. 파교는 당나라의 수도였던 장안을 끼고 흐르는 강인 위수의 세 개 다리 중 가장 동쪽에 있는 다리 이름이다. 우리나라에서도 1766년 심사정이 《파교심매도》를 그렸다.

양해 《설한유기도雪寒游骑图》

題張萱《당궁도련도唐宮搗練圖》[1]

[원] 정거부程鉅夫

장훤의 《당나라 궁중에서 비단을 손질하는 그림》에 적다

月杵輕揮快似飛 월저경휘쾌사비[2]　　달의 공이로 가볍게 두드리니 나는 듯 빠르네

霜紈熨貼淨輝輝 상환위첩정휘휘[3]　　서리같이 하얀 비단 다림질하니 눈이 부시네

詩人不解畫師意 시인불해화사의　　시인은 화가의 뜻을 이해하지 못하고

微詠周南澣濯衣 미영주남한탁의[4]　　작은 소리로 주남의 빨래 시를 읊고 있네

🌀 시 이야기

《당궁도련도》는 당나라 궁중 여인들이 다듬이질, 빨래, 다림질하는 모습 등을 그린 그림이다. 그림의 오른쪽에 보듯 그 당시에는 비단옷을 절구통에 넣고 공이로 가볍게 두드려 빨래하였다. 여인들이 공이를 두드리는 손놀림이 마치 날아가듯 빠르다. 시에서 빨래하는 공이를 달나라 항아가 불로초 찧는 공이로 묘사했다. 왼쪽 그림에서는 하얀 비단을 다림질하니 깨끗하게 정리되어 마치 하얀 서리같이 눈이 부시다. 정거부는 장훤의 그림을 보고 당나라 궁중 여인들이 일하며 『시경·주남』 편에 적힌 〈갈담〉 시를 읊고 있다고 하였다.

1 도침搗은 곤봉의 끝으로 두드리고 부딪쳐서 빨래하는 도구이다.
2 월저月杵는 전설에서 달나라 월궁에서 불로초를 방아 찧었다는 절굿공이이다.
3 상환霜紈은 백색의 비단이다.
4 주남周南은 『시경·국풍』 편명이다. 아래에 「주남」의 빨래 시가 있다.

참고

도련搗練

도련은 농업 직조 활동의 일종으로 고대 사회의 특정 시기 여름에서 가을로 들어갈 때 늘 하는 생산 행위이다. 도침搗은 찧고 두드리는 작업이고 연練은 명주 실[生絲]을 삶아 부드럽고 희게 하는 작업이다. 연의 과정을 보면, 비교적 정밀한 비단인 생련生練을 재 끓인 물[灰湯]에 삶은 후 다시 세척하면 '숙련熟練'이 된다. 그 후 연직을 고르게 풀 먹이고 말리고 접어 가지런히 하여 다듬잇돌에 치면 진정한 두드리는 작업[搗]의 시작이며, 도구는 다듬이 방망이 침저砧杵이다. 생의生衣는 비단옷을 섬세하게 가공하지 않은 것을 의미하고, 숙의熟衣는 담그기, 두드리기 등 더 미세한 과정을 거치기 때문에 가공한 옷감으로 만들어 입기에 적합하다. 도련은 당시 집집마다 여성들이 해야 하는 일상적인 작업이었다. 궁중의 여인들도 도련은 일상이었다.

『시경·주남』 〈갈담〉

葛之覃兮 갈지담혜   施於中穀 시어중곡칡덩굴 골짜기에 뻗으니
維葉萋萋 유엽처처   黃鳥於飛 황조어비잎들 무성하고 노란 꾀꼬리 나네
集於灌木 집어관목   其鳴喈喈 기명개개관목에 모여들어 꾀꼴꾀꼴하네
葛之覃兮 갈지담혜   施於中穀 시어중곡칡덩굴 꼴짜기에 뻗으니

維葉莫莫 유엽막막	是刈是濩 시예시호	잎들 빽빽하여 베어다 삶네
爲絺爲綌 위치위격	服之無斁 복지무역	가늘고 굵은 베옷 지어 입고 좋아하네
言告師氏 언고사씨	言告言歸 언고언귀	스승께 아뢰어 친정에 간다고 고하네
薄汙我私 박오아사	薄澣我衣 박한아의	평복을 빨고 예복도 빨아야 하네
害澣害否 해한해부	歸寧父母 귀영부모	빨래를 할까 말까 부모 문안가는데

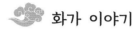

화가 이야기

장훤 張萱, 618~907

당나라 화가이며 섬서성 장안 사람이다. 개원(713~741)연간에 궁정 화가가 되었다. 귀족사녀貴族仕女와 궁원안마宮園安馬를 잘 그리는 것으로 유명하다. 그는 사녀 화가인 주방周昉과 함께 언급된다. 『선화화보宣和畫譜』에 기록된 그의 작품은 수십 점이 있으나 많은 후대 작가들이 모사한 것이 남아있고 원작은 거의 전하지 않는다. 송 휘종이 모사한 《괵국부인유춘도虢國夫人遊春圖》권과 《도련도搗練圖》권이 두 점의 모사본으로 남아있다.

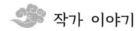

작가 이야기

정거부程鉅夫, 1249~1318

원나라 정치가이며 문학가이다. 원래 이름은 문해文海이나 무종의 이름 해산海山과 해海자가 같아 피휘하여 거부鉅夫로 고쳤다. 호는 설루雪樓·원재遠齋이며 강서성 건창建昌 사람이다. 조상은 호북성 영주郢州 사람이다. 정거부는 어려서 오징과 동문이었다. 남송 말년 숙부 건창통판 정비경을 따라 원의 조정에 들어갔고 통판의 아들로 입적하여 천호를 받았다. 원 세조의 인정을 받아 집현직학사集賢直學士가 되었다. 지원 24년(1287)에 시어사侍御史가 되어 어사대御史臺의 일을 했다. 강남에서 조맹부 등 20여 명을 추천하여 모두 발탁하였다. 후에 한림학사 승지가 되어 『성종실록成宗實錄』과 『무종실록武宗實錄』을 편수하는 데에 참가하였다. 연우 5년(1318) 70세에 세상을 떴다. 태정 2년(1325) 대사도大司徒와 주국柱國에 추증되었으며 또 초국공楚國公에 봉해졌다. 그는 네 황제의 조정에서 신하가 되어, 명신으로 이름을 남겼다. 저서로 『설루집雪樓集』 30권이 있다.

장훤 《당궁도련도唐宮搗練圖》 보스턴 미술관 소장

題韓滉《목우도牧牛圖》

[원] 정거부

한황의 《소 기르는 그림》에 적다

農爲天下本 농위천하본　　농사는 천하의 근본이 되는데
萬世此心同 만세차심동　　만세를 거쳐도 이 마음은 한가지이네
晴日開圖畫 청일개도화　　맑은 날 그림을 펼쳐놓으니
方知宰相功 방지재상공　　바야흐로 재상의 공을 알겠구나

 시 이야기

　소를 기르는 것은 농사를 짓기 위함이고 농사는 천하 사람들이 살아가는 근본이다. 작가는 맑은 날 한황이 그린 《소》 그림을 보며 높이 치하하고 있다. 『맹자』에 '백성이 중심이 되는 민본의 정치가 중요한 데 민본의 정치는 농사를 근본으로 삼는 것에서 비롯된다.'라고 하였으니 당시 재상이던 한황이 소를 그린 것은 의미가 크다고 볼 수 있다.

 화가이야기

한황韓滉, 723~787

당나라 정치가이자 화가이다. 자는 태중太仲이고 섬서성 장안 사람이다. 고결하

고 강직한 관리로 정원 원년(785)에 재상宰相이 되었고 진국공에 봉해졌다. 『역경易經』, 『춘추』 등에 통달하였고 서화에도 능했다. 인물화는 고개지顧愷之, 육탐미陸探微의 화풍으로 전가田家의 풍속을 묘사했고, 소 그림을 잘 그렸다. 관직에 있을 때 농민들의 생활과 풍속에 관심을 두고, 이 경험을 바탕으로 회화 작품을 그렸다. 대표작 《오우도五牛圖》는 다섯 마리 소의 동작을 생동감 있게 묘사한 것이다. 그 밖의 작품에 《전가풍속도田家風俗圖》와 《요민격양도堯民擊壤圖》, 《촌두도村杜圖》, 《전가이거도田家移居圖》, 《취학사도醉學士圖》 등이 있다.

 ## 고사 이야기

포정해우庖丁解牛

포정해우는 '포정이 소를 잡다'라는 의미로 솜씨나 기술이 매우 뛰어남을 뜻하기도 하지만 도를 통해 양생하는 법을 알려주는 고사이다. 『장자·양생주』에 고사 이야기는 포정과 문혜군文惠君의 대화로 다음과 같이 전한다.

전국시대 양나라에 한 포정이 소잡는 명인이었다. 그가 소를 잡아 뼈와 살을 해체하는 솜씨는 신기神技에 가까웠다. 문혜군이 그 소식을 듣고 그를 찾아왔다. 그래서 포정은 문혜군을 위해 소를 잡았다. 그가 손으로 소뿔을 잡고 어깨에 소를 기울이고, 발로 소를 밟고, 무릎을 세워 소를 누르면 칼을 움직이는 소리가 획획 울리고 칼을 움직여 나가면 쐐쐐 소리가 나는데 모두 음률에 딱 맞았다. 그 음률은 은나라 탕왕의 음악인 상림桑林의 춤곡에 일치되었으며 경수經首의 박자에 적중하였다. 문혜군은 그 모습을 보고 감탄하여 "훌륭하구나! 어찌하면 기술이 이 경지에까지 도달할 수 있는가?"라고 물었다. 포정은 칼을 내려놓고 대답했다. "제가 좋아하는 것은 도道인데 이는 기술에서 더 나아간 것입니다. 제가 처음 소를 잡을 때는 소의 전체 모습이 보였으나, 3년이 지나자 어느새 소의 온 모습은 사라지고 잘라야

할 부분이 보이게 되었습니다. 그리고 19년이 지난 뒤에는 온전한 소는 보이지 않게 되었고 눈으로 소를 보지 않고 정신으로 봅니다. 감각기관에서 아는 것이 멈추고 신묘한 작용이 이루어져 자연의 결에 따라 소의 살과 뼈, 근육 사이의 틈새를 보고 그 사이로 칼을 지나가게 하는데 수천 마리의 소를 잡았지만 한 번도 실수로 살이나 뼈를 다치게 한 적이 없습니다"라고 대답했다. 저는 아직 한 번도 칼질을 실수하여 살이나 뼈를 다친 적이 없습니다. 솜씨 좋은 백정이 1년 만에 칼을 바꾸는 것은 살을 베기 때문이고, 평범한 백정은 한 달에 한 번 칼을 바꾸는데, 이는 뼈를 가르기 때문입니다. 그렇지만 제 칼은 19년이나 되었고 수천 마리의 소를 잡았습니다. 뼈마디에는 틈이 있고 칼날에는 두께가 없습니다. 두께 없는 것을 틈이 있는 사이에 넣으니, 널찍하여 칼날을 움직이는 데도 공간이 남습니다. 이 때문에 19년이 되었는데도 칼날이 방금 숫돌에 간 것과 같습니다. 하지만 근육과 뼈가 엉긴 곳에 이를 때마다 저는 그 일의 어려움을 알고 두려워하여 경계하며 시선을 한 곳에 집중하고 손놀림을 천천히 합니다. 칼을 매우 미세하게 움직여 살이 뼈에서 해체되어 털썩하고 떨어지는 소리가 마치 흙덩이가 땅에 떨어지는 것 같습니다. 칼을 든 채 서서 사방을 돌아보며 머뭇거리다가 흐뭇해져 칼을 닦아서 간직합니다."라고 대답했다. 문혜군은 포정의 말을 듣고 양생養生의 도를 터득했다며 감탄했다고 한다. 포정해우는 소에 관한 고사 이야기로 잘 알려져 있다.

한황 《목우도牧牛圖》

題李唐《춘목도春牧圖》

[원] 임사림任士林

이당의 《봄에 소를 기르는 그림》에 적다

春氣薰人未耕作 춘기훈인미경작   봄기운 사람에게 전하는데 아직 밭 갈지 않고
江草青青牛齒白 강초청청우치백   강풀 푸릇푸릇한데 소 이빨 하얗네
牛飢草細隨意嚼 우기초세수의작   소 배고파 풀싹 어린데도 마구 뜯어먹으니
老翁曲膝睡亦著 노옹곡슬수역저   노인은 무릎 구부리고 자는 게 분명하네
蓬頭不記笠抛卻 봉두불기립포각   쑥대머리에 삿갓 벗어 던진 것 기억 못하고
午樹當風夢搖落 오수당풍몽요락[1]   대낮에 꿈에서 나무가 바람결에 시드네
夢裏牛繩猶在握 몽리우승유재악   꿈속에도 소고삐는 여전히 잡고 있으나
昨夜圄頭牛食薄 작아돈두우식박   어젯밤 소 우리 앞에 소밥은 거의 없었네.

 시 이야기

이른 봄 농번기가 다가올 무렵, 사람들은 이미 봄기운을 확연히 느끼는데 아직
도 밭갈이를 시작하지 않았다는 것을 소를 통해 묘사하였다. 일을 나가지 않고 노
는 소들이 이빨을 드러내고 풀을 계속 씹어 먹고 있지만, 아직 풀은 덜 자라 풀잎
이 여리다. 그 옆에서는 소를 모는 이가 머리가 흐트러뜨리고 삿갓을 벗어 던져버
리고 누워 소고삐를 꽉 잡은 채로 잠들어 있다. 소 우리 안에도 남은 먹이가 없던

것으로 보아 아마 전날에도 소에게 먹이지 않아 소가 무척 배가 고팠나 고팠나 보다. 농번기가 되었는데도 소를 기르는 노인은 게을리 낮잠 자면서 소를 제대로 돌보지 않고 있다.

주

1 요락搖落은 시들다, 쇠잔해지다凋殘, 쇠퇴하다零落의 의미이다.

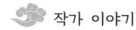 **작가 이야기**

임사림任士林, 1253~1309

원나라 문장가이고 유학자이다. 은현鄞縣 사람이며 자는 숙실叔實이고 호는 송향松鄕이다. 송나라 이종理宗 보우寶祐(1253~1258) 원년에서 원나라 무종武宗 지대至大(1308~1311) 2년까지 살다가 57세에 죽었다. 어릴 때부터 영특하여 6살 때 글을 지었으며 제자백가를 두루 읽었다. 나중에 전당에서 강학했다. 무종 지대 초에 천거되어 호주湖州의 안정서원산장安定書院山長이 되었다. 문풍이 침착하고 반듯했으며, 오직 이理를 중심으로 삼았다. 저서에 『송향집松鄕集』과 『중용논어지요中庸論語指要』가 전해지고 있다.

이당 《춘목도春牧圖》

題《추호희처도秋胡戲妻圖》

[원] 조맹부趙孟頫

《추호가 처를 희롱하는 그림》에 적다

相逢桑下說黃金 상봉상하설황금   뽕나무 아래서 만나 황금 주겠다고 말하니
料得秋胡用計深 요득추호용계심   생각하니 추호가 계략을 부림이 심하구나
不是別來渾未識 불시별래혼미식   헤어져 있어 알아보기가 힘든 것이 아니라
黃金聊試別來心 황금료시별래심   황금으로 떨어져 있던 마음을 시험했네

🌥 시 이야기

　추호는 결혼한 후 5일 만에 징병 나갔다가 5년 만에 돌아온다. 돌아오는 길에 뽕나무 아래에서 우연히 만난 여인에게 황금을 주겠다고 하고 그 여인을 꼬드긴다. 그 여인은 바로 자기 아내였다. 원래 고사 이야기는 부녀자를 황금으로 유혹하려는 이야기인데 이 시에서 시인의 생각은 그녀가 자기 아내임을 이미 알고 아내의 마음이 변치 않았는지를 시험한 것이라고 변명해주고 있다.

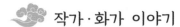
조맹부趙孟頫, 1254~1322

송 태조 넷째 아들 진왕 덕방의 자손으로 태조의 11대 손자이다. 그는 송의 왕실 사람으로 송이 원에 망했는데도 원나라에서 신하가 되었다. 그는 절강성 오흥 사람이고 자는 자앙子昻이며 호는 송설도인松雪道人이다. 그의 가족 중 부인인 관도승, 아우인 조맹유, 아들인 조용·조역 등도 그림을 잘 그렸다. 지원 23년(1286) 세조가 강남 인재를 구했을 때 '오흥팔준'의 필두로 추천되어 원나라에서 5명의 황제를 모셨다. 관직은 한림학사와 승지에 이르렀고 사후에는 위국공에 추봉되었고 문민이라는 시호를 받았다. 시문이 뛰어났고 서화와 함께 '원대 제1인자'로 일컬어졌다. 서예에서는 모든 서체에 능통했고 특히 왕희지로의 복귀에 힘써서 그 서풍은 중국 후대에 영향을 주었을 뿐 아니라 조선에 깊이 영향을 끼쳐 조선의 사대부들 사이에 송설체가 대단히 유행하였다. 그림에서는 당과 북송의 화풍을 근본으로 하는 복고주의를 따라 이사훈, 이소도의 청록산수와 동원, 거연의 동거파 화풍, 이성李成·곽희郭熙의 이곽파 양식을 받아들여 원대 산수화의 전형을 만들었다. 그의 화풍은 황공망黃公望·예찬倪瓚·오진吳鎭·왕몽王蒙의 '원말 4대가'에게 영향을 끼쳐 원나라에 수준 높은 산수화가 등장했다. 대표작에 《작화추색도권》(타이베이 고궁박물관), 《강촌어락도》, 《수촌도권》 등이 있고, 문집으로는 『송설재문집』이 있다.

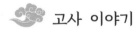 고사 이야기

추호희처秋胡戲妻

추호희처는 '추호가 아내를 희롱하다.'라는 뜻이다. 추호는 춘추春秋의 노나라 사람이다. 추호의 처 나매영은 아름답고 선량한 여자였다. 결혼 후 안정된 부부생활을 위해 그녀는 돈 있는 사람을 찾지 않고 가난한 추호에게 시집갔다. 그런데 결혼한 지 5일 만에 남편이 진陳나라로 벼슬살이 가게 되었다. 그녀는 친정 부모가 재가하라는 요구를 거절하고 정조를 끝까지 지켰다. 추호가 5년 후 집으로 돌아오는데, 집이 가까워지면서 뽕나무밭이 보였고 그곳에 한 아름다운 부인이 뽕잎을 따고 있었다. 추호는 아내를 알아보지 못하고 황금을 주겠다고 하며 그녀를 희롱했다. 그녀는 대꾸조차 하지 않았으나 이대로 집으로 돌아가면 어머니가 다음날 또 뽕잎 따러 가게 할 것이며 다시 그 사람을 만날 수도 있다고 생각했다. 그녀는 뜻하지 않게 당한 모욕을 호색하고 음탕한 짓으로 여겨 부모에게 효도해야 함도 잊고 분개하여 강에 투신했다. 그 일 후로 추호는 한 사람에게만 애정을 주지 않는 치정의 남자를 가리키게 되었다. 여러 전고에 추호가 5일 만에 떠나 5년 만에 돌아왔다고 전하나 《서경잡기西京雜記》에는 '춘추시대 노魯나라 사람 추호秋胡는 결혼한 지 사흘 만에 진陳나라로 벼슬살이 갔다가 삼 년 만에 돌아오게 되었다.'라고도 적혀있다. 이백《맥상상陌上桑》시에 추호는 여인에게 추근거리는 남자를 대표하는 명사가 되어 등장한다.

《맥상상陌上桑》	이백
美女渭橋東 미녀위교동	미녀가 위교 동쪽에서
春還事蠶作 춘환사잠작	봄이 돌아오자 누에를 먹이 따는데
五馬如飛龍 오마여비룡	비룡 같은 말 다섯 마리에
青絲結金絡 청사결금락	푸른 실로 엮은 금줄 두르고
不知誰家子 부지수가자	어느 댁 자식인지 알 수 없는 자가
調笑來相謔 조소래상학	실실 웃으며 와서 희롱하네.
妾本秦羅敷 첩본진라부	저는 본래 진나부인데,
玉顏豔名都 옥안염명도	얼굴이 곱기로 도읍에서 이름나
綠條映素手 녹조영소수	푸른 가지에 흰 손 내비치며

採桑向城隅 채상향성우　　성 모퉁이에서 뽕을 따며

使君且不顧 사군차불고　　태수도 돌아보지 않았는데

況復論秋胡 황부론추호　　하물며 추호를 더 말하겠소.

寒螿愛碧草 한장애벽초　　가을 곤충은 푸른 풀 좋아하고

鳴鳳棲靑梧 명봉서청오　　우는 봉황은 벽오동에 깃드나니

託心自有處 탁심자유처　　마음 의지할 곳 따로 있나니

但怪旁人愚 단괴방인우　　다만 괴이하고 어리석구나

徒令白日暮 도령백일모　　헛되이 하루해 저물도록

高駕空踟躕 고가공지주　　높은 수레 타고 공연히 머뭇거리나.

題《인기도人騎圖》

 [원] 조맹부

《말 탄 그림》에 적다

神駿固難識 신준고난식   준마는 본디 알아보기 어려운데
識矣貴善御 식의귀선어   알아봄은 잘 부림을 귀하게 여긴다네
松雪閒作圖 송설한작도   송설이 한가하게 그림을 그려
正警予懷處 정경여회처   바로 내가 품은 생각을 경계하네

🌀 시 이야기

준마를 알아보기 힘들지만, 알아볼 수 있는 이유는 잘 타고난 것보다 얼마나 잘 길들어졌는가를 중요하게 여기기 때문이다. 조맹부는 한가할 때마다 말 그림을 그려서 말에 대한 생각을 새롭게 하도록 경계로 삼았다. 송설은 조맹부의 호이다.

화사書詞

조맹부의 《인마도권人馬圖卷》에 두수의 제화 글이 사詞의 형식으로 적혀있다.

《인마도人馬圖》 제1수　　　　　조맹부

畫固難 화고난　　　　　　　　　그림 그리는 것은 본디 어려우나
識畫尤難 식화우난　　　　　　　그림을 아는 것은 더욱 어렵다.
吾好畫馬 오호화마　　　　　　　나는 말 그림을 좋아하여
蓋得之於天 개득지어천　　　　　대개 천성에서 그것을 얻으니.
故頗盡其能事 고파진기능사　　　그래서 자못 할 수 있는 일을 다 했다.

그림 그리는 것이 어렵고 그림을 아는 것은 더욱 어렵다. 하지만 조맹부는 천성적으로 말 그림을 잘 그리는 소질을 타고나서 말 그림 그리는 일에 몰두했다.

《말 그림》 제2수

吾自小年 오자소년　　　　　　　나는 소년 때부터
便愛畫馬 편애화마　　　　　　　말 그림을 특히 좋아한다네
爾來得見 이래득견　　　　　　　근래 얻은 것이
韓幹眞跡三卷 한간진적삼권　　　한간의 진 작품 세 두루마리여서
乃始得其意云 내시득기의운　　　비로소 그 뜻을 얻게 되었지

조맹부는 소년 시절부터 말 그림을 특히 좋아했으나 한간이 직접 그린 작품집 세 편의 두루마리를 얻은 다음 말 그림을 본격적으로 그리게 되었다.

조맹부《인기도人騎圖》북경 고궁박물원

題周文矩《십미도十美圖》

[원] 황공망黃公望

주문거가 그린 《열 명의 미인 그림》에 적다

侍宴朱樓向暮歸 시연주루향모귀　　시연장의 붉은 누각 해 저물어 돌아가고
御香猶在縷金衣 어향유재루금의　　임금의 향취 황금 옷 짓는 명주에 남아 있네
相攜女伴階前立 상휴녀반계전립　　시녀들이 서로 끌고 섬돌 앞에 서니
笑指鴛鴦水面飛 소지원앙수면비　　손가락질로 비웃으며 원앙이 물 위를 날아가네

 ## 시 이야기

　임금이 신하들과 함께 하는 궁궐 잔치는 날이 어두워 파하였는데도 잔치의 여운이 남아 아직 임금을 떠올리며 시녀들이 그 깔아둔 명주 천을 붙들고 궁궐을 떠날 줄 모르고 있다. 원앙이 물 위를 날며 자신들은 항상 짝이 있는데 시녀들은 짝도 없이 임금의 향취 맡으며 섬돌에 서 있는 모습을 보고 손가락질하며 비웃는다.

 ## 화가 이야기

주문구周文矩

오대십국 중 남당의 화가이며 강소성 구용句容 사람이다. 남당 후주 이욱李煜 밑

에서 버슬을 했고 한림원대조翰林院待詔가 되었다. 그는 인물·수레·복장·누대·산림·샘·바위를 잘 그렸고 인물은 사녀仕女를 잘 그렸다. 그림은 북제北齊의 조중달曹仲達, 당대 오도자吳道子, 불타조不墮曹, 오습기吳習氣와 일 가一家를 이루었고 그의 사녀화仕女畫는 주방을 계승하였다.

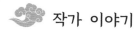
작가 이야기

황공망黃公望, 1269~1354

중국 원말의 전진파 도사이며 문인화가로 자는 자구子久이고 호는 일봉一峯·대치大癡이며 강소성 상숙常熟 사람이다. 8세경에 황씨 댁 양자가 되어 성은 황으로 이름은 공망으로 개명하였다. 처음 절서헌사浙西憲司 서염徐琰의 속관이 되었고 후에 북경으로 가게 되어 중대찰사원中台察使院 장려張閭 밑에서 소리小吏로 있던 시절 부정사건으로 투옥되었다가 후에 관직을 버리고 송강에서 은거 생활을 하였다. 고향으로 돌아가 전진교全眞敎에 귀의하여 소주에 3교당을 세웠고, 만년에 서호의 부춘산富春山에 은거했다. 그림은 50세 무렵부터 시작했으나 동원童源, 거연巨然의 화법을 배웠고 이성의 화법을 겸하여 닦았으며 조맹부의 가르침을 받아 스스로 일가를 이루었다. 오진吳鎭, 예찬倪瓚, 왕몽王蒙과 함께 산수화의 '원사대가元四大家'로 불렸다. 그는 그림 외에도 서예에도 뛰어났고 시사詩詞와 산곡散曲도 잘 지었다. 현존하는 대표작 《부춘산거도富春山居圖》(타이베이 고궁박물관), 《구봉설제도九峰雪霽圖》, 《계산우의도溪山雨意圖》, 《천지석벽도天池石壁圖》 등이 있다.

주문구 《십미도十美圖》

題龔翠巖《중산출유도中山出遊圖》¹

[원] 송무宋無

공취암이 그린 《중산으로 놀러 나가는 그림》에 적다

酆都山黑陰雨秋 풍도산흑음우추²   풍도산은 어둡고 장맛비 내리는 가을인데

羣鬼聚哭寒啾啾 군귀취곡한추추   여러 귀신들 모여 곡하니 처연하네

老馗豐髥古襆頭 노규풍염고복두³   늙은 종규 덥수룩한 수염에 옛 복두를 썼고

耳聞鬼聲饞涎流 이문귀성참연류   귀신 소리 듣고 곧 침을 흘리네

鬼奴舁馗夜出遊 귀노여규야출유⁴   노예 귀신이 종규 태우고 밤에 놀러 나가니

兩魑劒笠逐輿後 양리검립축여후   두 도깨비 칼 차고 삿갓 쓰고 수레 뒤따르네

槁形蓬首枯骸瘦 고형봉수고해수⁵   마른 몸 쑥대머리 여윈 뼈가 수척한데

妹也黔面被裳繡 매야검면피상수   누이는 검은 얼굴에 수놓은 치마 입었네.

老馗回觀四目鬪 노규회관사목투   늙은 종규가 돌아보자 사방 시선이 다투니

料亦不嫌馗醜陋 요역불혐규추루   또한 종규의 추함을 싫어하지 않는 듯하네

後驅鬼雌荷衾枕 후구귀자하금침   뒤따르는 여자 귀신 이불과 베개를 짊어졌으니

想馗倦行欲安寢 상규권행욕안침   종규가 가다가 피곤하면 편안히 잠자게 하려나

挑壺抱甕寒凜凜 도호포옹한름름   술병 매고 항아리 안고 한기가 음산하니

毋乃榨鬼作酒飮 무내자귀작주음   귀신을 짜서 술 빚어 마시려는 것이 아닌가

令我能言口爲噤 영아능언구위금   나의 말 잘하는 입을 다물게 하네

執縛魍魎血灑髁 집박망량혈쇄과[6] 도깨비 잡아 묶어 피를 넓적다리에 뿌리니

毋乃剁鬼爲鬼鮭 무내타귀위귀차 귀신 잘라 젓갈을 담으려는 것 아닌가

令我有手不能把 영아유수불능파 나의 손을 잡을 수 없게 하네

神閒意定元是假 신한의정원시가 신들 사이 뜻 정해졌다는 것은 원래 거짓인데

始信吟翁筆揮灑 시신음옹필휘쇄 비로소 늙은 시인의 붓 휘두름을 믿겠네

翠巖道人心事平 취암도인심사평 취암 도인은 심사가 평안한데

胡爲識此鬼物情 호위식차귀물정 어찌 이 귀신의 물정을 알았던가

看來下筆衆鬼驚 간래하필중귀경 붓을 댄 곳을 보니 여러 귀신들 놀라고

詩成應聞鬼泣聲 시성응문귀읍성 시가 완성하니 응당 귀신 곡소리 들네

至今卷上陰風生 지금권상음풍생 지금 화폭 위에 음풍이 일어나니

老馗氏族何處人 노규씨족하처인 늙은 종규의 씨족은 어느 곳 사람인가

託言唐宮曾見身 탁언당궁증현신 당나라 궁중에서 일찍이 몸을 드러냈는데

當時身色相沉淪 당시신색상침륜 당시 신색이 몰락했었다지.

阿瞞夢寐何曾眞 아만몽매하증진 아만의 꿈속에서 언제 드러난 적 있던가

宮妖已殘馬嵬塵 궁요이잔마외진[7] 궁중 요괴는 이미 마외파 먼지에 죽었다네.

倏忽靑天飛霹靂 숙홀청천비벽력 갑자기 푸른 하늘에 벼락이 날리니

千妖萬怪遭誅擊 천요만괴조주격 천만 요괴들이 벼락 맞는 죽임을 당하네

酆都山摧見白日 풍도산최견백일 풍도산 무너지고 밝은 해를 보니

老馗忍飢無鬼喫 노규인기무귀끽 늙은 종규 굶주림 참는데 먹을 귀신이 없고

冷落人間守門壁 냉락인간수문벽 인간세상에서 영락하여 문벽을 지키네

170

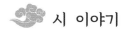 시 이야기

비 오는 가을 풍도산은 지옥으로 가는 길이라 죽은 귀신들이 모여 있어 분위기가 음산하다. 종규는 귀신을 잡아먹는 귀신의 이름이다. 《중산출유도》는 귀신들의 행렬을 그렸다. 종규의 행렬은 풍도산으로 놀러 나왔고 오늘따라 먹을 귀신이 많아 군침을 흘리고 있다. 종규는 자신의 모습이 누추하여서 사방에서 보는 이들이 다 싫어할 것이라고 여긴다. 풍도산 귀신들은 아마 종규의 누추한 모습보다 술병 들고 뒤따르는 귀신 노예들을 보고 혹시 풍교산 귀신을 짜서 술 만들고 잘게 저며 젓갈 만들어 안주 삼지 않을까 하여 두려워 떨고 있다. 생각만 해도 으스스한데 공취암의 그림에서는 귀신들이 놀라는 것을 볼 수 있고 송무의 시에서는 귀신들이 우는 소리가 들리는 것 같다.

도대체 종규는 어디서 온 귀신인지 모르겠으나 당나라 현종의 꿈에 나타나 잡귀들을 잡아먹어 실제로 현종의 병을 고쳐주면서 세상에 이름이 드러나게 되었고, 또 조조의 꿈에 나타난 일들이 적벽대전에서 실제의 일로 드러났다는 이야기도 『삼국지연의』에 나온다. 양귀비가 마외파에서 죽었기 때문에 하늘에서 벼락을 쳐 귀신이 모두 사라졌다. 결국, 풍도산은 사라지고 종규는 먹을 귀신이 없어서 겨우 여염집 대문에 붙는 신세가 되었다. 지금도 중국 사람들은 현종의 꿈 이야기를 믿게 되어 민간 신앙으로 병과 악귀를 막는 방편으로 대문 위에 종규화 또는 종규의 부적을 붙인다.

주

1 《중산출유도中山出遊圖》는 종규가 중산으로 놀러 나가는 그림이다. 공개龔開가 그렸다.

2 풍도산酆都山은 사천성 풍도현에 있는 산이며 지금 중경시에 있다. 풍도산은 도교에서 죄를 지은 자가 죽어서 가는 곳이며 지옥이다. 지옥의 풍도대제 앞에서 생전의 죄를 낱낱이 조사받고 그 지은 죄에 상응하는 고통을 당하게 된다. 죄에 대한 벌을 다 받고 난 후에 죽은 자는 다시 이 세상에 태어난다. 인간으로 다시 태어나는 사람도 있지만, 곤충이나 동물의 모습으로 태어나기도 한다. 어떤 생물로 다시 태어나느냐 하는 것은

그 사람이 지은 죄의 경중에 달려 있다. 생전에 선행을 많이 쌓은 사람은 천상계로 올라가 신선이 된다.

3 복두襆頭는 머리에 쓰는 두건이다. 무사들이 머리에 둘렀다. 『신당서·거복지車服志』에 '머리에 건을 두르고 후주에서 일어난 자들은 무사들이다. 그 이름을 연과라 했다. 襆頭起於後周, 便武事者也. 又名軟裹.'라고 적혀있다.

4 여輿는 가마 혹은 교자轎子이다.

5 고형槁形은 '몸이 마르다.'의 고형枯形과 같다.

6 과髁는 양 허벅지 사이를 말한다.

7 마외진馬嵬塵은 양귀비가 자진한 곳이다. 병사들이 말을 달려 먼지가 가득한 가운데 자살하였기 때문에 마외진은 마외파에서 생긴 일을 가리킨다.

《중산출유도中山出遊圖》

송말 원초의 문인화가 공개龔開는 사회가 극도로 혼탁한 상태가 되었음에 불만을 품었다. 그 때문에 《중산출유도》는 종규가 당송 이래로 전해 내려오고 있는 왕실을 해치는 귀신을 없애고 정의를 구현하는 형상을 빌어 나라 잃은 백성의 비분강개를 해학으로 표현하였다. 그림에서 종규가 풍도산에 놀러 나가는 행렬은 세 그룹으로 나뉘는데 종규 가마가 선두에 서고 그 뒤를 여동생이 탄 가마와 그녀의 시녀들이 뒤따르고 마지막에는 노예 귀신들이 보따리를 매고 뒤따른다. 공개는 선으로 섬세하게 그렸으며 제사題辭에 다음과 같이 적었다.

마땅히 묵으로 그린 귀신을 장난스러운 필로 간주하지 말아야 한다. 그 것은 화가의 초서 작품이다. 세상에 어찌 해서를 잘 쓰지 못하는데 초서를 잘 쓰는 자가 있겠는가?

이 글로 볼 때 이 그림은 선으로 초서를 쓰듯 그렸으나 매우 섬세하고 정밀하게 그려진 작품이다.

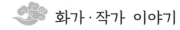

공개龔開, 1222~1307

송말원초의 문인 화가이다. 자는 성예聖予이고 호는 취암翠巖이며 만호는 구성수龜城叟·암수巖叟이다. 사람들은 그를 공고사龔高士라고 불렀다. 강소성 회안淮安 사람이다. 경정 연간에 양회제치사감兩淮制置司監을 지냈다. 그는 산수화는 미불과 미우인을 배웠으며, 인물과 안마 등은 조패曹霸를 배웠다. 화훼에도 능하였고《종규화》같은 수묵화 그리기를 좋아했다. 그림이 독특하여 명청의 사의화寫意畵의 효시가 되었다. 현존 작품으로는《준골도》,《중산출유도》(워싱턴, 프리어 미술관) 등이 있다.

송무宋無, 1260~1340

원나라 시인이고 화가이며 호는 희안晞顔이다. 강소성 진릉晉陵에서 살았다. 세조 지원至元 말에 무재茂才로 천거되었지만 나아가지 않았다. 그림은 묵매墨梅를 잘 그렸고 시에도 능했다. 시는 주로 현실을 반영하여 작품을 썼다. 시 작품으로 〈한향전부언旱鄕田父言〉, 〈전성남戰城南〉이 있고 저서로는 『취한집翠寒集』이 있다.

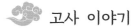 고사 이야기

나의종규儺儀鍾馗

나의종규는 무속신앙이다. 중국뿐 아니라 동남아 지역에서 나의종규가 행해지고 있다. 특히 일본에서는 종규신사鍾馗神社가 있다. 나의종규 고사가 생긴 이유를 살펴보자.

당나라 현종이 처음 몸에 질병이 있었는데 갑자기 꿈에 한 커다란 귀신大鬼이 조그만 귀신을 잡아먹고 있었다. 그 커다란 귀신은 자칭 종규鍾馗라고 말했고 오로지 천하의 귀신, 도깨비들을 모두 제거한다고 했다. 괴이한 것은 현종이 꿈을 깬 후 학질이 다 나았다. 현종은 꿈에서 깨어나 오도현에게 자신의 꿈 이야기를 하며 꿈속의 종규를 그리도록 했다. 찢어진 모자와 누추한 옷차림에 애꾸눈으로, 왼손은 귀신을 잡고 오른손은 귀신의 눈을 들고 있는 모습이었다. 종규는 귀신 쫓는 귀신이다. 매년 연말이 되어 그림 안의 종규가 와서 현종과 양귀비를 괴롭히는 사특한 도깨비를 물리쳤다고 한다. 그 후로부터 민간에서도 종규의 초상을 붙여놓으면 귀신을 쫓고 사악함을 피할 수 있다고 생각하여 단오절에 집집마다 종규의 초상을 문 안쪽에 걸어놓고 귀신을 없애고자 했다. 《종규도》는 정의正義, 공도公道의 화신이다.

종규에 관해 또 다른 이야기가 전하는데, 도교의 『역대신선통감歷代神仙通鑒』의 기록에서 다음과 같이 전한다.

종규는 섬서성 종남 사람으로 어릴 때 재능이 뛰어났다. 당 무덕武德 연간에 경성에 가서 과거에 응시했는데, 용모가 못생겨서 떨어졌고, 분해서 궁전 계단에 부딪혀 죽었다. 황제가 이 이야기를 듣고 붉은 관포官袍를 내려주어 안장했다. 천보天寶 연간에 이르러 당 현종 이융기가 여산驪山에서 우연히 비장에 병을 앓아 오랫동안 치료해도 낫지 않았다. 하루는 꿈에 기이한 용모의 사내를 보았는데 귀신을 잡아 눈알을 도려낸 후 먹었다. 사내는 자신을 '전시殿試에서 진사進士에 낙방한 종규鍾馗'라고 말했다. 황제는 꿈에서 깨어나자 즉시 병이 나았다. 그래서 현종은 오도자에게 꿈에서 본 종규가 귀신을 잡는 정경을 그림으로 그려 궁에 걸어두고 요괴를 피하라고 명했다.

당 현종이 종규를 중요하게 여기니 종규는 귀신을 잡는 신의 지위를 점차 확립하게 되었으며 도교에서는 신선의 지위를 주었다. 그래서 황제가 대신大臣들에게

《종규상鍾馗像》을 새해 선물로 주는 것이 성당 이래의 관례가 되었다. 개원 때의 명인 장설張說과 그 이후의 유우석劉錫石 등에게《종규도》를 주었다고 전해지고 있다. 또한, 사람들이 돈황의 유서遺書에서 재야에 종규가 악귀를 쫓는 글 「제석종규 구나문除夕鍾馗驅儺文」을 발견하였는데, 이는 종규 나의儺儀가 푸닥거리 중에서 주역을 맡았음을 실증한 것이다.

그 후, 도교는 종규를 문門의 신으로 삼아 존숭하고, 종규를 귀신을 쫓고 악을 쫓는 판관으로 '사복진택성군賜福鎭宅聖君'으로 봉하였다. 민간에서는 늘 종규의 상을 문 위에 걸어놓거나 복을 주고 집에 들어오는 귀신을 진압하려고 종규가 춤을 추며 복을 빌고 액을 쫓는 행위를 오늘날까지 쭉 이어지고 있다. 종규는 점차 중국 민속 신앙에서 가장 친숙한 역할이 되어, 문간에 붙이는 것은 귀신을 진압하고 사악한 것을 쫓는 문의 신이 되었고, 중당中堂에 걸어두는 것은 재앙을 쫓도록 빌고 도깨비를 제거하는 신령이며, 나의儺儀에 나타나 귀신을 통솔하여 요괴를 베는 맹장이 되었다. 이로써 형형색색의《종규도》가 파생되었다.『본초강목』에도 종규상으로 재를 태우고 물에 타서 복용하거나 다른 약을 배합하여 환을 만들어 난산, 말라리아 등의 병을 치료하는 비방이 수록되어 있다. 이런 비방들이 '나의종규' 고사에서 비롯되어 지금까지 행해지고 있다.

공취암《중산출유도中山出遊圖》

題陳宏《명황격오동도明皇擊梧桐圖》

[원] 오사도吳師道

진굉의 《명황이 오동으로 만든 북을 치는 그림》에 적다

三郞半醉玉顔開 삼랑반취옥안개[1]　현종은 반쯤 취했고 양귀비는 활짝 웃네
手戛靑桐舞節催 수알청동무절최[2]　손은 벽오동을 치고 춤사위 제촉하네
老樹無情應解笑 노수무정응해소　오래된 나무 정 없어도 응당 웃을 줄 알리라
曲成那得鳳皇來 곡성나득봉황래　곡 마쳤는데 어찌 봉황을 오게 할 수 있을까?

🌥 시 이야기

　삼랑三郞은 양귀비가 현종을 부르던 호칭이다. 현종은 셋째 아들이었는데 양귀비는 황제를 셋째 서방님을 부르는 호칭인 '삼랑'이라고 불렀다. 현종은 술에 그윽하게 취해 손에 북채를 잡고서 벽오동으로 만든 악기를 두드리고 양귀비는 장단 맞추어 춤사위를 계속하였으니 늙은 현종이라 하더라고 절로 신명이 났으리라. 벽오동 나무는 봉황을 쉬게 한다는 고사가 있어 현종이 벽오동으로 만든 북을 계속 치며 봉황을 불렀고 북소리 마쳤는데도 봉황은 오지 않았다. 봉황은 기린과 함께 상서로운 동물로서 성인 앞에만 나타나는데, 현종은 정사를 돌보지 않고 양귀비에게만 빠져 있으니 봉황이 올 리가 없다. 진굉이 그린 《명황격오동도》는 유실되고 전하지 않는다.

주

1 삼랑三郎은 셋째 아드님의 뜻이다. 당 명황은 형제가 6명이다. 한 명은 일찍 죽어 명황이 셋째에 해당한다. 황제에게 이 호칭을 쓰는 단 한 사람은 양귀비였다.

2 알戛은 치다擊, 두드리다戛 등의 뜻이다.

 화가 이야기

진굉陳宏

당나라 화가로 회계 사람이다. 사실화를 잘 그렸고 특히 인물, 안마鞍馬를 잘 그렸다. 한간韓幹과 함께 조패曹霸에게서 공부했다. 처음에는 영왕부장사永王府長史를 지냈다. 현종 개원(713~741)에 공봉供奉이 되었다. 현종과 당나라 여러 황제의 초상을 잘 그렸다. 개원 13년(725) 현종이 동쪽으로 태산을 유람하고 돌아올 때 노주 금교를 지나는데 천자의 정기旌旗가 엄숙함을 보았다. 황제는 진굉에게 오도자吳道子와 위무첨韋無忝과 함께《금교도金橋圖》를 그리도록 명했다. 진굉은 현종이 명마를 타고 가는 곳에 달이 비추어 밝은 것을 그리고 오도자는 교량, 산수, 인물을 그리고 위무첨은 개와 말 같은 가축을 그렸는데 각기 그 기묘함을 다하였다. 그의 작품은《금교도金橋圖》,《상선도上仙圖》,《명황사마도明皇射馬圖》,《상당십구서도上黨十九瑞圖》,《사당제진寫唐帝眞》,《명황격오동도明皇擊梧桐圖》,《인마도人馬圖》,《이준도二駿圖》등이 있다.

 작가 이야기

오사도吳師道, 1283~1344

원나라 문장가이며 학자이고 절강성 무주婺州 난계蘭溪 사람이다. 자는 정전正傳

이다. 어려서부터 학문을 좋아하였고 특히 사장詞章에 뛰어났다. 영종 지치至治 원년(1321) 진사가 되고, 고우현승高郵縣丞에 올랐다. 영국로록사寧國路錄事를 거쳐 지주池州 건덕현윤建德縣尹을 지냈다. 후에 국자조교國子助教가 되었다가 박사에 올랐다. 예부낭중으로 치사했다. 젊어서 진덕수眞德秀의 저서를 읽고 의리지학義理之學에 마음을 정하게 되었으며 허겸許謙에게 수학했다. 정주程朱의 이학理學을 존숭하고 불교와 도교를 배척했다. 시문론으로 『예부집禮部集』과 『경향록敬鄕錄』, 『전국책교주戰國策校注』, 『오예부시화吳禮部詩話』, 『오정전문집吳正傳文集』 등이 있고 저서에 『난음산방류고蘭陰山房類稿』 20권, 『역잡설易雜說』 2권, 『서잡설書雜說』 6권, 『시잡설詩雜說』 2권, 『춘추호씨전부정春秋胡氏傳附正』 12권 등이 있다.

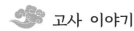 고사 이야기

벽오동과 봉황

봉황은 오동나무에 깃든다. 『진서晉書·부견재기苻堅載記』에 '봉황은 오동나무가 아니면 살지 않고 대나무가 아니면 먹지 않으며 수십만 그루의 오동나무와 대나무를 아방궁에서 재배하며 봉황을 기다리고 있다.'라고 하였고 『삼국연의』에 '봉황은 천 길이나 날아다니는데, 오동나무가 아니면 머물지 않는다. 선비와 종복은 다른 곳에 살고 있으며 주인이 키우지 않는 것이 아니다.'고 하였으며 『장자·추수秋水』에 '남쪽에 새가 있는데 그 이름이 원추鵷鶵(봉황)라고 하네. 자네는 알고 있는가? 이 원추는 멀리 남쪽 바다에서 날아올라 북쪽 바다로 날아가는데, 오동나무가 아니면 머물지 않고 연실練實(멀구슬나무의 열매)이 아니면 먹지 않고, 예천醴泉(태평한 때에 단물이 솟는다) 샘이 아니면 마시지 않는다네.'라고 하였다.

오동은 높고 우뚝 솟아 나무 중에서 으뜸이다. 고대로부터 오동나무가 높이 평가되어 오동과 봉황을 연결하곤 했다. 봉황은 새 중의 왕이고, 봉황은 오동 위에 사는 것을 가장 좋아하는 것으로 보아 오동이 얼마나 고귀한지를 알 수 있다. 『시경·대아』, 〈권아卷阿〉에 오동에 대한 기록이 있다.

〈권아卷阿〉

鳳皇鳴矣 봉황명의	봉황이 우네
於彼高岡 어피고강	저 높은 산등성이에서
梧桐生矣 오동생의	오동나무가 자라네
於彼朝陽 어피조양	동쪽 기슭에서
萋萋萋萋 봉봉처처	오동나무가 무성하니
雝雝喈喈 옹옹개개	봉황의 울음소리 들리네

높은 산 위 오동나무가 자라 무성하니 봉황이 찾아왔다. 봉황은 신조神鳥이고 오동은 가목嘉木이라서 모두 상서祥瑞의 상징이다. 옛날 사람들은 용과 봉황이 상서로운 금수를 상징한다고 믿었기 때문에 우물가에 오동을 심는 풍습이 많았다. 우물에는 용이 있고 봉황이 오는 오동나무를 심으면 용과 봉황이 함께 오니 상서로운 기운이 생겨난다는 생각에서 오동은 종종 시사에 '정동井桐'이라는 이름으로 등장하지만, 시인들의 미적 이미지에서 정동은 점차 수심의 상징이 되었다. 그 전고는 당나라 왕창령의 〈장신원長信怨〉 시에서 비롯되었다.

〈장신원 長信怨〉　　　왕창령

金井梧桐秋葉黃 금정오동추엽황	궁궐 우물가 오동나무 가을되어 잎 누렇고
珠簾不卷夜來霜 주렴불권야래상	주렴 내렸는데도 밤에 서리 내렸네
熏籠玉枕無顏色 훈롱옥침무안색	훈롱과 옥침은 빛을 잃었고
臥聽南宮淸漏長 와청남궁청루장	오래 누워 남궁 물시계 소리 듣네

장신궁은 한나라 궁으로 태후가 거처하던 서궁이다. 반첩여는 황제의 총애를 입었지만, 조비연 자매가 시기하여 총애를 잃게 된다. 반첩여는 스스로 장신궁에 들어가 태후를 공양하였다. 시에서 오동나무도 가을이 되어 잎이 누렇게 된다고 함은 총애 받던 반첩여도 조비연으로 인해 총애가 끊어진 것이다. 또 반첩여가 황제의 총애를 받을 때 쓰던 훈롱과 옥침도 이제는 빛을 잃었다. 그래서 지금은 장신궁에서 물시계에서 물 떨어지는 소리만 들으며 지내고 있다. 왕창령은 시에서 오동나무조차도 쇠락해지면 근심의 상징이 됨을 표현했다. 고대 신령하고 상서로움을 상징하던 오동나무가 이 시가 있고 난 뒤부터 근심을 뜻하게 되었다. 현종도 오동나무 북을 쳐서 봉황을 불렀으나 오지 않으니 이미 국운이 쇠하여 감을 뜻한다.

작자미상 《명황격오동도明皇擊梧桐圖》 모본

題顧宏中 《한희재야연도韓熙載夜宴圖》[1]

[원] 정원우鄭元祐

고굉중이 그린 《한희재가 밤에 벌린 잔치 그림》에 적다

熙載眞名士 희재진명사[2]	한희재는 참으로 명사로군
風流追謝安 풍류추사안[3]	풍류는 사안을 뒤쫓네
每留賓客飲 매류빈객음	늘 빈객들과 머무르며 술을 마시는데
歌舞雜相歡 가무잡상환	가무가 섞이니 함께 즐겁구나
卻有丹青士 각유단청사	도리어 그림 그리는 화가가 있어
燈前仔細看 등전자세간	등잔 앞에서 자세히 보고 있었지
誰知筵上景 수지연상경	누군들 연회장의 상황을 알았겠는가?
明日到金鑾 명일도금란[4]	내일 금란전에 이르게 될 줄을

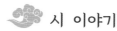 시 이야기

누군가 한희재가 자주 야연을 즐긴다고 왕에게 알렸다. 그래서 후주의 이욱은 고굉중에게 한희재의 연회장 모습을 그리게 하였다. 그림을 본 시인은 한희재의 풍류를 동진의 재상 사안에 견주었다. 가무를 즐기는 사람들은 궁중에서 황명을 받은 고굉중에 의해 몰래 그림으로 그려져 다음 날 금란전에 불려가게 되리라고는 알 리가

없다. 금란전金鑾殿은 천자가 조회를 받던 정전이고 사안謝安은 진晉나라 재상을 지냈고 진나라 대대손손 재력과 권력을 겸비하였던 풍류의 상징 인물이다.

1 《한희재야연도韓熙載夜宴圖》는 오대 후주 시기 한희재의 방탕한 생활을 고발하기 위해 그린 그림이다. 후주後周 이욱李煜 때 일찍이 황명을 받은 고굉중은 주문구와 함께 밤에 중서시랑 한희재의 집에 이르러 제자들과 빈객들이 연회를 여는 장면을 보고 돌아와 《한희재야연도》를 그려 바쳤다. 그림 속의 인물들이 마치 살아있는 듯 정밀하여 오대 인물화의 걸작으로 꼽힌다.

2 한희재韓熙載(911~970)는 후주 때 정치가로 자는 숙언叔言이다. 산동성 유주濰州의 명문 출신으로 동광 연간(923~926)에 진사가 되었고 이욱의 궁정에서 중서사인中書舍人에 이른 정치가이다.

3 사안謝安은 동진 중기의 명신名臣으로, 그의 집안은 당시 왕도의 집안과 더불어 명문가였다. 자는 안석安石이고 시호는 문정文靖이다. 원래 은자로 유명하여 왕희지 등과 회계에 은거하였는데, 조정에서 여러 번 등용하려 하였으나 나아가지 않다가 40세에 처음으로 출사하였다. 그 후 무제 때 건창현공建昌縣公에 봉작되었으며, 죽은 뒤 태부에 추증되어 사태부謝太傅라고 불렸다.

4 금란金鑾은 천자가 조회를 받던 어전을 말한다.

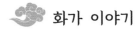 화가 이야기

고굉중顧宏中, 910~980

오대 남당南唐 때 강남 사람이다. 인물화가로 일찍이 화원 대조를 지냈다. 이경李璟 부자를 섬겨 한림원대조가 되었다. 인물화와 고사 그림에 능하여 주문구周文矩과 더불어 명성을 떨쳤다. 오늘날까지 전해지는 유일한 작품은 《한희재야연도韓熙載夜宴圖》이다. 그 밖의 작품에 《명황격오동도明皇擊梧桐圖》와 《이후주도장상李後主道裝像》이 있다.

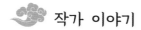 **작가 이야기**

정원우鄭元祐, 1292~1364

　원나라 처주處州 수창遂昌 사람으로 전당으로 옮겨 살았다. 자는 명덕明德이고 호는 상좌생尚左生이다. 어렸을 때부터 총명하였고 학업에도 열중하였다. 순제順帝 지정至正 연간에 평강平江유학 교수에 제수되었고 강절유학제거江浙儒學提擧로 승진했다가 재임 중에 죽었다. 저서에 『수창잡지遂昌雜志』와 『교오집僑吳集』이 있다.

　이 그림에는 정원우 외에도 고영顧瑛, 하광何廣, 명明 왕세정王世貞 등 많은 문인이 제화시를 적었다.

　　고영顧瑛[1]의 제화시

金燭金爐夜若春 금촉금로야약춘　금등촉과 금화로로 밝힌 밤이 봄날 같고
紅妝一顧一迴新 홍장일고일회신　홍장은 돌아볼 때마다 새롭네
觀圖不獨丹靑美 관도부독단청미　그림을 보니 유독 단청의 아름다움뿐 아니라
又必知其繪畫人 우필지기회화인　그림 그린 화가도 알아야겠네

　어느 날 연회장에 등촉을 밝혀놓고 금 화로에 불을 피워 두니 따뜻하기가 마치 봄날 같다. 또 아름다운 여인들이 춤추고 있으니 한번 보고 또 돌아봐도 새롭다. 화려한 색채로 아름답게 그려졌으나 그 그림을 왕에게 보여야 하는 화가의 마음은 어떠했을지 궁금하다.

　　주

　1 고영顧瑛　원나라 때의 승려로 곤산昆山 사람이며 일명 아영阿瑛이다. 덕휘德輝라

는 이름도 있고, 자는 중영仲瑛이다. 여러 번 천거되었지만 한 번도 나가지 않았다. 집안이 부유했는데 원나라 말기의 전란 통에 재산을 모두 잃자 승려가 되어 금속도인金粟道人이라 자칭했다. 시화詩畵로도 유명했다. 저서에 『옥산박고玉山璞稿』 1권이 있다.

하광何廣[1]의 제화시

人物風流獨占魁 인물풍류독점괴	인물 풍류는 으뜸을 독차지했고
娛賓淸夜綺筵開 오빈청야기연개	손님 불러서 맑은 밤에 연회를 열었네
醉眸頻看紅粧舞 취모빈간홍장무	취한 눈동자로 빈번히 여인들의 춤을 보니
疑是姮娥月裏來 의시항아월리래	항아가 달에서 내려온 것인가 싶네

한희재는 풍류가 뛰어나서 밤마다 손님을 불러 연회를 벌리고 술을 마셨다. 매번 술자리에서 취한 눈동자로 무희들을 보고 있는 한희재는 무희들을 신선처럼 여겼다. 그래서 시인은 '마치 달에서 항아 신선이 내려온 것 같다'라고 표현했다.

주

1 작가 하광何廣은 알려지지 않는다.

왕세정王世貞[1]의 제화시

燒來紅淚盡辭銀 소래홍루진사은[2]	타버린 촛농은 은촛대에 작별 인사 마치고
花擁舒郎別院春 화옹서랑별원춘[3]	꽃이 에워싼 서랑은 정원의 봄과 이별하네
國難家仇都未了 국난가구도미료	국난에 집안의 원수 갚지 않았으니
可能還較絶纓人 가능환교절영인[4]	도리어 절령인과 비교할만 하네

좋은 시절이 끝남을 실감하듯 은촛대에 밝힌 불은 꺼져간다. 홍루는 초의 눈물

184

이지만 실상은 주인의 눈물이기도 하다. 정원에 주랑을 애워싸고 있던 아름다운 꽃들은 늘 끼고 놀던 아리따운 기생들이고 꽃피는 봄과 이별함은 그들과 다시 함께할 수 없음을 한탄한 것이다. 옛 초나라 장왕 때 신하와 연회를 벌리던 중 갑자기 촛불이 꺼지자 한 사람이 총비寵妃의 옷을 슬그머니 당겼다. 총비는 그 사람의 모자 끈을 잡고 조사해달라고 왕에게 부탁했으나 장왕은 조사하지 않고 모두 모자 끈을 자르게 하였다는 절영인의 고사를 빌어 왕세정王世貞은 나라가 어려워도 한 가정에서의 적을 굳이 잡지 않았으니 이와 비교할 만하다고 하였다.

주

1 **왕세정王世貞**은 명나라 문학가이고 학자이다. 강소성 태창太倉 사람이다. 자는 원미元美이고, 호는 봉주鳳州 또는 엄주산인弇州山人이다. 가정 26년(1547) 진사가 되고, 형부주사에 올랐으나 강직한 성격 때문에 당시의 재상 엄숭嚴嵩의 뜻을 거역하였다. 엄숭이 구실을 만들어 고도어사古都御史인 그의 아버지를 사형시키자 벼슬을 그만두고 아버지의 무고함을 주장하여 8년간이나 노력한 끝에 명예를 회복시켰다. 그 뒤 다시 지방관에 복귀하였고, 남경의 형부상서를 지내다가 병으로 귀향했다. 격조를 소중히 여기는 의고주의를 주장했다. 이반룡과 명 후칠자로 같이 이름을 올렸으나 이반룡李攀龍이 진한秦漢의 글과 성당盛唐 이전의 시만을 그대로 모방한 데 비하여 왕세정은 상당히 유연한 태도를 취했다. 이반룡이 죽은 뒤 명 문단을 장악했다. 만년에는 당나라의 백거이白居易·한유韓愈·유종원柳宗元과 송宋나라의 소동파蘇東坡 등의 작품에도 심취하였다. 그는 『엄산당별집嚴山堂別集』 등 역사에 대한 글을 남겼다. 『엄주산인사부고弇州山人四部考』(174권), 『속고續稿』(207권)는 그의 전집이며, 문학·예술론은 『예원치언藝苑卮言』에 수록되어 있다. 중국 4대기서四大奇書의 하나로 알려진 『금병매金瓶梅』가 그의 작품이라는 설이 있고, 희곡으로는 〈명봉기鳴鳳記〉가 유명하다.

2 **홍루紅淚**는 몹시 슬퍼하여 흘리는 눈물을 말한다. 또 아름다운 여인의 눈물을 말하기도 한다. 여기서는 초가 자신을 태우며 떨어뜨리는 촛농이다.

3 **서랑舒郎**은 집의 주랑을 말한다.

4 **절영인絶纓人**은 초 장왕 절영지회絶纓之會의 전고로 남아있다.

왕세정王世貞

　명나라 문학가이고 학자이다. 강소성 태창太倉 사람이다. 자는 원미元美이고, 호는 봉주鳳州 또는 엄주산인弇州山人이다. 가정 26년(1547) 진사가 되고, 형부주사에 올랐으나 강직한 성격 때문에 당시의 재상 엄숭嚴嵩의 뜻을 거역하였다. 엄숭이 구실을 만들어 고도어사占都御史인 그의 아버지를 사형시키자 벼슬을 그만두고 아버지의 무고함을 주장하여 8년간이나 노력한 끝에 명예를 회복시켰다. 그 뒤 다시 지방관에 복귀하였고, 남경의 형부상서를 지내다가 병으로 귀향했다. 격조를 소중히 여기는 의고주의를 주장했다. 이반룡과 명 후칠자로 같이 이름을 올렸으나 이반룡李攀龍이 진한秦漢의 글과 성당盛唐 이전의 시만을 그대로 모방한 데 비하여 왕세정은 상당히 유연한 태도를 취했다. 이반룡이 죽은 뒤 명 문단을 장악했다. 만년에는 당나라의 백거이白居易·한유韓愈·유종원柳宗元과 송宋나라의 소동파蘇東坡 등의 작품에도 심취하였다. 그는 『엄산당별집嚴山堂別集』 등 역사에 대한 글을 남겼다. 『엄주산인사부고弇州山人四部考』(174권), 『속고續稿』(207권)는 그의 전집이며, 문학·예술론은 『예원치언藝苑卮言』에 수록되어 있다. 중국 4대기서四大奇書의 하나로 알려진 『금병매金瓶梅』가 그의 작품이라는 설이 있고, 희곡으로는 〈명봉기鳴鳳記〉가 유명하다.

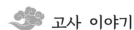 **고사 이야기**

한희재야연韓熙在夜宴

　한희재는 권세를 누리고 밤마다 빈객을 초대하여 환락의 연회를 벌렸다. 그러던 어느 날 누군가가 왕에게 이 사실을 고했다. 이욱은 화가 고굉중과 주문구에게 그 모습을 그리게 하였다. 증거로 보여주고 암암리에 자숙을 재촉하기 위해서였다. 그런데 고굉중의 그림이 너무나 훌륭하여 '한희재야연'은 하나의 고사가 되었고 명나라에서 소설로 써졌다.

소설『한희재야연』은『공작담』과 함께 제8회 모순茅盾 문학상에 선정되었다.《한희재야연도韓熙在夜宴圖》의 독특한 운치가 세계를 놀라게 하였기에 『한희재야연』 소설은 오리무중인 굴곡진 이야기를 담아 풀어낸다. 그 내용을 보면, 남당의 명신 한희재가 주최한 호족 야연에서 기이한 사건이 발생했다. 그날 밤 한 젊고 아름다운 여자가 많은 사람의 눈앞에서 교묘하게 독살되어 죽었다는 이야기를 발단으로 시작된다.

절영지회絶纓之會

절영지회는 '모두 모자의 끈을 잘라내고 연회를 했다.'라는 뜻이다. 주周 정왕定王 2년(BC 605) 초나라 장왕莊王(BC 613~BC 591 재위)은 간고한 작전 끝에 반란을 평정한 후 태평연을 열어 주연을 베풀고 신하들을 접대하며 승리를 기뻐하였다. 군주와 신하가 마음껏 술을 마시고 있을 때, 장왕은 자신이 총애하는 여인 허희를 불러 신하들에게 술을 권하도록 했다. 그런데 갑자기 큰바람이 불어와서 홀의 촛불을 모두 껐고, 갑자기 온 장내가 캄캄해졌다. 이때 한 무장武將이 평소에 허희의 미색을 탐내었는데 어둠을 틈타 다가와 허희를 만졌다. 허희는 깜짝 놀라 오른손으로 그 사람의 모자 끈을 잡아당겼다. 허희는 모자 끈을 손에 쥐고 장왕莊王에게 급히 일러바치며 "아까 술을 권할 때 어떤 사람이 촛불을 끄고 제게 나쁜 짓을 하려고 했는데, 지금 그 사람의 모자 끈을 잡았으니 대왕께서 촛불을 켜서 어느 담대한 놈이 한 짓인지 밝혀 주십시오."라고 하였다. 그러자 장왕은 잠시 생각에 잠겼다가 촛불을 켜는 것을 잠시 미루게 한 뒤 사람들에게 "오늘은 다들 이렇게 기분이 좋으니 모두 긴장을 풀어라. 차라리 다 모자를 벗고 마시는 것이 더 좋겠다."라고 하며 모든 신하의 모자 끈을 자르게 했다. 촛불이 켜진 후 술자리가 다시 시작되었고 장왕은 여전히 담소를 나누며 끝까지 허희를 탐한 사람을 추적하지 않았다. 이에 허희는 장왕에게 화를 내며 원망했다. 장왕은 웃으며 "군주와 신하들이 마음껏 기뻐하고 있다. 지금 어떤 사람이 술을 마시고 실례를 범했는데 만약 이 일로 공신을 주살한다면 애국 장병들이 한심하게 여길 것이며 백성들은 더 이상 초나라를 위해 목숨을 다하지 않을 것이다."라고 하여 허희는 자신도 모르게 왕의 사려 깊은 생각에 감탄하였다.

7년 후, 주 정왕 10년(BC 597) 초장왕은 군사를 일으켜 정나라를 공격했고, 정나라 지휘관인 양로의 부장 당교는 백여 명의 사졸들을 이끌고 초나라 군사를 막는 선봉에 섰다. 당교는 병사들과 함께 필사적으로 싸웠고 마침내 혈로를 뚫어 후속 부대 병사들이 정나라 도성에서 더는 피를 흘리지 않게 되었다. 전쟁을 마친 후 공에 따라 상을 주는 논공행상 때 당교는 "절영회에서 허희의 소매를 잡아당긴 것은 바로 자신인데 대왕께서 죽이지 않으신 은혜를 입었기에 오늘 몸을 던져 보답하였습니다."하고 하며 상 받기를 사양했다. 장왕은 이 말을 듣고 옛일을 감개무량하게 여겼다. 절영지회는 초나라 장왕이 사람을 관대하게 대하고 자신의 비빈을 희롱한 신하 당교를 용서하여 당교의 목숨을 건 보답을 받았다는 고사인데 남에게 너그럽게 대하고 마음이 넓으면 결국 인심을 얻을 수 있다는 것을 비유하여 쓰인다.

상아분월嫦娥奔月

상고시대 신화·전설에서 상아가 몽蒙에게 쫓겨 어쩔 수 없이 서왕모가 남편 후예後羿에게 준 불사약 한 알을 먹고 월궁으로 날아갔다고 하여 '상아분월嫦娥奔月'이라 하였다. 굴원의 〈천문〉에서 '후예가 화살로 해를 쏘아 떨어뜨려 사일射日 영웅이 된 후 부인인 항아에게 불충한 행동을 하고, 하백의 아내를 좋아하여 항아의 큰 불만을 샀다. 항아는 홧김에 후예를 떠나 하늘로 달려갔다'라고 하였다. 전한의 『회남자』에서 '그녀는 남편 후예가 서왕모에게 얻은 불사약을 훔쳐 먹었기 때문에 월궁으로 날아들어 불사약을 찧는 두꺼비가 되었다'라고 하였다. 동한 고유의 주해 『회남자』에서는 '항아는 후예의 아내이다. 원래 후예의 아내 이름은 항아姮娥이었는데, 한나라 때 황제였던 유항의 이름을 피해 상아嫦娥로 이름을 바꿨다. 항아는

중국 신화에 나오는 월궁의 신선이다.'라고 하였다. 『산해경』에서는 '후예의 아내는
그 미모가 비범하여 본래 항아라 불렀으나, 서한 때 한 문제 유항의 이름을 피하여
상아로 개명하였다.'라고 하고 그녀의 이야기를 다음과 같이 전개하였다.

후예는 활을 잘 쏘기로 유명하다. 먼 옛날 하늘에 갑자기 열 개의 태양이 나타나
서 대지가 계속 연기를 뿜어내 백성들이 도저히 살아갈 수 없었다. 후예는 백성을
위해 이 어려움을 해결해야겠다고 결심하고 화살 넣는 통에 화살을 가득 채우고
곤륜산 정상에 올라 단숨에 9개의 태양을 쏘았고 아홉 개 태양은 화살을 맞자 바로
떨어졌다. 그는 하늘의 마지막 태양을 향해 '이제부터 너는 매일 제때에 뜨고 제때
에 져서 백성을 행복하게 해야 한다.'고 말했다. 후예가 백성들을 위해 아홉 해를
제거하자 백성들 모두 그를 존경하였다. 그 후 많은 사람이 그를 스승으로 모시고
무예를 배웠다.

반몽이라는 이름을 가진 사람이 간교하면서 탐욕까지 지녔는데 후예의 문하생으
로 따라다녔다. 후예의 아내 항아는 아름답고 착한 여자였다. 그녀는 늘 가난한 마
을 사람들을 도와서 마을 사람들이 그녀를 매우 좋아했다. 어느 날 곤륜산의 서왕
모가 후예에게 선약 한 알을 주었다. 사람이 이 약을 먹으면 불로장생할 수 있을
뿐만 아니라, 신선이 될 수도 있다고 하였다. 그러나 후예는 항아를 떠나기 싫어서
그녀에게 선약을 백색 보합에 숨겨두라고 했다.

이 일을 어떻게 알았는지 반몽은 후예의 선약을 손에 넣으려는 데에 전념했다.
8월 15일 새벽에 후예가 제자들을 데리고 야외에 나가려는데 반몽은 아픈 척하며
따라나서지 않았다. 밤이 되자 반몽은 보검을 들고 후예의 집으로 달려와 항아에게
선약을 내놓으라고 협박했다. 항아는 이런 사람에게 불로장생약을 먹이면 더 많은
사람을 해칠 수 있다고 생각했다. 그래서 그녀가 기지를 내어 반몽을 따돌리고 선
약을 내놓지 않자, 반몽은 궤짝들을 뒤지며 사방으로 찾아다녔다. 항아는 곧 보함
이 발견될 것 같아 재빠르게 선약을 꺼내 자기 입에 넣고 삼켰다. 항아가 선약을
삼키자 갑자기 몸이 둥실둥실 날아올랐다. 그녀는 창문 밖으로 날아 들녘을 지나
점점 더 높이 날았다. 새파란 밤하늘에 밝은 달이 걸려 있었고 항아는 계속 달을

향해 날아갔다. 후예가 외출했다가 돌아와 보니 아내 항아가 집에 없었다. 그가 초조하게 문밖으로 뛰쳐나오자 밝은 달이 하늘에 떠 있고, 둥근 달 위에 나무 그림자가 어른거렸으며, 옥토끼 한 마리가 나무 아래에서 이리저리 뛰어다니는 것이 보였다. 아내가 계수나무 옆에 서서 자신을 다정하게 바라보고 있는 것이 아닌가? '항아! 항아!' 후예는 연신 부르짖으며 모든 것을 아랑곳하지 않고 달을 향해 쫓아갔다. 하지만 그가 앞으로 세 걸음 가면 달은 뒤로 세 걸음 도망가 도저히 따라갈 수 없었다.

마을 사람들은 마음씨 좋은 항아를 그리워하며 마당에 항아가 평소에 즐겨 먹던 음식을 차려 놓고 멀리서 그녀를 기렸다고 한다. 또 그 이후로 매년 8월 15일은 사람들이 항아와 재회하기를 고대하는 추석 명절이 되었다고 전한다.

고굉중 《한희재야연도韓熙載夜宴圖》

題 《준골도駿骨圖》¹

[원] 공개龔開

《준골 그림》에 적다

一從雲霧降天關	일종운무강천관²	한번 운무를 따라 하늘 문을 내려와서
空盡先朝十二閑	공진선조십이한³	선조의 열 두 마구간을 비워 버렸네
今日有誰憐瘦骨	금일유수련수골	지금 누가 깡마른 골격을 가엽게 여기려나
夕陽沙岸影如山	석양사안영여산	해질녘 모래언덕에 그림자 산과 같네

시 이야기

　한때 하늘에서 내려온 듯 위용을 떨치던 선조의 열두 마리 천리마는 온데간데없고 오직 깡마른 골격의 말만 있으니 이는 남송이 망한 후 공개가 망국의 한을 표현하고 있는 듯하다. 공개는 마른 말을 그려 뼈 모양을 그대로 표현하였다. 상대적으로 한간은 항상 살찐 말을 그렸다.

주

1 준골駿骨은 준마의 골격을 말하고 현인[賢才]을 비유한다.

2 천관天關은 하늘의 문, 하늘 위의 궁전이다. 또 별 이름이다. 『진서·천문지』에 '천관은 하나의 별이고 오거성五車星의 남쪽에 위치한다. 또 천문이라고 하며 해와 달이 운행하는 것이다. 주변의 일을 주로하고 닫아 잠그는 일을 주로 한다.天關一星, 在五車南,

亦曰天門, 日月之所行也, 主邊事, 主關閉.'라고 하였다.

3 선조先朝는 전 왕조를 말한다. 여기서는 남송을 말한다.
한閑은 목란의 종류인 차단물이고 이는 마구간을 가리킨다.

공개 《준골도駿骨圖》 일본 오사카시립미술관 소장

題趙仲穆《개양마도揩癢馬圖》

[원] 조중목趙仲穆

조중목의 《개양마 그림》에 적다

渥窪天馬骨如龍 악와천마골여룡　악와 천마는 골격이 용 같고

散步春郊苜蓿中 산보춘교목숙중　봄에 교외 개자리에서 산보하니

揩遍玉鬐塵未落 개편옥종진미락　개양마 곳곳 털에 먼지 털지 않았는데

日斜宮樹影搖風 일사궁수영요풍　해 기우니 궁의 나무 그림자 바람에 일렁이네

🌫 시 이야기

　악와는 지금의 중국 감숙성甘肅省 안서현安西縣에 있는 내[川]로서, 예로부터 신마가 난다는 전설이 있다. 악와의 천리마는 뼈대 모양이 용을 닮았다. 봄이 되어 교외로 나가 개자리 돋은 곳에 산보하러 나갔다가 늦게 돌아와 아직 털에 붙인 먼지도 털지 않았는데 이미 해가 졌다는 것은 천리마를 타고 교외에 나가 늦도록 놀다 돌아왔다는 뜻이다. 《개양마도》는 전하지 않는다.

194

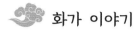

화가 이야기

조중목趙仲穆, 1290~1360

원대 서화가이며 절강성 호주湖州 사람이다. 자가 중목이고 호는 산재山齋이며
이름이 조옹趙雍이다. 조맹부의 둘째 아들이다. 음보로 해주지주海州知州에 올랐고,
한 해 뒤 집현대제集賢待制와 동지호주로총관부사同知湖州路總管府使를 지냈다. 서
화로 아버지와 함께 원나라 화단을 이끌었다. 산수山水는 동원董源을 배웠는데, 특
히 인마人馬를 잘 그렸다.

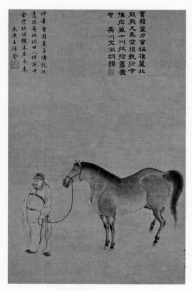

조중목 《인마도人馬圖》

題李唐《촌사취귀도村社醉歸圖》[1]

[원] 주덕윤朱德潤

이당의 《봄 제사에서 취하여 돌아가는 그림》에 적다

村南村北賽田祖 촌남촌북새전조[2]	촌남과 촌북에서는 밭 조상에게 굿하고
夾岸綠楊聞社鼓 협안록양문사고[3]	언덕 푸른 버들 끼고 지신에 북 두드리네
醉翁晚跨特牛歸 취옹만과자우귀[4]	술 취한 늙은이는 저물어 암소 타고 돌아가고
老婦倚門兒引路 노부의문아인로	노부가 문에 기대 아이를 길로 끌어내네
信知擊壤自堯民 신지격양자요민[5]	요의 백성들을 저절로 격양가를 안다고 믿고
季世龔黃不如古 계세공황불여고[6]	말년의 공수와 황패는 지난날 같지 않으니
披圖昨日過水南 피도작일과수남	그림에서 어제 물 남쪽을 지나가서
縣吏科徭日旁午 현리과요일방오[7]	현리에서 세금과 부역에 해는 정오가 되었네

🌀 시 이야기

　촌사村社는 농촌에서 농사를 잘되게 해달라고 조상신에게 지내는 제사이다. 이 곳 마을에서는 토지 신에게 굿을 하는데, 여기저기에서 북을 크게 쳐서 지신地神에게 고한다. 그림에는 마을에서 굿이 끝나고 술에 취해 소를 타고 돌아가는 늙은이와 늙은 아낙들이 아이들에게 집에 가자고 재촉하는 장면을 묘사했다. 옛 요임금이 지은 〈격양가〉에 '해 뜨면 밭에 나가고 해지면 돌아온다' 했으니 백성들이 그대로 따르리라 믿고 관리들은 세금을 거두고 부역을 시킨다. 공수나 황폐와 같은 어진 관리는 이제 없으니 백성들은 날로 힘들다.

주

1 사社는 제사를 지낸다는 뜻이며 토지신을 말하기도 한다. 『예기·월령月令』에는 '명민 사命民社'라고 했는데 춘사春社나 추사秋社가 있다. 참고에 촌사村社에 대해 적어두 었다.

2 전조田祖는 농업을 다스리는 신이며 삼황오제 중 신농씨神農氏이다.

3 사고社鼓는 사일에 토지에 제사 지낼 때 두드리는 악기이다.

4 자牸는 암컷[牝]이다. 여기서는 암소[雌牛]를 말한다.

5 격양擊壤은 고대 중국에서 일종의 투척 유희였고 당요唐堯 때 지은 노래를 격양가라 한다. 격양가擊壤歌는 풍년이 들어 농부가 태평한 세월을 즐기는 노래이고 땅을 두드 리며 부른다. 참고에서 〈격양가〉를 소개한다.
요민堯民은 하나라 요임금의 백성이다.

6 계세季世는 한 조정이 끝나는 마지막 왕조를 말한다.
공황龔黃은 공수龔遂와 황패黃霸 두 사람이다. 두 사람은 모두 같은 시대의 순리循吏 이다. 공수는 한나라 때 남평양南平陽 사람으로 자는 소경少卿이다. 성품이 강직하여 간쟁을 잘하기로 유명하고 벼슬은 수형도위水衡都尉에 이르렀는데 특히 발해태수로 있을 시에는 백성들에게 패검佩劍을 팔아 소를 사서 농업에 힘쓰도록 권유함으로써 훌륭한 치적을 남겼다. 황패 역시 한나라 양하陽夏 사람으로 자는 차공次公이고 시호 는 정定이다. 특히 율령에 밝았으며 벼슬은 승상에 올랐고 죽은 후 건성후建成侯에 봉해졌다. 한대에 백성을 잘 다스린 관리로 언제나 황패가 같이 첫째로 꼽혔다. 『사 기』, 권96, 『한서』, 권89에 나온다.

7 과요科徭는 세금과 부역을 말한다.

〈격양가 擊壤歌〉　　　　　선진고시先秦古詩

日出而作 일출이작　　　　해가 뜨면 밭에 나가 일하고
日入而息 일입이식　　　　해가 지면 돌아와 쉰다
鑿井而飮 착정이음　　　　우물 파서 물 마시고
耕田而食 경전이식　　　　밭을 갈아 배 채우니
帝力何有於我哉 제력하유어아재　임금이 내게 무슨 상관이리오.

〈격양가〉는 순박한 민요로 요임금 치세에 천하가 화평하고 백성들이 무사 무탈하여 80세, 90세 노인들이 격앙되어 노래 불렀다. 이 내용은 『제왕세기帝王世紀』에 기재되어 있다.

촌사村社

옛적 농촌에서 토지신에 제사 지내는 날은 대단히 성시를 이루었다. 원시사회 말기에는 사회에서 성행한 토지제도가 토지 공유제에서 사유제로 넘어가는 과도기였다. 한 지역에 정착한 같은 씨족이 가족 그룹으로 구성되어 씨족사회를 형성했는데 당시 토지는 공유하였고 가축, 농기구, 주택 및 생산물은 사유하였다. 이때 여러 씨족이 어울려 촌이 생겨났고 촌마다 농사가 잘 되게 해달라고 토지신에게 촌사를 지냈다. 촌사는 세월이 흘러도 계속 이어져 춘사春社나 추사秋社 두 번 제사 신을 부르는 마을의 명절이 되었다. 일반적으로 입춘과 입추 후 제5 무일戊日에 지낸다. 제사를 지낼 때 마을 사람들이 한자리에 모여 돼지와 닭을 잡고 좋은 술을 준비한다. 제사가 끝난 다음에 사람들이 모두 제물을 나누어 먹는다. 왕가王駕의 〈사일社日〉 시에 강서성에 위치한 아호산 아래 농가에서 춘사 지내는 풍습이 잘 그려져 있다.

사일社日   [당] 왕가王駕

鵝湖山下稻粱肥 아호산하도량비   아호산 아래 벼와 기장 익어가고
豚棚鷄棲半掩扉 돈붕계서반엄비   돼지우리 닭장 사립문 반쯤 닫혀있네
桑柘影斜春社散 상자영사춘사산   뽕나무 그림자 기우니 춘사 마치고 흩어지는데
家家扶得醉人歸 가가부득취인귀   집집마다 취한 사람 부축하고 돌아가네

이당 《촌사취귀도村社醉歸圖》

題《미남궁상米南宮像》[1]

[원] 곽비郭畀

《미불의 초상》에 적다

海嶽菴空骨已仙 해악암공골이선[2]　미불 암자 비었고 몸은 이미 신선이 되었는데
風神超邁畫中傳 풍신초매화중전　풍모와 정신이 빼어나 그림 중에 전하네
淩雲健筆飛光怪 능운건필비광괴　구름 뚫는 강한 필묵 나는 듯 빛나고 괴이하니
不顧人間喚米顛 불고인간환미전　사람들이 미전이라 부름을 마음에 두지 않네

 시 이야기

　미남궁과 해악은 미불의 호이다. 해악암은 미불이 거처했던 암자인데 그는 이제 이 세상 사람이 아니지만, 그의 풍모와 정신이 그가 남긴 그림 속에 남아 후세에 전하고 있다. 그의 그림은 너무나 빼어나고 그의 언행도 괴이하여 그를 이름 대신 미전米顛이라고 불렀다. 미전이라는 이름은 '미치광이 미씨'라는 뜻이다. 사람들이 자신을 미전이라 불러도 그는 개의치 않았다고 한다.

주

1 미남궁米南宮은 미불米芾(1051~1107)이다. 참고에 자세히 적어두었다.
2 해악암海嶽菴은 북송 서화가 미불이 중년을 보내기 위해서 진강 가에 암자를 짓고 살

있는데 처음에는 북고산에 있었으나 원부元符 말년에 감로사가 화재를 당하여 성의 동쪽으로 옮겼다.

미불米芾

북송 서예가, 화가, 미술이론가, 소장가, 미술 감별사이다. 자는 원장元章이고 호는 남궁南宮·해악海嶽이고 별호는 미전米顚이다. 당시의 사람들이 해악외사海嶽外史·죽옹후인鬻熊後人·화정후인火正後人이라고 불렀다. 미불은 스스로 칭하기를 초국씨楚國氏의 초기 조상인 화정축융火正祝融과 죽옹鬻熊의 후예라 칭했다. 그래서 스스로 불黻과 짝지어 이름을 짓고 초국미불楚國米黻·화정후인火正後人·죽옹후인鬻熊後人이라 불렀다. 즉, 강태공과 초국의 선조 죽옹鬻熊은 모두 축융의 후대인 것이다.

호북성 상양襄陽 출신으로 관직은 예부원외랑禮部員外郎에 이르렀고 송 휘종 때 서예 박사가 되었다. 당송 때 예부관문한禮部管文翰의 관직에 있는 사람을 '남궁사인南宮舍人'이라 불렀기 때문에 '미남궁'이라 불렀다. 그는 규범에 얽매이는 것을 싫어하고 기이한 행동을 자주 했다. 그는 수묵화뿐만 아니라 문장·서예·시·고미술 일반에 대하여도 조예가 깊었고, 소동파·황정견 등과 친교가 있었다. 글씨에서는 채양·소동파·황정견 등과 더불어 '송사대가宋四代家'로 불리며, 왕희지의 서풍을 이었다. 그림은 동원·거연 등의 화풍을 배웠으며 아름다운 자연을 묘사하기 위하여 미점법米點法이라는 독자적인 점묘법을 창시하여 오진·황공망·예찬·왕몽 등 원말사대가와 명나라의 오파吳派에게 그 수법을 전했다. 아들 미우인米友仁에 이르러 성립된 이 일파의 화풍을 '미법산수米法山水'라고 한다.

북송 말의 회화사상을 아는 데 중요한 자료가 되는 『화사畵史』와 저서로 『존복재집存復齋集』, 『서사書史』, 『보진영광집寶晉英光集』, 『해악명언海嶽名言』 등이 있고 서예작품으로 《초서9첩草書九帖》, 《행서3첩行書三帖》 등이 있다.

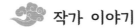

곽비郭畀, 1280~1335

중국 원대 화가이자 서예가로 자는 천석天錫·우지祐之이고 호는 북산北山이다. 강소성 개사開沙(지금의 단도) 출신이다. 원초에는 조정에서 불러도 사양하고 나가지 않다가 20대에 학정學正이 되었다. 후에 소주에서 유학 교수로 임명되었지만 부임하지 않았다. 서화는 조맹부를 배워 그 필법을 얻었고 예찬과 왕래가 깊었다. 북경 가까이 살았기 때문에 화법은 송나라 서화가 미불米芾을 모방하여 그의 서화는 작품마다 독창적이다. 저서에 『쾌설제집快雪齊集』이 있다. 대표작은 《유황고목도권幽篁枯木圖卷》(일본 교토국립박물관 소장)이 있다.

 고사 이야기

미양양배석米襄陽拜石

미양양배석은 '미불이 괴석에 절하다'라는 뜻이다. 중국인들은 예로부터 괴석을 좋아하였다. 이는 손오공을 화과산 돌무더기에서 탄생한 돌원숭이로 비유한 이야기와 『홍루몽』의 유래가 되는 『석두기』에 주인공인 가보옥이 여와가 쓰다가 남은 돌의 화신이라는 이야기 등에서 알 수 있다. 또 강소성 무석의 태호석 봉우리가 옮겨진 것이 역사에 기록되어 있다. 모든 태호석 이야기는 원림과 더불어 고사 이야기가 전한다.

미불은 송나라 소동파, 황정견, 채양과 함께 송사대가로 불릴 만큼 유명한 서예가이다. 양양襄陽 출신이라 사람들이 그를 미양양米襄陽이라 불렀다. 그가 괴석을 좋아함이 지나쳐 '미양양배석'의 고사가 생겨났다. 이 고사의 유래를 보자.

그가 안휘성 무위주無爲州 감군監軍에 부임한 적이 있는데, 처음 관사에 들어갔을 때, 원내에 큰 바위가 세워져 있는 것을 보고, 모양이 기이하여 크게 기뻐하며 "이 돌은 내가 절할 만하다"라고 말한 데서 비롯되었다. 그는 의관을 정돈하고 돌에 절을 했다고 한다. 후에 그는 강기슭에 기이한 바위가 있다는 소식을 듣고 아전에게 그 돌을 원내로 옮기라고 명했다. 그는 옮겨온 돌을 보고 범상치 않음에 놀라 하인에게 관홀官笏을 갖추게 하고, 긴 도포를 입고, 돗자리를 펴서 제물을 차려 놓은 뒤, 땅에 엎드려 절하며, "나는 석형을 20년 동안 만나고 싶었다!"라고 했다. 미불은 그 돌에게 석형石兄, 석장石丈으로 부르며 절했고 그가 그 돌을 평했던 마르고[瘦], 새고[漏], 주름지고[皺], 빼어남[透]은 태호석 심미관의 요소가 되었다.

또 매원梅園에 미양양배석이 있다. 무석에 있는 매원 천심대天心臺에 모두 4봉의 태호석이 있는데, 이것이 바로 미양양배석米襄陽拜石과 복록수福祿壽로 유명한 삼성석三星石이다. '미양양배석'은 무석 태호 석봉 중 가장 고고한 봉우리이다. 이 봉우리 태호석에는 만여 개의 구멍이 있는데, 큰 것은 주먹을 넣을 수 있고, 작은 것은 손가락을 꼽을 수 있다고 한다.

송나라의 서화가 미불은 소식과 함께 중국에서 돌을 감상하는 경지에서 가장 전설적인 인물이다. 미불이 괴석을 좋아함은 마치 술에 취하듯 미치광이 경지에까지 이르렀기 때문에 사람들이 장난삼아 미전米癲이라고 부르기도 하였다. 미양양배석의 고사 이야기는 그의 광기를 가장 잘 보여주는 증거다. 이 이야기는 후대 많은 화가의 창작 소재가 되었다.

장전색연裝顚索硯

장전색연은 '미치광이로 가장하여 벼루를 얻어내다.'라는 뜻이다. 미불은 기이한 돌에 미쳐 있을 뿐만 아니라 벼루를 깊이 사랑하였다. 한번은 송 휘종이 미불의 서예 솜씨를 보고 싶어 미불을 궁전으로 불러 양운시兩韻詩로 초서어병草書御屏을 쓰라고 했다. 송 휘종도 대단한 화가이며 서예가였고, 그가 만든 서체인 수금체瘦金體도 유명하다.

궁전에 들어간 미불은 황제 책상에 놓인 벼루를 보고 속으로 기뻐했다. 곧바로 벼루를 자기 앞으로 옮겨 먹물을 묻힌 붓으로 용과 뱀 형태의 글씨를 위에서 아래로 써내리니 그 곧기가 실과 같았다. 송 휘종은 미불이 쓴 초서를 보고 "과연 명실상부하도다."하며 크게 칭찬하였다. 미불은 황제가 기뻐하는 것을 보고 황제의 벼루를 탐내어 품 안에 얼른 넣었다. 먹물이 사방으로 튀는데도 전혀 개의치 않았다. 그리고 황제에게 "이 벼루는 신이 이미 사용하여 황제께서 다시 사용할 수 없으니 저에게 주십시오."라고 청했다. 황제는 그가 벼루를 좋아하는 것을 보고 자신도 모르게 크게 웃으며 벼루를 주고 전顚이라는 이름을 하사하였다. 그 후로 사람들이 그를 미전米顚이라 불렀다.

미불은 왕궁에서 가져온 벼루를 몹시 사랑하여 벼루를 안고 며칠을 함께 잤다. 그는 이미 남당 후주 이욱의 보진재寶晉齋 연산硯山, 해악암海嶽庵 연산 등 이름난 벼루를 다양하게 소장했다. 그는 단석端石 연산을 얻었을 때 너무 좋아서 손을 떼지 못하고 있다가 사흘 연속 연산을 안고 잠을 잔 적이 있었다고 한다. 그가 벼루를 좋아하는 것은 단지 벼루를 감상하기 위해서가 아니라 벼루 연구를 위해서였다. 그는 『연사硯史』를 지어 각종 벼루의 산지, 색, 섬세함, 공예에 대해 상세히 논술하였다. 이 책에 벼루의 모든 것을 적었기에 후세에 귀중한 자료로 남게 되었다.

해악치택海嶽置宅

해악치택은 '미불이 해악암海嶽庵을 짓다.'라는 뜻이며 중요한 것을 얻기 위해 내 몸처럼 아끼던 괴석을 내어주었다는 고사 이야기이다. 미불이 관직 때문에 지방을 돌아다니다가 값비싼 돌을 모아 고향으로 돌아와 그는 모아둔 돌들과 집터를 바꾸어 해악암을 지었다. 그 이야기 가운데 고사가 있다.

해악암은 강소성 진강에 가깝고 북고산과 인접해 있다. 귤나무에 황귤이 녹색을 띤 좋은 계절에 미불은 동남쪽으로 벼슬살이하러 떠났다. 미불이 처음 부임하니 현지의 자사이며 지기인 임희林希가 극진한 환대를 해주었다. 그는 이곳을 편안하게 여겼으나 집 떠난 지 오래되니 고향 윤주潤州의 농어와 순채 생각이 났다. 임희에게 고향으로 돌아가고 싶다고 말하려고 하던 중에 중앙부처인 이부에서 윤주로 돌아가서 향교의 교수를 하라는 명이 내렸다. 교수라는 직업은 송宋 대에 생겨났고, 신종 원풍 연간에 처음 태학 세 곳이 생기면서 경술經術로 천하의 인재를 양성하였다. 두루 교육하고 인재를 양성하기 위해 큰 군과 부에 각각 교수 1인을 두었고 학생들 교육을 주관하게 했다. 교수는 지금의 지방대학 총장에 해당한다. 그는 대단히 기뻤다. 고금을 통해 관운이 없어 실의에 빠진 사람이 대단히 많은데 이는 자신의 힘으로 이루기 힘든 것이다.

그는 평생 기이한 돌 수장하기를 좋아하여 호주湖州에 있을 때 산더미의 돌을 수집하여 그 돌들을 호령壺岑이라고 이름 붙였다. 호주는 구릉 지역이었는데 지하에 용암 동굴이 있었다. 용암으로 석회석이 형성되어 돌들이 구멍이 많고 기이하였는데 이를 세상에서 태호석이라 불렀다. 또 그가 윤주로 돌아오자 바로 다른 지방에서 한 뭉치의 연산석研山石을 얻게 되었다. 이는 영벽석靈壁石이라고 했다. 벼루인 연석硯石은 옛적에 연산研山이라고도 불렸고 문방 석류石類에 속한다. 이 돌이 보물이 된 이유는 남당 황제 이욱이 이 돌을 궁전에 수장했었기 때문이다. 괴석을 수장하는 것은 당시 황제의 풍류였다. 남당이 망한 후에 민간인들이 들어와 살았는데 그들에게 돌은 중요한 물건이 아니었다. 미불은 이들의 손을 빌려 그 돌들을 모두 수장할 수 있게 되었다. 그의 출신, 명예와 부귀는 남들과 달랐다.

윤주로 돌아온 후 미불은 연산석으로 벼루를 만들려고 생각했다. 우선 집 지을 터를 알아보았다. 고향의 집 정명재淨名齋를 좋아했는데 그곳 근처에 절이 있었다. 자신이 젊어서 오랫동안 절에서 생활한 적이 있으나 지금은 두루 벼슬살이했던 세속인이라 절 근처에 사는 것은 불편하리라 여겼다. 집의 규모도 이제 가족이 늘어 정명재 한 칸으로는 부족하였다.

그는 집터를 찾아다녔다. 어떤 사람에게 북고산이 산세가 좋다는 말을 듣고 올라가니 서남에 빈터가 있었다. 북쪽은 북고산 후봉이 있고 동쪽에 중봉이 있었으며 서봉이 길게 이어져 있었다. 땅 형세는 뒤쪽으로 병풍을 두른 듯 둘러싸여 안았고 지세는 태양이 비추는 남향이었다. 또 주위는 깊고 맑은 천이 흐르고 서쪽에 장강이 보였다. 그 주위는 숲이 우거져 있어 환경이 그윽하고 고요하여 최고의 명당이었다. 미불은 이곳에 집을 지으리라 생각했다.

　이 땅의 주인은 소계蘇洎였고 그는 소순원蘇舜元의 손자였다. 소순원은 미불의 친구인데 이 집은 4대가 지켜온 곳이다. 서재에는 수장품이 많았다. 미불도 소계로부터 몇몇 보첩寶帖을 얻은 적이 있었다. 미불이 이 터를 사고자 하니 소계가 집터를 팔기는 하겠으나 현금을 받지 않고 후주 이욱의 연산석과 맞바꾸자고 했다. 미불은 돌을 너무 아꼈기에 연산석을 버리는 것은 마치 자신의 살을 도려내는 것과 같았다. 그래서 잠시 집터를 포기할까도 생각했지만 이곳에 집을 짓고 싶은 마음이 너무나 커서 두 번 세 번 생각하고는 결국 연산석을 포기하기로 마음먹었다. 북고산의 감로사에서 차를 마시며 왕환지 형제가 중개하여 계약이 성사되어 마침내 땅과 돌을 맞교환하였다. 미불은 산에 기대고 있고 물을 뒤로하는 좋은 땅을 애지중지하던 연산석과 바꾸어 집을 짓고 '해악암海嶽巖'이라고 이름 지었다. 이로 인해 '해악치택'의 고사가 생겼다.

미불 《미남궁상米南宮像》

題張叔厚 《비파사녀琵琶仕女》

[원] 정동鄭東

장숙후가 그린 《비파 타는 사녀》에 적다

蝦蟆陵下春風夢 하마릉하춘풍몽[1]	하마릉 아래 봄바람에 꿈꾸니
潯陽江頭秋月愁 심양강두추월수[2]	심양강가 가을 달 시름겹네
莫怪靑衫容易濕 막괴청삼용이습[3]	청삼이 젖기 쉬운 것 괴이해 여기지 마라
多情司馬雪盈頭 다정사마설영두[4]	흰머리의 강주사마는 정이 많구나.

🌥️ 시 이야기

　시의 내용은 백거이의 〈비파행〉 중 장안 기생과 강주 사마 백거이의 대화에서 빌려왔다. 〈비파행〉은 〈장한가〉와 함께 백거이 장편 서사시의 쌍벽을 이룬다. 구강에서 비파를 타던 여인에게 장안 하마릉에서 잘 나가던 기생 시절은 한갓 봄날의 꿈이 되었다. 이제는 부랑에 차 사러 간 남편을 기다리며 심양강에서 비파를 타고 있으니 옛 생각에 수심이 가득하다. 강주 사마로 좌천된 백거이는 장안의 음악인 비파소리를 듣고 그곳 구강에서는 들을 수 없는 곡조인지라 그녀에게 관심을 보인다. 그리고 그녀의 사연을 듣고는 관복을 적실만큼 눈물을 흘리고 있으니 늙은 백거이가 정이 많은가 보다.

1 하마릉蝦蟇陵은 원래 말에서 내리는 무덤[下馬陵]이었고 장안 동쪽 곡강 부근에 있는
   한나라 동중서의 무덤이다. 문인들이 이 마을을 지날 때면 모두 말에서 내렸고下馬,
   한무제도 하마했다고 하여 하마릉下馬陵이라고 한 것이 후에 와전되어 하마릉蝦蟇陵
   이 되었다.
2 심양강潯陽江은 중국 강서성 구강현 부근 장강의 지류이며 〈비파행〉의 배경이다.
3 청삼습青衫濕은 〈비파행〉에 나온다. 청삼은 당시 관직 중 최하위직 복식의 색이다.
4 사마司馬는 관명이다. 사마는 자사刺史의 부좌副佐이며 백거이가 당시 강주 사마가 되
   었다.

 ## 화가 이야기

장숙후張叔厚

원말 화가이다. 이름은 장악張渥이고 자는 숙후이며 호는 정기생貞期生·강해객
江海客이다. 절강성 항주 사람이다. 인물을 잘 그렸고 이공린의 백묘법白描法을 배
웠다.《구가九歌》,《설야방재雪夜訪載》 등의 작품이 남아있다.

 ## 작가 이야기

정동鄭東

원대 서예가이다. 운남성 곤양昆陽 사람이다. 원대 서운정사瑞雲精舍 기념비에
글을 썼다.

〈비파행琵琶行〉 일부(마지막 부분)　　　[당] 백거이

潯陽江頭夜送客 심양강두야송객　심양강 가에서 밤에 객을 전송하려니
楓葉荻花秋瑟瑟 풍엽적화추슬슬　단풍잎 갈대꽃 가을바람에 쓸쓸하네
主人下馬客在船 주인하마객재선　주인은 말에서 내리고 객은 배에 있는데
擧酒欲飮無管絃 거주욕음무관현　술 마시려 해도 풍악이 없네
醉不成歡慘將別 취불성환참장별　취했어도 흥이 안 나 쓸쓸히 작별하려는데
別時茫茫江浸月 별시망망강침월　작별할 때 아득한 강물에 달이 떠 있네
忽聞水上琵琶聲 홀문수상비파성　문득 물 위로 들려오는 비파 소리에
主人忘歸客不發 주인망귀객불발　주인은 돌아감을 잊고 객도 출발하지 않네
尋聲暗問彈者誰 심성암문탄자수　소리 찾아 타는 자가 누구인지 살짝 물으니
琵琶聲停欲語遲 비파성정욕어지　비파 소리 멈추고 머뭇거리며 말하려 하네

(중략)

今夜聞君琵琶語 금야문군비파어　오늘 밤 그대의 비파 연주를 들으니,
如聽仙樂耳暫明 여청선락이잠명　신선 음악 듣는 듯 귀가 잠시 밝으니.
莫辭更坐彈一曲 막사갱좌탄일곡　사양 말고 다시 앉아 한 곡만 타주시요
爲君翻作琵琶行 위군번작비파행　그대 위해 〈비파행〉 지어 보겠노라
感我此言良久立 감아차언랑구립　나의 이 말에 감동하여 한참 섰다가,
卻坐促絃絃轉急 각좌촉현현전급　물러앉아 줄을 조이니 줄은 팽팽해지고
凄凄不似向前聲 처처불사향전성　처절하여 먼저 탄 소리와 또 다르니,
滿座重聞皆掩泣 만좌중문개엄읍　좌중에서 다시 들은 자 모두 눈물 가리네
座中泣下誰最多 좌중읍하수최다　그중에서 누가 가장 눈물 많이 흘리는가?
江州司馬青衫濕 강주사마청삼습　강주 사마는 관복이 젖었군

장숙후 《비파사녀琵琶仕女》

題衛九鼎 《낙신도洛神圖》[1]

[원] 예찬倪瓚

위구정의 《낙신 그림》에 적다

凌波微步襪生塵 능파미보말생진[2] 물결 밟고 사뿐사뿐 물방울 버선발에 튀기니
誰見當時窈窕身 수견당시요조신[3] 누가 당시에 아름다운 몸을 보았던가?
能賦已輸曹子建 능부이수조자건[4] 부는 이미 조자건이 지을 수 있었고
善圖惟數衛山人 선도유수위산인[5] 그림을 잘 그린 이는 위산인 뿐이라네

🌥 시 이야기

위구정이 그린 《낙신도》는 조식이 지은 부를 그림으로 그린 것이고 예찬이 화폭
에 '능파미보 버선에 먼지가 인다.'라고 한 것은 북송의 황정견이 지은 〈수선화〉
시에서 가차했다. 조식이 이미 〈낙신부〉를 지었으니 부를 짓는 재능은 이미 조식에
게 졌고, 위구정이 이미 《낙신도》를 그렸으니 그림으로도 뒤처졌다. 예찬이 이 시
를 통해 조식의 부, 황정견의 시, 위구정의 그림을 높이 평가한 것이다.

주

1 낙신洛神은 이름이 복비宓妃이다. 중국 고대 신화 전설 중의 여신이다. 복희씨伏羲氏
의 딸이라 한다. 여인은 낙도와 하도 해안의 아름다운 경치에 빠져 인간으로 강림하
여 낙양에 이르렀다고 전해진다.

2 능파미보말생진淩波微步襪生塵은 조식曹植의 낙신부에 '능파미보淩波微步, 나말생진羅
  襪生塵'이라고 나온다. 능파미보는 물의 신선인 복희가 물 위를 걷는 모습을 말하며
  능파선자는 물결 가르는 신선으로 수선화를 의미한다.

3 요조窈窕는 아름다운 미모이다. 『시경』〈관저關雎〉편에 요조숙녀窈窕淑女가 나온다.

4 조자건曹子建(192~232)은 이름이 조식이다. 삼국 위魏나라 시인이다. 자가 자건이고 조
  조의 아들이다. 후에 진왕에 봉해진다. 자기를 콩에, 형을 콩대에 비유하여 육친의 불
  화를 상징적으로 노래한 〈칠보시七步詩〉를 지었다. 주요 저서에는 『조자건집曹子建
  集』등이 있다.

낙신부洛神賦 일부   조식曹植

황초 삼년(222) 나는 낙양 조정에 들어갔다가 돌아가는 길에 낙수를 지나게
됐다. 옛사람이 말하기를 이곳에 신이 있으니 이름이 복비라 했다. 송옥이 초
왕과 신녀의 일을 가지고 부를 지었다. 부에서 옛날 초 회왕이 송옥과 운몽대
로 놀러 나갔다. 고당에서 바라보니 그 위에 유독 구름 기운이 가득하고 높이
솟아 홀연히 잠깐 동안 그 변화가 무궁하여 왕이 송옥에게 물었다. "이것은
무슨 기운인가?" 송옥은 말했다. "선생이 고당에서 노닐다 나른하여 낮잠을
잤는데 꿈에서 보았던 부인이 말하길 '첩은 무산신녀로 고당에 객이 되었습니
다.'라고 하였다." (중략) 黃初三年, 餘朝京師, 還濟洛川. 古人有言, 斯水之神, 名
曰宓妃. 感宋玉對楚王說神女之事, 遂作斯賦. 其詞曰, 昔者楚襄王, 與宋玉遊於雲
夢之臺, 望高唐之館 其上獨有雲氣 崒兮直上 忽兮改容須臾之間 變化無窮 王問玉
曰 此何氣也 玉對曰 昔者先生嘗遊高唐 怠而晝寢 夢見一婦人曰 妾巫山之女也 爲
高堂之客. (中略)

수선화水仙花	황정견
凌波仙子生塵襪 능파선자생진말	선녀가 물결 밟고 걸으니 물방울 튀기며
水上盈盈步微月 수상영영보미월	물 위 아른거리며 희미한 달빛 아래 걷네.
是誰招比斷腸魂 시수초비단장혼	누가 이같이 애끓는 혼을 불러다
種作寒花寄愁絶 종작한화기수절	한화 심어 기르니 기이하게 근심 끊어지네
含香體素欲傾城 함향체소욕경성	향기 머금은 하얀 몸 성안 경국지색이고
山礬是弟梅是兄 산반시제매시형	산반은 아우이고 매화는 형이네
坐對眞成被花惱 좌대진성피화뇌	앉아서 보니 참으로 꽃에 번뇌 당하여
出門一笑大江橫 출문일소대강횡	문을 나서 한번 웃으니 큰 강 비껴 흐르네

 ## 화가 이야기

위구정衛九鼎

생몰은 알려지지 않는다. 원대 후기에 활동한 화가이다. 자가 명현明鉉이고 절강성 천태天台사람이다. 왕진붕王振鵬에게서 사사 받았다. 작품으로는 《낙신도洛神圖》(타이베이 고궁박물관)가 세상에 전한다.

 ## 작가 이야기

예찬倪瓚, 1301~1374

중국 원대의 화가이며 시인이다. 강소성 무석無錫 사람으로 어릴 때 이름은 정珽이고 자는 태우泰宇·원진元鎭이며 호는 운림자雲林子·형만민荊蠻民·환하자幻霞子이다. 부유한 집안에서 출생했고 박학다식했으며 옛것을 좋아했다. 사방의 명사들과 교류했으나 원 순제元順帝 때에 가산이 탕진되어 태호 일대에서 유랑생활을 했다. 산수화에 능했고 특히 묵죽에 뛰어났다. 또한 시문에도 능하여 황공망, 왕몽, 오진과 더불어 '원사가元四家'로 일컫는다. 산수화는 동원, 거연의 화풍을 배웠고 그의 화풍은 일기逸氣로 두드러져 명초의 왕불, 중기의 문징명이 그를 따랐다. 대표작에는 《용슬제도容膝齊圖》(타이베이 고궁박물관), 《어장추제도漁莊秋霽圖》(상하이박물관), 저서에는 『청비각전집』이 있다.

 ## 고사 이야기

수선화水仙花

고대 요임금에게는 아황娥皇과 여영女英 두 딸이 있었는데, 요임금은 둘을 동시에 후계자 순에게 시집보내고 아황을 정비로 누이 여영을 차비로 삼게 했다. 아황과 여영 자매는 같이 순을 남편으로 섬겼다. 두 자매는 사이가 좋아 순임금에게 시집가서도 정이 매우 돈독했다. 후에 순임금이 남으로 순수巡狩를 나갔는데 갑자기 창오蒼梧에서 승하하였다는 소식이 궁으로 날아들었다. 그의 처 아황·여영이 그를 못 잊어 슬피 울었다. 아황과 여영 두 사람은 남편의 시체라도 보겠다고 창오로 가려고 했으나 신하들이 만류하여 남편의 뒤를 따르겠노라 하며 상강에 몸을 던졌다. 그들이 상강湘江에서 순사殉死하였기에 사람들은 그들을 상부인으로 불렀다. 자매의 지극한 사랑은 하늘과 땅을 감동하게 했고, 하늘은 두 사람을 불쌍히 여겨 아황과 여영의 영혼을 물의 신선으로 삼아 상강 가에 수선화를 피우게 했다.

능파선자凌波仙子 고사 1

능파선자는 고대 중국 신화의 전설적 인물로 하늘에서 생활하는 신선인데 물의 신선인 수선화의 화신으로 더욱 유명하다. 불교에서는 세파를 건너 부처님 세계인 피안의 세계로 건너가는 다리를 능파교라 했다.

어느 날 하늘의 능파선자가 은하수 주변에서 보경寶鏡을 갈고 있을 때 운무 사이로 호북성 남향南鄉(지금의 구호향)에 가뭄이 심하여 백성들이 힘들게 사는 모습을 보았다. 이 황량한 광경은 선량한 신선의 마음을 건드렸고 그는 손에 들고 있던 보경을 그곳을 향해 내던졌다. 보경이 땅에 떨어져 아홉 조각으로 부서지자 남향은 갑자기 맑은 샘이 사방으로 솟아올라 아홉 호수가 되었고, 흐르는 물은 졸졸 전원田園으로 흘러 들어갔다. 삽시간에 아홉 호수 주변 마을에는 꽃과 과일이 무성하고 벼가 익으니 능파선자마저 이 아름다운 경치에 매료되어 호수에 유람을 오게 되었다.

호숫가에 진룡이라는 석공이 있는데, 모두 그를 용형이라고 불렀다. 그는 몹시 성실하고 근면하며 용감했다. 능파선자는 용형을 만나자 바로 사랑에 빠졌다. 그들은 호수 가에서 구슬을 주고받으며 백년해로를 약속했다. 능파선자는 수원水源을 관장하였고 구호는 해마다 날씨가 좋아졌다. 용형과 마을 사람들은 부지런히 일했고, 구호 주변은 오곡이 풍성하여 인간 세상의 선경仙境이 되었다.

뜻밖에 이 세상의 행복과 아름다움은 사악한 요괴를 화나게 했다. 요괴는 독을 내뿜으며 전원과 마을을 불태웠다. 능파선자는 전원을 지키기 위해 비파를 타서 용형은 보주를 삼키고 청룡이 되어 요괴와 한판 싸움을 했다. 결국, 사악한 것이 바른 것을 누르지 못했다. 요괴는 패하여 하늘 정원으로 도망친 뒤 능파선자에 대해 서왕모에게 고했다. 서왕모는 요괴가 참하는 말만 믿고 하늘의 장군을 보내 능파선자와 용형을 처벌하게 하였다. 순식간에 남향은 천지가 어두워졌고, 호수에 물을 끊어지고 샘이 말라버렸다.

구름 속 하늘로 끌려간 능파선자는 무너진 마을을 바라보며 또 외로이 샘을 토해내는 용형을 지켜보며 은비녀를 뽑아 고통을 당한 남향에 온 힘을 다해 던졌다. 은비녀는 원산圓山 기슭의 맑은 샘 옆에 떨어져 그윽한 향기가 온 마을에 스며들게 하는 수선화가 되었다. 매년 연말이면 구호九湖 주변 집집마다 수선화 화분을 준비해놓고 용형과 능파선자에 대한 감사의 마음을 전한다.

능파선자凌波仙子 고사 2

장주漳州성 서남쪽 구룡강 가에 원산이 높이 솟아 있다. 이 원산은 앞뒤에서 바라보면 12면이 있는데 풍광이 모두 다르다고 한다. 원산의 북동쪽 기슭에는 경사진 땅이 있는데 수림이 울창한데 둘러싸인 것이 비파 형상을 이루어 그 땅의 이름을 비파판琵琶阪이라 하였다. 비파판 위로 맑은 샘물이 솟아 나와 산 아래 전원들을 촉촉하게 적시고 있는데, 이것이 바로 유명한 수선화 산지이다. 이곳 수선화에 대한 고사가 전한다.

명나라 경태景泰 연간에 장광혜張光惠라는 사람이 있었는데 그의 사람됨이 정직하고 곧으며 강직하였다. 그는 하남성 급현汲縣에서 작은 관리를 담당했다. 벼슬을 하면서 관리들 부패를 직접 보고는 벼슬을 그만두고 낙향했다. 그의 고향은 바로 복건성 장주漳州 원산圓山 비파판琵琶阪 아래에 있다.

이날 그는 배를 타고 광활한 동정호를 지나 한가롭게 뱃전에 기대어 호수와 산의 경치를 감상하며 마음이 상쾌해졌고 욕망을 모두 잊은 채 고요히 꿈속에 빠졌다. 그는 아름다운 신선이 황금색 깃털 윗옷을 걸치고 옥색 치마를 입고 상아로 조각된 뱃머리에서 등 뒤에 푸른 비단 돛을 올리고 파도를 타고 날아오는 것을 보았다. 그는 놀라서 눈을 번쩍 떴다. 정신을 가다듬고 진기한 경치를 보고자 하였다.

순간 신선과 신선이 탄 배는 보이지 않고 은빛 물결의 맑은 호수에서 꽃떨기가 떠다니고 있었다. 청록색 잎 사이에 화살이 쏘는 듯한 꽃줄기, 하얀 우산 형태의 꽃차례, 십여 개 꽃술이 아직 봉오리를 머금고 있었다. 유독 작은 흰 꽃 한 송이만 이 꽃이 피었고 백설같이 영롱한 꽃잎은 여섯 갈래로 된 옥쟁반[玉盤]을 이루었으며, 화심은 금빛 술잔[金盞]을 떠받들고 가냘프고 부드럽게 우뚝 서 있는 것이 매우 예뻤다.

그는 이 이름 모를 꽃을 손을 뻗어 물에서 건져내려고 했다. 이 한 떨기 선화仙

花는 유유히 뱃전을 떠나 멀리 호수 한가운데로 떠내려갔다. 장광혜는 낙담하여 넋을 잃은 채 호수를 바라보았다. 이때 이 영특한 선화는 뱃전에 살금살금 다가왔으나 항상 가까이도 멀리도 있지 않고 일정한 거리를 유지하며 배를 따라 움직였다. 몇 차례나 건지려고 했으나 좀처럼 건져지지 않아 애를 태웠다. 그는 옷과 모자의 먼지를 털고 경건하게 세 개의 향을 피우고 물 위의 신선을 향해 묵묵히 기도했다. 이상하게도 이 선화는 그의 마음을 잘 아는 것처럼 물결 위에서 잠시 머뭇거리다가 흔쾌히 뱃전에 다가왔다. 그는 재빨리 도자기 화분을 찾아내어 깨끗하게 씻은 다음 두 손으로 정성스럽게 호수에서 선화의 구근을 받쳐 들었다. 이 선화는 옥처럼 맑고 깨끗하여 티끌 하나 묻지 않았다. 장광혜는 기뻐서 미칠 듯 선화를 바라보며 며칠 동안 선화에 대해 백여 편의 시를 지었다고 한다.

이 선화는 장광혜와 함께 그의 고향인 장주 비파판으로 돌아왔다. 집에 도착한 이 날은 섣달 그믐날 밤이었고 장주의 풍습에 따라서 온 가족이 모여 섣달 그믐날 봄맞이 명절을 즐겼다. 그는 대청마루에 화분을 공손히 두고 동정호에서 능파선자를 우연히 만난 이야기를 가족에게 소개했으며 그의 딸에게 붉은 비단 실로 선화의 꽃받침을 감아 아름답게 꾸미게 했다. 집안 남녀노소 모두가 이 선화를 소중히 여겼다.

가족이 새해의 행운을 축하하기 위해 함께 잔을 들었을 때, 갑자기 집안은 선화 향기로 가득 찼다. 다른 꽃들은 십여 개의 꽃봉오리가 동시에 피는데, 이 꽃은 귀하여 단 한 송이의 선화가 '옥반금잔玉盤金盞'을 높이 들고 사람들에게 새봄의 행복과 온 집안의 복과 장수를 기원했다. 가족들 모두 이 광경을 보고 감사의 마음을 담아 기쁜 마음으로 함께 잔을 들어 선화가 봄을 맞이하고 신선이 인간 세상에 머물러 있기를 기원했다. 설이 지난 후 그는 선화의 알뿌리를 문 앞 화원에 정성껏 심었고, 매일 비파판 위 솟아나는 자연수로 선화를 잘 키웠다. 몇 년 동안 열심히 일한 결과 비파판 아래의 정원에는 뜻밖에도 선화가 가득 피었다. 동정호 능파선자의 화신인 이 꽃은 마치 신선처럼 티 하나 없이 깨끗해 수선水仙이라고 이름 붙였고 그 후로 비파판은 수선화의 명소가 되었다.

예우倪迂의 결벽증

예우는 '어리석은 예찬'의 뜻으로 예찬을 부르는 다른 이름이다. 예찬은 원말 명초 시인이며 산수화가로 원말4대가元末四大家의 한사람이다. 그는 강소성 무석無錫의 부유한 명문 집안에서 태어났다. 원나라 초에 조정의 부름을 받았으나 이민족인 몽골족이 세운 원나라 조정에 출사하기를 거부하여 벼슬길에 나아가지 않고, 은일과 방랑 속에 평생을 보냈다. 그는 세상일에 어두워 '예우倪迂'라고 불리었으며, 갖가지 일화를 남겼다. 그중 몇몇 일화는 그의 결벽증에 관한 이야기이다. 고원경顧元慶의 『운림유사雲林遺事』와 풍몽룡의 『고금소사古今笑史·예운림사倪雲林事』에 그의 고사 이야기를 전하는데 결벽증 이야기가 가장 많다.

그는 지나칠 정도로 결벽하고 강직한 인품을 지녔고 자연과 학문, 예술을 사랑하고, 선종禪宗과 도교에 열중하였다. 그가 깔끔하고 깨끗한 것을 좋아하는 결벽은 의심할 여지없이 모두에게 좋은 일이며, 자신을 편안하게 하고, 다른 사람의 눈을 즐겁게 하며, 불필요한 번거로움과 비난을 초래하지 않는다. 그러나 너무 깨끗한 것만 찾다가 결국 습관이 되면 자신을 결벽증에 빠뜨려 사람들과 친해지기 어렵고 화합하기 어렵게 된다. 이는 삶에 많은 폐단을 가져오며, 심지어 자신을 죽게 할 수도 있다. 예찬이 그러했다. 그의 결벽증 때문에 사람들과 화합하지 않고 고집불통의 삶을 살았다.

예찬은 원래 집안에 돈이 많았다. 그의 아버지는 그 지역의 유명한 지주였고, 두 형은 모두 도교에서 높은 지위를 가지고 있었다. 하지만 아버지와 형이 세상을 떠난 뒤 그를 돌봐줄 사람이 없어지면서 예찬의 삶은 바뀌기 시작했다. 예찬은 땅과 집 등 재산을 모두 팔고 자신이 소장하고 있던 골동품 서화만 옮겨서 태호에서 편안하게 여생을 보내려 계획했고 실행에 옮겼다. 하지만 뒤늦게 세금이 나왔고 세금 낼 돈이 모자라 세금을 내지 않았다. 관청에서는 사람을 보내 그를 잡아들이려 했다. 하지만 그는 이미 은거 생활을 시작하여 어디에 있는지 찾기가 쉽지 않았다. 어느 날 관리가 호숫가의 갈대숲에서 훈향 냄새를 맡고, 향을 따라 찾아가니 예찬이 향을 피우고 있었다. 관리는 그를 잡아다 감옥에 가두었다.

그는 감옥에서 교만하게 굴며 옥졸이 밥을 가져다주면 옥졸에게 밥상을 눈썹 높이까지 들고 와서 내려놓으라고 호통쳤다. 옥졸이 궁금하여 그가 거만하게 구는 이유를 물었더니 예찬은 말을 안 하다가 후에 옥졸의 침이 밥에 떨어질까 봐 그랬다고 하였다. 옥졸은 한참 욕설을 하더니 갑자기 웃음을 터뜨리고는 그를 쇠사슬로 묶어 변소에 가두어 매일 악취에 시달리게 했다. 나중에 많은 사람이 사정해서 옥졸은 그를 풀어주었다. 이 경험은 예찬에게 어두운 그림자를 남겼다. 그의 결벽으로 인해 사회생활이 제대로 되지 않은 예이다. 결국, 그로 인해 두려움과 분노로 비질을 일으켜 홍무 7년(서기 1374) 74세로 세상을 떠났다.

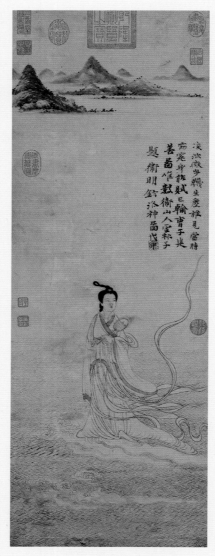

위구정 《낙신도洛神圖》 타이베이 고궁박물관

題松雪 《마도馬圖》¹

[원] 예찬

조맹부의 《말 그림》에 적다

渥窪龍種思翩翩 _{악와룡종사편편}² 악와의 준마 날렵하게 달리는 것 생각하니
來自元貞大德年 _{내자원정대덕년}³ 원정 대덕 연간 이래로인데
今日鷗波遺墨在 _{금일구파유묵재}⁴ 지금 구파의 먹그림이 남아 있어서
展圖題詠一凄然 _{전도제영일처연} 그림 펼쳐 제시 한편 읊으니 처연하네

🌥 시 이야기

예찬은 원나라 조맹부의 말 그림을 펼쳐놓고 감상하며 그림과 함께 구파 조맹부를 떠올렸다. 시를 한 수 읊었는데 한나라 무제 때 신선의 악와수에 신마인 용정이 날아들었다는 '악와신마' 고사 이야기를 인용하였다. 예찬은 조맹부가 그린 명마를 한의 전성기 신마에 비유하며 자신이 조맹부가 그린 그림을 보고 처연하게 여긴 것은 조맹부가 송의 유민으로 원에서 살았고 자신은 원의 유민으로 명대에 살고 있기 때문이었다.

> **주**
> 1 송설松雪은 송나라 왕손으로 태어나 원대에 화가이며 서예가였던 조맹부이다. 호가 구파이며 송설도인이라 불리며 그의 서체를 송설체라고 한다.

2 **악와**渥窪는 물 이름이다. 감숙성 안서현에 있고 당하黨河의 지류이다.

　당하黨河는 기련산祁連山에서 발원하여 감숙성甘肅省 숙북肅北의 몽고족자치현蒙古族自治縣과 돈황敦煌 두 현까지 흘러간다. 『사기·악서』에 '일찍이 악와수에서 신마를 얻었다.又嘗得神馬渥窪水中.'라고 하여 후에 악와는 신마의 전고를 만들었다.

　용종龍種은 새끼 용을 의미하며 여기서는 준마를 뜻한다.

3 **원정 대덕 연간**은 원나라 성종 시기(1295~1307)이다.

4 **구파**鷗波는 조맹부의 호이다.

 ## 고사 이야기

악와신마渥窪神馬

　악와신마는 한나라 무제 때 악와에서 신마가 나왔다는 뜻이다. 악와渥窪는 천川의 이름인데 악와신마 고사로 인해 악와가 신마神馬 혹은 명마를 대신하여 쓰이게 되었다. 악와신마 고사는 무제의 조상숭배와 어진 정치에 하늘이 감응하여 한갓 개천에서 신마가 나왔다는 이야기이다. 오늘날 개천에서 용이 나왔다는 의미와도 상통한다.

　무제는 즉위 초에 귀신을 숭배하고 제사를 중시하였는데 어느 날 무제는 황제 사냥터 상림원에서 흰 사슴을 잡았다. 그 고기는 하늘과 땅에 제사를 지냈고 그 가죽은 화폐를 만들었다. 『한서·무제기武帝紀』에 전한 시기 무제는 태시太始 2년(BC 95) 3월에 조서를 내렸다. 조서에서 말하기를, '길 떠난 자가 짐의 교외에서 상제를 뵙고, 서쪽으로 농수隴首에 올라 백린白麟을 얻어 종묘에 바치니 황하의 지류인 악와수渥窪水에서 천마가 나왔다.'라고 알렸고 '무종이 칙령을 내려 인지와 말발굽 모양의 금을 주조하여 제후왕에게 하사했다.'라고 적었다. 원수 원년(BC 122)에 무제가 장안의 서쪽 농수산에 올라가 사냥을 하였는데 신수神獸인 백린을 잡았고 잡은 백린을 종묘에 바쳤다. 이 일이 종묘에 배향된 조상들과 하늘을 감동케 하여 감숙성 돈황 악와수에서 무제가 늘 갖고 싶었던 천마가 나왔다. 무제는 이 일을 기념하기 위해 말발굽 모양의 금을 주조하였다.

　조서에 기록된 기린의 발[麟趾]과 말발굽[褭蹄] 모양으로 금을 주조한 사실은 해혼후海昏侯 유하劉賀의 무덤에서 말발굽 모양 금 33매와 인지 모양의 금 15매가 출토되었고 또 상림원上林園 유적에서 말발굽 금 4매와 인지금 2매가 발견되어 증명해 주었다.

　무제는 한혈마를 얻으려고 흉노와 전쟁을 했다고 알려져 있다. 무제가 악와수에서 천마天馬가 나온 뒤에 그 천마와 함께 전쟁에 승리하니 흉노의 대칸[大汗]에게 한혈마汗血馬를 얻게 되었다. 그래서 두 편의 천마가天馬歌를 썼다. 『사기·악서樂書』에 악와수에서 신마를 얻고 노래를 지은 기록이 있다.

　　무제가 악와에서 신마를 얻자 태일가太一歌를 지었다. 그 노랫말을 보면 '태일이 천마를 내려주니 붉은 땀 흘리고 붉은 거품 내며 만리를 단숨에 달리네. 이와 짝할 만한 것은 용뿐이네.太一貢兮天馬下, 霑赤汗兮沫流赭. 騁容與兮跇萬里, 今安匹兮龍爲友.'라고 하였다. 또 후에 무종이 흉노의 땅 대완국을 정벌하여 천리마를 얻었는데 말의 이름을 포초蒲梢로 짓고 다음 노래를 지었다. '천마가 서쪽 끝에서 와서 만리를 달려 덕망 있는 군주에게 돌아왔네. 天馬來兮從西極, 經萬里兮歸有德.'

　두보의 목축장의 노래인 〈사원행沙苑行〉 시에 악와에서 천마가 나왔으며 당나라 시기에도 서역에서 한혈마를 바친다는 내용의 시구가 있다.

〈사원행沙苑行〉　　　　　　두보

君不見 군불견　　　　　　　그대 보지 못했는가
左輔白沙如白水 좌보백사여백수　좌보의 초장은 백수와 같고
繚以周牆百餘里 요이주장백여리　둘러싸인 담장이 백여리나 되네

題松雪 《마도馬圖》 **223**

龍媒昔是渥洼生 용매석시악와생　천마가 옛적 악와에서 나왔다지

汗血今稱獻於此 한혈금칭헌어차　한혈마는 지금도 이곳에서 헌납한다 하네.

苑中騋牝三千匹 원중래빈삼천필　사원 안에는 큰 말과 암말이 삼천 필이 넘고

豊草靑靑寒不死 풍초청청한부사　풍성한 풀 싱싱하여 추워도 죽지 않네.

食之豪健西域無 식지호건서역무　잘먹여 건장하니 서역에도 없고

每歲攻駒冠邊鄙 매세공구관변비　해마다 말 기르는 일 변방에서 으뜸이네.

王有虎臣司苑門 왕유호신사원문　왕은 용맹한 신하가 사원의 문에 있고

入門天廏皆雲屯 입문천구개운둔　천자 마구간 들어서니 구름같이 줄지어있네.

(생략)

　　사원沙苑은 황실에서 운영하는 목축장이다. 이를 백사白沙라고도 부르며 섬서성 풍익현 남쪽에 있다. 좌보는 병마 등 목축을 담당하는 관리이다. 악와에서 신마가 나오고 서역 대완국에서는 말을 바치니 사원에는 3천 필의 말이 있다고 한다. 악와 신마 고사는 당나라 두보의 시 외에도 많은 시인이 인용하였다.

조맹부 《마도馬圖》

因陀羅畵《한산습득도寒山拾得圖》

[원] 초석범기楚石梵琦

인다라가 그린 《한산과 습득 그림》

寒山拾得兩頭坨 한산습득량두타　　한산과 습득은 두 분 스님인데
或賦新詩或唱歌 혹부신시혹창가　　어떤 때는 부와 시를 짓고 어떤 때는 노래하네
試問豐幹何處去 시문풍간하처거[1]　한 번은 풍간이 어디로 가는지 물었더니
無言無語笑呵呵 무언무어소가가　　말없이 허허허 웃기만 하네

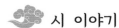 시 이야기

　한산과 습득은 신선과 같은 중이다. 그들이 부와 시를 짓기도 하고 가끔은 노래
부르기도 하며 또 껄껄 웃기도 하며 소요하고 자적하는 모습을 그림으로 그렸다.
풍간은 국청사 스님인데 어디 계신지 물으니 그들은 안다 모른다 하지 않고 웃기
만 하였다. 이들은 부처이거나 신선이다. 지금 소주 한산사에 두 분의 영정을 모시
고 있다.

주

1　풍간豐幹은 풍간거사이다. 당唐나라 시승詩僧이다. 천태산 국청사國淸寺에 있던 풍간
　　선사豐幹禪師는 아미타부처이다.

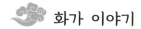

인다라因陀羅

원나라 승려이며 화가이다. 다른 이름은 임범인壬梵因이다. 그의 전기가 남아 전하지 않아 생애의 사적을 확실히 알 수 없고, 또한 중국에 인囚의 성이 없는 것으로 보아 천축의 중으로 여겨졌으나, 그가 그린 《한산습득도》 관기款記에 '선수 변량 상방우국 대광교선사 주지 불혜정변원통 법보대사 임범인宣授 汴梁 上方佑國 大光教禪寺 住持 佛慧淨辨圓通 法寶大師 壬梵因'이라 적혀있다. 원나라 때 개봉의 변량로에 있었고 대광교선사大光教禪寺에 주지로 머물며 법명은 임범인이고 법보대사로 불렀던 것으로 추정된다. 《한산습득도》(동경국립박물관 소장)와 《단하소불도丹霞燒佛圖》는 쇼와 28년(1953)에 일본의 국보로 지정되었다.

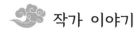 작가 이야기

초석범기楚石梵琦, 1296~1370

원나라 스님이며 시인이다. 속세의 성은 주朱이고 자는 초석楚石·담요曇耀이며 만호는 서재노인西齋老人이다. 절강성 상산象山 사람이다.

9살에 해염海鹽 천녕영조선사天寧永祚禪寺에 출가하여 납옹모사衲翁謨師를 지냈다. 얼마 후 호주湖州의 숭은사崇恩寺로 가서 그의 종조인 진옹순사晉翁詢師와 지내다가 16세에 항주의 소경사昭慶寺로 가서 계를 받았다. 여러 경전을 두루 보고 학업을 크게 발전시켰다. 당시 영종英宗이 〈대장경〉을 쓰라고 불러 입경하였다. 명 홍무 원년(1368), 강남의 대부도大浮屠 10여 명이 장산선사蔣山禪寺에서 법회를 하였는데 그가 설법했다. 50년 동안 육좌도장六坐道場을 하며 선종을 선양하여 '명초제일류종사第一流宗師'로 추앙받았다. 저서로 『초석범기선사어록楚石梵琦禪師語錄』,

『자씨상생게慈氏上生偈』, 『북유봉산서재北遊鳳山西齋』와 〈정토시淨土詩〉가 있다.

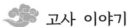 ## 고사 이야기

문수와 보현의 우정

　문수와 보현은 한산과 습득의 불명이다. 이 고사는 사나이들의 우정 이야기이다. 한산과 습득은 모두 당나라 정관 연간에 살았던 사람으로, 불법이 뛰어나고 시적 재능도 뛰어났으며, 불제자들은 그들을 각각 문수보살과 보현보살로 여겼다. 게다가 한산寒山과 습득 두 사람의 자취는 괴이하고, 그 전형적인 모습은 언제나 얼굴에 환한 웃음을 띠고 있어 민간에서는 화和와 합合의 두 신선으로 받들었다. 중국에서는 결혼식을 거행하는 희당喜堂에 두 신선의 신상神像을 높이 걸었다. 이는 부부가 화기애애하게 살라는 의미이다. 옹정황제는 한산을 '화성和聖'으로, 습득은 '합성合聖'으로 봉했다. 절강성 천태산 국청사에는 당나라의 유명한 시승인 한산寒山, 습득拾得, 풍간豊幹을 기리는 삼현당三賢堂이 세워져 있으며 그들의 고사 이야기는 아래와 같다.

　풍간선사가 산 중턱 길을 가다가 우연히 어린아이의 울음소리를 듣고 가까이 가니 10살쯤 된 사내아이였다. 선사가 근처에 소를 모는 사람에게 누구 집 아이인지 물었는데 아는 사람이 없었다. 아이에게 직접 물었더니 자신은 집도 없고 성도 모른다고 했다. 그래서 선사는 마을 사람에게 아이를 국청사로 데려간다고 알리고 돌아와 아이를 찾으러 오는 사람을 기다렸지만, 한참이 지나도록 아무도 오지 않았다. 선사는 이 아이를 길에서 주워왔기 때문에 습득拾得이라 이름 지었다.

　선사는 전좌사에게 아이를 맡기고 지고승知庫僧에게도 잘 보살펴 주라고 당부하였다. 아이는 비록 열 살이지만 말을 잘 하였다. 아이가 점점 자라서 전좌사는 그에게 재당齋堂과 향등香燈을 관리하게 했다. 어느 날 문득 그가 대좌에 올라 불상과 마주 앉아 밥을 먹는 것을 보았고, 또 염진여존자의 상像을 향해 큰소리치며 비웃는 등 안하무인이었다. 전좌사는 그에게 불당 일을 그만두게 하고 부엌으로 가서 설거지 등 잡일을 맡겼다. 그는 매번 당에서 먹다 남은 찌꺼기를 대나무 통에 담아 한산이 오기를 기다렸다가 그와 함께 나돌아 다녔다. 한번은 부엌에 있는 음식들을 매일 까마귀가 훔쳐 먹어 엉망진창으로 만들었는데, 막대기 하나 주워들고 입구 출입을 담당하는 가람전에 가서 호법신을 두세 번 때리고, "너희들은 출가자의 공양을 받고, 사찰의 출입을 지키면서, 까마귀가 들어와 음식을 몽땅 먹도록 하는데, 어떻게 가람의 직분을 다한 것이냐"고 꾸짖었다. 그날 밤, 온 절의 승려들은 그들의 꿈에 가람이 나타나 한산과 습득을 혼내야 한다고 하소연했다. 이튿날 승려들이 당에 가서 이 괴상한 꿈을 말했는데, 뜻밖에도 사람마다 꿈이 똑같았다. 그들은 일 없이 하늘을 보고 웃기도 하고, 큰소리를 지르기도 하고, 미친 사람 짓을 하면서도, 입에서 나오는 말은 모두 불도의 이치에 맞는 말만 하였다. 한 중이 이날 가람을 공양했는데, 과연 가람의 몸에 장흔이 있는 것을 보고 모두에게 보고했다. 그제야 다들 평범한 아이들이 아니라는 걸 깨달아 그를 보살의 화신으로 인정했다.

후에 중국인들은 '문수와 보현의 우정'으로 높이 기렸다. 강소성 소주 한산사寒山寺에는 한산과 습득의 상像 그림이 붙어 있는 한습전寒拾殿이 있다. 한산은 시인으로 많은 시를 남겼다. 『한산집』에 우리가 잘 아는 시 한 편이 실려 있어 아래에 소개한다.

〈청산견아青山見我〉   한산

青山見我無言以生 청산견아무언이생   청산은 나를 보고 말없이 살라하고
蒼空見我無塵以生 창공견아무진이생   창공은 나를 보고 티 없이 살라하네
解脫貪愛解脫塵埃 해탈탐애해탈진애   탐애도 벗어놓고 미움도 벗어놓고
如水如風生涯以去 여수여풍생애이거   물같이 바람같이 살다가 가라하네

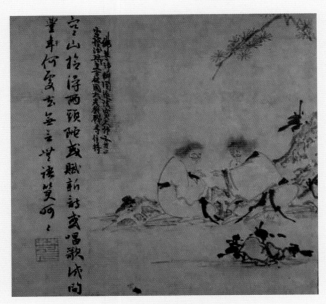

인다라《한산습득도寒山拾得圖》

명明나라 시와 그림의 풍風을 엿보다

명초에는 3대 황제 영락제가 양사기·양영·양부의 삼양三楊[1]에게 명하여 성조의 덕을 노래하거나 정치를 찬양하는 시를 짓게 하여 대각체臺閣體[2]의 시가 명초 시풍을 형성하였는데 이후 100여 년간 시단의 주류를 이루었다. 하지만 대각체는 독창적 시 창작이 아니기 때문에 이동양을 중심으로 이에 반대하는 물결이 일어났다. 이동양이 차릉茶陵 사람이어서 그의 시풍을 따르는 시인들을 차릉시파라고 불렀다.

이동양의 시풍을 이어 전칠자가 등장하며 그들은 성당의 시를 본받자는 복고운동을 펼친다. 복고운동은 이백과 두보를 비롯한 성당 시와 한위 고체시를 본받자는 시문학 운동으로 시단에서 큰 호응을 얻는다. 전칠자는 이몽양, 하경명, 왕정상, 서정경, 변공, 강해, 왕구사이며 다시 100년간 이들이 시단을 주도하였다. 하지만 잠시 복고의 경향이 지나침에 불만을 품고 양신·고숙사 등이 창작을 중시하는 시문

----

1) 삼양三楊은 명나라 양사기楊士奇, 양영楊榮, 양부楊溥를 말한다. 세 사람 모두 영락永樂·홍희洪熙·선덕宣德·정통正統 네 조정에서 선후로 지위가 대각중신臺閣重臣에 이르렀다.

2) 대각체臺閣體는 명나라 영락제부터 성화제 사이에 출현한 시가이다. 정치적 안녕과 경제적 번영을 갖춘 시기에 유행한 이 시가는 성조의 덕을 노래하는 내용이나 교유 화답이 주를 이뤘으며, 화려하고 고답적인 성격을 띠었다. 조선 초 세종이 정인지·권제·안지를 시켜 짓게 했던 용비어천가도 대각체라고 할 수 있다.

학 운동을 일으키나 다시 전칠자의 복고를 이어가자고 주장하는 후칠자가 시단의 중심에 있게 된다, 후칠자는 이반룡, 왕세정, 사진, 종신, 양유예, 서중행, 오국륜이다. 명 중기 시단은 전후칠자에 의해 복고풍이 시풍을 주도했다고 볼 수 있다.

명말에는 복고에 반대하고 작가의 개성적인 문학 활동을 지지하는 사람들이 나와 새로운 시 창작을 이끌었다. 그들은 서위, 이지, 탕현조 등이다. 서위와 이지는 광기를 드러낸 작가였으며 탕현조는 이지의 전통을 반대하는 문학사상에 대하여 마음속으로 존경했다. 그들의 활동으로 후에 이지의 제자인 원굉도를 중심으로 하는 공안파公安派와 종성을 중심으로 하는 경릉파竟陵派로 나뉘었는데 이 두 파는 모두 복고를 반대하고 성령性靈을 중시하였다.

한민족이 다시 집권한 명대는 두 파의 화풍으로 나뉘었다. 하나는 궁정 화풍인데 송대 화풍이 이어져 북송의 이곽파와 남송의 마하파를 절충하는 양식을 보인 오파吳派의 화풍이고 다른 하나는 민간화가의 전통인데 항주를 중심으로 한 절파浙派의 화풍이다. 원의 황공망 화풍이 심주(1427~1500)와 그의 제자 문징명(1470~1559), 구영 등 문인화가에 의해 이어져 명말 화가 동기창(1555~1636)이 소주를 중심으로 오파를 형성하고 남종화 화풍을 구축하였다. 동기창은 『화안畵眼』, 『화지畵旨』, 『화선실수필畵禪室隨筆』 등을 저술하여 중국 화론을 정립하였고 화론에서 중국화를 북종화와 남종화로 나누고 그 계보를 정리하여 분석하면서 남종화를 문인화라고 부르며 북종화보다 남종화가 우수하다고 여겼다. 절파는 대진(1388~1462)을 시조로 거칠고 자유분방한 필묵으로 자유로운 화풍의 북종화를 구축했다. 명 후기에는 오파 화가들이 명대 화단의 주류가 되어 절파 화가들을 광태사학狂態邪學이라고 비판한다. 명 전반기에 당인은 오파와 절파 어느 파에도 속하지 않았다. 그는 심주와 문징명의 친구였으나 독자적으로 송대 산수화가들의 형식을 재창조하였으며 일본학자들은 그를 신화원파新畵院派라고 분류하였다.

題趙仲穆《화미도畫眉圖》

[명明] 유기劉基

조중목의 《눈썹 그리는 그림》에 적다

有美淸揚婉且閒 유미청양완차한   미인이 밝게 빛나고 예쁘며 참 한아한데
橫雲吐月鬪彎環 횡운토월투만환[1]   빗긴 구름이 달을 토하니 둥근 모양을 다투네
平生不識張京兆 평생불식장경조[2]   평생 장경조를 알지 못하는데
卻對妝臺寫遠山 각대장대사원산   도리어 화장대 앞에서 먼 산을 그렸다네

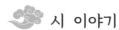 시 이야기

　아름다운 여인이 눈썹을 그리는데 눈썹같이 생긴 초승달이 떠올라 누가 더 둥근
지 다투고 있다. '장경조를 알지 못한다.'는 뜻은 장창화미 고사에 등장하는 한나라
장경조는 늘 아내의 눈썹을 그려주었다고 하는데 자신은 남편이 눈썹을 그려주지
않고 평생 자기가 눈썹을 그렸다는 것이다. 이제는 익숙해져 거울 보지 않고 먼
산의 달을 보고 눈썹을 그린다고 한다. 여기서 사녀는 원대 사대부 댁 아녀자를
말한다.

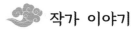 **작가 이야기**

유기劉基, 1311~1375

명나라의 군사 참모이고 정치가이며 시인이다. 자는 백온伯溫이고 시호는 문성文成이다. 절강성 온주溫州 문성현文成縣 출신이다. 그의 출신지 문성이 후에 청전青田으로 이름이 바뀌어 그를 유청전劉青田으로 불렸다. 주원장의 부하가 되어 명나라를 건국할 즈음에 큰 공적을 쌓았고 그 후 명나라를 안정시켰다. 또, 송렴宋濂과 함께 당대 제일의 문필가로서도 알려져 저서로『울리자鬱離子』10권,『부부집覆瓿集』24권,『사정집寫情集』4권,『이미공집犁眉公集』5권을 남겼다.『이미공집』5권은 유기 사후, 그의 장남이 아버지가 남긴 초고를 집성하여 명명한 것이다. 중국에서는 제갈량과 같이 천재 군장으로서 숭배를 받고 있다. 명나라 초기를 무대로 하는 소설, 희곡 등에 자주 등장한다.

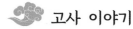 **고사 이야기**

경조화미京兆画眉

경조화미는 '경조윤 장창이 아내의 눈썹을 그리다.'라는 뜻이며 부부가 서로 좋아하고 서로 사랑한다는 의미를 지닌다. 경조윤은 지금의 서울시장직이다. 반고班固의『한서·장창전張敞傳』에 다음과 같이 적혀있다.

장창은 한 선제宣帝 때 경조윤이 되었다. 장창은 관리로 일을 처리함이 빠르고 상벌이 분명하며 악인을 만나면 절대 용납하지 않지만, 작은 잘못을 저지른 사람은 처벌하지 않도록 하였다. 장창은 형벌 외에 시정도 유가의 도를 사용하여 현인과 선인을 표창하곤 했다. 대신들은 모두 그의 처리 능력에 탄복하였다.

장창은 그의 아내와 사이가 매우 좋았다. 그의 아내가 어릴 때 다쳐서 눈썹 끝에 흉터가 생겼기 때문에 그는 매일 아내의 눈썹을 그려준 후에 출근했다. 장안성에는 장경조가 그린 눈썹이 매우 예쁘다는 소문이 났다. 관련 부서에서 이러한 일련의 일들을 가지고 장창을 상소했다. 임금이 진실을 물었고 장창이 대답하기를 '신이 듣기로 안방에서 일어나는 부부의 일은 눈썹을 그려주는 정도를 넘어서는 것입니다.'라고 대답했다. 황제도 이 말을 듣고 더는 묻지 않았다고 한다.

장창은 아내의 눈썹을 그려준 일 때문에 끝내 더 높은 자리에는 오르지 못했다. '경조화미' 고사는 후대에 부부간의 애정에 대한 대명사가 되었다. 장창이 아내의 눈썹을 그려준 것은 장창이 아내를 좋아했던 것이고, 남편으로서 배려심이 깊어 부부관계가 원만했음을 보여준다. 장창은 아내의 눈썹을 그려준 덕분에 중국 역사상 훌륭한 남편의 대표자로 남게 되었고, 그들은 사람들이 부러워하는 부부가 되었다. 부부간의 애정은 가정의 안정과 사회 풍속의 순화에 긍정적인 역할을 한다. 그래서 황제도 장창을 책망하지 않고 오히려 그들을 불러 '금슬 좋은 부부의 모범'으로 삼았다. '장창화미張敞畫眉', '경조화미京兆畫眉'의 고사성어는 오늘날까지도 그림과 시에 자주 등장한다.

조중목《화미도畫眉圖》

題李唐《원안와설도袁安臥雪圖》

[명] 장우張羽

이당이 그린 《원안이 눈이 와서 누워있는 그림》에 적다

袁生抱高節 원생포고절[1]	원생은 높은 절개를 품고
處順以安時 처순이안시[2]	순리에 따라서 때를 편안히 하네
杜門不出仕 두문불출사[3]	문을 닫아걸고 관리직에 나가지 않고
自與塵世辭 자여진세사	스스로 세속과 사직하였네
歲暮多嚴風 세모다엄풍	한해가 저물어 매서운 바람 심하고
積雪盈路岐 적설영로기	눈 쌓인 것이 길을 덮네
擁鑪獨高臥 옹로독고와	화로를 끌어안고 홀로 높이 누웠으니
中心還自怡 중심환자이	마음은 도리어 절로 기쁘네
縣令何所聞 현령하소문	현령이 어찌 소문을 들었는지
下車叩茅茨 하거고모자	수레에서 내려 초가집을 두드리네
問君胡不出 문군호불출	그대에게 묻노니 어찌 나오지 않는가
答云恒苦飢 답운항고기	항상 굶주림을 참는다고 답하네
慎守固窮志 신수고궁지	초심을 지키고 오직 뜻을 다하니
相幹豈其宜 상간기기의	청탁이 어찌 마땅하리오
此事沒已久 차사몰이구	이 일이 사라진 지 이미 오래이니

緬焉獨馳思 면언독치사	아득히 홀로 이런저런 생각을 하며
披圖三歎息 피도삼탄식	그림을 펼쳐놓고 세 번 탄식하네
高風如在兹 고풍여재자	높은 풍격이 여기에 있는 것 같은데
嗟彼後之人 차피후지인	아 저 후세의 사람들은
汲汲徇其私 급급순기사	급급하게 사사로움을 드러내네

 시 이야기

원생은 동한의 고사에 등장하는 원안이다. 원안은 세속과 인연을 끊고 벼슬을 그만둔 자신의 처지에 맞추어 편안히 지내고 있었다. 눈이 많이 와서 사람들은 먹을 것이 없게 되자 집 앞 눈을 치우고 먹을 것을 동냥하러 나가는데 원안은 눈도 쓸지 않은 채 집에 누워 있었다. 현령이 찾아와 어찌 관직에 나오지 않는지 물으니 자기의 초심을 지키고 안빈낙도하겠노라 답한다. 하지만 후대 사람들은 그의 높은 품격을 생각하지 않고 《원안와설도》 그리는 데만 급급하였다.

주

1 원생袁生은 원안袁安(?~92)이다. 동한의 대신이다. 하남성 여양汝陽 사람이다. 자는 소공邵公이다. 원안 자신을 포함하여 4대에 걸쳐 삼공三公을 배출한 후한의 명문가 여남汝南 원씨袁氏의 시조이다. 『후한서·원안전袁安傳』에 어려서 가학을 이어받아 『맹씨역』을 배워 유학자로서 학문에 정진하였다. 그는 효렴孝廉에 천거하였고 지조를 굳게 지킨 일로 원안고와袁安高臥라 하였다.

2 처순이안시處順以安時는 『장자·양생주』에 '안시이처순安時而處順'으로 나온다. '주어진 시세時勢를 편안하게 여기고 자연의 순리에 따른다면 슬픔이나 기쁨이 내 감정에 끼어 들어올 수 없다.安時而處順, 哀樂不能入也.'라고 하였다.

3 사문杜門에서 사杜는 '막다'의 뜻이다. 사문은 폐문閉門을 의미한다.

《원안와설도袁安臥雪圖》

당대 시인이자 화가인 왕유가 원안이 눈 쌓인 파초 아래에 누워 있는 그림을 그렸다. 원래 제목은 《설중파초雪中芭蕉》였다. 눈 속의 파초는 많은 문제가 되었으나 이는 '몸은 차도 본성은 뜨겁다身冷性熱.'라는 선종의 사유관념과 표현방식을 따른 것이다. 왕유 이후 《원안와설도》는 동원董源, 이승李升, 황전黃筌, 주방周昉, 범관范寬, 이공린李公麟, 이당李唐, 하규夏珪, 마화지馬和之, 정사초鄭思肖, 안휘顔輝, 조송설趙松雪, 왕운王惲, 심몽린沈夢麟, 예찬倪瓚, 심주沈周, 성무盛懋, 도종의陶宗儀, 축윤명祝允明, 문징명文徵明, 문가文嘉, 사시신謝時臣 등 많은 화가가 그렸다. 이 그림이 명대에 와서도 특히 많이 그려진 이유는 이 고사가 백성을 염려하는 관리의 마음과 남을 위해 자신을 희생하는 주인공의 어진 마음을 상찬하는 내용이기 때문에 왕들이 궁정 화가에게 이 그림을 그리게 하여 명나라가 현명한 관리에 의해 잘 다스려지는 나라임을 표방하고자 하였다.

 ## 작가 이야기

장우張羽, 1333~1385

원말부터 명나라 초기의 화가이고 시인이다. 자는 내의來儀인데 후에 부봉附鳳이라고 고쳤다. 호는 정거靜居이며 강서성 구강 사람이다. 병란으로 돌아가지 못해 친구 서분徐賁과 함께 절강성 오흥吳興에 살게 되었다. 원나라 말에 향천鄕薦으로 발탁되어 안정서원산장安定書院山長에 임명되었고, 오현吳縣으로 이주하면서 가세가 번창하기 시작했다. 명나라 초에 현량에 천거되었지만 나가지 않았다. 홍무 4년(1371) 태상시승太常侍丞에 올라 한림원 동장문연각사同掌文淵閣事를 겸했다. 어떤 일에 연루되어 영남으로 좌천되어 가던 도중 복직되었지만 그런 사실도 모르고 광서성 용강에 투신했다. 문장은 정결하고 법도가 있었으며 그림은 미우인에게서 사사했다. 특히 시에 뛰어나 고계, 양기, 서분과 함께 '오중사걸吳中四傑'로 병칭되었다. 저서에 『정거집靜居集』 4권이 있다.

 ## 고사 이야기

원안와설袁安臥雪

　　원안의 조부 원량은 『맹씨역孟氏易』을 공부하였고, 한 평제 때 명경明經으로 천거되어 태자사인太子舍人이 되었고 건무 초년에 성무현령이 되었다. 원안은 젊었을 때 조부 원량의 학문을 계승하였고 사람됨이 매우 장중하고 신의가 있어 주와 마을 사람들의 존경을 받았다. 그는 현의 종사관 일을 시작하였는데, 한 번은 격문을 들고 주에 가서 일을 처리하고 또 편지를 현령에게 전하라는 명을 받았는데, 원안은 편지를 적어 '당신은 마치 공무인 것처럼 나에게 편지를 전하게 했다. 사적인 일이라면 나를 부리지 말라.'고 말하고 명을 받지 않자, 다시는 그에게 사적인 부탁을 하지 않았다. 후에 그는 효렴으로 천거되어 음평현장과 임성현령을 차례로 지냈다. 그가 맡은 곳에서 관리들과 백성들은 모두 그를 존경하고 사랑했다.

　　당나라 이현李賢은 위魏 주비周斐의 『여남선현전汝南先賢傳』을 인용하여 원안와설 고사를 이야기하였다. 한나라 때 원안이 아직 등용되지 않았을 때, 낙양에 눈이 많이 내렸고, 사람들은 모두 집 밖으로 나와 걸식하였다. 그런데 원안은 홀로 방안에 누워 밖으로 나오지 않았다. 그에게 왜 나오지 않는지 물으니 대답하기를, "모두 먹을 것이 없어 밖으로 나가는데 나까지 나가면 다른 사람 먹을 것이 적어지기 때문입니다."라고 하였다. 낙양령은 원안의 집까지 거동하여 그의 말과 행동을 보고 효렴으로 지급한 음평현장 직위를 거두어들이고 직위를 올려 임성현령을 맡게 했다. 이는 원안곤설袁安困雪을 전제로 하여 자신이 궁핍한 처지에 있으면서 지조

240

를 지키는 행위를 높이 친 것이다.

『후한서·원안전』에도 위와 같은 글이 적혀있다. 이 이야기를 원안곤설袁安困雪 또는 원안고와袁安高臥라 불렸는데 선비라면 배고파 죽을지언정 남에게 구걸하지 않는 기개가 있어야 함을 보여주고 있다. 도연명의 가난한 선비를 읊은 시 〈영빈사詠貧士〉 중 5수에 원안 고사를 가차하여 적었다. 예전의 가난한 선비들은 안빈낙도 安貧樂道의 삶을 살았다.

〈영빈사詠貧士〉 5수	도연명
〈가난한 선비를 읊다〉	

袁安困積雪 원안곤적설	원안은 쌓인 눈으로 곤란해도
邈然不可幹 막연불가간	막연하게 지킬 수 있네
阮公見錢入 완공견전입	완공은 뇌물이 들어오는 것을 보고
即日棄其官 즉일기기관	그날로 관직에서 물러났다네
芻稿有常溫 추고유상온	건초 더미에서 잠을 자니 항상 따뜻했고
采莒足朝餐 채거족조찬	토란을 캐어 먹으면 아침 식사로 충분했지
豈不實辛苦 기부실신고	어찌 진실로 고생으로 여기지 않았겠는가?
所懼非饑寒 소구비기한	두려운 것은 배고픔과 추위에 있지 않았고
貧富常交戰 빈부상교전	빈천과 부귀의 두 마음이 항상 서로 싸우다가
道勝無戚顏 도승무척안	도로 이겨야 근심하는 안색이 없어졌지
至德冠邦閭 지덕관방려	지극한 덕행은 나라와 고을에 으뜸이었고
清節映西關 청절영서관	청렴한 절개는 궁궐 서쪽 관문을 비추었네

이당 《원안와설도袁安臥雪圖》

題錢舜擧 《잠상도蠶桑圖》

[명] 우감虞堪

전순거의 《뽕나무 그림》에 적다

桑中鳴禽巧如鵊 상중명금교여결[1]	뽕밭에 새소리 두견 소리처럼 아름답고
吳娘養蠶夜不歇 오랑양잠야불헐[2]	오땅 여인네 누에 치느라 밤에도 쉬지 않네
煖雨寒風惱殺人 난우한풍뇌살인	따뜻한 비 찬 바람이 근심 짓게 하여도
正是江南三四月 정시강남삼사월	지금이 바로 강남의 봄날이네
苕溪遺老白髮翁 초계유로백발옹[3]	초계의 어르신 백발의 노인인데
畫蠶畫葉搖春風 화잠화엽요춘풍	누에 그리고 뽕잎 그리니 봄바람에 흔들이네
千金難買吳孃笑 천금난매오양소	천금으로도 오땅 여인네들 웃음 사기 어려워
故寫生枝椹子紅 고사생지심자홍	일부러 새로 난 가지에 오디 붉은 것 그렸네

🌀 시 이야기

뽕밭에 각종 아름다운 새들이 지저귀는 봄이 되었는데 오 땅의 여인네들은 누에 치기 바빠서 즐길 겨를이 없다. 초계는 절강성 북부 태호의 지류이며 오땅이다. 초계의 백발노인은 전순거이다. 전순거가 그린 《뽕나무 그림》에 봄바람에 뽕잎이 흔들리는 듯하고 생가지에는 오디가 붉어지는 것을 그려 오땅의 여인네들이 즐기지 못하는 한을 대신했다.

1 결격鴂은 제결鵜鴂이다. 제결은 두견새이다. 이 새가 울면 꽃이 시든다고 한다.
2 오랑吳娘은 오땅의 여인네들을 가리킨다. 오땅은 강소성 지역이다.
3 초계苕溪는 절강성 오흥현의 별칭이다. 경내에 초계가 흘러서 얻은 이름이다.
   백발옹白髮翁은 그림을 그린 전순거를 가리킨다.

참고

서주·진한의 잠상蠶桑

　　진한의 역사, 궁전, 누대 등 여러 방면의 자료가 수록된 『삼보고사三輔故事』에 '한나라 때 관에서 사사로이 방직수공업을 경영하였다. 특히 관영 수공업 규모가 대단히 커졌다. 서한은 황실의 방직품 공급을 위해 수도 장안에 동·서 두 군데 직실織室을 두고 직실령승織室令丞이 주관하게 하였다.'라고 했고, 『사기·화식열전貨殖列傳』, 『염철론鹽鐵論·본의本議』, 『논형·정재程材』 등 문헌에 '황하 중하류는 뽕나무가 풍부하며 산동성 임치臨淄, 양읍襄邑 등 지역은 유명한 방직 산업의 중심지였다. 관중평야는 뽕나무[桑麻]와 향나무[敷榮]의 땅이기도 하다. 사천성 분지의 양잠도 비교적 발달해 뽕밭 그림[桑園畵]이 자주 출토되고 있다.'라고 기재 되어있다.

　　『시경』에도 여러 편의 뽕나무 시가 있다. 그 중 〈습상隰桑〉에 '광택이 나는 잎을 가진 뽕나무로 군자를 연상해내고 이런 군자를 만나니 즐겁다.'라고 아래와 같이 적고 있다.

〈습상 隰桑〉 제 2장　　　　　　『시경·소아』

隰桑有阿 습상유아　　　　습지 뽕나무가 아름다우니
其葉有沃 기엽유옥　　　　그 잎이 광택이 나도다
旣見君子 기현군자　　　　이미 군자를 만나보았으니
云何不樂 운하불락　　　　어찌 즐겁지 않다고 하리오

제결명 鶗鴂鳴

『초사·이소』에 '제결이 먼저 울어 백초를 향기롭지 못하게 할까 두렵다 恐鶗鴂之先鳴兮, 使百草爲之不芳.'라고 하였다. 제결은 춘분날에 우는 두견새의 별칭으로 이 새가 춘분 전에 울면 온갖 풀 꽃나무의 꽃이 모두 꺾여 떨어져서 향기롭지 못하다 하여 이것으로 인해 소인의 참소가 들어가 충직한 선비가 죄를 입게 된다는 의미를 지닌다. 또 두견새가 울면 가을이 온다는 뜻도 있다.

 작가 이야기

우감 虞堪

원말 명초 화가이고 장서가이며 시인이다. 자는 극용 克用·승백 勝伯·숙승 叔勝이고 별호는 청성산초 青城山樵이다. 강소성 장주 長洲 사람이다. 남송의 명신 우윤문 虞允文의 후손이다. 원말 은거하여 벼슬길에 나가지 않았다. 홍무 10년(1377)에 운남부 교수가 되었다. 집에 장서가 많은데 다수 직접 편집하였고 선현들의 남긴 글이 어디에 있다고 들으면 비록 천 리 밖에 있더라도 반드시 그것을 획득했다. 저서는 『희담원 希澹園』, 『우산인시 虞山人詩』, 『고설고 鼓枻稿』, 『도원유고 道園遺稿』 등이 있다.

전순거 《잠상도蠶桑圖》

題畫 《마馬》

[명] 왕불王紱

《말 그림》에 적다

萬匹群中久已空 만필군중구이공　만 필 무리 중에서 오랫동안 천리마가 없으니
幾番嘶向落花風 기번시향락화풍　몇 번이나 낙화풍을 향해 울었던가
孫陽去後無知己 손양거후무지기[1]　손양이 떠난 후 자기를 알아주는 사람이 없어
滄落鹽車阪道中 창락염거판도중　소금 실은 수레 비탈길에 쓸쓸히 엎드려 있네

🌀 시 이야기

　천리마는 천리를 잘 달리는 명마이다. 백락이 죽고 나서 만여 필의 말이 있어도 천리마를 알아볼 수 있는 감별사가 없다. 낙화풍은 꽃이 떨어지게 하는 바람이고 말들이 좋은 시절이 다 지났음을 슬퍼하여 낙화풍을 향해 울고 있다. 춘추시대 명마 감별사 손양이 사라진 후 말의 진가를 알아주는 이가 없으니 명마라 하더라도 소금이나 신고 다니는 형편없는 말로 천시되었다. 왕불은 명마의 종種일 수도 있는데 백락 같은 감별사가 없어 무거운 짐을 신고 비탈길에 쓸쓸하게 엎드려 있는 말의 신세를 안타까워하였다.

1 **손양**孫陽은 춘추시대 진 목공 때 사람이다. 일명 백락이라 한다. 말 감정을 잘 했다. 『전국책戰國策』에 '일찍이 우판虞板을 지나갔는데, 소금 수레 밑에 천리마[騏驥]가 엎 드려 있다가 손양을 보고 오래 울었다. 손양이 수레에서 내려와 같이 울었고 천리마 는 곧장 손양에게 고개 숙이고는 다시 고개를 쳐들고 울었다. 그때 말 우는 소리가 하늘에서도 들렸다고 한다. 손양이 이 말을 데려가 잘 길러 천리마로 만들었다고 한 다.' 당시 손양이 말을 한 번 훑어보기만 해도 그 말값은 10배나 올랐다고 하여 이를 '백락일고伯樂一顧'라 한다.

 ## 화가·작가 이야기

왕불王紱, 1362~1416

원말·명초의 화가이다. 자는 맹단孟端이고 호는 우석友石·구룡산인이다. 강소 성 무석無錫 사람이다. 박학하고 시문에 뛰어났으며 서화에 능하였다. 홍무 연간 공생이 되었고, 건무 원년(1399) 산서성으로 유배되었으며 유배에서 풀리자 귀향하 여 은거하였다가 영락 10년(1412)에 한림원 중서사인이 되었다. 산수화는 왕몽에게, 대나무와 돌은 예찬에게 배웠으며, 특히 묵죽으로 이름이 났다. 당시 화풍이 원말 사대가로부터 명나라 오파로 넘어와서 그도 문인화를 주로 그렸다. 작품으로 《산정 문회도山亭文會圖》 등과 시집에 『왕사인시집王舍人詩集』이 있다.

왕불 《말馬》

題趙子昂《소무목양도蘇武牧羊圖》

[명] 사복謝復

조자앙의 《소무가 양치는 그림》에 적다

誰寫漢中郎 수사한중랑[1]	한나라 중랑을 누가 그렸던가
風流趙子昂 풍류조자앙[2]	풍류인 조자앙이네
雪中持漢節 설중지한절	눈 속에서 한나라 정절을 들고서
海上牧羝羊 해상목저양	바다 위에서 숫양을 키웠다지
氣與風霜勁 기여풍상경	기세는 풍상과 더불어 버티었고
忠爭日月光 충쟁일월광	충성은 해와 달과 빛남을 다투네
君爲宋家子 군위송가자	그대는 송나라의 후손이니
揮翰亦堪傷 휘한역감상	붓을 휘두르는 것 슬퍼할 만하네

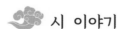 시 이야기

중랑은 한나라 소무의 관직명이다. 소무의 초상을 그린 화가는 당시 풍류로 유명한 조자앙이다. 조자앙은 송의 왕손인 조맹부이다. 소무는 무제가 외교 사절에게 내주는 정절을 들고 흉노 땅으로 갔는데 그들이 한의 사신을 억류하여 숫양 몇 마리만 주고 북해에서 살게 하였다. 조맹부는 소무가 홀로 외로이 양을 기르며 풍상

을 이겨낸 강한 기세를 그림으로 표현했다. 소무는 흉노의 유혹에 아랑곳하지 않고 굳게 절개를 지켜 충성심이 해와 달과 다툴 만큼 빛났다. 하지만 이 절개를 그림으로 그린 조맹부는 송나라 왕손으로 태어나서 몽고족이 송을 침입하여 나라를 빼앗고 원나라를 세웠는데 원의 황제를 섬겼으니 소무의 충절에 대해 붓을 휘둘러 그림 그리는 것이 몹시 슬펐을 것이다. 이 시는 명의 사복이 소무의 충절과 조맹부의 변절을 비교했다고 볼 수 있다.

주

1 **중랑中郎**은 한나라 소무蘇武가 사신의 명을 받아 흉노의 땅으로 떠나기 직전의 직책이다. 아래 참고와 고사 이야기에 소무에 대해 상세히 설명하고 있다.
2 **조자앙趙子昻**은 송나라 조맹부이다. 조자앙은 송의 왕손으로 태어났다. 아래 '화가 이야기'에 상세히 설명하고 있다.

참고

소무蘇武, ?~60BC

서한 때 섬서성 두릉杜陵 사람이고 자는 자경이다. 아버지 소건은 대장군 위청 휘하에서 공신이 되었고, 소무는 어려서 낭이 되었다. 무제 때인 BC 100년에 중랑장으로서 흉노에 사신으로 갔다가 체포되어 항복을 강요받았다. 그러나 절의를 굽히지 않고 이를 거부하자 바이칼호 주변의 황야로 보내져 19년에 걸친 억류 생활을 했다. 소제가 즉위한 후 흉노와의 화해가 성립되어 BC 81년 장안으로 돌아왔다. 소제는 그의 충절을 높이 사서 전속국에 봉했고, 소제의 뒤를 이은 선제도 그의 노고를 중시하여 관내후에 봉했다. 한나라와 흉노와의 싸움은 당나라 변새邊塞 시에 자주 등장하는데, 진도의 〈농서행〉에 특히 잘 나타나 있다.

<농서행隴西行〉　　　　　[당] 진도陳陶

誓掃匈奴不顧身 서소흉노불고신　흉노 소탕을 맹세하며 몸 돌보지 않더니
五千貂錦喪胡塵 오천초금상호진　오천의 정예병 오랑캐 땅에서 죽었네
可憐無定河邊骨 가련무정하변골　가련하다 무정한 강가의 백골
猶是深閨夢裏人 유시심규몽리인　여전히 깊은 규방의 꿈속 사람인 것을

 ## 작가 이야기

사복謝複, 1441~1505

　　명나라 사대부 지식인으로 자는 일양一陽이고 휘주徽州 기문祁門 사람이다. 정통 6년에 태어나 홍치 18년 65세로 죽었다. 과거에 나가지 않고 진헌장陳獻章과 함께 오여필吳與弼에게서 공부했다. 집에서는 효를 다하고 관혼상제의 예를 존중했으며 기록하고 암송하고 주석 붙이고 가르치는 일로 평생을 보냈다. 그는 지행병진知行竝進을 살아가는 철학으로 삼았고 만년에 서산 기슭에 집을 짓고 학문에 정진하여 학자들이 그를 '서산선생'이라고 불렀다. 유작으로 『서산유고西山類稿』가 있다.

 ## 고사 이야기

소무목양蘇武牧羊

　　소무목양은 '한나라 소무蘇武가 눈이 쌓인 북해 바다에서 양을 기른다.'라는 뜻으로 소무의 충절을 기리는 고사이다. 무제 때 위청과 곽거병 장군이 흉노를 대패시킨 후 몇 년 동안 북쪽 변경에 전쟁이 없었다. 중원을 대거 침입할 힘을 잃어버

린 흉노는 한나라와 평화적으로 지내겠다고 약속하였으나 내심 중원을 쳐들어올 기회만을 호시탐탐 노리고 있었다. 하지만 기원전 100년에 한나라에서 먼저 출병할 기미가 보이자 흉노는 즉시 한나라에 사신을 보내 화의를 청했다. 그리고 잡아두었던 한나라 사신들을 모두 돌려보냈다. 무제는 그 일에 보답하기 위해서 소무를 사신으로 보냈다. 소무는 부사 장승張勝과 상혜常惠를 데리고 한나라 황제가 내린 정절旌節을 들고 흉노의 땅으로 들어갔다. 소무는 그곳에서 뜻하지 않은 일이 발생하여 붙들려 항복을 종용받았다. 소무가 끝까지 항복하지 않자 흉노의 우두머리 선우는 그에게 숫양 몇 마리를 주고 북해로 옮겨 살게 하였다. 그는 고국인 한나라로 돌아가지 못하고 19년간 북해에서 양을 키우며 많은 고생을 하였다.

무제는 소무가 한나라로 돌아오지 않는 것에 대해 의심하여 다그쳐 물으니 선우는 소무는 죽었다고 둘러댔다. 무제는 다시 사신을 보내 소무에 대해 자세히 알아보라는 특명을 내렸다. 사신은 소무가 북해 변에서 양을 키우고 있음을 알게 되어 선우를 엄중히 문책하며 "흉노는 이미 한나라와 화의를 맺었으므로 한나라를 속이지 말아야 한다. 우리 황제께서 어화원御花園에서 큰 기러기를 쏘았는데 그 기러기 발에 비단 조각이 묶여 있었고 그 위에 소무가 아직 살아있다고 쓰여 있었다. 너는 어찌 그가 죽었다고 하였는가?"라고 하자 선우가 이 말을 듣고 매우 놀랐다. 그는 소무의 충절이 하도 지극하여 기러기까지 그를 대신하여 소식을 전한 것이라고 여겼다. 소무가 사신으로 갈 때 나이 40세였고 소제昭帝 때 돌아와 관내후가 되었는데 그의 나이 59세였다.

소무를 주제로 그린 그림은 소무가 한의 무장武將이었던 이릉과 유형지에서 만나 이별을 슬퍼하는 정경을 그린 송나라 진거중의 《소이별의도》(타이베이 고궁박물관)와 조맹부의 《이양도二羊圖》가 대표적이다. 두 작품은 소무와 이릉의 일화를 주제로 삼았다. 이릉은 전쟁에 지자 흉노에 투항하게 된 일이 있었고 사마천이 그를 변명하다 궁형 당하고 옥에 갇히게 되었던 사건의 중심에 있는 인물이다.

조맹부《소무목양도蘇武牧羊圖》

254

題錢舜擧《어락도漁樂圖》

전순거가 《고기 잡는 즐거움을 그린 그림》에 적다

長川無風縐秋碧 장천무풍추추벽[1]　장천에 바람이 없고 가을빛 완연한데

鴨嘴平灘引南北 압취평탄인남북　오리들 잔잔한 여울에 남북으로 줄지어가네

水楓脫葉荻花飛 수풍탈엽적화비　물가 단풍잎 다 떨어지고 물억새 나니

獨許紅蘢占秋色 독허홍롱점추색　유독 홍색 여뀌가 가을색 독점하도록 허락하네

東船老漁罱魚立 동선로어남어립　동쪽 배에는 늙은 어부가 고기 잡으며 서 있고

手擘罱竿雙腳赤 수벽남간쌍각적　손에 그물과 낚싯대 들었고 양다리는 붉네

淸波照魚如可拾 청파조어여가습　맑은 파도가 물고기 비추니 마치 잡을 것 같고

自見鬚眉還歷歷 자견수미환력력　스스로 눈썹과 수염을 비춰 보니 더욱 또렷하네

老妻背坐乳小兒 노처배좌유소아　늙은 아내는 돌아앉아 아기에게 젖을 먹이는데

似厭大兒爭且索 사염대아쟁차색　큰 아이가 젖을 찾아 다투니 싫어하는 것 같네

西船收綸唱歌返 서선수륜창가반　서쪽 배는 낚싯줄 거두고 노래하며 돌아가는데

短楫弄波聲湁湁 단즙롱파성획획　짧은 노는 파도를 가르며 획획 소리를 내네

一家妻子團團頭 일가처자단란두　집안의 처자식들은 머리를 둥글게 맞대고

三泖五湖供泛宅 삼묘오호공범택[2]　삼묘와 오호의 고기잡이배에서 제공하는

得魚換米日日飽 득어환미일일포　고기 얻어 쌀로 바꾸니 날마다 배가 부르네

鮮鯉活鱸爲黍稷 선리활노위서직　신선한 잉어 살아있는 농어를 식량으로 하는데

漁船兩葉天地間 어선양엽천지간[3] 고기잡이배는 천지간에 두 척이지만

翻覺船寬浮世窄 번각선관부세착 배는 넓고 세상이 좁다는 것을 깨닫네

與漁傳神雪溪老 여어전신삽계로 어부에게 전신을 준 것은 삽계 노인인데

滿眼江河紙盈尺 만안강하지영척 눈에 가득 강과 하천이 종이 한 장에 가득하네

煙波情性漁不知 연파정성어부지 연파의 정과 본성은 어부가 알지 못할 것이지만

令漁見畫漁還惜 영어견화어환석 어부가 그림 보게 하면 도리어 애석해하리라

 ## 시 이야기

　　고요한 장강 어귀에 오리 떼가 줄지어 다니고 단풍잎은 다 떨어지고 여뀌만 가득하여 온통 붉다. 드넓은 오호五湖에 고기잡이배 두 척이 떠 있다. 한쪽에는 어부가 고기를 잡으며 서 있고 그의 가족들이 함께 타고 있다. 어부의 아내는 어린 아기에게 젖을 먹이는데 큰 아이도 젖 찾으며 어미에게 파고드니 어미가 꺼리는 듯하다. 다른 한 배는 물고기 넉넉히 잡아서 낚싯대 거두고 노래 부르며 집으로 돌아와 온 가족 단란하게 모이니 즐겁기만 하다. 게다가 부가범택浮家泛宅을 제공하여 잡은 고기를 먹기도 하고 식량과 바꾸기도 하니 먹거리를 제공하는 삼묘와 오호는 늘 고맙다. 오로지 배 두 척은 어부의 소유이지만 이보다 큰 것이 세상에 없는 것처럼 느끼니 어찌 즐겁지 않겠는가? 이 〈어락도〉를 그리게 한 장본인은 삽계의 어부지만 종이 위에 넓은 바다를 그렸으니 어부가 안개 낀 강이 지닌 정감과 본성은 알지 못하나 아마 직접 그림을 보면 강이 적다고 애석해할 것이다. 이 시는 강호江湖의 삶을 묘사하여 유유자적하는 정신적 삶을 표현한 것이다. 한 어부가 속세를 떠나 고고하게 살아가는 모습은 시대를 지나면서 현재까지도 다양한 〈어락도〉로 그려지고 있다.

주

1 장천長川은 장강이다.

2 삼묘오호三泖五湖에서 오호五湖는 지금 태호太湖와 그 부근의 장탕호長蕩湖, 사호射湖, 귀호貴湖, 격호滆湖이고 삼묘三泖는 지금의 청포青浦 서남쪽에 있는 송강松江 서쪽의 묘호泖湖를 말하며 북상묘北上泖, 중대묘中大泖, 남하묘南下泖 세 부분으로 나뉜다. 범택은 부가범택浮家泛宅으로 주거를 겸하는 고기잡이배를 말한다.

3 양엽兩葉의 엽葉은 한 척의 작은 배의 뜻인 일엽편주一葉片舟에 나오듯 배 한 척의 단위이다. 양엽은 두 척의 작은 배이다.

작가 이야기

심주沈周

명대 중기의 문인화가이다. 자는 계남啓南이고 호는 석전石田·백석옹白石翁이다. 강소성 소주蘇州 상성리 사람이다. 심주의 선조들은 관직에 나가지 않았으나 서화에 뛰어나고 명화를 많이 수장하였다. 증조부 양침良琛은 원사대가였던 왕몽王蒙과 교제했고 조부, 백부, 부친을 비롯하여 심주의 형제 모두 서화를 잘 하였다. 심주가 젊었을 때 양장糧長으로서 세금징수 사무를 관장하고 효렴孝廉에 천거되었으나 관직에 나가지 않았다. 시는 소식蘇軾, 육유陸遊를, 글씨는 황정견黃廷堅을 배웠다. 산수화는 동원董源, 거연巨然, 황공망黃公望, 오진吳鎮의 화풍을 배웠다. 현존 작품은 《방황자구산수도倣黃子久山水圖》(상하이 박물관), 《야좌도》(타이베이 고궁박물관)가 있고 저서에 『석전집』이 있다.

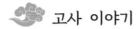 고사 이야기

지어지락知魚之樂

지어지락은 '물고기의 즐거움을 알다'라는 뜻이다. 『장자·추수』에 장자와 그의 친구 혜시가 물고기의 즐거움을 논한 우화가 있다. '장자와 혜시가 호수 위 다리를 거닐면서 물속을 헤엄치는 물고기를 보고 있었다.觀魚 장자가 말했다. "물고기가 한가로이 놀고 있으니 저것이 물고기의 즐거움이지魚之樂" 하자 혜시가 "그대는 물고기가 아닌데 어찌 물고기의 즐거움을 알 수 있는가知魚知樂" 라고 물었다. 또 장자가 답하기를 "그대는 내가 아닌데, 어찌 내가 물고기의 즐거움을 모른다 하는가?" 또다시 혜시가 답했다. "내가 자네가 아니기 때문에 참으로 자네를 알지 못하거니와 그것처럼 자네도 당연히 물고기가 아닌데 자네가 물고기의 즐거움을 알지 못하는 것이 틀림없네." 라고 하며 두 사람은 물고기의 즐거움을 논제로 담론하는 풍류를 즐겼다. 이 지어지락知魚知樂의 고사로 인하여 지식인들은 물고기를 바라보며 장자와 혜시의 도의 경지에 이르러 유유자적하고파 했다. 그래서 중국뿐 아니라 조선에서도 선비들이 경치 좋은 강가에 관어대觀魚臺를 짓고 물고기 노는 모습을 보며 풍류를 즐겼다.

전순거 《어락도漁樂圖》

題《이태백상李太白像》

[명] 심주

《이태백 그림》에 적다

風骨神仙品 풍골신선품　　　풍골은 신선의 품격이고
文章浩蕩人 문장호탕인　　　문장은 호탕한 사람이네
世間金鸑鷟 세간금악작　　　세간에서는 금악작이고
天上玉麒麟 천상옥기린　　　천상에서는 옥기린이라네
江月狂歌夜 강월광가야　　　강달 뜬 밤에 미친 듯이 노래하고
宮花醉眼春 궁화취안춘　　　궁의 꽃들이 봄날 눈을 취하게 하는데
獨輸蕭頴士 독수소영사[1]　　유독 소영사에게만 알려주고
不見永王璘 불견영왕린[2]　　영왕린에게는 보이지 않았다네

🌀 시 이야기

　이백은 풍채가 신선의 품격을 지녔는데 그의 문장 또한 호방하다. 사람들은 이백을 천상에서 세상에 귀양 온 신선이라 하여 '적선인謫仙人'이라 부른다. 심주는 이백이 세상에서는 신령스러운 봉황의 모습을 한 금악작과 같고 하늘에서는 신선의 동물인 옥기린과 같다고 하였다. 그는 그림 속의 이백이 강가 밝게 뜬 달 아래

에서 달과 함께 시를 읊으며 궁정의 정원에서 봄날에 꽃의 아름다움에 취해있던 모습을 생각하고 시를 읊었다. 소영사는 이백이 영왕의 환란에 연루되어 어려움을 겪었을 때 자신은 억류되지 않은 것을 좋아했다. 이백과 소영사는 서로 관련이 없는 인물이나 소영사의 그런 비겁한 마음 때문에 그림에서 늠름한 이백의 모습을 소영사에게 보여주고 억울하게 당한 영왕 린은 이백과 서로 잘 알기 때문에 보여주지 않았노라 하였다. 이는 시인이 이백의 마음을 엿본 것이다.

1 소영사蕭穎士(717~768)는 당의 문인이며 명사이다. 자는 무정茂挺이고 안휘성 영주穎州 여음汝陰 사람이다. 현종 때 낙양에 거주하였고 집에는 수천 권의 장서를 지니고 있었다. 그는 재능이 고매하고 박학하여 개원 23년에 급제했으나 재주만 믿고, 다른 사람을 얕잡아 보았다. 그는 항상 술병 옆에 끼고 다니며 혼자 술을 마셨고 교외에서 사냥하며 시절을 보냈다. 안록산이 모반을 꾀하자 그는 장서를 석동견벽石洞堅壁으로 옮기고 홀로 산 남쪽으로 달아났다.

2 영왕린永王璘은 지덕 2년 현종의 열여섯 번째 아들인데 현종의 명을 받고 이미 숙종이 된 형에게서 수군을 인솔할 것을 허락받았다. 그는 수군을 이끌고 강릉을 따라 장강 아래 양주로부터 바다 건너 유주柳州를 취하고 윤주에 이르렀을 때 숙종에 의해 반역으로 몰려 진압되었다. 737년 영왕의 군대가 숙종의 역도로 몰렸을 때 이백도 영왕린의 군대에 가담하였기에 귀주성 야랑夜郎에 유배되었다. 건원 2년(759) 가을에 이백은 유배에서 사면을 받아 심양으로 돌아오던 중 악양嶽陽에서 《증별사인제태경지강남贈別舍人弟台卿之江南》을 지어 영왕린의 억울함을 시로 읊었다.

이백李白, 701~762

이백은 당나라 낭만주의 시인이다. 자는 태백太白이고 호는 청련거사靑蓮居士이다. 사천성 창명현彰明縣에서 태어나 자랐고 두보와 함께 '이두李杜'로 병칭되며, 시선詩仙이라 불린다. 선조는 수나라 말 서역에서 왔고 그 후 감숙성 농서현隴西縣에 살았으며, 아버지는 서역西域의 상인이었다. 그는 25세 때 촉땅을 떠나 강남지역, 산동과 산서 등지를 유람하며 평생을 보냈다. 젊어서는 도교에 심취했었다.

이백이 43세 되던 해 하지장의 인정을 받아 적선인이라 불렸고 오균吳筠의 천거로 한림공봉翰林供奉이 되었다. 궁정에 들어간 그는 자신의 정치적 포부를 실현하고자 했으나, 한낱 궁정시인으로서 현종의 곁에서 시만 지어 올렸다. 현종의 명으로 모란 연회에서 〈청평조사淸平調詞〉 3수를 지어 그의 시명詩名을 장안에 떨쳤다. 하지만 그의 정치적 야망은 당시 궁정 분위기와는 맞지 않았다. 결국, 술로 시간을 보내며 안하무인의 태도를 보여 현종의 총신 고력사高力士의 미움을 받아 궁정에서 쫓겨났다. 그리고 다시 명산대천을 찾아다니는 유랑생활을 하며 문인들과 교유하고 많은 훌륭한 시를 지었다. 그의 작품은 1,100여 편이 현존한다.

〈증별사인제대경지강남贈別舍人弟臺卿之江南〉시에 그가 조정에서 쫓겨난 소회를 유배 떠나는 외사촌 동생에게 아래와 같이 적어 주었다.

〈증별사인제대경지강남 贈別舍人弟臺卿之江南〉   [당] 이백

〈외사촌동생 대경사인이 강남으로 가는 것을 송별하면서 주다〉

去國客行遠 거국객행원	조정을 떠나는 유배객 갈 길 멀고,
還山秋夢長 환산추몽장	고향으로 돌아올 때 가을 꿈에서라도 오래 걸릴듯
梧桐落金井 오동락금정	오동잎 궁궐 안 우물가에 떨어지니
一葉飛銀床 일엽비은상	잎새 하나 우물 난간 위로 날려오네
覺罷攬明鏡 각파람명경	꿈에서 깨어 거울을 잡으니
鬢毛颯已霜 빈모삽이상	귀밑머리 바람결에 이미 하얗게 되었네
良圖委蔓草 양도위만초	좋은 의도는 덩굴풀에 맡겨지니

古貌成枯桑 고모성고상	옛 모습 시들은 뽕나무 신세가 된 것이라네.	
欲道心下事 욕도심하사	관리로서 도리를 다하고자 한 것이나	
時人疑夜光 시인의야광	당시 사람들 깜깜한 밤에 빛 밝힘을 의심하네.	
因爲洞庭葉 인위동정엽	동정호의 나뭇잎이 되었기에	
飄落之瀟湘 표락지소상	회오리 바람에 소상강변에 떨어졌지	
令弟經濟士 영제경제사	자네는 경세제민 할 수 있는 선비인데	
謫居我何傷 적거아하상	유배지로 가게 되니 내 마음 상하지 않겠나	
潛虯隱尺水 잠규은척수	잠룡이 얕은 물속에 숨어 있어도	
著論談興亡 저론담흥망	논저에는 흥망성쇠를 담논하리	
客遇王子喬 객우왕자교	나는 객지 떠돌다 왕자교를 만나	
口傳不死方 구전불사방	구전되어 오는 불사 비방을 전해 들으면.	
入洞過天地 입동과천지	천지를 왕래하는 굴속으로 들어가	
登眞朝玉皇 등진조옥황	천궁에 올라 옥황상제에게 조회하려네	
吾將撫爾背 오장무이배	나는 장차 자네의 등을 어루만져 주고	
揮手遂翔翔 휘수수고상	손 흔들며 자유롭게 날아다니리	

고사 이야기

이백의 고사는 너무나도 많다. 그가 많은 시를 남겼기 때문에 모든 시의 시제가 된 장소나 인물이 모두 전고로 남아 고사 이야기로 전해지고 있다.

태백주점太伯酒店

당나라의 대시인 이백은 술을 목숨처럼 좋아했고, 술을 마신 후에 종종 천고에 전해지는 좋은 글을 썼다. 장안을 떠나 채석에 도착한 이백은 채석 거리의 노씨魯

氏 주점에서 술을 마시곤 했다. 가게 주인인 노씨 노인은 겉으로는 온화해 보이지만 실제로는 인색한 구두쇠로 종종 가게 점원의 품삯을 가로채기도 하였다.

어느 날 이백은 술에 대취하여 노씨 주점을 찾았다. 노씨는 이백이 이미 대취하였고 장안을 떠난 지 이미 여러 해가 되었으니 지니고 있던 돈이 거의 다 떨어질 것 같다고 생각하고 점원에게 더 이상 술을 주지 말라는 눈짓을 했다. 주점의 점원은 주인의 행동을 못 본체하고 이백을 위해 술을 따랐다. 이백은 잔뜩 취한 채 떠날 때 술 한 주전자 사고 술값으로 은화를 던져놓고 떠났다.

이백은 다시 주점에 며칠을 연달아 찾아왔다. 노씨는 이백이 던져준 은화로 며칠만 더 마시면 다 쓰고 없다고 계산하고 몰래 이백의 술에 물을 타주셨다. 이백은 술맛이 전과 다르다는 것을 알고도 아무 말도 하지 않았다. 그날 후로 이백이 다시 오면 노씨가 직접 영접했지만, 술에 탄 물의 양이 점점 많아졌다. 술에 취한 이백은 강변의 경치가 아름다우니 배로 돌아가서 마시려고 술 한 주전자를 샀다. 주전자를 들고 입에 들어 마셨는데 갑자기 한참을 토했고 그날 밤 이백은 엎치락뒤치락하며 잠을 이루지 못했다. 이백은 강물을 탄 술을 마셨다는 것을 알았지만 술 없이는 좋은 시를 쓸 수 없었다.

달빛을 틈타 이백은 일어나 산책하러 나갔고 초가집을 지날 때 귀밑머리가 온통 희끗희끗한 노인이 그를 향해 자기 집으로 잠시 들어오기를 청했다. 이백이 들어서자 노인은 머리를 숙이고 절을 하며 말했다. 당신은 생명의 은인이십니다. 이백은 어떻게 된 일인지 이해하지 못하여 자세히 물어보니 이백이 유주幽州를 지나다가 호랑이 두 마리를 쏴 대씨戴氏 노인과 그의 아들 목숨을 구했다는 것이다. 노인은 눈물을 글썽이며 "오랫동안 나와 아이는 당신을 따라 금릉에서 여주로 선성에서 채석까지 줄곧 당신 곁에서 나무를 하고 술을 빚고 고기를 잡았습니다. 그리고 언젠가는 당신을 직접 만나 큰 은혜에 보답할 기회를 가지고자 했습니다."라고 말했다. 감동한 이백은 노인의 손을 덥석 잡아 흔들며 "왜 아이가 보이지 않느냐"고 물었다. "아들은 노씨 주점에서 일손을 돕고 있습니다."하고 대씨 어르신이 멀지 않은 곳에 있는 주점을 가리키며 말했다. 이백은 노씨 주점에서 그 강물 한 주전자

일을 떠올리며, 노씨가 술에 물을 탔던 일을 대씨 노인에게 말하려 하고 있는데, 대씨 노인이 이백에게 주려고 담근 좋은 술이 있다고 하며 들어가 술항아리를 들고 나왔다. 술 냄새가 사방에 풍겼다. "자 제가 빚은 술을 마셔보세요" 노인은 어깨를 툭툭 치며 "앞으로 그대가 마실 술은 이 늙은이가 빚어 주겠습니다!"라고 하였다. 이백은 너무 기뻐서 잔에 술을 가득 채우고 한 잔 마셨는데 술맛이 순하고 향기가 가득했다. 그는 "좋은 술이군! 좋은 술이야!" 하며 감탄했다. 노인은 매우 기뻐하며 이백에게 술을 따라주었고, 이백도 사양하지 않고 한 잔 또 한 잔 기분 좋게 마셨다. 얼마 지나지 않아 대취했다. 술 취한 눈을 가늘게 뜨고 시흥이 크게 일어나 종이와 붓을 찾았다. 노인이 급히 종이와 붓을 가져오자 이백은 생각하지도 않고 붓을 휘둘렀다.

天門中斷楚江開 천문중단초강개　마음에 끊어졌던 초강이 열리니
碧水東流至此回 벽수동류지차회　푸른 물이 동으로 흘러 이곳으로 돌아왔네
兩岸青山相對出 양안청산상대출　양 해안에 청산이 마주보고 섰는데
孤帆一片日邊來 고범일편일변래　외로운 배 한 척이 날마다 주변에 와있었네

이백이 예전 단골이던 주점에 마음을 끊었고 다시 초강楚江이 열린 것은 다시 술을 마시게 되었다는 뜻이다. 주점이 양쪽에 마주 보고 있는데 외로운 사람들이 그동안 이백 주변에 이백에게 감사하려고 술 담아 놓고 기다리고 있었음을 적었다. 노인은 감격에 겨워 먹물이 채 마르지 않은 글을 들고 나가 정성껏 표구하여 자신의 초가 벽에 붙였다. 대씨 노인의 집에 이백의 진적이 있다는 것을 사람들이 차츰차츰 알게 되었고, 이백이 노인의 좋은 술을 마셔서 이렇게 좋은 시를 썼다고 입소문이 났다. 그 후 강변 길가에서 남과 북을 오가는 사람들은 모두 대씨 노인의 오두막에 와서 앉아서 술을 몇 잔 마시며 이백이 붓을 휘두른 것은 얼마나 멋질지 상상했다. 오랜 세월이 흐른 후, 노인은 주점을 열었고, 상호를 태백주점이라 했다. 이백을 위해 술을 빚는 것 외에도 남과 북을 오가는 길손들에게 휴식처를 제공하

였다. 이때부터 태백주점은 유명해졌고 손님이 끊이지 않아 장사가 번창했다. 얼마 지나지 않아 노씨 주점은 아무도 찾지 않아 문을 닫았지만, 태백주점의 장사는 성업이었다. 그렇게 1년이 흐른 후, 대씨 노인이 병사하자, 이백은 그 소식을 듣고 비통해하여 강가에 가서 술을 뿌리고 대씨 노인을 추모하는 시를 썼다.

戴老黃泉下 대로황천하　　대씨노인이 황천에 갔으니
還應釀大春 환응량대춘　　대춘에 돌아와 술빚어 응대해 주려나
夜台無太白 야태무태백　　야대에 태백주점이 없어졌으니
沽酒與何人 고주여하인　　누구에게서 술을 사야하나

청평조清平調

천보 초년, 남릉에서 한가하게 지내던 이백에게 갑자기 조정에서 들어오라고 연락이 왔다. 이백은 드디어 자신이 꿈을 펼칠 때가 되었다고 기뻐하였고 집을 나서며 하늘을 우러러 큰소리로 웃으며 '우리 가족이 어찌 쑥대밭에 살겠는가?'라고 외치며 서둘러 아들과 딸을 맡기고 상경하였다.

현종은 옥진공주와 하지장 등의 추천으로 이미 그의 명성을 알고 있었으며 금란전에서 그를 만나 여러 가지 세상일을 물었다. 이백은 글로 써서 답하며 붓을 멈추지 않고 써 내려갔다. 현종은 크게 감탄하여 특별히 칠보상에다 밥상을 차려 내리도록 명하고, 손수 그를 위해 국을 떠주기도 했다. 그에게 말하기를, "경은 평민이지만 짐이 이름은 이미 알고 있다. 본래 문장가 가문이 아닌데 어디서 이 재주를 얻었는가?"하고 물었다. 그날부터 현종의 총애가 시작되었다. 이백은 한림원 대조가 되어 조정의 대업을 윤색하고 태평을 돋보이게 하였으며 궁중 시연 때 시를 읊고 술을 마시며 흥을 돋웠다.

이백은 이런 문학적 시종 생활에 조금씩 싫증을 느껴 자주 술을 마시게 되었고, 나중에는 하지장, 여양왕 이도, 이적지, 최종지, 소진, 장욱, 초수 등이 팔선八仙의

모임을 만들어 술을 마음껏 마시고 술에 취하면 시내 술집에 누워 자니 종종 환관 들이 사방으로 그를 찾아다녔다. 두보는 일찍이 〈음중팔선가〉를 써서 여덟 사람의 각기 다른 취한 모습을 묘사하였는데, 그는 이백에 대해 다음과 같이 적었다.

이백은 술 한 말에 백 편의 시를 쓰고 장안 시내 술집에 곯아떨어지기 일쑤라네. 천자가 불러도 배에 오르지 않고, 자칭 신은 술 마시는 신선이라고 하네李伯一斗詩百篇, 長安市上酒家眠, 天子呼來不上船, 自稱臣是酒中仙.

어느 날 이백이 술에 취해 시장 술집에서 잠들었는데 불현듯 냉수가 생각이 나 서 눈을 떠보니 궁중 악사 이구년李龜年이 손에 금화전金花箋을 들고 앞에 서 있었 다. 원래 그때는 모란이 만개할 시기였다. 궁중 흥경지 동쪽 침향정 앞에는 현종이 친히 명하여 심은 붉은 꽃·자색 꽃·연홍꽃·백색꽃 4가지 색을 지닌 모란이 차례 차례 열렸다. 현종은 양귀비와 함께 꽃구경을 갔고, 이구년은 악사를 길러내는 이 원梨園의 제자를 거느리고 노래하며 흥을 돋우었다. 현종이 좋은 꽃을 감상하는데 어찌 옛 악부의 가사를 쓰겠는가? 하고는 이구년에게 명하여 금전을 가지고 가서 이백에게 주고 청평조淸平調 3악장을 짓도록 하였다. 이백은 흔쾌히 명을 받들어 취기가 가시지 않았음에도 불구하고, 붓을 들어 즉시 청평조 3악장을 썼다.

세 장의 시는 모두 모란도 읊고 양귀비도 칭찬했지만, 이 세 장의 시로 인해 양 귀비의 미움을 사게 될 줄은 몰랐다. 현종은 여러 차례 이백에게 벼슬을 주려 했고, 중서사인中書舍人 자리를 주겠다고 약속했으나 양귀비의 방해로 받지 못했다. 이백 은 〈청평조〉에 '불쌍한 조비연이 화장에 의지하였다.'라고 지었다. 이는 양귀비의 미모를 부각하고 칭찬하려 쓴 글인데 어전에서 이백의 장화를 벗긴 것 때문에 이 백을 눈에 낀 가시로 생각하는 환관 고력사가 일부러 양귀비 앞에서 왜곡하여 말 하기를, "조비연은 양귀비를 가리키니 이백은 황제 옆에 있으면 안 됩니다."라고 했다. 조비연은 천한 출신에 득세 후 교만하고 방탕하다가 폐위되고 자살한 여인이 지만 한성제의 황후로 귀하게 여겨졌던 여인이다. 조비연의 명성은 실로 자신과 차

이가 크다고 생각한 양귀비는 이백이 자신을 조비연에 비유한다는 것 때문에 화가
나서 이백의 벼슬 기회를 막았다고 한다. 천보天寶 3년(744) 이백李白은 금을 하사
받고 귀향하여 그의 문학적 시종 생활을 마감하였다. 그러나 그 세 장의 〈청평조〉
를 둘러싼 고사 이야기는 오늘날까지 전해지고 있다.

《이태백상》

題李伯時 《연사도蓮社圖》¹

[명] 이동양李東陽

이백시의 《백련결사 그림》에 적다.

誰寫廬山十八賢 수사려산십팔현²	누가 여산 열여덟 명의 현자를 그렸는가?
白頭居士老龍眠 백두거사노용면	백발거사 용면 옹이구려
藥囊經卷隨行杖 약낭경권수행장	약주머니와 도가 책은 행장을 따르니
知在香鑪瀑布前 지재향로폭포전³	향로봉 폭포 앞에 있는 줄 알겠네

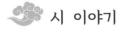 시 이야기

이백시李伯時는 이공린이다. 시인이 《연사도》 그림은 강서성 여산에서 백련결사를 조직했던 혜원을 비롯한 18현의 고승의 모임을 그린 것인데 그림 안의 18현들은 단약이나 약초를 넣은 주머니를 옆에 차고 도가 경전을 지니고 행장을 수행하여 향로봉 폭포 아래 모여 있다고 적었다. 이 시는 백련결사 고사 이야기와 이백의 〈망여산폭포〉가 전고가 되었다.

주

1 연사蓮社는 여산의 백련사에서 혜원법사가 조직한 '백련결사'를 말한다.
2 백련사십팔현白蓮社十八賢 1. 동림東林 혜원법사慧遠法師 2. 서림西林 혜영법사慧永法

師 3. 혜지법사慧持法師 4. 도생법사道生法師 5. 담순법사曇順法師 6 승예법사僧睿法
師 7. 담항법사曇恒法師 8. 도병법사道昺法師 9. 담선법사曇詵法師 10 경법사敬法師
11. 각명법사覺明法師 12. 불타발타삼장佛馱跋陀三藏 13. 유정지劉程之 14 장야張野
15. 주속지周續之 16. 장전張詮 17. 종병宗炳 18. 뇌차종雷次宗의 18명이다.
3 향로봉은 여산의 봉우리로 이백이 지은 〈망여산폭포〉 시에 등장한다.

망여산폭포 望廬山瀑布	이백

日照香爐生紫煙 일조향로생자연	향로봉에 해 비추니 붉은 물안개 생겨나고
遙看瀑布掛長川 요간폭포괘장천	멀리 폭포를 보니 긴 시내를 걸어두었네
飛流直下三千尺 비류직하삼천척	날아서 삼천 척 아래로 곧장 떨어지니
疑是銀河落九天 의시은하락구천	은하수가 하늘에서 떨어지는 건가 싶네

 작가 이야기

이동양李東陽, 1447~1516

명나라 문인이며 정치가이다. 자는 빈지賓之이고 호는 서애西涯이다. 호남성 차
릉茶陵 사람이다. 헌종·효종 연간에 호부상서·근신전대학사謹身殿大學士 등을 지
내고 무종 시에는 재상을 지냈다. 사후에 태사太師로 추증되었고, 시호는 문정文正
이다. 차릉시파茶陵詩派의 대표적 인물로 저서는 『회록당고懷麓堂稿』, 『회록당시화
懷麓堂詩話』, 『연대록燕對錄』 등이 있다.

백련결사白蓮結社

백련결사는 여산 동림사에서 염불하는 스님들이 주축이 되어 만든 단체의 이름이다. 동진의 혜원대사는 여산에 거처하며 정토종 동림사를 창건하고 초대 주지를 맡았는데 서방의 정업을 닦기 위해 동림사에 백련을 많이 심어 백련지白蓮池를 조성하였다. 여기에 여산과 그 주변 지역에 은거했던 여러 중과 세상의 은사인 높은 지위의 사람 123인이 모였다. 함께 불학을 공부하며 정업을 닦았다. 그래서 이 모임 이름을 연사蓮社라고 하고 또 백련사白蓮社라고도 한다. 이는 최초의 불교도 모임이었다. 후에 혜원을 우두머리로 삼고 18고현十八高賢이 모여 결사를 이루고 18현의 모임을 백련결사라고 부르게 되었다.

『여산기·여부잡기』에 혜원법사가 백련사를 결성하고 편지로 도연명을 불렀는데 연명이 "나는 술을 좋아하니 술을 마시게 하면 가겠다."라고 하니 혜원이 허락했다는 고사가 있다.

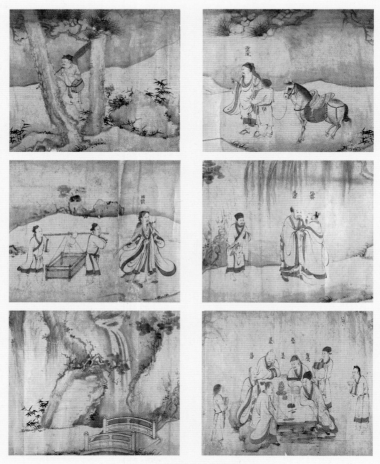

이공린 《백련사도白蓮社圖》

題趙仲穆《협탄도挾彈圖》

조중목의 《활을 찬 그림》에 적다

東風挾彈小城春	동풍협탄소성춘	봄바람에 활을 차고 작은 성의 봄날에
遊騎飛韁不動塵	유기비강부동진	기마가 고삐 날리는데 먼지가 일지 않네
道上相逢休借問	도상상봉휴차문	길가에서 상봉하여도 서로 묻지 말라
衛家兄弟霍家親	위가형제곽가친[1]	위가 형제가 곽가 친척이라네.

 시 이야기

봄바람 불 때 활을 차고 작은 성으로 봄나들이 나갔는데 어찌나 말을 잘 타던지 고삐가 나르듯 달려도 먼지 한 점 일지 않는다. 이들이 누구인지 물어볼 필요가 없다. 이들은 분명 한나라 위세를 떨치던 위청의 형제이거나 곽거병의 친척일 것이다.

주

1 위가衛家 형제는 위청과 그 누이 위 황후를 말한다. 곽가친霍家親은 곽거병과 그의 친지이다.

위가衛家 형제

위청과 누이 위황후 집안의 사람을 말한다. 위청은 산서성 임분臨汾 사람으로 노비였다. 부친은 이름이 정계鄭季이며 하급 관리로 평양후 조수曹壽의 집에서 일하는 급사였다. 그의 어머니는 위온衛媼이라 불렀다. 위청 남매는 어머니에게 노비라는 신분을 물려받았으나 남보다 월등한 미모를 타고났다. 위청과 누이도 부모와 함께 평양후 집안의 노비가 되었다.

위청은 평양후부의 수행 노비가 되어 늘 말을 타고 평양 공주를 모시고 다녔다. 이듬해 건원 2년(BC 139) 황제에 오른 지 두 해가 지난 열여덟 살의 한 무제가 평양 공주의 집에 다니러 왔다. 평양 공주는 평소 고모의 사람인 황후가 마음에 들지 않아 위자부를 무제 곁에 보내고자 했는데 무제가 자신의 집을 찾아왔으니 기회를 놓치지 않았다. 가기인 위청의 누이 위자부가 연회에 불려 들어갔다. 무제 유철은 자부가 금을 뜯는 가락에 취하고 자부의 노랫가락에 황홀해졌으며 그녀의 가녀린 용모에 눈길이 끌렸다. 무제는 마음이 흔들렸다. 이튿날 아침 무제가 떠날 때 자부도 궁궐로 따라가게 되었다.

평양 공주는 '고모에게 황후선택권을 빼앗겼지만, 자부를 통해 황후 자리를 빼앗아야겠다.'라고 생각하고 자부의 동생 위청을 공손오公孫敖에게 보냈다. 공손오를 찾아간 위청은 건장궁建章宮의 일꾼이 되었다. 위자부는 궁에 들어가자 바로 황제의 총애를 받아 아이를 가지게 되었고 그 일로 황후의 질투심이 폭발했다. 황후는 아이를 낳지 못했고 그녀의 질투가 결국 황후 자리를 내놓도록 만들었다. 8년 뒤 위자부는 황후가 되고 그녀의 형제자매들도 노비 신분을 벗었다. 위청은 대장군과 태중대부太中大夫에 올랐다.

곽가친霍家親

곽가霍家는 곽거병을 말한다. 그는 평양후부 노비 위소아의 사생자로 태어나 노비들 사이에서 컸기 때문에 어린 시절은 매우 고생스러웠다. 위청 남매가 황제의 총애를 얻은 후 곽거병도 노예 신분에서 벗어났다. 곽거병은 외삼촌 위청이 거두었다. 곽거병은 위청의 가르침 아래 기마, 활쏘기를 단련하며 병서를 읽었다. 곽거병에게는 외삼촌이 가장 든든한 후원자이며 친구이자, 아버지이자, 스승이자 무술 사부였다. 위청이 곽거병에게 "병아! 우리가 흉노에게 변방을 약탈당하면서 도 격파하지 못한 이유를 알겠느냐?" 하니 어린애에 불과한 곽거병은 말을 완전히 알아듣지는 못했지만, 위청의 웅대한 지략에 감탄을 금치 못했다. 후에 위청과 함께 흉노를 격파하는데 지대한 공을 세운다. 서안 한무제의 무릉 앞에 무덤을 세워 지금도 무제를 지켜주고 있다.

 ## 고사 이야기

위청衛靑과 곽거병霍去病

위청은 한 무제 때 흉노를 쳐서 한나라의 국경을 튼튼하게 만든 대장군이고 곽거병은 표기장군이다. 『사기』, 「흉노열전」에 다음과 같이 적혀있다.

> 대장군 위청은 무제의 두 번째 황후 동생이고 곽거병은 그녀의 조카이다.
> 위청이 곽거병에게 병법과 병기 쓰는 법을 가르쳐 곽거병은 군에 몸담은 지
> 3년째 21살에 표기장군이 되었다. 두 장군은 흉노를 치는데 큰 공을 세웠다.

한 무제 원수元狩 4년(BC 121)의 일이다. 봄에 한나라에서 신하들이 의론하기를, '선우가 고비 북쪽에 있으니 한나라의 군대가 그곳에 이르지 못할 것으로 생각할 것이다.' 하고는 한나라에서 말에게 곡식을 배불리 먹인 뒤 10만의 기병을 일으켜 먼저 공격했다. 개인의 물건을 지고 따라가는 말이 14만 필로 식량을 운반하는 말은 그에 포함되지 않았다. 대장군 위청과 표기장군 곽거병에게 군사를 나누어 거느

리게 했는데, 대장군은 정양군定襄郡에서 나가고, 표기장군은 대군代郡에서 나아가 모두 고비를 건너 흉노를 치기로 약속했다. 선우가 이 소식을 듣고 보급품을 멀리 대피시킨 다음 정병을 거느리고 고비 북쪽에서 기다리고 있었다. 한나라 대장군과 종일 전투를 벌였는데, 해 질 무렵 큰바람이 일어나자 한나라 군대가 좌우의 군대를 풀어 선우를 포위하였다. 선우는 스스로 한나라 군대에 당할 수 없다고 판단하고 겨우 친위기병 수백 기만 거느린 채 한나라의 포위를 뚫고 서북쪽으로 도망쳤다. 위청과 곽거병 군대는 크게 싸우지도 않고 대승을 거두었다.

선우가 도망간 것은 이전 전투에서 전장을 누비며 날아다녔던 비장飛將 이광장군에게 패했던 두려움이 컸던 것인데 공은 이광장군보다 위청과 곽거병에게 모두 돌아갔다. 위청과 곽거병은 노비 출신이었으나 이광의 조상은 상당히 유명한 인물이었다. 이광의 선조 중 이신장군이 있었다. 이신장군은 진秦나라의 시황제가 통일전쟁을 벌일 무렵의 지휘관으로 연나라와 제나라를 멸망시키는 데 공적을 세워 농서후에 봉해진 공신이다. 다만 무제가 위황후를 아껴 크게 공적 없이 그들은 대장군으로 이름이 나게 되었다.

조중목 《협탄유기도挾彈遊騎圖》

題《동산휴기도東山攜妓圖》

[명] 곽허郭詡

《기생을 끼고 동산에 오르는 그림》에 적다

西履東山踏軟塵 서리동산답연진　　서쪽 동산을 오르며 엷은 먼지 밟고
中原事業在經綸 중원사업재경륜　　중원에서 일은 나라 다스리는 일이었네
群姬逐伴相歡笑 군희축반상환소　　몇몇 기녀들이 같이 따르며 기쁘게 웃었어도
猶勝桓溫壁後人 유승환온벽후인　　환온의 후손보다 낫네

🌥️ 시 이야기

　사안은 동진의 명문 집안 출신으로 조정에서 여러 번 등용하고자 하였으나 나아가지 않다가 40세에 처음으로 출사하였고 재상까지 지냈다. 그는 기생들 데리고 동산에 올랐던 풍류인으로 유명하였다. 하지만 출사하여 황제의 자리를 찬탈하려는 환온의 야망을 저지하였기 때문에 동산에 올라 기생과 놀던 풍류인이라도 후대에 전하는 명망이 나쁘지 않다. 그래서 역적이 된 환온의 후손보다 낫다고 한 것이다.

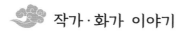 작가·화가 이야기

곽허郭詡, 1456~1532

명대 화가이다. 자는 인홍仁弘이고 호는 청광도인淸狂道人이며 강서성 태화泰和 사람이다. 서화에 뛰어나고 산수를 잘 그렸다. 어릴 때 과거에 급제했으나 중도에 그만두고 명산을 두루 돌아다녔다. 홍치弘治 연간 도읍에서 그림을 잘 그리는 자로 뽑혀 초빙되었으나 곽허가 사양하였다. 많은 귀인이 그의 그림을 얻고자 했다. 작품으로는 《인물초충》, 《청와초접도靑蛙草蝶圖》, 《동산휴기도》, 《산수화훼화책》(상해박물관 소장), 《비파행도》(북경 고궁박물원 소장) 등이 있다.

 고사 이야기

동산재기東山再起

동산재기는 '사안謝安(320~385)이 동산에서 놀던 것을 그만두고 조정에 나와 큰 일을 이루다.'라는 뜻이다. 사안은 왕도王導 집안과 함께 진晉의 최고 명문가였다. 유우석의 시 〈오의항〉에 '옛 진나라 때는 제비도 왕씨와 사씨댁에 몰려들었는데 진나라 망하니 제비 갈 곳 없어 백성들 집으로 날아온다.'라고 하였을 정도로 사안의 집은 명문대가였다.

〈오의항〉	[당] 유우석
朱雀橋邊野草花 주작교변야초화	주작교 옆에 들풀이 꽃을 피웠는데
烏衣巷口夕陽斜 오의항구석양사	오의골목 입구에는 석양이 비스듬히 비추네
舊時王謝堂前燕 구시왕사당전연	옛날 왕도와 사안 집 앞에 날던 제비

飛入尋常百姓家 비입심상백성가   이제는 평범한 백성의 집으로 날아드네

오의항은 진나라 시기 부촌이며 지식인들이 집이 많았던 골목이다. 그때는 지식인 젊은이들이 검정 옷을 입고 다녀 그 길을 오의항이라 불렀다. 당나라 시인이 오의항 입구 석양이 비스듬하다고 한 것은 진나라가 망했다는 것을 뜻한다. 진나라에서 사안의 명예와 부를 알 수 있게 하는 시이다. 사안은 어려서부터 여러 차례 조정에 나오라는 요청을 거절하고 20여 년 동안 회계 동산에서 은거하며 가희들과 함께 거문고를 타고 시를 지으며 풍류를 즐겼다. 후에 사안의 형제 사만謝萬이 북벌에서 싸우지도 못하고 패하여 조정에서 그를 서민으로 좌천시켰다. 가문의 위기에 처했을 때, 사안은 동산에서 기생들과 금 타던 것을 중지하고 산에서 내려와 관리가 되었다. 직책은 사마司馬에서 시작하여 곧바로 재상에 올랐다. 그는 동진의 내우외환을 평정했고, 비수淝水 전투에서 승리를 거두었다. 이 이야기가 '동산재기 東山再起'의 고사를 낳았다.

그는 조정에 나오기 전에 동산에 은거해 놀며 지냈기에 그 산을 '사안산謝安山'이라고 부른다. 《동산휴기도》 화가 곽허는 강서성 태화泰和 사람으로 잠시 궁정에서 일했으나 제화한 후 찍은 낙관을 보면 '청광도인淸狂道人', '광옹狂翁'을 써서 스스로 미치광이를 자처하고 있다. 그는 사안의 그림을 그리며 사안의 호방하고 멋스런 개성과 풍류를 흠모하여 미치광이를 자처한 것으로 보인다. 위진 시기는 많은 풍류명사가 배출되어 세상 사람들이 위진 풍모를 우러러보았다. 사안을 대표로 하는 강좌江左 풍류는 동진에서 이미 유행을 선도하였고, 이후 역대 위진의 풍도에 매료된 팬들은 풍류인들을 졸졸 따라다니기도 했다. 동산재기 고사는 동산휴기東山攜妓·동산사죽東山絲竹으로 확장되어 옛 문인들의 주목을 받으며 그들을 주제로 하는 시문과 그림들이 쏟아져 나왔다.

이백처럼 거만한 인물도 사안을 흠모하며 '30년을 동산에 평안히 앉아 놀다 거만하게 기생을 데리고 풍진에 나온다.安石東山三十春, 傲然攜妓出風塵.'라는 등의 구절을 썼고 또 〈억동산憶東山〉에서 '나는 지금 사안처럼 기생 데리고 길게 읊으며

세속을 떠난다. 동산의 나그네 사안에게 알리니 문 열고 흰 구름 쓸어 놓으시게.我 今携謝妓, 長嘯絶人群. 欲報東山客, 開關掃白雲.'라고 시를 지었는데 그가 사안을 본 받고 싶은 마음이 시에 담겨있다.

　송나라 진양陳襄의 〈동산휴기악東山妓樂樂〉의 시구가 있고, 청나라 공자진龔自珍 의 〈기해잡시己亥雜詩〉에 '동산 기녀가 바로 창생蒼生이다.'하였다. 창생은 일반 백 성이다. 불가에서 중생은 평등하다고 하였으니 문인들의 눈에 기녀를 동반한다는 것은 결코 부도덕한 일이 아니라 오히려 고상한 일이 되었다. 기녀를 동반하고 논 사안이 관직에 있으면서 공로가 많아서 천고에 이름을 남겼기 때문이다. 그러나 후 대에 문인들에 의해 위진의 명사들을 흠모하면서도 기생을 창생으로 여기지 않고 가벼이 여기는 풍조가 생겨났다.

곽허 《동산휴기도東山攜妓圖》

《추풍환선도秋風紈扇圖》

[명] 당인唐寅

《가을바람 비단부채 그림》

秋來紈扇合收藏 추래환선합수장　　가을이 되어 비단부채를 모아서 보관하는데
何事佳人重感傷 하사가인중감상　　무슨 일로 아름다운 여인이 마음 상했을까
請把世情詳細看 청파세정상세간　　세상의 실정을 청하여 상세히 들여다보니
大都誰不逐炎涼 대도수부축염량　　도읍에 누군들 덥고 시원함을 쫓지 않겠는가?

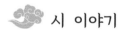 시 이야기

　가을바람 살랑살랑 불어 여름에 쓰던 부채를 접어 보관하는데 그녀의 마음은 왠지 우울하다. 아마 가을 되어 잊히는 부채와 황제의 여인 자리에서 쫓겨난 그녀의 처지가 비슷하기 때문일 것이다. 더위는 한때이고 다시 시원해지고 시원함 또한 영원하지는 않다. 이 시는 부채의 신세처럼 더위가 끝나자 뒷방 신세가 된 반첩여의 고뇌를 적었다. 그녀가 여름 한 절기 황제의 총애를 받았으나 이제 가을이 되어 조비연이 총애를 받게 되었으니 이제 반첩여의 호시절은 지나가고 조비연의 시대가 열린 것이다.

《추풍환선도秋風紈扇圖》

이 그림은 당인이 종이에 묵으로 그렸다. 이 그림은 서한의 저명한 여류문인 반첩여의 고사를 표현한 것이다. 그림에 태호석太湖石이 서 있는 정원을 묘사했고 한 사녀가 손에 비단부채를 쥐고, 몸을 비스듬히 기울려 멀리 바라보고 있다. 양미간에는 원한이 그윽하게 서려 있다. 그녀의 옷은 소슬하게 가을바람에 나부끼고 그녀 옆에는 두 그루 소나무가 보인다. 작품은 상해박물관에 보관되어 있다.

반첩여班婕妤

반첩여班婕妤(BC48~AD2) 한 성제의 후궁이며 유명한 여류 시인이다. 반씨의 이름은 반염班恬이다. 함양령 반염구의 딸이며, 반표班彪의 고모이고, 반고班固, 반초班超, 반소班昭의 고모할머니이다. 반씨는 처음에 입궁하여 비교적 지위가 낮은 소사少使에 머물다가 총애를 받아 금방 첩여婕妤에 책봉되었다. 그녀는 성제와 사이에 두 아들을 낳았으나 얼마 되지 않아 모두 죽고 말았다. 반첩여는 초기에는 매우 총애를 받는 후궁이었으나, 젊고 아름다운 조비연趙飛燕과 그 여동생이 후비로 입궁하면서 점점 실총失寵하게 된다. 조비연 자매는 그녀와 허황후許皇後를 제거하기 위해 성제에게 허씨와 반씨가 후궁들과 성제를 저주하고 있다고 무고하였고 이 때문에 허황후는 폐위되었다. 반첩여도 모진 고문을 당했으나 결백을 주장하여 혐의는 풀려났지만 결국 또다시 모함을 받게 될 것을 알아차리고 창신궁長信宮으로 도망가 태후를 모시면서 구원을 청한다. 이때부터 그녀는 창신궁에 갇혀서 처량하고 고독한 일생을 보낸다. 그녀는 자신의 처지를 한탄하며 가을이 되면 쓸모없게 되는 부채와 자신의 처지를 비슷하다고 여겨 〈원가행怨歌行〉을 지었다. 다른 제목으로 〈단선시團扇詩〉라고도 하며 가을부채[秋扇]는 남자의 사랑을 잃은 여인을 말하게 되었다.

〈원가행怨歌行〉   [한] 반염

新裂齊紈素 신렬제환소   새로 자른 제나라 흰 비단이
鮮潔如霜雪 선결여상설   희고 깨끗하기가 서리나 눈과 같네
裁爲合歡扇 재위합환선   재단하여 합환선 만드니
團圓似明月 단원사명월   고르게 둥근 것이 보름달 같구나
出入君懷袖 출입군회수   님의 소매 속에 드나들며
動搖微風發 동요미풍발   흔들어서 미풍이 일어났었는데
常恐秋節至 상공추절지   항상 가을이 올까 두려웠네
涼颷奪炎熱 양표탈염열   서늘한 바람이 더위를 빼앗아
棄捐挾捨中 기연협사중   대나무 상자 안에 버려지니
恩情中道絶 은정중도절   은혜로운 정도 도중에 끊어졌네

 작가 이야기

당인唐寅, 1470~1523

중국 명대 중기의 문인이며 화가이다. 자는 백호伯虎·자외子畏이고 호는 육여六如·도화암주桃花庵主·도선선리逃禪仙吏·노국당생魯國唐生 등이다. 강소성 오현(지금의 소주) 사람이다. 오현은 산이 푸르고 물이 빼어나며 인문이 두드러진다. 당인은 오땅의 문인이며 화가인 심주, 문징명, 구영과 함께 오문사가吳門四家로 불리며 최고봉에 올랐다. 당인은 풍류가 두드러졌고 스스로 문장에 강남제일재자江南第一才子라 적었다. 또 시에는 자신이 '신선을 안고 꽃과 달 아래 잠에 취하다.'와 '취해 춤추고 미쳐 노래한 지가 50년이다.'라는 글귀를 썼다. 홍치 11년(1498) 향시에 수석하고, 그 문재文才가 사방에 널리 소문이 났으나, 다음 해 회시에서 부정사건

에 연루되어 뜻을 잃고 선종禪宗에 귀의하여 자유로운 생활을 하였다. 산수, 인물, 화훼를 주로 그렸는데 산수화는 주신, 이당에게 사숙하였다. 그의 화풍은 북종화와 남종화 어디에도 속하지 않고 독자적인 풍을 이루었다. 대표작은 《금려별의도권金閭別意圖卷》(타이베이 고궁박물관) 등이고 저서에 『당백호전집』이 있다.

 ## 고사 이야기

연비래탁황손燕飛來啄皇孫

연비래탁황손은 '제비가 황손을 쪼아 죽이다.'라는 뜻이다. 제비가 황손을 쫓는 일은 조비연이 한성제의 아들을 잔인하게 독살한 일을 말한다. 전한의 열두 번째 황제인 한 성제 유오는 황후 외에도 재능과 용모를 겸비한 반첩여를 비롯한 많은 후궁이 있었는데, 몸매가 가날프고 아름다운 조비연 자매가 궁에 들어온 이후 여색에 빠져 마지막까지도 조비연의 여동생 조합덕의 침대에서 죽었다. 성재는 그토록 여색에 빠져 있었는데도 아들이 하나도 없어서 결국 대가 끊긴 황제가 되었다. 그의 황음荒淫으로 인해 조정은 외척 왕씨 일족에게 독점 당하게 되었고, 훗날 왕망王莽의 왕위 찬탈의 기회를 만들어 주게 되었으니 그는 역사에 크나큰 오명을 남긴 황제였다.

『한서·성제기』에 '한 성제의 초대 황후인 허황후가 1남 1녀를 낳았고, 반첩여, 허황후의 조카인 허미인, 궁녀 조씨도 아들을 낳았다.'라고 기록되어 있다. 즉, 성제는 적어도 4남 1녀가 있었다는 역사적 기록이 있는데, 그에게 자손이 없다고 한 이유는 후궁의 궁녀가 낳은 아이들이 모두 조비연 자매에 의해 죽임을 당했기 때문이다. 이는 연비래탁황손燕飛來啄皇孫의 고사 이야기를 남겼다. 이야기는 다음과 같이 전개된다.

평소 정치에는 관심이 없고 닭싸움과 경마 등에 탐닉하던 한 성제는 영시永始 원년(BC16), 허황후를 폐위시킨 후 사약을 내렸고 조비연을 황후로 책봉하였으며 그의 여동생 조합덕도 소의로 승진하여 황후 다음으로 높은 지위를 주었다. 두 자매는 성제의 총애를 받지만 둘 다 임신하지 못했다. 후대에 와서 두 자매가 피부를 매끄럽게 하려고 먹었던 사향노루가 여성의 출산에 큰 영향을 미쳤을 것으로 말한다. 두 자매가 성제를 자주 모셨는데도 임신하지 못하자, 성제가 불임의 원인이라고 생각한 자매는 모두 강건한 남자들을 몰래 만나 씨앗을 빌리려 애썼으나 그것도 끝내 성공하지 못했다.

그런데 갑자기 궁중의 조희라는 여관女官이 성제의 아이를 가졌다는 소식이 들려왔고, 조씨가 출산이 임박했을 때 조합덕은 문중의 전객에게 명하여 황제의 조서를 들고 가서 조희를 독살하고 아기를 안고 왔다. 그런데 이 아기는 이미 목이 졸려 죽었다. 그 후에도 비빈들이 아이를 가졌는데 모두 죽어 나갔다고 한다. 그래서 나중에 후궁과 궁녀들은 황제가 오지 못하도록 몸을 숨기고 혹 임신하더라도 몰래 아이를 유산시켰다. 아이를 낳으면 아이와 함께 조 자매에게 독살당하는 것을 알기에 자신의 목숨만 구하는 것이 나았다. 이런 피범벅이 된 사건들이 성제를 깨우치기는커녕 조 자매의 매혹에 더욱 빠져들어 누구의 조언이나 비방도 듣지 않았다.

작장중무作掌中舞

작장중무作掌中舞는 한 성제의 비빈인 조비연이 '손바닥 위에서 춤을 추다'라는 뜻이다. 조비연은 장안에서 태어났다. 처음 태어났을 때 부모가 그녀를 키우지 않으려고 버렸다. 사흘이 지나도 아이가 죽지 않자 부모는 놀라서 그녀를 다시 데려와 키웠다. 그 후 조비연은 양아공주부陽阿公主府의 궁녀로 들어가 가무를 배웠다. 조비연은 어려서부터 총명하여 양아공주 댁에 수장하고 있는 팽조방맥彭祖方脈의 책을 터득하고, 도인술導引術을 잘하여 자라면서 가늘고 그윽한 몸매를 가지게 되었다. 그녀는 마치 제비가 날고 봉황이 춤추듯 가볍게 추는 연비봉무燕飛鳳舞를 잘 추어서 조비연趙飛燕이라는 이름이 붙었다. 조비연은 자태가 지극히 아름다우며 절세의 미모까지 더해져 춤을 추다가 성제의 눈에 들어 후궁으로 들어갔다.

『사고총목제요·조비연외전』에 다음과 같이 적혀있다.

　　조비연이 입궁 후 본격적인 한나라 궁중무용인 초풍악무楚風樂舞를 훈련
받았다. 조비연은 춤을 배우면서 자신에게 엄격했고 기본기가 탄탄해 몸매가
아름답고 걸을 때 몸이 살랑살랑 흔들린다. 조비연은 도인술을 배웠는데 이
는 춤에 보조적인 효과가 있고, 연비봉무燕飛鳳舞처럼 가벼운 춤사위를 보이
며 이미 춤의 대가다운 면모를 갖추고 있었다.

고전무용의 고수들은 모두 쟁반 위에서 춤을 출 수 있다고 한다. 그 춤이 반상무
盤上舞이다. 당나라의 양귀비는 취반翠盤 위에서 춤을 추었다 하는데 그 원조는 한
나라의 조비연이다. 송나라 악사樂史인 『양태진외전楊太眞外傳』에는 다음과 같이
적었다.

　　성제는 비연을 얻었는데 몸이 가벼워서 옷을 다 입을 수 없었다. 성제는
조비연이 몸이 가벼워지자 그녀가 강풍에 날아갈까 봐 그녀를 위해 수정반水
晶盤을 만들어 궁인의 손바닥에 있는 수정반에서 춤을 출 수 있도록 하였다.
수정반에서 추는 춤인 반중무盤中舞는 조비연에게 별것 아니었고 그녀의 절
정 작품은 손바닥 위에서 추는 장상무掌上舞였다. 쟁반에서 춤을 추는 것은
난이도가 높아도 춤의 달인이라면 출 수 있지만, 장중무掌中舞는 조비연과
장정완張淨琬 만이 가능했다.

『남사南史·양간전羊侃傳』에 '춤꾼 장정완은 허리둘레가 1척 6촌이고, 당시에는
모두 밀어 넣어 장상무를 출 수 있었다.'라고 적혀있다. 장정완은 양나라 중신 양간
의 무희였다. 장상무를 추는 것은 현대 과학에 근거하면 근본적으로 불가능하다.
이것은 단지 옛날 사람들의 춤꾼들에 대한 찬사일 뿐이다. 그러나 고서를 훑어보면
이런 찬사를 받았던 춤꾼은 단 두 사람뿐이다.

288

당인 《추풍환선도秋風紈扇圖》 상해박물관 소장

《이단단도 李端端圖》

[명] 당인

《이단단 그림》

善和坊裏李端端 선화방리이단단　선화방 안의 이단단
信是能行白牡丹 신시능행백모란　분명한 것은 백모란이 걸을 수 있다는 것이네
誰信揚州金滿市 수신양주금만시　누가 믿겠는가 양주가 황금 넘치는 도시인 것을
臙脂價到屬窮酸 연지가도속궁산　연지 가격이 빈곤한 서생에 속했구나

🌫 시 이야기

　선화방이라는 기생집에 서생이 찾아갔는데 이단단이 그의 곁으로 흰색 꽃이 핀 모란을 들고 들어왔다. 그녀가 모란을 들고 있는 모습이 마치 백모란 같아 그는 백모란이 걸어 들어온다고 확신했다. 양주에는 양주학이라는 고사가 있을 만큼 돈이 많은 도시이다. 양주의 물가가 치솟아 물건값이 몹시 비싸다. 연지를 산다는 것은 기생에게 주려고 사는 것이며 당백호는 가난하여 연지 한 통조차도 사기 어려웠다.

《이단단도李端端圖》

《이단단도》는 당백호 사녀화仕女畫의 대표작이다. 당나라 사람들이 지은 『운계우의雲溪友議』에서 '이단단은 당대 양주 명기이고 시인 최애는 풍류를 즐길 줄 아는 서생인데 최애가 기녀 이단단李端端을 점찍었다.'라고 하였다. 이 그림의 다른 제목이 《낙적落籍》이니 최애가 이단단을 낙적하게 만든다는 고사이다. 선화방은 양주성의 일류 기생집이며 이단단은 양주성에서 으뜸가는 미인으로 선화방에 새로 들어온 기생이다. 그림에서 백모란을 손에 들고 있는 여인이 이단단이고 그림 속 여자의 모습은 풍만한 것을 좋아하는 당나라 사람들의 미적 취향과 잘 맞아떨어져 있다. 그림의 실상은 시인 자신의 이야기로 당백호와 점추향을 그린 것으로 추정한다.

그림에 다섯 인물이 등장하는데 화면 중앙에는 장삼을 입은 점잖은 손님이 서생이고 그 옆에 있는 포동포동한 미인은 주인이며 우측 검정 책상 앞에 서 있는 이가 주인의 하인인데 홍색 속치마와 흰색 적삼을 입었다. 좌측에 흰 모란 한 송이를 손에 들고 있는 여인이 이단단이다. 그녀 뒤에 있는 여인은 따라온 시녀이다.

 고사 이야기

이단단과 최애崔涯

최애는 명나라 서생이다. 기생은 사회적 지위가 낮지만, 선비가 선화방에 가서 기생과 같이 즐기려면 돈이 많이 든다. 초라한 서생 중에 선화방에 들어가 본 사람조차 흔치 않다. 청루와 선화방은 당시 선비들이 기생과 풍류를 즐기는 곳이다. 최애는 친구 장호張祜와 상경하여 과거에 참가하였으나 뜻밖에도 낙제하였다. 하지만 최애는 한 푼의 돈도 없이 청루青樓에 갈 수 있을 만큼 기이한 사람이었다. 갓 선화방에 들어온 새내기 기생 이단단이 초라한 서생 최애를 보자 오히려 자기와 함께 하기를 애원하였다. 최애와 친구 장호는 서로 어렵게 살았으나 의기투합하여 강회江淮를 자주 찾았다. 당시 장호의 명성은 비교적 높았고 최애의 지명도는 장호보다 낮았지만 두 사람은 나란히 이름이 알려진 문인이었다. 그와 장호는 강회에서 여러 해 동안 같이 놀았다. 매일 술을 마시거나 여자를 찾은 것은 아니지만 둘은 가끔 무일푼으로 청루에 들렀다. 장호는 문전 박대를 당하지만 최애는 기생 이단단이 좋아하여 떳떳이 들어가 놀았다. 이 고사 이야기는 명기 이단단과 가난한 선비의 사랑 이야기인데 소설과 극으로 꾸며졌으며 청나라에서 경극으로 만들어 자주 무대에 올랐다.

당백호唐伯虎와 점추향點秋香

당백호는 이름이 당인이다. 당인은 명 최고의 화가이다. 항원변項元汴의 『초창잡록蕉窗雜錄』에 당백호와 추향의 고사가 적혀있다. 주현위周玄暐의 『경림잡기涇林雜記』에는 그들에 관한 이야기를 더 자세히 적고 〈세 번의 웃음三笑〉이라는 제목으로 전한다. 명나라 말 풍몽룡馮夢龍은 『당해원일소인연唐解元一笑姻緣』이라는 제목으로 그들의 사랑 이야기가 추향이 한번 웃음에서 비롯되었다고 알렸는데 그 이야기는 다음과 같다.

화부華府의 주인은 명 무종 정덕 연간 한림학사 화홍산華虹山으로, 관저가 고향인 무석 교외에 있었다. 화씨는 집안이 부유하여 부인의 시녀로 사향四香이 있었다. 사향은 춘화春花, 하하夏荷, 추월秋月, 동매冬梅이며 춘향, 하향, 추향, 동향이라고도 불렀다. 사향은 화부에서 특별한 지위를 가지고 있었다. 그들은 영리하고 말주변이 좋으며, 일을 세심하게 처리하여 화부인華夫人의 인정을 받았다. 그리고 사향 중 가장 뛰어난 이는 추향이다. 추향은 어릴 때 부모가 모두 돌아가셔서 화부인 곁에서 자랐으며 화부인은 그녀를 자신의 딸처럼 여겼다.

그해 봄에 화부인이 모산茅山의 절에 가는데 사향을 비롯한 하인들이 그녀를 수행했다. 화부인 일행은 무석에서 배를 타고 위서언하威墅堰河 나루터까지 가서 다시 가마를 타고 동쪽으로 갔다. 하인들이 화교華轎를 들고 구용현성句容縣城을 지날 때 많은 사람이 걸음을 멈추고 무엇인가를 쳐다보았다. 구용성은 북적북적 떠들썩했고, 두 번째 가마를 탄 추향은 잠시 들떠 가마의 발 한쪽 구석을 살며시 젖히고 밖을 내다보았다.

한 무리의 소년들이 한 젊은 공자에게 그들이 준비한 부채에 그림을 그려달라고 부탁하는 것이 보였는데, 하나같이 작품이 좋았다. 가운데 둘러앉은 그 젊은 도령이 흥이 난 듯 손에 붓을 들고 정신을 맑게 하고 좌우로 몇 획만 그어 주면 부채에 그림이 완성되었다. 그림을 받은 사람들은 하나같이 조심스럽게 받들어 무슨 보물을 얻은 것 같았다. 이 광경을 훔쳐본 추향은 절로 웃음이 나왔다. 그림 그리던 공자가 그녀의 웃음소리를 듣는 순간 마치 사랑을 고백받은 듯 가마를 물끄러미 바라보았고 손에 들고 있던 화필은 어느새 그의 주위를 둘러싸고 있는 사람들의 옷에 묻히고도 뗄 줄을 몰랐다.

가마 안의 추향은 누군가가 자신의 미소를 보았다는 생각에 급히 가마의 발을 내리고 단정하게 가마에 앉아있었다. 공자는 가마를 멀뚱멀뚱 쳐다보면서 더이상 그림을 그릴 생각이 없어 그림을 얻지 못한 사람들이 아무리 애원해도 상관하지 않고 붓을 접고 가버렸다. 이 공자가 강남 제일의 풍류 수재라 알려진 당백호였다. 그는 산수 인물화를 절묘하게 그렸는데 그의 그림은 흥취에 따라 풍격이 자유롭고, 필치가 제멋대로여서, 사람들이 신의 한 수라고 불렀으며, 당시 사람들이 다투어 그의 작품을 소장하고자 했다. 홍치 연간에 당백호는 일찍이 향시에 응시하여 수석을 차지하여 거인擧人의 규범인 해원解元이 되었으나, 그는 술을 즐겼으며 성격이 호방하였고 시를 쓰고 그림 그리는 일에 심취하여 명산대천을 유랑하며 방랑의 나날을 보냈다. 그러다 추향에게 마음이 꽂히니 그녀를 보러 화씨 댁으로 종노릇을 자청하고 들어가서 화부인 시녀 중 부인을 고르는 것처럼 꾸며 추향을 골라 소주로 함께 가서 사랑을 나눈다. 그가 추향이 쓰던 책상 위에 시전詩箋을 남기고 떠났는데 시전에

'육여는 간다.'라고 쓰여 있었다. 화씨의 주인장은 육여라면 당백호가 아니냐? 하며 뒤늦게 추향을 데리고 도망간 종놈이 강남의 재자才子 당백호 임을 알게 된다. 당백호와 추향의 사랑이야기는 명·청을 거치며 경극으로 무대에 올려졌다.

양주학揚州鶴

양주학의 고사는 소동파가 시를 써서 널리 알렸다. 양주학은 완전무결한 과욕이나 욕심 많은 인물을 가리킨다. 전설에 따르면 네 사람이 모여앉아 자신이 이루고 싶은 욕망에 관해 이야기했다. 한 명은 양주 태수가 되어 큰 벼슬을 하고 싶다고 했고, 또 한 명은 만 관을 허리에 차는 큰 부자가 되고 싶다고 했으며, 다른 한 명은 학을 타고 서쪽으로 가서 불로장생하고 싶다고 했다. 그런데 마지막 한 명이 자신의 소망을 표현하기를 '십만 관을 허리에 차고 신선이 되어 학을 타고 양주로 내려와 양주 태수를 하겠다.'라고 하였다. 이 사람의 욕망이 양주학이다. 한 가지도 이루기 어려운데 세 가지 모두를 이루고 싶은 것은 욕망이 아니라 과욕으로 절대로 이룰 수 없는 욕심이다.

소식이 〈녹균헌〉에 '세상에 양주학이 있는가?'라는 글귀를 쓰며 결국 그런 완벽한 일은 절대로 없음을 묘사하였다. 소식은 평생 열 몇 차례 양주를 왕래했고, 반년 동안 양주에서 태수를 지냈다. 양주에 재직하는 동안 소식은 직접 마을을 돌아다니며 민정을 살피고 인민들에게 혜택을 주는 좋은 일을 많이 하여 양주 사람들의 마음속에 진정한 '양주학'이 되었다.

〈녹균헌 綠筠軒〉	[송] 소식
可使食無肉 가사식무육	식사에 고기가 없을 수 있지만
不可居無竹 불가거무죽	거처에 대나무가 없을 수 없네.

無肉令人瘦 무육영인수	고기 없으면 사람을 여위게 하지만
無竹令人俗 무죽영인속	대나무 없으면 사람을 속되게 하네.
人瘦尚可肥 인수상가비	사람이 여위면 살찌게 할 수 있으나
士俗不可醫 사속불가의	선비가 속되면 치료할 수 없네.
傍人笑此言 방인소차언	옆에 사람이 이 말을 비웃고
似高還似癡 사고환사치	고상한 것 같지만 바보 같다고 하네.
若對此君仍大嚼 약대차군잉대작	만약 대나무를 대하고 고기를 실컷 먹는다면
世間那有揚州鶴 세간나유양주학	세간에 양주학이 있는 것이지

양주陽州는 수나라 이후 중국 도시 중 가장 부유하고 화려한 도시였다. 수나라 양제가 북경에서 양주까지 대운하를 만들고 처음 양주에서 거대한 용선과 만여 척의 배를 만들어 출항을 준비했다. 용선의 규모는 전무후무하였다. 선두에 자리한 수양제의 용선은 마치 물 위를 움직이는 황궁의 대전처럼 전신이 화려하고 웅장하였다. 그 위에서 검은 면류복을 입은 양제가 우뚝 서 있는 모습은 패기가 흐르고 힘이 넘쳤다. 출항의 규모는 명나라 정화가 서양으로 내려가는 것을 능가한다고 한다. 양제는 세 번 양주에 순행하였는데 그 첫 번째 순행을 볼 때 그 규모로 보아 수나라 국력이 전례 없이 강성했음을 알 수 있다. 그 이후로 양주는 중국에서 가장 부유한 도시가 되었다.

당나라 이백의 〈황학루송맹호연지광릉黃鶴樓送孟浩然之廣陵〉 시에서 양주는 이별의 장소로 등장하며 송나라 소식의 〈녹균헌〉 시에서는 '양주학'이라는 고사 이야기가 생겨난 곳이다. 또 청대에는 돈 많은 상인이 양주로 모여들어 그 틈에 그림을 팔기 위해 모여든 화가들의 집단인 '양주팔괴'로도 유명하다.

善和坊裏李端端信是
輶行白牡丹誰信揚州金
滿市臙脂價到屬酸
唐寅畫幷題

당인《이단단도李端端圖》남경박물원 소장

《동방삭투도상東方朔偸桃象》

[명] 당인

《동방삭이 복숭아 훔치는 모양》

王母東鄰劣小兒 왕모동린열소아	서왕모의 동쪽 이웃 열등한 작은 아이가
偸桃三度到瑤池 투도삼도도요지[1]	복숭아를 훔치러 세 번 요지에 이르렀네
群仙無處追蹤跡 군선무처추종적[2]	여러 신선이 그의 거처가 없어 자취를 쫓는데
卻自持來薦壽卮 각자지래천수치	도리어 스스로 천수 잔을 가지고 왔네

 시 이야기

　동방삭은 원래 서왕모가 사는 요지 이웃에 살았고 키가 작았다. 당시 서왕모의
복숭아밭으로 복숭아 훔치러 세 번이나 갔었다. 신선들은 그가 일정한 거처가 없이
돌아다녀 그의 자취를 쫓고 있었는데 오히려 자기가 천수를 사는 술잔인 천수 잔
을 들고 서왕모를 찾아왔다고 한다. 삼천갑자 동방삭의 고사는 우리나라에서도 이
미 많이 알려져 있다.

주

1　요지瑤池는 서왕모가 사는 정원으로 아름다운 호수가 있고 주위 전체가 파란 옥翠玉
　　으로 되어있어서 요지의 물도 비취색이다. 그래서 요지를 취옥수翠玉水라 하였다. 곧

룬산 현포玄圃에서 시작된 물은 오른쪽에 있는 비취 강을 거쳐 요지로 흘러 들어간다. 서왕모가 요지에서 여러 신선을 불러 잔치하는 장면인 《요지연도》, 《군선도》가 많은 화가에 의해 그려졌다.

동방삭東方朔(BC161~BC93?)

서한의 저명한 문학가이다. 자는 만천曼倩이고 산동성 평원군平原郡 염차厭次 사람이다. 그는 어려서 부모를 잃어 성인이 될 때까지 형수 밑에서 자랐다. 동방삭은 박학하여 두루 알았으며 언변에 뛰어났다. 무제가 왕위에 올라 사방에서 선비를 구하니 동방삭이 스스로 자신을 알렸다. 그는 해학과 같은 언어를 구사하여 무제武帝의 눈에 들었다. 그 때문에 수십 년간 무제의 측근으로 있으면서 태중대부급사중까지 올랐다. 문학 작품으로 〈답객난答客難〉, 〈비유선생지론非有先生之論〉 등이 전한다. 사마천의 『사기』에서 동방삭을 '골계지웅滑稽之雄'이라 칭했다. 골계는 지식이 풍부하여 어떠한 어려운 문제도 쉽사리 풀어낸다는 뜻이고 골계지웅은 지혜가 샘솟듯 하여 그칠 줄 모르는 제일인자라는 뜻이다.

 고사 이야기

동방삭투도東方朔偸桃

동방삭투도는 '복숭아 훔쳐 먹은 동방삭'이라는 뜻이다. 서왕모西王母는 죽음을 극복할 수 있는 불사의 상징이며 여자 신선이다. 서왕모는 반도원蟠桃園이라는 복숭아나무밭을 관리했는데, 이곳의 복숭아는 3천 년 만에 꽃이 피고 다시 3천 년 만에 열매를 맺으며 한 개라도 먹으면 1만 8천 년까지 살 수 있다고 한다. 이 불사의 복숭아는 선도仙桃라 불리며, 영원한 삶을 상징하는 신비로운 과일로 알려져 있다. 그 복숭아를 얻은 주인공은 한 무제이다. 무제는 불사의 약을 얻기 위해 사람들에게 찾아 나서게 했고 자신은 자주 종남산 정상에 올라 신선이 되어 장생하게 해 달라고 빌며 서왕모에게 온갖 정성을 들였다. 『한서·동방삭전東方朔傳』에 다음과 같이 적혀있다.

무제의 생일에 궁궐 앞에 검푸른 새 한 마리가 하늘에서 내려왔는데, 무제는 그 이름을 알지 못했다. 동방삭이 '서왕모의 기마인 청란靑鸞인데 서왕모가 곧 와서 임금의 생신을 축하할 것이다'라고 했다. 서왕모가 무제의 정성에 감복하여 칠월 칠석날 용이 끄는 수레를 타고 지상으로 내려온다고 미리 알리러 온 것이다. 서왕모가 왕궁에 이르자 감격한 무제는 떨리는 음성으로 머리를 조아린 채 선경仙境의 복숭아를 청했고 서왕모는 무제에게 선도仙桃를 내렸다. 그런데 그 순간 무제 옆에 서 있는 한 신하를 보고 서왕모는 깜짝 놀라고 만다. 동방삭은 시간의 흐름을 맡은 별의 정령이었는데 인간 세상에 신분을 속이고 내려와 기이한 꾀와 재담으로 무제의 사랑을 받고 있었다. 동방삭은 서왕모의 반도원에 가서 복숭아를 몇 번이나 훔쳐 먹었던 탓에 오래오래 살았는데, 육십갑자를 삼천 번이나 살았다 하여 삼천갑자三千甲子 동방삭이라고 불렸다.

동방삭이 반도원에서 복숭아를 훔쳐먹었다 하여 '동방삭투도'라는 고사가 생겨났으며, 동방삭이 삼천갑자를 살게 된 고사 이야기도 전하다.

삼천갑자동방삭三千甲子東方朔

한나라에 동방삭東方朔이란 아이가 살았는데 총명하기로 소문이 자자하였다. 하지만 신분이 비천해서 출세하지 못하고 어느덧 서른 살이 거의 다되었다. 그는 홀

어머니와 함께 농사를 짓고 살았다. 동방삭의 논 위쪽에 있는 논은 소경이 농사를 짓고 있었다. 당시 강수량이 적어 자주 논에 물을 직접 대야 했다. 윗 논에 소경이 밤새도록 물을 대어놓으면 동방삭은 몰래 새벽에 나가 자기 논으로 물을 옮기곤 했다. 그런 일이 여러 차례 거듭되자 소경은 너무 화가 나서 동방삭을 잡아다 패주고 싶었다. 어느 날 소경은 동방삭의 사주를 꼽아보고는 "너는 서른을 못 넘기고 죽을 팔자다"라고 말했다. 동방삭은 소경이 한 말이 은근히 걱정되었다. 그는 집에 돌아가 어머니에게 소경한테 들은 말을 전했다. 어머니는 혼비백산하여 아들을 앞세워 그 소경 집에 찾아가서 "오직 아들 하나만을 바라보고 사는 불쌍한 년이오니 부디 우리 부자 불쌍히 여기시고 아들이 살길을 알려 주십시오"라고 하며 두손 두 발 모아 사죄했다.

소경은 그 어머니의 지극한 간청에 아들이 살 방법을 가르쳐주었다. "모월 모일 동방삭 나이 서른 생일날 오시에 마을 앞산 고갯마루에 떡시루를 올리고 정성스럽게 술상도 잘 차려두고 노잣돈 세 사람분을 준비해두고 기다리시면 저승사자 셋이 고개 너머에서 오다가 목이 말라 술을 마시고 떡을 먹을 겁니다. 어르신은 숨어있다가 달려나가 살려달라고 빌어 보세요. 그러면 혹시 방법이 생길 수도 있습니다." 라고 하니 어머니는 고맙다고 고개 숙여 절하고 소경이 시키는 대로 생일 새벽부터 모든 준비를 다 해놓고 고갯마루 숲속에서 숨어 기다렸다. 얼마 후 검은 옷을 입고 검은 갓을 쓴 세 사람이 나타났다. 그중에 한사람이 "저기 좀 보게 누가 술상을 차려 놓았네. 목도 마른 데 한잔하고 갈까?" 하니 다른 한 사람이 "여보게 남이 차려 놓은 것 함부로 손대면 안 되네. 세상에 공짜는 없으니 그냥 가세."라고 하였다. 또 다른 한 사람이 말하길 "누가 제사 지내고 그냥 두고 간듯하니 먹어도 괜찮을 것 같네. 한 잔씩 하고 떠나세."라고 하였다. 세 사람은 술 한 잔씩 마시고 떡도 먹고 있는데 한쪽에 주머니 세 개가 놓여 있었다. 주머니를 열고 안을 보니 엽전이 들어있었다.

수풀에 숨어 이 광경을 보던 동방삭의 어머니가 재빨리 달려가 "사자님들 부디 이 년을 데리고 가시고 우리 아들 살려주시오!" 하며 바짓가랑이 붙잡고 간절히 사정하자 그중에 한 사자가 말하길, "여보게 세상엔 공짜가 없지 공연히 술을 마셔서 일이 복잡하게 되었군. 동방삭의 어머니가 울며불며 간절히 매달리자 사자 중한 명이 "아무튼 가세"라고 일행을 이끌고 다시 저승부로 돌아갔다. 그들이 옥황상제가 있는 저승부에 가보니 염라대왕이 저승 명부를 펴놓고 잠이 들었다. 마침 그날 잡아 올 동방삭의 명부가 보였다. 동방삭 삼십갑자三十甲子라고 쓰여 있는 곳에 그중의 한 사자가 몰래 다가가 붓으로 줄 하나를 재빠르게 그어 십十이 천千이 되었다. 곧바로 염라대왕이 잠에서 깨어났다. 저승사자들이 한 소리로 "큰일 날 뻔했습니다. 가보니 동방삭은 제 명을 다 살지도 않았습니다. 그래서 그냥 돌아왔습니다." 하였다. 염라대왕이 잠이 덜 깬 눈으로 살펴보니 동방삭의 명부에 삼천갑자三千甲子라고 쓰여 있었다. 염라대왕이 "큰일 날 뻔했군. 제명도 살지도 않은 놈을 잡아 올 뻔했네. 자네들 수고했으니 가서 쉬게."라고 하였다. 그로부터 동방삭은 삼천갑자를 살게 되었다.

온 천지의 일을 주관하는 옥황상제가 천지의 혼란을 일으키는 그를 잡으려 해도 온갖 도술로 변신을 하고 어려졌다 늙어졌다 하여 도무지 잡을 수가 없었다. 하루는 옥황상제가 동방삭이 한의 동쪽 나라에 가 있다는 소문을 들었다. 한 신하가 "제가 그를 잡아 오겠습니다."라고 하고 지상에 내려와서 사람들이 배를 타고 지나다니는 나루터에서 숯[炭]을 씻었다. 수백 년을 숯을 씻고 있는데 지나가던 사람들 모두가 그 모습이 기이하기에 한마디씩 묻기를 그치지 않았다. 수백 년 후 그곳을 지나가던 동방삭이 이 광경을 보고 하도 이상하여 "왜 숯을 물에 씻고 있느냐"라고 물었다. 사자가 대답하기를 "검은 숯을 희게 하려고 씻고 있다"라고 대답하니, 동방삭이 껄껄 웃으며 "내가 지금까지 삼천갑자를 살았지만, 당신같이 숯을 씻어 하얗게 만들려는 바보 천치는 보지 못하였다"라고 하였다. 이에 사자는 이 사람이 동방삭임을 알고 그를 사로잡아 옥황상제에게 데리고 갔다. 이때부터 이 하천을 탄천炭川, 우리말로는 숯내라고 불렀다고 한다. 탄천은 용인에서 서울 잠실운동장 옆으로 흐르는 천이다.

방삭삼동方朔三冬

'방삭삼동'은 서한의 문학가 동방삭이 3년간 책을 읽었다는 이야기다. 『한서漢書 · 동방삭전東方朔傳』에 한무제가 황제가 된 초기에 학식이 있는 명사를 찾으라는 조서를 내렸다. 동방삭이 용감하게 나아가 "저는 어려서 부모를 여의고 형이 저를 키워주었습니다. 저는 열세 살에 공부를 시작했고, 3년에 걸쳐 배운 지식은 이미 글을 쓰고 역사를 이야기하기에 충분합니다. 저는 열다섯 살에 검술을, 열여섯 살에 『시경』과 『상서』를 공부하여 22만 자를 암송할 수 있고, 열아홉 살에 손자, 오기의 병법을 배워 22만 자를 암송할 수 있기에 총 44만 자를 암송할 수 있습니다. 이제 스물두 살이니 키도 일 미터 팔십오에 눈은 보주 같고, 이빨은 조개껍데기처럼 가지런하니 한나라의 신하 노릇을 잘 할 수 있습니다."라고 했다.

그에 대한 말이 끝나자 한무제는 즉시 사람을 보내 그를 데려왔고, 대화를 나누어 보니 그가 확실히 인재라는 것을 알았다. 그래서 그에게 벼슬을 내려주었다. 동방삭은 일생 『답객난』, 『비유선생론』 등의 명문장을 저술하였다. 옛 선비들이 독서를 통해 운명을 바꾸려면 『사서오경』을 숙독하고 천문지리를 알고 시사 정치에 통달해야 했다.

서왕모西王母

전설에 따르면 서왕모는 제요帝堯의 딸인데 부친이 딸을 왕후로 만들어 서황모西皇母가 되었다. 그녀는 태양신이고 달의 신으로 신화의 신들을 관장하는 동시에 농업과 의약의 여신으로 숭배되었다. 『산해경山海經』에 따르면 '서왕모는 중국 도교 신화에서 반은 인간이고 반은 짐승半人半獸의 모습을 하고 호랑이 이빨虎齒, 표범 꼬리豹尾를 가진 신선이라고 한다. 휘파람을 잘 불고 서방 곤륜산崑崙山 정상 옥산玉山의 요지성궁瑤池聖宮에 살고 있다. 인간은 생명을 얻으면서 또 하나의 욕망을 갖기 시작하는데, 그것은 바로 불사不死에의 꿈이다. 민간에서는 서왕모를 불사의 약을 지닌 선녀로 모든 신선의 어머니로 섬겼다.

동한 말기에 도교가 생겨나 상고에 여신이었던 그녀를 도교 신화 체계에 포함하였고 점차 고귀한 신선의 모습으로 변모하였다. 그 후 많은 중국 고대 저서에서 그녀는 하늘의 여왕, 인류의 행복과 장수의 신이 되기 시작했으며, 그녀가 불로장생할 수 있는 신약을 가지고 있다는 전설이 있는데, 월의 선녀 항아는 서왕모가 예에게 준 신약을 훔쳐먹고 달로 올라갔다고 한다. 도교는 서왕모의 지위를 매우 높이 올려 도교의 최고 여신으로 신선을 관리하게 하였다.

반도蟠桃

반도는 도교 신화에 나오는 복숭아이다. 반도는 보통 삼천 년마다 한 번씩 열매가 열리고 이를 먹으면 불로장생할 수 있다고 한다. 하지만 서왕모西王母의 정원인 반도원蟠桃園에 3,600그루의 복숭아나무가 있는데 전면의 1200그루는 꽃과 열매는 작으며 삼천 년에 한 번 열매가 익고 사람이 이 열매를 먹으면 도를 얻어 인간 세상에서 장생하며 신선의 삶을 살 수 있다. 중간의 1200그루는 육천 년에 한 번 열매가 익는데 사람이 이 반도를 먹으면 노을을 타고 날아올라 불로장생하고, 후면의 1200그루에 자라는 열매는 자줏빛 무늬의 고운 핵으로 구천 년에 한 번 익는다. 사람이 이것을 먹게 되면 천지와 나란히 수명을 누리게 되어 해와 달은 같은 나이를 산다고 하니 무제가 반도를 얻으러 지극정성을 드린 이유를 알 것 같다. 동진의 도연명이 〈도화원기〉를 지어 도화가 만발한 마을을 무릉도원이라 했고 그곳은 인간 세계와 시공간을 초월하여 사는 신선 세계로 묘사하였다. 성당의 이백은 〈산중문답〉에서 '복숭아꽃이 흐르는 물에 떠내려가니 이는 인간 세상의 일이 아니고 별천지인 선계仙界의 일이다.'라고 표현하였다.

〈산중문답〉　　　　　　[당] 이백

問余何事棲碧山 문여하사서벽산　왜 산에 사느냐 물어
笑而不答心自閑 소이부답심자한　대답 없이 웃으니 마음이 절로 한가롭네
桃花流水杳然去 도화유수묘연거　복사꽃 흐르는 물 아득히 떠내려가니
別有天地非人間 별유천지비인간　인간세상이 아니고 별천지이네

당인 《동방삭투도상東方朔偸桃象》

304

《동음청몽도桐陰淸夢圖》

[명] 당인

《오동나무 그늘 아래에서 공명을 꿈꾸는 그림》

十里桐陰覆紫苔 십리동음복자태[1]　십리 오동나무 그늘이 자주빛 이끼를 덮으니
先生閑試醉眠來 선생한시취면래　선생은 한가롭게 잠에 취해보려 하네
此生已謝功名念 차생이사공명념　이 생에서는 공명의 생각 떨쳐버리니
淸夢應無到古槐 청몽응무도고괴[2]　청몽은 응당 오래된 괴목에 이르지 않았네

🌫 시 이야기

　이 시는 당시 많은 문인이 청몽淸夢을 꿈꾸는 심정을 읊었다. 작품 속에 주인공은 오동나무 아래에서 그늘을 이불 삼아 한가로이 잠에 취했다. 이미 이 생애에서는 이름을 내고자 하는 마음을 다 떨쳐버렸기 때문에 오동나무 아래에서 낮잠을 자며 꾸었던 달콤한 꿈은 자유롭고 유유자적한 삶을 꿈꾸는 것이지 남가일몽의 헛된 꿈이 아니다. 남가일몽은 회화나무[槐木] 아래서 청몽淸夢을 꿈꾸는 것이고 시인에게는 이미 헛된 꿈이기 때문에 시에서 회화나무에 이르지 않을 것이라 하였다. 오동나무는 도가적인 신선의 나무를 지칭하여 은거하고픈 마음을 의미하고 회화나무는 유가적 공명을 꿈꾸는 나무를 지칭하여 출세를 바라는 마음을 표현한다.

1 십 리 오동나무는 오동나무를 십 리에 한 그루씩 심었던 것이며 도가적 신선을 나타내는 나무이다.

2 청몽淸夢은 기분 좋은 꿈인 미몽美夢의 뜻이며 공명을 얻는 꿈이다. 송나라 문천상文天祥의 〈거울을 보면 수염에 눈물 흘러 떨어진다覽鏡見須髯消落爲之流涕〉는 시에서 '청산은 내가 혼을 편안하게 하는 곳이고 청몽은 때때로 큰 칼 역할을 한다.靑山是我安魂處, 淸夢時時賦大刀.'고 하였다. 청몽은 큰 칼을 들고 나라를 지키는 등 큰 꿈이다. 고괴古槐는 오래된 회화나무이다. 사람들이 정승 나무라고 불렀다. 회화나무는 유가적 공명을 상징하는 나무인데 궁궐, 사당, 서원, 종가의 앞마당에 심어 자손이 출세하기를 기원하는 대상으로 삼았다.

《동음청몽도桐陰淸夢圖》

당인이 수묵 백묘법으로 그렸다. 오동나무 한 그루를 그리고 그 아래 한 노인이 흔들의자에 앉아 위를 올려다보는 모습을 생동감이 있게 그렸다. 이 그림은 당인이 과장에서 있었던 사건에 충격을 받고 소주로 돌아간 후 그린 그림이다. 당인은 오동나무 아래 앉은 노인을 그려 자신이 더 이상 공명을 추구하지 않고 은거하여 조용하게 살겠다는 다짐을 표현했다. 북경 고궁박물원에 소장되어 있다.

 고사 이야기

남가일몽南柯一夢

당나라 때 순우분淳于棼이란 사람이 있었는데, 술을 좋아하고 작은 예절에 구애를 받지 않았다. 어느 날 그의 생일이었다. 홰나무 아래서 술자리를 차리고 친구들과 술을 마시다가 대취해 쓰러지자 친구들이 그를 집에 들여다 행랑에 눕혀 놓았다. 그런데 보라색 옷을 입은 두 사람이 오더니 괴안국槐安國 왕의 명을 받들어 모시러 왔다고 말했다. 순우분은 데리러 온 자들을 따라 마차에 올랐다. 마차는 홰나무 아래의 큰 굴속으로 들어갔다. 굴속에 들어가니 또 다른 세계가 눈앞에 펼쳐졌다. 수십 리를 가자 사람들의 왕래가 끊이지 않는 번화한 성읍이 나타났는데, '대괴안국大槐安國'이라는 금색 현판이 걸려있었고, 승상이 나와 영접을 했다. 순우분은 왕궁에 들어가 왕을 알현하고 그 자리에서 공주와 결혼하여 부마가 되었으며, 남가군南柯郡 태수로 임명되었다.

순우분은 남가군에 부임하여 30여 년 동안 다스리며 위로는 왕의 총애를 받고 아래로는 백성들의 추앙을 받았으며, 5남 2녀를 두고 행복한 생활을 했다. 그런데 어느 날 단라국檀羅國이 쳐들어왔다. 순우분은 병사들을 거느리고 적을 맞아 싸웠지만 연전연패하고 말았고, 공주도 병에 걸려 죽고 말았다. 그는 낙담하여 관직을 사직하고 서울로 왔는데, 그의 명성을 기리는 사람들이 모여들어 세력이 날로 커지자 괴안국 왕은 불안을 느끼고 순우분에게 말했다. "그대는 집을 떠나온 지 오래되었으니 잠시 고향에 다녀오는 것이 어떤가? 자손들이 여기에 남아 있으니 걱정하지 말고 3년 후에 그대를 맞이해 오겠네." 순우분이 물었다. "제집은 이곳인데 어디로 간단 말입니까?" 하니 왕이 "자네는 원래 인간 세계의 사람으로 집이 여기에 있는 것이 아니네."하고는 두 명의 보라색 옷을 입은 사자가 순우분을 동굴 앞까지 배웅했다. 순우분은 동굴 밖으로 나와 집으로 돌아왔다.

깜짝 놀라 잠에서 깨어 보니 꿈이었다. 자신이 행랑에서 자고 있었고 일어나 보니 하인은 정원을 쓸고 있고, 친구들은 옆에서 발을 씻고 있었다. 순우분이 사람들에게 꿈 이야기를 하자 모두 기이하게 여겨 홰나무 아래를 파 보니 커다란 개미굴이 하나 있었는데, 개미들이 가득 모여 있었고, 커다란 개미 두 마리가 있었다. 여기가 괴안국의 왕궁이고 커다란 개미 두 마리는 국왕 부부였다. 또 하나의 구멍이 남쪽 가지 방향으로 뚫려 있어 파 들어가니, 남쪽 가지 사십 척쯤 거리에 개미 떼가 또 있었다. 여기가 순우분이 다스리던 남가군이었다. 순우분은 구멍을 원래대로 고쳐 놓았다. 다음 날 아침에 가보니 밤에 내린 비로 개미굴은 허물어지고 개미도 없어졌다.

그는 남가국에서 지냈던 시절은 한갓 꿈이었다는 것을 알았기에 술을 끊고 성실하게 살았다. 그는 3년 후 정축년에 47세의 나이로 집에서 생을 마쳤는데, 그해가 바로 괴안국 왕이 약속한 3년의 기한이 되는 해였다. 이 이야기는 당나라 이공좌李公佐의 전기소설傳奇小說 『남가태수전南柯太守傳』에 나온다. '남가일몽'은 '괴안지몽槐安之夢', '일침남가一枕南柯', '일침괴안一枕槐安'이라고도 불린다. 남가일몽 고사는 조맹부의 〈즉사卽事〉 시로 인해 더욱 유명해졌다.

〈즉사卽事〉　　　　　　　　　조맹부

庭槐風靜綠陰多 정괴풍정녹음다　　정원에 회화나무 바람 고요하고 녹음 짙은데
睡起西窗日影過 수기서창일영과　　잠에서 깨니 서창에 해그림자 지나가네
自笑老來無復夢 자소노래무부몽　　늙어 꿈도 다시 못 꾸니 스스로 웃네
漫看庭蟻上南柯 만간정의상남가　　천천히 보니 정원의 개미 남가국에 오르네

조맹부는 낮잠을 오래 자고도 이제 늙어서 남가일몽의 꿈을 꿀 수 없다. 그래서 그저 웃으며 정원의 개미들 바라보며 남가일몽의 고사를 떠올릴 뿐이다.

참고로 필자는 강소성 양주에서 양주팔괴 기념관을 찾아가다가 뜻하지 않게 한 골목에서 남가일몽의 회화나무를 만났다. 천년이 넘은 고목 앞에 남가일몽의 고사가 적힌 팻말이 세워져 있었다. 우리 일행은 너무 반가웠던 나머지 먼저 사진을 여러 장 찍고 멍하니 나무를 바라보며 그 자리를 떠날 생각을 하지 못했던 기억이 난다.

오동과 봉황梧桐和鳳凰 1

『장자』에 '원추는 벽오동 나무가 아니면 깃들어서 쉬지 않는다.鵷鶵非梧桐不止.'

하였다. 원추鵷鶵는 상상의 새 봉황을 말하며 봉황이 앉아 쉬는 상서로운 나무가 오동梧桐이다. 오동과 봉황에 대해 예부터 전해 내려오는 고사가 있다. 옛적에 두 마리의 봉황이 오동 숲을 날아다니며 즐겁게 지냈다. 그들의 즐거움은 오래가지 않았다. 그 자리에서 큰 구렁이 한 마리가 나타나 봉황은 어쩔 수 없이 떠날 수밖에 없었기 때문이다. 봉황이 떠난 뒤 오동나무와 주민들이 몹시 그리워하였다. 그러자 봉황이 다시 돌아와 오동나무에 계속 서식했다고 한다.

오동과 봉황梧桐和鳳凰 2

또 하나의 민간에서 전하는 고사가 있다. 옛적에 숲속 깊은 곳에 작은 강이 있었는데 그 강 안의 작은 물고기들은 세상의 모든 것에 흥미가 많았다. 물고기들은 강의 수원에 가보고 싶었다. 그래서 늙은 도사가 자신을 데리고 도를 닦아 함께 신선이 되는 것을 상상했다. 물고기는 한참을 헤엄쳐도 수원을 찾지 못하였다. 하지만 헤엄쳐 가다가 마치 꿈인 것처럼 늙은 도사를 만났다. 그 도사는 씨 한 톨을 주고 사라졌다. 이듬해 가뭄이 들어 작은 물고기의 생명이 위협받자 작은 물고기의 친구였던 봉황은 늙은 도사를 찾아가 물고기를 구하려고 옛 도사가 마시던 물 한 봉지를 얻었는데, 돌아와 보니 물고기는 이미 죽었다. 봉황은 작은 물고기의 무덤에 물을 붓고 옆에서 백조白鳥의 고사 이야기를 들려주었다. 매일매일 그렇게 하였는데 갑자기 늙은 도사가 나타났다. 늙은 도사는 봉황에게 말했다. "내가 전에 작은 물고기에게 오동나무의 씨앗을 주었다. 작은 물고기의 영혼은 사라지지 않을 것이며 지금 오동나무가 싹을 틔웠으니 곧 오동나무만 자라면 작은 물고기와 오동이 하나가 될 것이다." 봉황은 그의 이야기를 듣고 기뻐하며 매일 언덕 위에 서서 태양을 향해 울었고, 밤에는 작은 오동나무 옆에서 물고기에게 백조 이야기를 들려주었다. 날이 가고 해가 가며 오동나무는 작은 묘목에서 작은 나무가 되고, 작은 나무에서 가지와 잎이 무성하여 큰 나무가 되었다. 그리고 봉황은 옛 도사의 가르침을 받아 백조의 왕이 되었고, 이때부터 오동나무가 아니면 깃들지 않았다고 한다.

당인 《동음청몽도桐陰清夢圖》

《모란사녀도牧丹士女圖》[1]

[명] 당인

《모란 미인도》

牡丹庭院又春深 _{모란정원우춘심}　　모란 정원에 또 봄이 깊으니

一寸光陰萬兩金 _{일촌광음만량금}　　잠깐 사이에 만량의 황금 되네

拂曙起來人不解 _{불서기래인불해}　　새벽에 털고 일어난 사람들 알지 못하고

只緣難放惜花心 _{지연난방석화심}　　단지 꽃피우기 어려워 꽃심을 애석해하네

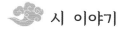 시 이야기

　　모란 정원에 봄기운이 완연하니 잠깐 사이에 꽃들이 활짝 피었다. 만 량의 황금이 된다는 뜻은 모란 정원 입장 수입을 뜻하는 것 같다. 꽃 구경 가려고 새벽부터 털고 일어난 사람들은 꽃 피우는 것이 얼마나 힘든지 알지 못한다. 하지만 가보니 꽃은 아직 피지 않고 꽃심만 볼 수 있어 참으로 애석하다.

주

1　사녀도士女圖에서 사녀士女라는 말은 중국 진한 이전에는 결혼하지 않는 여자를 지칭하다가, 진한 이후에 궁중이나 상층부의 부녀를 가리키는 용어로 사용되었다. 그림에 사녀를 처음 쓴 예는 당 주경현朱景玄의 『당조명화록唐朝名畫錄』에서 볼 수 있는데

이때 사녀도는 귀족 부녀를 소재로 그린 그림을 칭하였다. 당대唐代까지도 사녀도는 아직 장르로 확립되지 않았고 보편적으로 사용되지도 않았다. 그러던 것이 송대에 와서야 본격적으로 사녀가 미인의 의미로 사용되었는데 곽약허郭若虛의 『도화견문지圖畵見聞誌』에 '사녀는 빼어난 아름다움과 날씬하고 고운 자태가 풍부해야 한다.'는 기록을 통해 알 수 있다. 또한, 이 시대에 주방周肪의 《사녀화》를 《미인위기도》, 《미인안락도》로 개칭하여 기록한 것을 보아도 송대 이후 사녀士女는 미인과 같은 의미로 사용된 것으로 볼 수 있다. 이후 명·청대 《사녀도》는 《미인도》와 동일한 의미로 혼용되었다.

 고사 이야기

경국지색傾國之色

경국지색은 나라를 기울게 하는 특출난 미인을 뜻하나 후에는 미인의 대명사로 통했다. 이 말이 처음 등장한 곳은 한나라 이연년李延年의 시이다.

〈가인가佳人歌〉	[한] 이연년
北方有佳人 북방유가인	북방에 아름다운 사람이 있으니
絕世而獨立 절세이독립	세상에서 홀로 우뚝 뛰어나다네
一顧傾人城 일고경인성	한번 돌아보면 성을 기울게 하고
再顧傾人國 재고경인국	두번 돌아보면 나라를 기울게 하지
寧不知 영부지	어찌 모르겠는가?
傾城與傾國 경성여경국	성이 위태롭고 나라가 위태로운 것을
佳人難再得 가인난재득	아름다운 여인은 다시 얻기 어렵다네

이 시는 이연년이 자신의 동생 이부인을 그 아름다움이 경국에 해당한다고 하며 무제에게 소개한 시이다. 이때 경국지색은 미인의 의미로 여인에게만 쓰였는데 이백에 의해 모란도 미인과 같은 수준으로 '국색천향國色天香'이라고 불렸다. 국색은 경국지색의 줄인 말이다. 당나라에서는 모란 때문에 많은 고사 이야기가 생겨났다.

모란꽃은 크고 화려하다. 『신농본초경神農本草經』에 '남북조부터 관상용으로 사용되었으며, 수나라와 당나라에서 부귀를 상징하는 꽃으로 특히 장안과 하남성 낙양에서 성행했고, 명나라에는 안휘성 호주毫州에서 번성했다. 청나라에서는 산동성 조주曹州가 유명한 산지였으며 모란의 고향으로 유명해졌다. 꽃이 피고 지는 이십일 동안 성읍의 모든 사람이 광란하였다.'라고 적었다. 또 탕현조의 애정극 〈모란정牡丹亭〉, 『요재지이聊齋志異』 중 모란화 요괴, 『성세항언醒世恒言』의 모란선자, 『홍루몽紅樓夢』의 보채가 지닌 냉향환冷香丸에서 모두 역대 모란에 대한 사랑을 이야기하였다. 이백이 지은 〈청평조사淸平調詞〉에 모란과 양귀비를 서로 비교하며 아름다움의 상징으로 함께 표현했다.

당 명황 이융기와 양귀비는 침향정에서 모란을 감상하며 이백에게 청평악淸平樂 세 곡을 지으라고 했다. 이백은 〈청평조사淸平調詞〉 2수에서 '한 떨기 모란과 같이 양귀비의 자태는 요염하고, 마치 모란에 향기 어린 이슬이 맺혀있는 듯 그녀의 피부는 향기를 머금고 있는 듯하다.'라고 하였고 〈청평조사〉 3수에서는 다음과 같이 말한다.

〈청평조사 淸平調詞〉 3수　　[당] 이백

名花傾國兩相歡 명화경국양상환　　모란과 양귀비가 서로 만나 기뻐하고
長得君王帶笑看 장득군왕대소간　　오랫동안 군왕은 미소지으며 바라보네.
解釋春風無限恨 해석춘풍무한한　　봄바람은 무한히 한을 녹여버리고,
沉香亭北倚欄杆 침향정북의란간　　침향정 북쪽에서 난간에 기대어 있네

당나라 현종이 침향정沈香亭 앞에다 모란을 심고 그 꽃이 만개했을 때, 양귀비와 함께 노닐며 잔치를 베풀었는데 그 정경을 당시의 궁중 시인이었던 이백에게 시로 읊도록 하였다. 명화名花는 모란이고 경국傾國은 양귀비이다. 이백은 모란과 양귀비가 서로 만나 기뻐하니 현종은 둘을 바라보며 기쁘기 그지없다고 읊었다. 청평조淸平調는 본래 악부樂府의 제목이며 당나라 현종과 양귀비에 얽힌 이야기이다.

모란 화중왕花中王 1

전설에 따르면, 꽃 나라에서 당시 국왕은 국화였는데, 나이 든 국화꽃이 병들어 침상에 눕게 되었다. 모든 꽃이 국왕 국화 화신에게 문후하러 왔는데 모란꽃 선녀만 오지 않았다. 모란꽃 선녀와 적수였던 장미꽃 선녀는 이 기회를 틈타 국화꽃 앞에서 모란꽃 선녀를 모욕하고, 모란꽃 선녀가 대담하게 왕을 업신여겨 인사하러 오지 않는다고 흉을 보았다. 이때 막 모란꽃 선녀가 들어와서 장미꽃 선녀가 자신을 비방하는 말을 듣게 되었다.

국화꽃 신이 모란꽃 선녀를 보고 화를 냈고, 모란꽃은 임금에게 변명할 시간을 달라고 간청했다. 국화꽃이 "왜 늦었는지 말해보라."하니 모란꽃 선녀는 "왕이 병이 났다는 말을 듣고 병을 치료하는 묘법을 찾아 사방으로 뛰어다녔습니다." 하니, 국왕은 즉시 모란꽃 선녀에게 그 묘법을 말하라고 명령했다. 모란꽃 선녀는 "의사에게 명하여 장미꽃의 꽃잎을 가져와서 뜨거운 물에 담가 뜨거울 때 마시면 병이 나을 것이다."라고 말했다. 장미꽃 선녀는 그 말을 들으니 자신이 모란꽃 선녀에게 처형당할 것 같아 얼른 왕에게 그녀가 거짓말이라고 믿지 말라고 했고, 모란꽃 선녀는 계속해서 "왕께서 한번 해보세요, 만약 내 말이 틀리면 나를 참수하세요."라고 말했다. 이 어리석은 국화꽃 왕은 즉시 집행하여 장미꽃 선녀를 처형하고 물에 타서 마셨다. 그런데 왕의 병이 정말 완치되었다. 하지만 얼마 후 죽게 되니 꽃 나라에서 모란이 단숨에 왕의 자리에 올랐다. 적수였던 장미꽃을 처형하고 국화는 죽었으니 모란에게 더 이상 적수가 없었다. 이후 모란은 꽃 나라의 왕이 되었다고 한다. 그래서 '모란 화중왕'이라는 말이 생겼다.

모란 화중왕花中王 2

벌 나라가 꽃 나라를 공격해 왔고, 무능한 국화신왕菊花神王은 모란화선牡丹花仙에게 모든 책임을 지게 했다. 모란화선은 이번 전쟁을 승리로 이끌었다. 전쟁 중 모란화선은 국화신왕을 죽게 내버려 두겠다고 마음먹었다. 그래서 모란화선은 왕에게 성 뒤를 지키도록 하고 주력부대를 성 앞에 두게 했다. 벌 나라는 성 앞에 부대의 진을 보고 성 뒤를 공격하기로 했다. 결국, 꽃 나라 성의 뒷부분이 무너져 지원이 필요했다. 모란화선은 지원을 보냈으나 고의로 지원을 늦추어 국화신왕은 이미 죽었다. 모란화선은 왕이 죽은 것을 확인하고 성 뒤의 벌 나라 군대를 쳐서 성을 지켰다. 이후 모란화선이 왕이 되었다. 그 때문에 지금까지도 모란은 꽃 중의 왕이다. 이 고사에서는 모란화선의 음모가 있었으나 장미꽃이 먼저 모란을 비방하고 모욕했기 때문에 장미가 처형당했고, 국화신왕은 무능했기 때문에 죽게 두고 자신이 왕이 된 것이다. 모란은 지혜롭게 처신하여 '화중왕'이 되었다고 한다. 북송의 주돈이가 〈애련설〉에서 모란을 '부귀화'라고 하여서 민간에서는 집집마다 모란을 심고 모란 그림을 집에 붙여두며 부귀를 꿈꾸었다. 주돈이의 〈애련설〉을 다음에 소개한다.

〈애련설〉   [송] 주돈이

水陸草木之花 수륙초목지화   물과 육지에 자라나는 초목의 꽃 가운데
可愛者甚蕃 가애자심번   가히 사랑할 만한 것이 심히 많지만
晋陶淵明獨愛菊 진도연명독애국   진나라 도연명은 유독 국화를 좋아하였고
自李唐來 자리당래   이씨 당나라 이래로부터
世人甚愛牧丹 세인심애모란   세상 사람들은 심히 모란을 사랑하였다.

余獨愛蓮之 여독애련지　　나는 유독 연꽃을 사랑하는데

出淤泥而不染 출어니이불염　더러운 진흙에서 나오지만 오염되지 않고

濯清漣而不妖 탁청련이불요　맑은 물에 씻기지만 요염하지 않으며

中通外直 중통외직　　　줄기 안은 비어있으나 밖은 곧으며

不蔓不枝 불만부지　　　줄기가 넝쿨지지도 가지가 뻗어가지도 않으며

香遠益清 향원익청　　　향기는 멀리 갈수록 더욱 맑고

亭亭淨植 정정정식　　　고결하게 서 있으며

可遠觀而 가원관이　　　멀리서 바라볼 수는 있지만

不可褻翫焉 불가설완언　가까이서 가지고 놀거나 희롱할 수 없다.

菊花之隱逸者也 국화지은일자야　국화는 꽃 중의 은자이고

牧丹花之富貴者也 모란화지부귀자야　모란은 꽃 중의 부귀한 자이며

蓮花之君子者也 연화지군자자야　연꽃은 꽃 중의 군자다

菊之愛陶後鮮有聞 국지애도후선유문　국화 사랑은 도연명 이후 들은 적 없고,

蓮之愛同余者何人 연지애동여자하인　연꽃 사랑은 누가 나와 뜻을 같이 할까

牧丹之愛宜乎眾矣 모란지애의호소중의　모란을 좋아하는 사람은 마땅히 많다.

　　당송 시대에 모란은 화려한 꽃에 부귀와 길상의 의미를 지녀 사람들의 관심이 폭발하였고, 모란이 필 무렵 장안에서는 우수한 종자의 값이 천금에 이르렀다고 하니 사람들이 지닌 부귀에 대한 욕망의 화신이 모란을 경국지색과 화중왕의 자리를 굳건히 지킬 수 있도록 하였다.

牡丹庭院又春深一寸
光陰萬兩金拂曙起來
人解惜綠難放惜花心
唐寅

당인 《모란사녀도牧丹士女圖》

《왕촉궁기도王蜀宮妓圖》[1]

[명] 당인

《왕연의 촉에 있는 궁중 기녀들 그림》

蓮花冠子道人衣 연화관자도인의　연꽃 모자 쓰고 도인 옷을 걸치고
日侍君王宴紫微 일시군왕연자미　날마다 군왕을 모시고 자미원에서 잔치하네
花柳不知人已去 화류부지인이거　꽃과 버들 사람들 이미 떠난 것 알지 못하고
年年鬪綠與爭緋 연년투록여쟁비　해마다 푸름을 다투고 붉음을 다투네

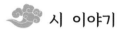 시 이야기

　왕연이 세운 촉나라 궁기들은 연꽃 모자 쓰고 도포 걸치고 있었다. 그 시절 매일 군왕을 모시고 자미원에서 잔치를 열었는데 지금은 촉이 망하고 자미원이 이미 폐허가 되었다. 나라가 망하자 궁궐의 사람들은 모두 떠나갔지만, 꽃과 버드나무는 망국의 사실 알지 못하고 궁궐에서 예전처럼 붉고 푸르게 피어나 서로 붉다고 자랑하고 서로 푸르다고 뽐내고 있다고 하며 역사의 허무함을 노래하였다.

주

1 **왕촉王蜀**은 왕연의 촉나라를 말한다. 당인은 그림에 제목을 붙이지 않았고 명말 수장가 왕가옥汪珂玉이 촉의 후주 맹창孟昶의 궁기를 그렸다고 《맹촉궁기도》라고 붙였다. 고증에 의하면 이 그림은 맹창이 아니라 다른 촉의 후주인 왕연王衍의 궁기를 그린 것이라고 하여 다시 《왕촉궁기도》로 고쳤다.

궁기宮妓

궁기는 궁에 거주하는 왕실 기생이다. 기생은 자칫 몸 파는 여인으로 오해할 수 있으나 당시는 재주에 따라 무기舞妓, 여악女樂, 궁기, 관기, 영기營妓, 가기家妓, 교방악기, 이원악기, 청루악기의 개념을 모두 포괄하여 궁중의 한 부서에 속했다. 그들은 평소에 악무를 훈련하여 궁중 행사가 있을 때만 공연했다. 이상은 이 지은 〈궁기〉 시를 아래에 적어둔다.

〈궁기宮妓〉   이상은李商隱

珠箔輕明拂玉墀 주박경명불옥지   주렴 가벼워 옥 계단을 가볍게 스치고
披香新殿鬪腰支 피향신전투요지   피향전 새 궁전에서 가는 허리 다툰다
不須看盡魚龍戲 불수간진어룡희   반드시 어용놀이 하는 것을 보지 말게나
終遣君王怒堰師 종견군왕노언사   끝내 황제가 언사에게 노하게 할 것이니

《왕촉궁기도王蜀宮妓圖》

명나라 중기 정치가 날로 퇴폐화되고 생활이 타락한 배경에서 《사녀화》는 시대의 미학에 순응한 하나의 장르가 되었다. 당인의 《왕촉궁기도》는 《사녀화》와 달리 전통적인 귀부인과 열녀 등을 선택하지 않고 궁기를 그려 약간의 풍자적 의미가 더해져 명나라 중기 이후의 사회 정세와 부합한다. 《왕촉궁기도》는 옷을 잘 차려입은 네 명의 궁기를 그렸다. 그들은 왕연의 촉나라 궁기로 머리에 연꽃 모양의 모자인 연화 관자를 쓰고 있고 몸에는 도인의 옷과 같은 도포를 걸쳤다. 그녀들 얼굴은 하얗게 분을 발랐다. 한 사람은 접시를 들고 있는데 술 항아리와 안주가 담겨있는 듯하다. 북경 고궁박물원에 소장되어 있다.

《사녀도士女圖》

당인의 《왕촉궁기도》는 속칭 《사미도四美圖》라고 불리며, 그림에는 왕연의 궁에 있는 네 명의 가무 궁녀가 마치 《미인도》처럼 그려져 있다. 이 그림에서 당인은 궁중에서 일하는 사녀仕女의 모습을 세심하게 묘사하고 그림과 함께 시를 지어 궁정 생활의 사치스러운 부패를 폭로하고 풍자하였다. 궁중에서 일하는 여인의 뜻인 사녀仕女의 연원은 '사녀士女'에서 시작되었다. 사녀士女라는 말은 진한 이전에는 결혼하지 않는 남녀를 지칭하였고 그 이후에 상층부의 부녀를 가리키는 용어로 사용되었다. 명 중기 이후에는 상품경제가 비약적으로 발전하여 경제가 호황기에 접어들었고, 상인과 시민계급이 등장하여 사회풍토를 소박함에서 사치스러움으로 이끌었으며, 심미관도 세속적이고 서민적인 경향을 보였다. 이때 《사녀화》를 잘 그리는 당인, 구영과 같은 화가가 등장했다.

명나라 중기 정치가 날로 퇴폐화되고 생활이 타락한 배경에서 사녀화는 시대의 심미에 순응하였고, 당인의 《왕촉궁기도》는 궁기宮妓가 그림의 소재가 되어 이전의 《사녀도》마냥 전통적인 귀부인과 열녀 등을 선택하지 않고 약간의 사회 풍자적 의미를 첨가했다.

당인 《왕촉궁기도王蜀宮妓圖》 북경 고궁박물원

《도곡증사도陶穀贈詞圖》[1]

[명] 당인

《도곡이 사를 지어 주는 그림》

一宿姻緣逆旅中 일숙인연역려중　　객관에서 하룻밤의 인연이 맺어져서
短詞聊以識泥鴻 단사료이식니홍[2]　　짧은 악곡을 이야기하여 자취를 알게 했네
當時我作陶承旨 당시아작도승지　　당시 도승지의 신분이었는데
何必尊前面發紅 하필존전면발홍　　하필 임금 앞에서 얼굴이 붉히게 될 줄이야

🌀 시 이야기

　　그림은 송나라 도곡이 작은 나라 남당으로 사신 가서 왕 앞에서 거드름을 피우다가 왕이 보내준 기생이 역리의 딸인 줄만 알고 객관에서 하룻밤의 인연을 가진다. 또 그는 그녀에게 악곡을 한편 지어 주었다. 왕은 도곡에게 연회를 베푸는 자리에서 그녀를 불러 춤추고 노래하게 하니 그녀는 도곡이 지어 준 곡조를 노래하였다. 그래서 그가 그녀에게 행한 행적이 다 들키게 되었다. 그는 송나라 도승지 신분으로 거들먹거렸던 당시의 일이 부끄러워 임금 앞에서 얼굴을 붉혔다.

> **주**
>
> 1 도곡陶穀은 송나라 태조 때의 신평新平 사람이다. 송의 학자이고 문한文翰이 당대 으

뜸이었다. 예禮 · 형刑 · 호戶 삼부의 상서尚書를 역임하였다. 처음에 태조가 황제 자리를 물려받았을 때 선문禪文을 미처 준비하지 못했었는데, 도곡이 곁에 있다가 품 안에서 선문을 꺼내 올리며, "제가 벌써 만들어 놓았습니다."라고 말하였기에 태조가 그를 미워할 수 없었다. 야사를 기록한 『속상산야록續湘山野錄』에 '어떤 사람이 그를 천거하니 태조가 웃으며 "내가 들으니 도 한림의 제서制書 초안이 모두 이전 사람들의 옛 초본을 검사하여 말만 바꾼 것이라 하니, 이것은 이른바 본[樣]대로 호로박을 그린 것이다."하였다. 이에 도곡이 답하기를 "우습구나! 도학사는 해마다 본 대로 호로박을 그리네.堪笑翰林陶學士 年年依樣畫葫蘆."'하고 읊었다. 그는 늘 선문답하기를 좋아했다고 한다.

2 니홍泥鴻은 '설니홍조雪泥鴻爪'로 기러기가 눈이 녹은 진창 위에 남긴 발톱 자국이라는 뜻이다. 얼마 안 가서 그 자국이 지워지고, 또 기러기가 날아간 방향을 알 수 없으니 흔적이 남지 않는다. 그래서 니홍은 자취나 흔적의 의미가 되었다.

 고사 이야기

도곡증사陶穀贈詞

도곡증사는 '도곡이 사詞를 지어 주다'라는 뜻이다. 북송 초기 도곡陶穀, (903~970)이 송 태조의 사신으로 남당南唐에 가게 되었다. 당시 남당은 송에 비해 작은 나라였기에 도곡은 남당의 임금 앞에서도 오만한 태도에 언행도 겸손하지 않았다. 남당의 신하는 이에 분노하여 꾀를 내어 궁의 기녀 진약란秦蒻蘭을 역리의 딸로 꾸미며 그를 유혹하게 했다. 기세등등하던 도곡은 아름다운 진약란을 보자 마음이 동하여 환심을 사고자 사부詞賦를 지어 바치며 진약란를 유혹하는데 이로 인해 그 오만하고 도도했던 모습은 완전히 무너져 버린다. 며칠 뒤에 남당 임금은 연회를 베풀어 도곡을 초대하였다. 도곡은 다시 의젓한 군자의 모습을 하고 연회에 참석했다. 임금이 술잔을 들고 진약란에게 술을 권하고 노래를 부르도록 하였는데, 기생 진약란이 부르는 노래의 가사는 바로 도곡이 그녀에게 선사한 사부로 그 내용이 남녀의 음란한 이야기를 적었으니 도곡은 얼굴을 붉히고 매우 당황하였다.

당인 《도곡증사도陶穀贈詞圖》 타이베이 고궁박물관

《소약도燒葯圖》

당인

《약을 다리는 그림》

人來種杏不虛尋 인래종행불허심　　사람들이 살구나무 심어 빈 곳 찾을 수 없고
彷佛廬山小徑深 방불려산소경심[1]　마치 여산은 작은 길이 깊은 것 같네
常向靜中參大道 상향정중참대도　　항상 고요한 데로 향하여 큰 도에 참여하고
不因忙裏慶淸吟 불인망리경청령　　바쁜 것 탓하지 않고 기쁘고 맑게 읊조린다
願隨化雨之春澤 원수화우지춘택　　비 내리는 봄 못에서 변화를 따르기를 원하고
未許雲間一片心 미허운간일편심　　구름 사이에 일편단심 허락하지 않네
老我近來多肺疾 노아근래다폐질　　늙은 나는 근래 폐질이 많으니
如另紫雪把煩襟 여령자설파번금[2]　열독 외에도 답답한 가슴을 잡는 것 같구나

🌊 시 이야기

　동봉의 환자들이 치료비 대신 살구나무를 심어놓은 곳이 어느새 빈 곳 찾기가 힘들다. 이는 마치 여산 백거이의 화경花莖에 빼곡하게 꽃 심어 좁은 길만 깊이 이어져 있는 듯하다. 당인은 항상 조용하게 큰 도를 깨치려고 하며 기쁜 마음으로 경을 읊는다. 황제를 향한 일편단심 지니고 있지만 소용없으니 도를 깨쳐 비 내리

는 봄의 못가에서 우주의 변화에 따라 순응하길 원했다. 당인이 그렇게 살았건만 만년에 폐병으로 인한 열독을 앓게 되어 탕약을 달이고 있다.

1 여산소경廬山小徑은 여산에 있는 꽃길 화경花徑을 말한다. 백거이가 구강의 사마로 지낼 시절 여산에 초당을 짓고 머무르며 꽃이 만발한 오솔길을 조성하여 '백사마 화경'이라 부른다.
2 자설紫雪은 중의中醫에서 열을 내리고 독기를 풀며 경련을 누르고 정신을 차리게 하는 약이다. 여기서는 열이 나는 병을 말한다.

 ## 고사 이야기

동선행림董仙杏林 1

동선행림은 '신선 동봉의 살구나무 숲'이라는 뜻인데 '동봉의원'을 뜻한다. 갈홍의 『신선전』에 동선행림의 고사 이야기가 전한다.

오吳나라 때에 동봉董奉이라는 의원이 있었다. 그는 강서성 여산廬山 아래에 살면서 사람들의 병을 고쳐주고 있었는데 치료비 대신 환자들에게 살구나무를 심게 하였다. 중병을 치료한 사람에게는 다섯 그루를, 가벼운 질병의 경우는 한 그루만 심게 하였다. 이렇게 몇 년이 지나자 살구나무가 수십만 그루가 되어 울창한 살구나무 숲[杏林]을 이루었다. 살구 수확이 많아져 이제는 환자들에게 곡식을 가져와 살구 한 됫박과 바꾸어 가게 했다. 동봉은 여기서 나는 살구를 약재로 쓰는 한편 곡식으로 바꾸어 가난한 사람들에게 나누어 주었다. 그리하여 사람들은 그를 신선으로 불렀고 그의 병원을 동선행림董仙杏林이라고 불렀다.

동선행림 2

의원 동봉이 광서성 교주交州에 갔을 때 교주 지사知事 두섭杜燮이 독병毒病에 걸렸다는 소문을 들었다. 이미 죽은 지 사흘이 지났다고 한다. 동봉은 즉시 도청으로 달려갔다. 그리고 관리들에게 "내가 혹시 두 지사를 치료하여 살릴 수 있을지 모르니 두 지사의 시체를 좀 보여주시오" 하며 간청하였다. 도청 내의 상하 관리들은 두 지사의 장례를 준비하느라고 매우 바빴다. 한쪽에서는 신의神醫 동봉이 왔으므로 두 지사를 구해낼 수 있을 것을 기대하고 매우 기뻐하였다.

동봉은 급히 두 지사의 시체 앞으로 다가갔다. 동봉은 먼저 두 지사의 맥을 짚어보았다. 그리고 생명을 구할 수 있겠다고 생각하고 자신의 앞 가슴속에 있는 호주머니에서 자기瓷器로 만든 병을 꺼냈다. 그리고 뚜껑을 열고 세 개의 알약을 꺼내어 두 지사의 입속에 집어넣고 곧바로 미음을 두 지사의 입속에 조금씩 넣어 주었다. 동봉은 미음이 목구멍으로 잘 넘어가게 하려고 두 지사의 상체를 위로 치켜세우고 두 지사의 머리를 가볍게 흔들어 주었다. 알약과 미음이 천천히 목구멍을 통하여 위로 들어갔다. 한 시간이 지난 후 기적이 나타났다. 두 지사의 손과 발이 움직이기 시작하였고 창백하였던 얼굴이 점점 붉은색을 띠었다. 주위에 서서 동봉이 두 지사를 치료하고 있는 것을 관망하고 있던 사람들은 놀래기도 하고 기쁘기도 했다. 반나절이 지난 후 두 지사는 눈을 떴으며 자리에 스스로 일어나 앉았다.

그 후 동봉이 죽었고 두 지사는 그를 장례 지내 주었다. 훗날 심부름꾼이 암창 지방에서 공무를 다 마치고 돌아와서 두 지사에게 동봉을 만난 이야기를 전하였다. 두 지사는 반신반의하며 "내가 분명 동봉을 무덤 속에 묻었는데 어떻게 동봉이 죽음에서 부활하여 암창에 있다는 말인가?" 하고 의아해했다. 그는 의문을 풀기 위하여 사람들을 데리고 동봉의 무덤에 가서 땅속에 들어있는 관을 파내어 열어보았다. 관은 텅 비어있었고 관 속에 오직 주사朱砂로 쓴 부적 한 장만 들어있을 뿐 동봉의 시체는 어디에도 없었다. 동행한 사람들도 모두 놀랐다.

당시 동봉은 여산 기슭에 거처를 정하고 풀을 뜯고 나무를 베어 손수 오두막집을 하나 지었다. 세상 물욕 없이 무사태평하게 명예나 이익을 탐내지 않고 편안하게 살았다고 한다.

행단杏壇

행단은 공자의 강학을 기리기 위해 건립된 것으로 공자의 45대손 공도보감公道輔監이 공묘孔廟를 수리할 때 정전正殿을 뒤로 옮기고 땅을 파서 단壇을 만들었다. 단 앞에 살구나무를 심고 단을 '행단'이라 하였다. 행단은 공자 교육의 빛나는 상징이다. 『장자・어부』에 '공자가 치유의 숲을 유람할 때 행단 위에서 쉬며 앉아있었다. 제자들이 독서를 하고 공자는 현가를 부르며 금을 연주하였다.'라고 하였다. 과거에는 행단 주위에 살구나무를 심었는데 지금은 성균관이나 서원 주변에 은행나무를 심고 있다. 살구는 한자로는 '행杏'으로 쓴다. 은행銀杏도 '행杏' 자를 쓰는 것은 〈본초강목〉에 '은행은 송나라 초기에 처음 조공으로 들어왔을 때 은행銀杏으로 바꾸어 불렀는데, 이는 모양이 작은 살구[杏]와 같으면서 속씨가 은색이었기 때문이다.'로 기록되어 있어서이다.

행화촌杏花村

행화가 행단 주위에 심어져 학문의 요람에만 등장했었는데 당나라 두목이 〈청명〉 시에서 행화촌을 술집으로 표현하여 행화의 품격이 급하강하게 되었다.

〈청명〉　　　　　　　　　　[당] 두목

清明時節雨紛紛 청명시절우분분　　청명절에 비가 부슬부슬 내리니
路上行人欲斷魂 노상행인욕단혼　　길 가는 나그네 혼을 빼려 하네
借問酒家何處有 차문주가하처유　　술집이 어디인지 물어보았더니
牧童遙指杏花村 목동요지행화촌　　목동이 멀리 살구꽃 핀 마을을 가리키네.

청명절은 살구꽃이 만개하는 계절이다. 비도 피하고 근심도 풀 겸 술 한 잔 마시고파 술집이 어디냐고 물으니 목동이 행화가 만발한 마을을 가리킨다. 아직도 중국 곳곳 술집에 행화촌이라는 간판을 본다. 더욱이 중국 3대 명주에 들어가는 분주汾酒는 행화촌주杏花村酒라고도 한다. 중국 전통 명주 분주는 청향형 백주의 전형적인 대표 술이다. 산서성 분양시 행화촌에서 생산되기 때문에 '행화촌주'라고 하였다. 행화는 학문의 요람을 상징하나 아이러니하게도 행화가 핀 마을은 술집을 뜻한다.

당인 《소약도燒葯圖》 타이베이 고궁박물관

《수각관앙도水閣觀秧圖》

[명] 당인

《물가 누대에서 모내기를 구경하는 그림》

秧馬嘈嘈曉露濃 앙마조조효로농　　앙마가 덜거덩 새벽이슬 농후한데
大鵬車處鼓冬冬 대붕거처고동동　　대붕거 있는 곳에 북소리 둥둥
主人好依欄幹看 주인호의란간간　　주인은 난간에 기대어 보기를 좋아하고
辛苦耕耘是我農 신고경운시아농　　고생하며 논매는 것은 우리 농부들이라네

🌥 시 이야기

　　앙마와 대붕거는 모를 심을 때 사용하는 농기구이다. 새벽부터 농기구 소리가 요란한데 땅 주인은 누대 난간에 기대어 앉아서 농부들이 일하는 것을 보며 즐기고 있다. 그는 논매느라 고생하는 농부의 마음을 알기나 할까?

330

《동리상국도東籬賞菊圖》

[명] 당인

《동쪽 울타리에서 국화를 감상하는 그림》

滿地風霜菊綻金 만지풍상국탄금   온 땅에 서리 맞은 국화 금빛 물들었고
醉來還弄不弦琴 취래환롱불현금   국화에 취해 돌아와 불현금 만지작거리네
南山多少悠然趣 남산다소유연취   남산에서 얼마간 유유자적하니
千載無人會此心 천재무인회차심   천년동안 이런 마음 지닌 사람 없었네

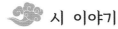 시 이야기

늦가을 서리 내릴 때 한화寒花인 황금빛 황국이 만발하였다. 당인은 국화를 감상하고 국화에 취하여 집에 돌아와 줄 없는 거문고만 만지작거린다. 동진의 도연명은 장안의 종남산에 국화 감상하러 가서 한동안 유유자적하며 지냈다. 천년이 지나도록 이렇듯 국화 좋아하는 사람 도연명 이후로 더는 없을 것이다. 당인이 도연명의 국화 사랑을 시로 적었는데, 이미 북송의 주돈이가 〈애련설〉에서 도연명의 국화 사랑을 읊어 국화의 주인은 도연명으로 널리 알려져 있다. 앞의 《모란사녀도牧丹士女圖》 고사이야기에 〈애련설〉이 적혀있다.

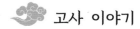 고사 이야기

동리상국東籬賞菊

　　동리상국은 '동쪽 울타리에서 국화를 감상하다'라는 뜻이다. 도연명은 동진의 시인인데 마지막 관리직 팽택령彭澤令으로 있을 때 당시의 정치 부패가 눈에 거슬려 사직하고 고향으로 돌아가 은거했다. 그림 안 정자에는 황금색 꽃이 핀 국화로 가득 차 있고 시인과 친구들은 소나무 아래 바위에 앉아 이야기를 나누고 있는데, 한 아이는 국화에 물을 주고 있고 두 아이는 옆에서 시중들고 있다. 멀리 남산에 봉우리가 우뚝 솟아 있어 이따금 올려다보니 분위기를 한층 돋보이게 한다. 이 고사는 도연명이 지은 시 〈음주〉 제 5수에 '동쪽 울타리 아래서 국화를 따다가 이따금 남산을 바라보네.' 의 글귀에서 근거하였다. 〈음주〉 시는 아래와 같다.

〈음주飮酒〉 제 5수　　　　　[동진] 도연명

結廬在人境 결려재인경　　　인가 가까이 초막 짓고 살아도
而無車馬喧 이무거마훤　　　수레 마차 시끄러운 소리 들리지 않네
問君何能爾 문군하능이　　　어찌 그럴 수 있는지 물으니
心遠地自偏 심원지자편　　　마음이 멀어져 있어 사는 곳도 절로 외지다네
采菊東籬下 채국동리하　　　동쪽 울타리 아래서 국화를 따다가
悠然見南山 유연견남산　　　멀리 남산을 바라보네
山氣日夕佳 산기일석가　　　산기운 저녁이라 더욱 아름답고
飛鳥相與還 비조상여환　　　날던 새 짝지어 돌아가네
此中有眞意 차중유진의　　　여기에 참뜻이 있으니
欲辯已忘言 욕변이망언　　　말하고자 하나 이미 할 말을 잊었네.

　　도연명이 국화 따다가 멀리 남산을 올려다본다고 한 것은 이미 은거하여 마음에

지니게 된 한가함을 표현하였다. 북송의 주돈이는 〈애련설〉에서 '국화는 꽃 중의 은일자隱逸者다.'라고 하여 국화가 훗날 사군자의 하나가 되기 전에는 도가 사상과 연결되어 있었다. 또 주돈이가 진나라 도연명이 유독 국화를 좋아하였고, 국화 사랑은 도연명 이후 들어본 적 없다고 하였으니 도연명은 영원한 국화의 주인이고 은일자였다. 그 후로 많은 문인이 국화를 등장시키면 '채국동리하采菊東籬下' 구절을 가져다 썼다.

중양절重陽節과 국화

중양절은 음력 9월 9일이다. 9는 양陽의 수 중에서 가장 큰 수이고 9월 9일은 큰 양수 둘이 겹쳐 중양重陽이라고 하였다. 중양절은 국화와 떨어져 말할 수 없다. 중양절에 국화 감상, 국화 시 암송하기, 국화 주머니 매달기, 국화주 마시기, 머리에 국화 꽂기 등을 하니 국화는 중양절의 상징물이다. 국화는 늦가을 추울 때 꽃이 피는 한화寒花이기 때문에 불굴의 정신 또는 장수의 상징이 되었다. 중양절에 국화를 감상하고 국화주를 마시지만, 흰 꽃이 피는 국화는 선물하지 않는다. 예부터 지금까지 흰 국화는 고인을 애도할 때 쓰이고 있다.

중양절 국화 구경은 오랜 역사가 있다. 한나라 때 조비는 종요에게 보낸 편지에서 '9월 9일 초목이 시들었지만, 국화는 홀로 아름다우니 국화 한 다발을 드리겠습니다.'라고 하며 국화를 선물했다고 한다. 당시 왕이 중양절에 신하에게 국화를 하사하는 풍습이 있었음을 알 수 있다. 당연히 황국을 선물했을 듯하다. 위진魏晉 이래로 중양절에 모여서 술을 마시고 국화를 감상하고 시를 짓는 것이 지식인 사이에 유행하였다. 국화 구경은 중양절의 전통행사이다. 당에서는 많은 문인이 국화와 종양절을 시로 읊었다. 성당의 맹호연은 〈과고인장〉에서 중양일을 기다렸다가 국화 감상하고 싶은 심정을 표현했다.

〈과고인장〉　　　　　　　　맹호연

故人具鷄黍 고인구계서　　　친구가 닭을 잡고 기장밥을 마련하여
邀我至田家 요아지전가　　　나를 시골집으로 초대하였다.
綠樹村邊合 녹수촌변합　　　신록은 마을 주위를 둘러쌌고
靑山郭外斜 청산곽외사　　　청산은 성곽 너머에 비껴 있다
開軒面場圃 개헌면장포　　　들창 열고 마당 채마밭 바라보며,
把酒話桑麻 파주화상마　　　술잔 들고 삼밭 뽕나무 이야기한다.
待到重陽日 대도중양일　　　중양절이 되기를 기다렸다가
還來就菊花 환래취국화　　　다시 와 국화 보리라

　　다음 해 중양절을 기다렸다가 국화 보러 친구 집에 다시 오겠노라는 내용이 맹
호연의 국화 사랑을 보여준다. 하지만 그는 탐매探梅의 영향력이 커서 매화의 주인
이 되고 국화는 도연명에게 주인 자리를 내주었다.
　　중양절 국화 감상 풍습은 북송의 도읍인 개봉에서 성행하였다. 개봉에서는 국화
축제가 열려 국화를 감상하러 전국에서 모여들었다고 한다. 중양절은 가을 황금빛
들판에 국화가 만개하여 국화 감상이 중양절 풍습의 일부가 되었다. 전시되는 국화
는 많은 품종이 있었고 다양한 자태가 있었다. 송나라 원림園林을 소개하는 『동경
초화록東京楚華錄』 권8에 다음과 같이 적혀있다.

　　9월 중양절에 도읍에 국화 구경하러 나왔는데, 다양한 종류의 국화가 있다.
　황색과 백색의 술이 있는 것은 만령국万齡菊, 분홍색인 것은 도화국桃花菊,
　흰색이면서 묘목은 목향국木香菊, 노란색이고 둥근 것은 금령국金齡菊, 순백
　색이고 큰 것은 희용국喜容菊이라고 한다.

당인 《동리상국도東籬賞菊圖》 고궁박물원 소장

《태백상太白像》

[명] 문징명文徵明

《이태백 초상》

宮袍錯落灑春風 궁포착락쇄춘풍	궁포 어지럽게 떨어져 봄바람에 날리고
玉雪淋漓滯酒容 옥설림리체주용[1]	흰눈 뚝뚝 떨어져 취객의 얼굴을 막네
殘夜屋梁棲落月 잔야옥량서락월	새벽녁 지붕에 지는 달이 깃들고
碧天秋水洗芙蓉 벽천추수세부용	푸른 하늘과 가을 물이 연꽃을 씻어주네
麒麟豈是人間物 기린기시인간물[2]	기린이 어찌 인간 같은 동물이겠는가
眉宇今從畫裏逢 미우금종화리봉	눈썹 언저리 지금 그림 안에서 만나니
一語不酬千載諾 일어불수천재락	천년의 대답을 한마디 말도 갚을 수 없는데
匡廬山下有雲松 광려산하유운송[3]	광려산 아래에는 구름과 소나무가 있네

🌀 시 이야기

이백은 궁포 입은 중정 관리인데 술을 좋아하여 자주 술에 취해 길거리에서 잠들곤 했다고 한다. 바람에 궁포가 어지럽게 날리고 흰 눈이 그의 얼굴을 알 수 없게 덮었다. 이미 새벽이 되어 달이 지고 있는데 아직도 길거리에 취한 채 잠들어 있다. 시에서 '기린이 인간과 같은 부류이겠는가?'라고 한 것은 시인 문징명이 보

336

기에 이백은 인간이 아니고 신선 세계에 사는 기린이었다. 광려산은 강서성 여산으로 이백이 〈망여산폭포〉를 지은 곳이다. 구름과 소나무는 세월이 흘러 이백의 자취만 남겼음을 의미한다.

1 임리淋漓는 물방울이 떨어져 스며드는 것이다.
2 기린麒麟은 봉황이나 용과 함께 상상의 동물로 신령하고 상서로움을 의미하는 신물神物로 표현된다.
3 광려산匡廬山은 호북성의 광산匡山과 강서성 여산廬山을 합쳐서 부르는 이름이다.

작가 · 화가 이야기

문징명文徵明, 1470~1559

명나라 강소성 소주蘇州 사람이다. 자는 징명徵明 또는 징중徵仲이고, 호는 형산衡山이며, 이름은 벽璧이다. 문림文林의 아들이며 오관에게 문장을 배웠다. 심주에게 그림을 배웠고 그 외에도 곽희·이당과 원사대가를 사숙하여 심주와 함께 남종화 중흥의 중심인물이 되었다. 글씨는 이응정에게 배웠는데 왕희지·조맹부·황정견의 영향도 많이 받았다. 축윤명, 당인, 서정경과 함께 '오중사재자吳中四才子'로 불렸고 그림으로도 이름이 높아 심주와 당인, 구영과 함께 '오문사가吳門四家'로 불린다. 사람됨이 겸손하고 꿋꿋하여 영왕 주신호가 흠모해 초빙했지만 병을 핑계로 나가지 않았다. 여러 차례 과거에 응시했으나 급제하지 못했고 정덕 말기에 순무 이충사李充嗣가 천거하여 한림원에서 조서를 기다렸고 이듬해 이부의 시험을 거쳐 한림원에 조서를 받았다. 세종이 즉위하여 『무종실록武宗實錄』 편수에 참여하고, 4년 뒤 관직을 버리고 향리에 옥경산방玉磬山房을 짓고 30여 년간 시·서·화와 함께 시간을 보냈다. 서예 작품집으로 『정운관법첩停雲館法帖』이 있고 그림은 《산수도권山水圖卷》,《춘심고수도春深高樹圖》(상하이박물관),《강남춘도江南春圖》,《절학고간도絕壑高間圖》,《천암경수도千巖競秀圖》(타이베이 고궁박물관) 등이 있고 저서에 『보전집甫田集』이 있다.

 고사 이야기

추쇄황학루捶碎黃鶴樓

추쇄황학루는 '황학루를 부수다'라는 뜻이다. 역대 문인들이 황학루를 노래한 시 중 가장 유명한 것은 당나라 최호崔顥의 칠언율시 〈황학루〉이다. 이 시 때문에 시선 이백이 '눈앞에 좋은 경치가 있어도 시로 표현할 수가 없네.'라고 하며 최호가 지은 시에 감탄하였다고 한다. 최호의 〈황학루〉를 감상하자.

〈황학루黃鶴樓〉　　　　　　　[당] 최호崔顥

昔人已乘黃鶴去 석인이승황학거　　옛사람 황학을 타고 이미 떠났는데
此地空餘黃鶴樓 차지공여황학루　　이 땅에 덧없이 황학루만 남았네
黃鶴一去不復返 황학일거불부반　　황학은 한 번 가고 다시 오지 않는데
白雲千載空悠悠 백운천재공유유　　흰 구름만 천년 유유히 떠다니네
晴川曆曆漢陽樹 청천력력한양수　　맑은 강에 한양의 숲 또렷이 비추고
芳草萋萋鸚鵡洲 방초처처앵무주　　앵무주에 향기로운 풀만 무성하네
日暮鄕關何處是 일모향관하처시　　날 저무는데 고향은 어디인가?
煙波江上使人愁 연파강상사인수　　안개 낀 장강 언덕에서 시름겨워하네

이백은 최호가 쓴 이 시를 읽고 오히려 거꾸로 〈황학루를 부수다〉라는 시를 써서 많은 파문을 일으켰다. 숙종 건원 2년(759)에 이백은 야랑夜郞으로 유배 가는

338

도중에 사면을 받고 돌아오다가 강가에 이르렀다. 그때 당시 남릉南陵 현령이었던 친구 위빙韋冰을 우연히 만나 둘은 술을 마시며 옛이야기를 나누었다. 이백은 마음에 흡족하여 유명한 장편 서정시 〈강하증위남릉빙江夏贈韋南陵冰〉을 즉석에서 썼다. 이 시에서 '내가 그대를 위해 황학루 부수고, 그대는 나를 위해 앵무주 무너뜨렸네.我且爲君捶碎黃鶴樓, 君亦爲吾倒卻鸚鵡洲'라고 쓴 두 구절은 정말 불가사의한 생각이었다. 이로 인해 이백은 광인으로 간주되었고, 어떤 사람들은 그를 비웃기 위해 시문을 썼다. 이 때문에 이백은 또 '황학루를 부수었다'는 의미의 〈추쇄황학루捶碎黃鶴樓〉라는 시를 썼다.

〈추쇄황학루捶碎黃鶴樓〉　　　　　[당] 이백

黃鶴高樓已捶碎 황학고루이추쇄　　높은 황학루 이미 부쉈으니
黃鶴仙人無所依 황학선인무소의　　황학 탄 신선 의지할 곳 없네
黃鶴上天訴上帝 황학상천소상제　　황학이 하늘에 올라가 상제에게 하소연하니
卻放黃鶴江南歸 각방황학강남귀　　황학 풀어놓고 강남으로 돌아갔네
神明太守再雕飾 신명태수재조식　　신명한 태수 황학루 다시 장식하여
新圖粉壁還芳菲 신도분벽환방비　　새로 칠한 벽에 그리니 꽃향기 돌아왔네.
一州笑我爲狂客 일주소아위광객　　온 고을 사람들 나 비웃으며 광객이라 하니
少年往往來相譏 소년왕왕래상기　　소년들 자주 찾아와 서로 나무라네
君平簾下誰家子 군평렴하수가자　　주렴 아래 군평은 어느 댁 자식인가?
云是遼東丁令威 운시료동정령위　　바로 요동의 정령위라 하네.
作詩掉我驚逸興 작시도아경일흥　　시 지어 나를 빠트리니 우아한 흥취에 놀라
白雲遶筆窓前飛 백운요필창전비　　백운이 붓 감돌며 창문 앞에 날리네.
待取明朝酒醒罷 대취명조주성파　　내일 아침 술이 다 깨기를 기다려
與君爛熳尋春輝 여군란만심춘휘　　그대와 환하게 봄빛 찾으리

어떤 사람들은 이백이 이 시를 썼다고 믿지 않았고 이백의 '황학루를 부수다'라는 이야기는 이미 사라졌다. 그러나 송나라 때 한 스님이 이 일을 가지고 재미로 게송을 지었다. '한 주먹으로 황학루를 부수고 앵무주를 발로 차서 뒤집었다. 눈앞에 경치가 있으니 시를 지어 상부에 올리네' 또 다른 스님은 이 게송이 이백의 풍을 그려내기엔 부족하다고 생각하여 뒷 문장 두 구절을 '기분 날 때는 기분을 죽이고 풍류처가 없어도 풍류를 즐긴다네'라고 고쳤다는 이야기도 전한다. 명나라 때 해진解縉이 〈이백을 조문하다弔太白〉라는 시를 지어 '황학루를 부수기도 했고 앵무주를 쓰러뜨리기도 했다.'라는 구절을 논하니 이백이 쓴 시의 영향력이 매우 크다는 것을 알 수 있다. 그러나 이들은 모두 이백의 풍류 이야기로만 볼 뿐 시인의 가슴에 맺힌 한스러움을 좀처럼 생각하지 못했다.

등금릉봉황대登金陵鳳凰臺

이백은 비록 최호崔浩의 작품에 승복하여 붓을 놓았고 최호의 〈황학루〉에 대적할 만한 시를 쓰지 못했기에 그의 마음속에는 늘 뭔가 실의에 빠진 듯했다. 그는 강 한가운데 있는 앵무주를 바라보며 속으로 생각했다, 내가 왜 최호처럼 이런 격조의 시를 한 편 짓지 못할까? 하고는 〈앵무주鸚鵡洲〉 시 칠언율시를 지었다.

〈앵무주鸚鵡洲〉　　　　　　[당] 이백

鸚鵡來過吳江水 앵무래과오강수　　앵무새가 오강에 날아온 적이 있어
江上洲傳鸚鵡名 강상주전앵무명　　강 위 모래섬 앵무로 이름지어 전하네
鸚鵡西飛隴山去 앵무서비롱산거　　앵무새는 서쪽으로 날아 농산으로 갔는데
芳洲之樹何靑靑 방주지수하청청　　향기로운 모래섬 나무 어찌나 푸른지
煙開蘭葉香風暖 연개란엽향풍난　　안개 걷히니 난초잎 향기와 바람 따사롭고
岸夾桃花錦浪生 안협도화금랑생　　강기슭 복사꽃 떨어져 비단 물결 일으키네

340

遷客此時徒極目 천객차시도극목　　쫓겨난 나그네 이때 다만 멀리 바라보니
長洲孤月向誰明 장주고월향수명　　장주의 외로운 달 누구를 향해 밝히나

이 시는 〈황학루〉와는 비교가 안 되었다. 그는 금릉에 이르러 봉황대에 올라 도
도하게 흐르는 장강의 물을 마주하고 육조의 흥폐와 국운의 쇠락에 감명을 받고서
야 비로소 영감을 받아 〈황학루〉에 필적하는 〈등금릉봉황대登金陵鳳凰臺〉를 썼다.
이 시는 〈황학루〉와 함께 당나라의 칠언율시로 최고로 꼽히지만, 최호가 앞서고 이
백이 뒤를 이으면서 오히려 최호와 〈황학루〉의 명성은 더욱 높아졌다.

〈등금릉봉황대登金陵鳳凰臺〉　［당］ 이백

鳳凰臺上鳳凰遊 봉황대상봉황유　　봉황대 위에 봉황 노닐었으나
鳳去臺空江自流 봉거대공강자류　　봉황 떠나고 누대 비어 강물만 흘러가네
吳宮花草埋幽徑 오궁화초매유경　　오의 궁전 화초는 쓸쓸히 길에 묻혔고
晉代衣冠成古丘 진대의관성고구　　진의 고관들 무덤을 이루었네
三山半落靑天外 삼산반락청천외　　삼산은 푸른 하늘 밖 반쯤 떨어졌고
二水中分白鷺洲 이수중분백로주　　진수와 회수는 백로주를 나누었네
總爲浮雲能蔽日 총위부운능폐일　　모든 뜬구름이 해를 가리게 되어
長安不見使人愁 장안불견사인수　　장안이 보이지 않아 근심스럽게 하네

천상적선인天上謫仙人

천상적선인은 천상에서 지상으로 귀양 온 신선이라는 뜻으로, 중국 당나라의 하
지장이 이백을 두고 이르던 말이다. 이백이 처음 장안에 도착하여 비서감 하지장을
만나 〈촉도난〉 시 한 편을 보여주었다. 하지장은 시를 다 읽기도 전에 고개를 끄덕
이며 여러 차례 탄성을 질렀다. 그는 엄지를 치켜들고 이백을 가리키며 "선생은

정말 천상에서 귀양 온 신선이군요!" 하며 몸에 차고 있던 금거북을 즉시 풀어 좋은 술로 바꿔 달라고 주인에게 부탁하고, 이백과 취할 때까지 술잔을 기울였다.

오대 왕정보王定保가 지은 〈당척언唐摭言〉을 보고도 하지장의 찬사를 아끼지 않았는데 '공은 인간 세상 사람이 아니다. 태백금성 사람이 아니냐?' 하였었다. 하지장은 문단의 원로였고, 〈촉도난〉은 그에게 이렇게 추천을 받았기 때문에, 얼마 후 이 시는 적선謫仙이라는 말과 함께 천하에 널리 퍼졌다.

몽필생화夢筆生花

몽필생화는 붓끝에서 꽃이 피는 꿈을 꾸었다는 뜻이다. 『천보유사』의 기록에 따르면, 이백은 어렸을 때 자신이 쓴 글씨가 머리에 꽃으로 피는 꿈을 꿨는데, 훗날 과연 타고난 재주가 넘쳐흘러 천하에 이름을 날렸다. 또한, 이백이 술을 좋아하고 사소한 일에 구애받지 않는다고 기록되어 있지만 취한 가운데 쓴 글이라도 틀린 적이 없으며 사람들과 토론할 때도 대부분 이백이 논한 것에 대한 반론이 없었기 때문에 사람들은 그를 취선醉仙이라고 불렀다. 고력사가 이백의 장화를 벗기고 양국충이 이백이 글을 쓸 때 먹을 갈았다는 유명한 이야기 외에 『천보유사』에 이백이 편전에서 명황을 위해 조서를 썼다고 기록되어 있는데, 시월 대한에 붓이 얼어 글씨를 쓸 수 없었다. 명황은 비빈 수십 명을 옆에 세워 각기 붓을 집어 입김을 불게 했다고 한다. 이백은 다시 붓을 들어 쓴 것으로 보아 황제의 총애를 극진히 받았던 것으로 보인다. 황산에 가면 이백이 붓을 던져 생겨났다는 몽필생화 바위가 있다.

《매수미인화梅樹美人畵》

[명] 서위徐渭

《매화나무와 미인그림》

霜重衾單少婦孤 상중금단소부고 　서리 중한데 홑 이부자리에 젊은 부인 외롭고
遼西秋半去征夫 요서추반거정부 　가을 깊어 요서로 정벌 나간 지아비에게
至今不寄一行字 지금불기일행자 　지금까지 한자의 글도 부치지 못했고
欲寄梅花花尚無 욕기매화화상무 　매화 보내려 했으나 오히려 꽃이 없네

🌀 시 이야기

　가을이 중반에 접어들었다. 서리가 중重한 것은 서리가 두텁게 낄 만큼 날씨가 춥다는 뜻이다. 젊은 부인들이 남편을 요서 땅 전쟁터에 내보내고 홀로 지내는 것도 쓸쓸한데 밤에 이부자리조차 얇으니 남편이 곁에 없는 외로움이 한층 더 크게 느껴진다. 편지도 한자 부치지 못했는데 벌써 매화꽃 져 버렸으니 또 다시 봄이 중반에 접어든 것이다. 이 시에서 젊은 아낙이 서리 내리는 가을 끝자락에서 매화 꽃 필 때까지 긴 시간을 외롭게 지내면서 남편을 그리워하는 모습을 적었다. 《매수 미인화》는 전하지 않는다.

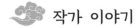

서위徐渭, 1521~1593

　　명나라 절강성 산음山陰 사람이다. 자는 문청文淸·문장文長이고, 호는 청등靑藤·천지天池이다. 천부적인 자질을 타고났으며 시·문·서·화에 모두 뛰어났다. 서위는 스스로 자신의 재능에서 서예가 최고이고, 다음이 시, 문, 그림의 순서라고 하였다. 서예의 필치는 자유분방한 데다 기상이 넘쳐 창의력이 넘쳐났다. 그의 그림 역시 화단에서 최고로 뛰어나다고 호평을 받고 있다. 특히 꽃·풀·대나무·돌 그림이 아름다웠고, 특이하게도 병법이나 기계奇計도 좋아해 호종헌胡宗憲의 막하에 있었고 호종헌이 투옥되었을 때 두려워 머리를 풀어헤치고 미치광이 노릇을 하며 자해했지만 죽지 않았다. 또 계처를 때려죽여 사형이 선고되었는데, 7년을 죄수로 지내다가 장원변張元忭의 도움으로 목숨을 건졌다.

　　이후 남으로는 금릉을 유람하고 북으로는 상곡에 이르기까지 변방의 경관을 두루 살피면서 비분강개한 마음을 시로 표출했다. 만년에는 극도로 빈곤해져 가지고 있던 책 수천 권을 모두 팔았다. 시서화에 각각 일가를 이루는 천재적인 문인으로, 특히 희극 〈사성원四聲猿〉을 발표하여 유명해졌다. 저서에 『남사서록南詞敍錄』과 『서문장전집徐文長全集』 30권이 있다. 명청明淸 시대 문단에 끼친 영향이 매우 컸다.

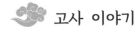 고사 이야기

탈속매화脫俗梅花

　　중국인들은 매화에 대해 여러 가지 이미지를 부여하였다. 매화는 그 단아한 자태와 그윽한 향기로 자신을 미인의 대명사로 만들었다. 게다가 매화 같은 여자라고 칭해지면 보통 여자를 상징하지 않는다. 매화는 모란처럼 온화하고 화려하지 않기 때문에 고귀하고 우아한 귀부인을 지칭할 필요는 없다. 매화가 의미하는 것은 청아하고 탈속한 여자를 의미한다, 그들의 신분은 고귀하지 않아도 이미지는 맑고 고상하다.

특히 매화의 주인을 말하자면 당에서는 맹호연이지만 송나라 임포를 빼놓을 수가 없다. 임포는 매화를 사랑하여 아내로 삼았다. 임포는 송나라 초기에 활동한 은일 시인으로 어릴 적부터 학문에 힘써 박학다식하였으나 벼슬길에 나가지 않았다. 서호의 고산孤山에서 결혼도 하지 않고 매화나무를 심어 처로 삼고 학을 키워 아들로 삼으며 살았다. 그 때문에 당시 사람들이 그를 매처학자梅妻鶴子라 불렀다. 매화는 청아하여 탈속의 이미지가 크다.

매장梅妝

『태평어람』에 매장梅妝의 이야기가 실려있다. 그 이야기는 다음과 같이 전개된다. 송 무제의 딸 수양壽陽 공주가 비록 제왕의 집에서 태어나 공주로 귀하게 여겨졌으나 평범한 여자처럼 천진난만하다. 어느 날 그녀는 함장전含章殿의 처마 밑에 누워있었다. 갑자기 매화가 그녀의 이마에 떨어졌고 수양 공주의 이마에는 오출화五出花로 화장한 모습이 생겨서 떨쳐낼 수가 없었다. 그날 후로 그녀는 매장으로 불렸다. 궁인과 사녀들은 모두 그녀를 본떠 이마에 매화 화장을 했고 어떤 이는 밤을 틈타 달빛 아래 추위를 참으며 남들이 자신을 매장으로 보는지 시험해 보았다. 하지만 이들은 수양 공주의 화장만 흉내 냈을 뿐 천진난만함은 흉내 낼 수 없었다. 매장의 고사는 공주의 천진함과 매화의 순수함이 어우러져 하나의 완전체 미인을 만들어 낸 것이다.

몽입매화梦入梅花

매화는 시인 묵객들에게 비범한 창작력을 보여주고 무한한 상상을 심어주어 매화에 대한 고사 이야기가 하나둘씩 생겨났다. 어느 추운 날 저녁, 반쯤 취한 문인이 술기운을 내뿜으며 길가에 누워있었다. 그의 몽롱한 취안醉眼에 엷게 화장하고 수수한 옷차림을 한 여인이 나타났다. 날이 이미 어두워지고 잔설이 밝은 달을 비추고 있는데, 문인은 그 여자의 향기가 엄습하여 자기도 모르게 그녀와 정담을 나누었고, 그녀의 말은 청아하고 매우 대범했다. 두 사람은 월하석 위에서 서로 술을 마시며 즐거워했다. 문인이 흥취가 무르익어 가는데 갑자기 찬 바람이 몰아쳤다. 문득 정신을 차려보니 황량일몽黃粱一夢이었다. 이미 동녘이 밝았고 몸을 일으켜 그녀를 찾았는데 어디에도 그 모습은 없었다. 다만 자신은 큰 매화나무 아래 있었다. 그는 온몸을 덮은 꽃잎을 털어내고 낙담할 수밖에 없었다. 이것이 바로 몽견매화의 고사 이야기다. 황량일몽은 실현될 수 없는 환영의 꿈이다. 당 전기소설『침중기枕中記』에 나온다.

나부몽羅浮梦

수隋의 문제(580~606) 때 조사웅趙師雄이란 사람이 광동성 혜주 나부산羅浮山에 놀러 갔다. 산을 좀 오르는데 매화마을이 나타났다. 희끗희끗 눈발과 함께 날씨는 차고 산골의 저녁은 더 빨리 찾아와 초저녁 달이 살며시 고개를 내밀었다. 그는 가까운 주막을 찾아 들어섰더니 엷은 소복을 한 여인이 그를 맞았다. 그 여인은 향기가 그윽하며 곱고 아름다웠다. 그는 이 여인과 밤늦게까지 술을 마셨다. 술이 점점 취해질 무렵에 푸른 옷을 입은 어린 사내가 나와 노래와 춤으로 이들을 반겼다. 조사웅은 취하여 잠이 들었다가, 새벽녘 차가운 바람에 눈을 뜨니 오래된 매화나무 아래에서 잠이 들었다. 고개를 보니 매화 가지에는 푸른 새가 부지런히 노닐고 있었다. 달은 기울고 동쪽으로 해가 조금씩 올라오고 있었다. 어찌 된 일까? 그는 어제 초저녁, 날 저물어 산자락의 매화마을에서 하룻밤을 노숙하였던 것인데 꿈에 나부산 매화의 정령精靈이 나부 미인으로 변하여 그녀와 정을 나누었다. 고아한 여인은 매화의 정령이었고 노래와 춤으로 장단 맞추었던 푸른 옷의 동자는 매화 가지에 노니는 푸른 새였다. 훗날 사람들은 이를 나부몽이라 불렀다. 혜주의 나부산에 오르면 매화나무숲에 나부몽의 고사를 전하는 글이 적혀있고 그 옆에 나부정羅浮亭이 있다.

군자매화君子梅花

당나라 매화는 자태가 탁월할 뿐만 아니라 그 기질 때문에 예로부터 사람들에게 칭송받아 왔다. 흔히 말하는 매·란·죽·국 사군자四君子는 매화를 1위에 올렸다. 매화의 위상이 얼마나 숭고한지 알 수 있다. 그래서 사람들은 종종 성품이 고결한 사람을 매화와 같은 군자에 비유한다.

한대 광형匡衡은 가난한 집에서 태어났다. 청소년이 되어 초를 살 돈이 없어 이웃집에 촛불을 빌리려다 비웃음만 샀다. 그래서 그는 낮에는 열심히 일하고 밤에는 몰래 벽에 작은 구멍을 뚫었다. 이웃집 촛불이 이렇게 작은 구멍을 뚫고 그의 집에 비쳐 들어오자, 그 불빛으로 집에 있는 책을 한 권씩 읽었다. 그런데 그는 더 읽을 책이 없었다. 동네 큰집에 가서 거저 일 도와주고 보수는 책 빌려서 보는 방법을 생각해냈다. 그렇게 광형은 남의 책을 빌려 읽는 것으로 그의 일생을 마쳤다. 배움에 굶주린 듯 목마른 그의 정신에 큰손들은 책을 빌려주겠다고 약속했다. 많은 양의 독서를 한 광형은 서한의 유명한 학자가 되었고 원제 때 승상이 되었다. 벽을 뚫어 옆집 불빛을 빌려 밤을 새워가며 책을 읽었다는 얘기가 전해지자 사람들은 그를 착벽투광鑿壁偸光의 군자라고 했다. 이는 하나의 미담이 되었고 어떤 사람이 그를 군자 중에서도 매화에 비유하였는데 그가 가난하기 때문에 바꿀 수 없을 것 같은 운명에 굴하지 않고 인생을 스스로 변화시킨 불굴의 군자 정신을 지녔기 때문이다.

매화와 자주 비교되는 또 다른 사람은 동진의 손강孫康이다. 손강도 가정 형편이 어려운 사람이다. 기름 램프를 쓸 여유가 없어 밤에 책을 읽지 못하는 것은 인생을 낭비하는 것이라고 느꼈다. 어느 날 밤, 그는 창밖으로 새어 들어오는 눈빛에 놀랐다. 하얀 눈이 밤에 빛을 발한 것이다. 게다가 이 빛은 책을 읽기에 충분했다. 손강은 이때부터 분발하여 어사대부御史大夫까지 지냈다. 후에 사람들은 그를 매화 군자라 불렀다. 가난한 아이들이 열심히 노력하고 분발하여 독서를 하는 정신이 매화에 비유되어 후세에 추앙받고 있다.

서위 《매화도梅花圖》

《월궁선자도月宮仙子圖》 三首

[명] 서위

《달나라 선녀 그림》 1수

纏頭雲錦墜金釵 전두운금추금채　구름 비단으로 머리 올리고 금비녀 꽂으니
短袖長裙雪片裁 단수장군설편재　짧은 소매 긴 치마는 눈 조각으로 재단했네
不是上頭寒不禁 불시상두한불금　머리 올린 것은 추워서가 아닌데
夜深何事卻飛來 야심하사각비래　깊은 밤 무슨 일로 도리어 날아온 것인가

《달나라 선녀 그림》 2수

捧來玉兔夜生光 봉래옥토야생광　방아찧는 옥토끼는 밤에 빛을 발하는데
一撚冰肌縞帶長 일념빙기호대장　빙설같은 피부에 명주 길게 드리웠네
試問當年明月裏 시문당년명월리　그냥 묻나니 당시 밝은 달 속에서
果然親得見明皇 과연친득견명황　과연 친히 명황을 보았는가

《달나라 선녀 그림》 3수

空中縹緲景光新 공중표묘경광신　하늘에 아득하게 경치가 새로운데

但似雲霞不似人 단사운하불사인	오직 구름 노을 닮았고 사람을 닮지 않았네
知道今來是何夕 지도금래시하석	오늘이 어떤 저녁인지 알겠구나
桂花添得幾枝春 계화첨득기지춘	계화는 봄에 몇 가지 더 피었을까

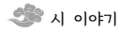 **시 이야기**

《달나라 선녀 그림》 1수

　달나라 선녀는 머리를 올려 금비녀 꽂고 눈 조각으로 옷을 지은 것 같이 하얀 옷을 입었다. 달나라 선녀가 깊은 밤에 여기까지 날아온 이유는 추위를 피해 온 것은 아닐 텐데 왜 왔을까? 현종은 선녀들이 달나라에서 이 세상에 왔다고 여기고 있으나 실상은 현종이 꿈에 달나라 궁전인 광한전에 갔었다. 달나라 선녀는 활을 잘 쏘는 예의 아내인 항아를 가리키나 여기서는 당나라 현종이 꿈에 본 광한전 선녀를 가리키고 있다.

《달나라 선녀 그림》 2수

　명황은 당나라 현종이다. 명황이 꿈에 신선의 궁전 광한전에 놀러 갔었다는 고사가 있다. 달나라 선녀들이 흰 피부에 명주옷 몸에 두르고 밤마다 빛을 발하는데 그들은 현종을 보았을까? 현종은 꿈에 광한전에 갔기 때문에 그녀들은 현종을 보지 못한 것이다.

《달나라 선녀 그림》 3수

　하늘에 보이는 풍경은 달나라 선녀들이 춤추는 모습이다. 그 선녀들은 사람을 닮지 않고 마치 노을 같았다. 곧 저녁이 되면 또 선녀들이 나타나서 여러 꽃의 형태를 보여줄 것인데 달나라에 있다는 계수나무 꽃은 봄에 가지마다 얼마나 많은 꽃이 피었을까 궁금하다.

고사 이야기

월궁선자月宮仙子

나씨羅氏 집 늙은이가 천보황제天寶皇帝를 모시고 잠시 환상 속에서 놀며 예상우의곡霓裳羽衣曲을 듣다가 은교銀橋를 끌어당겨 버리자 신선이 사는 봉해蓬海와는 소식이 단절되었다. 그 후 당나라 현종 초기에 나공원羅公遠이 현종을 모시고 월궁月宮을 구경 가면서 계수 나뭇가지 하나를 공중에 던지자 그것이 은빛을 내는 다리로 변하여 그 다리를 타고 올라가서 수백 선녀가 연출하는 '예상우의무霓裳羽衣舞'를 관람하고 돌아왔다고 한다. 예상우의무는 궁중무용으로 음률에 능통한 당 현종이 무지개처럼 아름다운 옷을 입고 공중에서 노래 부르고 춤을 추고 있는 선녀의 모습을 꿈속에서 본 후 음音을 달고 양귀비가 안무한 무용이라고 한다. 『태평광기』권24에 달나라 선녀들의 음악인 〈자운회紫雲回〉에 대한 이야기가 다음과 같이 적혀있다.

현종이 조정에서 조회할 때 손으로 배를 위아래로 어루만졌다. 조정에서 물러 나와 고력사가 물었다. "폐하께서는 수차례 손으로 배를 어루만지셨는데 어찌 성체가 편안하지 않으십니까?" 현종이 "아니다. 나는 어젯밤에 월궁을 여행하는 꿈을 꾸었다. 여러 신선이 상청上淸에서 즐기는 것을 보고 나도 함께 즐겼다. 그 노랫가락은 명랑하고 청아하여 들어보지 못한 곡조였다. 나는 오랫동안 기분 좋게 취해 있었고 그들은 또 음악을 합주하였는데 그 노래는 슬프고 감동적이었다. 지금도 귀에 아득하게 들리는 것 같다."라고 하고는 옥피리를 찾아서 불어보았다. 조회가 시작될 즈음 생각하려 해도 생각나지 않았다. 옥피리를 품고 아래위에서 그 음을 찾아냈다. 이제 마음이 편안해졌다. 고력사는 절하고 축하의 말로 "대단하십니다. 폐하께서 신에게 연주해주십시오." 하니 황제가 연주했다. 그 음은 너무 쓸쓸하였다. 이름이 궁금했다. 고력사가 다시 절하고 "곡의 이름을 청합니다." 하니 황제가 웃으며 "이 곡의 제목은 자운회紫雲回이다. 『천보악장』에 실어라."라고 하였다.

서위의 비분강개悲憤慷慨

원굉도袁宏道의 〈서문장전徐文長傳〉에 그의 비분강개를 아래와 같이 글을 써서 소개하였다. 서위는 자가 문장文長이며, 산음山陰의 생원으로 명성이 높았다. 설혜薛蕙께서 절강의 시험관일 때 그의 재능을 기이하게 여겨 걸출한 인물이라고 여겼다. 그러나 운이 없어 여러 차례 시험을 치렀으나 떨어졌다. 중승中丞 호종헌胡宗憲이 이 말을 듣고 그를 초대하여 막료로 삼았다. 문장이 호종헌을 알현할 때마다 갈포로 만든 옷을 입고 검은 두건을 쓰고 천하의 일에 대하여 거리낌 없이 말하자 호종헌이 매우 기뻐했다. 당시 호종헌은 변경의 군사들을 감독하며 통솔하여 그 위엄이 동남 지방 일대에 떨쳤는데, 무장들은 무릎 꿇고 말하고 뱀처럼 기면서 감히 고개를 들지 못했다. 그러나 문장은 부하인 일개 서생으로서 태도가 오만하였다. 호사가들은 그를 유진장劉眞長과 두보杜甫와 같은 인물에 비유했다.

호종헌이 흰 사슴을 잡자 상서로이 여겨 서문장에게 표表를 지어 바칠 것을 분부하였다. 표를 지어 바치자 세종께서 보시고 매우 기뻐하셨다. 이리하여 호종헌이 더욱 문장을 중시하여, 일체의 상소문이나 보고서를 모두 그의 손을 거치게 했다. 문장은 재능과 모략이 출중함을 자부하였고, 기이한 계책을 좋아하여 군사에 대하여 담론하면 종종 들어맞았다. 하지만 그는 세상일에 만족하지 않았고 끝내 좋은 시기를 만나지도 못했다.

문장이 관리로서 뜻을 이루지 못하자 제멋대로 행동하고 음주에 뜻을 맡기며 산수를 마음껏 감상하고 제·노·연·조 땅을 돌아다니면서 북방 사막지대를 두루 살피게 되었다. 그는 그곳의 험준한 산세, 파도가 솟아오르고, 바람에 날리는 모래와 천둥소리가 천지를 진동하고, 바람 소리와 쓰러진 나무, 고요한 골짜기와 큰 도시, 사람과 만물, 어류와 조류 등을 보고 일체의 놀랍고 경악스러운 형상들을 하나하나 모두 그의 시 속에 담아냈다. 그의 흉중에는 왕성한 기개가 있으나 영웅으로서 뜻을 이루지 못한 슬픔을 의탁할 만한 곳이 없었다. 그래서 그의 시에는 분노와 풍자가 있는 듯하며, 협곡의 격류가 울부짖는 듯하고, 씨앗이 땅을 가르는 듯하며, 과부가 밤에 우는듯하고, 나그네가 추위를 맞으며 길을 떠나는 듯했다.

그의 시는 독창적인 구상을 하였고, 그의 문장에는 뛰어난 식견이 있었다. 문장의 기세가 중후하고 법도가 정중하며, 남을 모방하여 그의 재능을 떨어뜨리거나 격조를 손상하지 않았으니 한유韓愈나 증공曾鞏에 비견할 만한 인물이라고 할 수 있다. 또 문장의 뜻은 고아하여 시대의 조류에 영합하지 않았다. 그는 서법을 좋아했는데 글씨 또한 시와 마찬가지로 자유롭고 고아하며 힘이 있는 가운데 아름다운 자태가 생생하게 나타났다. 구양수가 소위 '요염하고 아름다운 여자는 늙어도 그 모습을 지니고 있다.'라고 말한 것과 같다. 간혹 시간적인 여유가 있을 때 화초와 새 그림을 그렸는데 이에도 능하여 뛰어난 운치가 있다.

그 뒤에 후처를 죽였다는 의심을 받아 감옥에 갇혀 사형을 판결받았으나 태사인 장원변張元汴이 힘써 구조하여 출옥하게 해주었다. 만년에는 세상에 대한 분노가 더 깊어지고 거짓으로 미친 체함이 심해져서 지위가 높고 귀한 사람이 찾아오면 항상 거절하고 만나지 않았다. 또 돈을 가지고 술집에 들러 하인들을 불러 함께 술을 마시기도 하고, 혹은 손수 도끼를 가지고 자신의 머리를 때려 얼굴이 온통 피투성이가 되기도 해 두개골이 부서져 손으로 문지르면 소리가 날 정도였다. 때로는 날카로운 송곳으로 양쪽 귀를 뚫어 1촌도 더 들어갔으나 죽지 않았다. 주망周望이 말하기를 "문장의 만년에 그의 시문이 더욱 기이했는데 세상에 전하는 판본은 없고 전집이 그의 집에 소장되어 있다"라고 하였다. 『고문진보』에 원굉도가 그에 대해 다음과 같이 적었다.

선생의 운명은 다난하셔서 미치게 되셨다. 미쳤을 뿐 아니라 옥에 갇히기도 했다. 고금의 문인들은 불만이 있고 곤궁하여 고통스럽다 하더라도 선생처럼 비분강개한 자는 없었다. 호종원이 몇십 년 만에 나올까 말까 하는 호걸이고 세종께서도 영명하신 군주이신데 그를 막료 중 최고의 예로 대우를 해주셨으니 이는 호종원 선생이 문장의 재능을 잘 아셨기 때문이다. 다만 선생께서 지위가 귀하게 되지 않았을 뿐이다. 문장은 나의 옛 친구이며 그의 단점은 다른 사람보다 기이하다는 것인데 사람됨은 그의 시보다 더욱 기이하였다. 문장 선생은 세상일을 기이하게 여겨 그의 운명이 기이해졌으니 슬픈 일이다!

기괴奇怪이야기 1

어떤 사람이 서위를 찾아가 그의 딸이 문 앞에 서 있는 것을 좋아하여 집에 들어가지 않는다고 몇 번이나 무슨 좋은 방법이 없느냐고 물었다. 서위는 세 푼만 내면 딸의 나쁜 성질을 교정해 줄 수 있다고 했다. 그 아버지는 매우 기뻐하며 서위에게 세 푼을 건네주었고, 그는 가서 두부 1모 1푼에 간장 1병 두 푼에 사서 양손에 받치고 맨손으로 딸이 서 있는 문밖을 지나갔다. 서위가 그녀의 앞을 지날 때 배를 내밀어 바지가 벗겨지게 하였다. 그리고는 "아아, 바지가 떨어지는데 내 두 손안에 짐이 가득하니 아가씨 저 대신 바지 좀 올려 주세요."라고 했다. 그 아가씨는 집안으로 뛰어들어가 다시는 문 앞에 서 있지 않았다고 한다.

기괴奇怪이야기 2

서위는 절에 살았는데 방장이 그를 매우 푸대접했다. 그는 방장에게 골탕을 주려고 새벽마다 스님이 잠든 틈을 타서 방장의 승의를 입고 승모를 쓰고 뒷마당으로 나가 어떤 집의 창문에 소변을 보았다. 그곳은 한 무관의 따님이 수놓은 방이었다. 그녀는 아버지께 이 일을 알렸고 부친은 방장을 데려다 곤장을 쳤는데 한 대 맞고 바로 죽었다. 나중에 방장의 귀신이 그를 찾았는데, 어느 날 그가 집으로 돌아가니 그의 아내가 한 스님과 함께 자는 것이 아닌가? 서위는 스님을 칼로 베었는데 정신을 차려보니 그녀 혼자 잠들어 있었고 그는 아내를 죽인 것이다. 그가 본 것은 환상이었다. 서위는 이 일 때문에 몇 년 동안 옥살이를 하다가 가까스로 풀려났다.

題徐渭畫《왕우군王右軍》

[명] 서위

서위가 그린 《왕희지 그림》에 적다

右軍本清眞 우군본청진　　　왕희지는 본래 맑고 진솔한데
瀟灑出風塵 소쇄출풍진　　　소쇄함은 세속으로부터 벗어났다네
山陰過羽客 산음과우객[1]　　 산음에서 도사를 찾아가니
愛此好鵝賓 애차호아빈　　　도사가 이렇게 거위를 좋아하는 손님을 좋아했네
掃素寫道經 소소사도경　　　흰 비단에 도경을 써주니
筆精妙入神 필정묘입신　　　필체가 정묘하여 신의 경지에 들었네
書罷籠鵝去 서파롱아거　　　글이 다 써지고 조롱에 거위 담아 떠나가니
何曾別主人 하증별주인　　　어찌 주인을 작별할 수 있겠는가

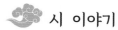 시 이야기

　이 시는 이백이 지은 시다. 서위가 그림을 그리고 이백의 시로 제화하였다. 왕희지는 산음에 살았고 동네 백 거위를 키우는 도사 집에 거위를 사러 갔다. 도인은 서예를 잘 쓰고 인격이 고매한 왕희지가 거위 사러 자기 집에 찾아온 것이 너무도 좋았다. 도사는 돈 대신 노자의 〈도덕경〉을 써주고 거위를 가져갈 것을 제안하였고

왕희지가 흰 비단에 도경을 써주니 그 필체가 너무나 신묘하여 신의 경지에 들어간 것 같았다. 글이 다 완성되고 거위를 조롱에 담아 떠나가니 거위는 주인과 작별하며 많이 슬펐을 것이다. 서성書聖으로 일컬어지는 왕희지는 평소 거위를 사랑하여 거위를 키웠다. 그는 길고 유연하며 변화무상한 거위 목을 보면서 서체에 대한 영감을 얻었다고 한다.

주

1 우객羽客은 도를 닦는 사람을 말한다.

참고

거위[鵝]

거위는 별칭이 가안家雁·서안舒雁·우군右軍·역예鵝·역월逆月이 있다. 거위는 고니백조에서 나온 물새인데 날지는 못한다. 거위가 도사와 관련이 있는 것은 학와 함께 흰색으로 신선과 관계를 맺어 도사가 즐겨 키우는 정물情物이 되었다. 거위가 우군이 별칭이 된 것은 왕희지 고사 때문이다. 왕희지의 거위에 대한 고사는 여러 개가 있다.

고사 이야기

우장군右將軍

『진서晉書』 권80 「왕희지전」에서 전한다. 동진의 왕희지王羲之(303~361)는 자가 소일少逸이고 우군장군右軍將軍을 지냈기 때문에 우장군右將軍이라 불린다. 그의 서예는 한나라와 위나라의 질박한 서풍으로 일변하여 아름다운 서체를 만들었고 또 많은 정물을 통해 널리 취하고 뭇사람의 장점을 찾아 서체의 기세를 정밀하게 연구하였다. 특히 원근법에 있어 명성을 떨쳤다. 사람들은 그가 쓴 글씨를 '힘이 빠지기는 하늘에 뜬 구름과 같고, 용맹스럽기는 놀란 용과 같다.飄若浮雲, 矯若驚龍.'라고 묘사했다. 그에 대한 많은 고사 이야기가 전한다.

서환백아書換白鵝

서환백아는 왕희지의 글씨와 도사의 흰 거위를 바꾼다는 뜻이다. 산음 지방에 한 도사가 〈황정경〉을 써달라고 부탁해 종이와 비단을 준비했는데, 왕희지가 허락하지 않을까 염려하여 도사는 왕희지가 거위를 좋아한다는 것을 알고 특별히 흰 거위들을 키웠다. 어느 날, 왕희지가 배를 타고 이곳을 지나는데, 도사가 기르던 거위가 강에서 헤엄을 치며 두 손바닥으로 노를 저으며 고개를 들고 나아가는 모습이 너무나 아름다웠다. 왕희지는 너무 좋아 배를 멈추고 감상하며 도사에게 거위를 팔라고 했다. 도사는 일부러 팔지 않겠다고 했고, 사경 한 권을 바꿀 수 있다면 괜찮다고 했다. 이렇게 왕희지는 도사를 위해 〈황정경〉을 썼고, 그 거위들은 자연스럽게 왕희지가 배에 태워 데리고 갔다. 이것이 사람들이 전하는 '서환백아書換白鵝' 이야기다. 그래서 해서 〈황정경〉도 왕희지의 서예 가작이 되었다. 이백이 시에서 도경을 써주고 거위와 바꾸었다고 적고 있어 왕희지가 써준 글씨가 서책마다 〈도덕경〉과 〈황정경〉으로 다르게 나온다는 점을 밝혀둔다.

왕희지가 서책을 써주고 거위를 바꾼 것은 단지 거위의 흰 털과 붉은 손바닥을 감상하기 위해서가 아니다. 집필할 때는 검지를 거위의 머리처럼 치켜세우고 약간 구부려야 하며, 운필할 때는 거위의 두 손바닥처럼 힘차게 물을 저어주어야 자유자재로 좋은 글씨를 쓸 수 있다고 생각했다. 그러니까 왕희지가 거위를 좋아하는 것은 그가 글을 쓸 때 집필하고 운필하는 것과 밀접한 관련이 있다. 그는 흰 거위가 물속에서 움직임을 연구하면서 글씨를 쓸 때 붓을 사용하는 방법을 깨달았다. 청나라 서예가 포세신包世臣은 일찍이 시를 한 편 지어 왕희지의 서예 요령을 개괄하였다.

〈오지제력五指齊力〉　　　[청] 포세신

全身精力到筆端 전신정력도필단　전신의 정력이 붓끝에 이르렀으니
定台先將兩足安 정태선장량족안　먼저 두 발을 안정시키고
悟入鵝群行水勢 오입아군행수세　거위 떼 들어가 물살 가르는 것을 깨달아야
方知五指齊力難 방지오지제력난　다섯 손가락 힘을 합치는 어려움을 안다

서위 《왕우군王右軍》

題 《왕질난가도王質爛柯圖》

[명] 서위

《왕질이 바둑 구경하는 그림》에 적다

閑看數著爛樵柯 한간수저란초가　한가하게 바둑 두는 것 보며 땔나무 도끼 썩고
澗草山花一刹那 간초산화일찰나　물풀과 산꽃 피는 것은 한 순간이네
五百年來棋一局 오백년래기일국　오백년 내려오며 바둑을 한번 대국하니
仙家歲月也無多 선가세월야무다　선가의 세월은 많음이 없다네

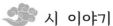 시 이야기

　이 시는 옛날에 왕질이라는 나무꾼이 우연히 신선 세계에 들어가 신선놀음하다
가 땔나무 하러 가지고 갔던 도끼가 썩는데도 몰랐다는 고사에서 가차하였다. 신선
세계에서 지낸 세월에 비하면 세속의 물풀이나 산꽃은 폈다 지는 것이 한순간의
일이다. 하지만 신선 세계에서는 바둑 한 차례 대국하는 데 오백 년이 지난다 하니
신선 세계에서 보면 속세의 시간은 찰나의 일로 보일 뿐이다.

주

　1 난가爛柯에서 난爛은 썩는 것이고 가柯는 도끼자루이다.
　2 수착數著은 바둑판에 여러 차례 바둑알을 놓는 것을 말한다.

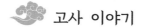

고사 이야기

왕질난가王質爛柯

『술이기述異記』 상권에서 전한다. 진晉나라 때 석강 상류인 구주의 석실산 아랫 마을에 왕질王質이라는 나무꾼이 살고 있었다. 어느 날 석실산石室山에 나무를 하러 갔다가 깊은 산속에 들어가게 되었는데 두 동자가 나무 아래에서 바둑을 두고 있었다. 왕질이 옆에 앉아 시간 가는 줄 모르고 정신없이 구경하고 있는데 한 동자가 대추씨 같은 것을 주며 먹으라고 하기에 왕질이 그것을 먹었는데 배고픈 것도 잊었다. 얼마 있다가 동자가 왕질에게 "네 도끼자루가 이미 다 썩었다."라고 하였다. 왕질이 그 말에 정신을 차려보니 과연 자기의 도끼자루는 이미 다 썩어 버렸다. 황급히 마을로 내려와 보니 전에 살던 사람은 하나도 보이지 않았다. 마을 사람들이 그의 집을 들락거리며 있었고 집안에서는 제사 준비에 분주하였다. 이상하게 여기어 물어보니 이 집 주인의 증조부인 왕질이라는 사람이 산에 나무하러 갔다가 돌아오지 않아 이날을 제삿날로 삼았다고 하였다.

산에 사는 두 동자는 신선이어서 늙지 않고 동자로 오래 살고 있고 자신도 신선이 되어 지내다 인간 세상에 오니 세월이라는 개념이 분명해졌다. 우리는 몰두하여 시간이 가는 줄 모를 때 '신선놀음에 도끼자루 썩는 줄 모른다'라는 말을 하고 있다. 이 고사가 바로 왕질난가이다.

서위 《왕질난가도王質爛柯圖》

《발묵십이단拔墨十二段》 卷之八

[명] 서위

《발묵십이단》 권 8

瀑布掛江北 폭포괘강북　　　폭포는 강의 북에 걸려있고
望者江南猜 망자강남시　　　바라보는 자는 강의 남에서 시샘하네
雪花那不到 설화나부도　　　설화는 넘어오지 못하고
霹靂過江來 벽력과강래　　　벽력같이 강을 건너오네

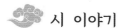 시 이야기

　서위는 묵으로 열두 작품을 그렸다. 그리고 '발묵십이단'이라고 이름 붙였다. 여덟 번째 그림에서 폭포는 강의 북쪽에 걸려 있고 보는 사람은 남쪽에서 폭포에 가까이 가지 못함을 아쉬워한다. 설화는 폭포 물이 떨어지며 만드는 눈꽃이다. 폭포 물은 강의 남쪽까지는 넘어오지 못하고 벽력같은 물소리만 강을 건너와 두 사람을 자극한다.

서위《발묵 십이단권 중의 팔》

醉中詠玉林山人所繪 《취선도醉仙圖》

[명] 서위

취중에 옥림산인이 그린 《술 취한 신선 그림》

玉林醉仙吾故人 옥림취선오고인　옥림취선은 내 친구인데
畵出醉仙無限春 화출취선무한춘　취선을 그려내니 무한한 봄날이었네
今日欲見不可見 금일욕견불가견　지금은 보고자 해도 볼 수 없고
但見圖畵傷吾神 단견도화상오신　단지 그림만 보니 내 마음이 속상하네
畵出醉仙醉欲倒 화출취선취욕도　취선을 그려내니 취하여 넘어지려 하고
我亦大醉不知曉 아역대취부지효　나 또한 대취하여 날 밝은 줄 몰랐네
東方天白瓦露燥 동방천백와로조　동쪽 하늘 날 밝아 기와에 이슬 다 말랐지만
卻恨歸家何太早 각한귀가하태조　아직 귀가하기 싫은데 시간은 어찌 그리 빠른지

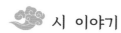 시 이야기

　옥림산인玉林山人은 서위의 친구이다. 서위는 그가 취중에 그린 《취선도》에 제화하였다. 친구 옥림산인은 이미 저 세상 사람이니 그가 그린 《취선도》를 보며 그를 떠올린다. 술에 취한 신선을 그린 계절은 봄날이었다. 그림을 보고 있노라니 그를 보고픈 생각이 깊어 속상하기만 하다. 그가 그린 취선은 술에 취해 넘어지려 하는

모습이고 자기도 날이 밝아온 줄도 모르고 술 마시며 친구가 그린 그림을 보다가 밤을 지새웠다. 그는 그림에 취해 벌써 해 돋아 기와의 이슬이 다 말랐는데도 집으로 돌아가기 싫었다. 이미 가버린 친구를 그리워하며 시간이 빠름을 적었다.

옥림산인 《취선도醉仙圖》

題韓幹《야목도野牧圖》

[명] 장봉익張鳳翼

한간이 그림《들에서 방목하는 그림》에 적다

渥窪水草正當時 악와수초정당시	큰 웅덩이에 수초가 바로 피어날 때인데
天許蘭筋野牧宜 천허란근야목의	하늘이 난초 줄기 허락하니 야목함 마땅하다.
未遇王良應棄老 미우왕량응기로¹	왕량은 응당 노련함을 버리지 않았고
難逢伯樂敢稱奇 난봉백락감칭기²	백락이 기이하다고 말할 말 만나기 어렵네
偶然赭白曽題賦 우연자백증제부	우연히 적마와 백마 일찍이 부를 적게 했는데
豈必驪黃始入詩 기필려황시입시	어찌 꼭 검고 누런 말만 처음 시에 들어가
千載獨憐韓幹筆 천재독련한간필	천년간 유독 한간 붓에서만 사랑받았겠는가
不教巖穴肯胥靡 불교암혈초서미³	바위동굴이 말을 닮지 않게 했네

🌀 시 이야기

악와는 큰 웅덩이를 말한다. 왕량은 춘추시대 말을 잘 몰기로 유명한 조보造夫와 짝이 되기도 하지만 말을 잘 감별하던 백락과 짝이 된다. 사방에 잡초들이 자라나니 말을 방목하는 것이 마땅한 때이다. 말 모는 전문은 왕량이고, 말 감정 전문은 백락이며, 말을 잘 그리는 사람은 한간이라 천 년 동안 한간이 말로 인해 사랑받았지만, 시인 장봉익은 여러 종류의 말에 대해 시와 부를 지어 그들과 이름을 나란히 하였다.

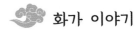

1 **왕량王良**은 수레를 모는 권위자이다. 동한 왕충의 『논형』에 '왕량이 수레에 오르면 말이 지치거나 힘들어하지 않는다.王良登車, 馬不罷駑.'라는 말이 있다. 왕량은 훌륭한 수레 몰이로 그가 수레를 몰면 말이 지치거나 힘들어하지 않았다고 한다.

2 **백락伯樂**의 본명은 손양孫陽이다. 춘추전국시대의 인물로, 말을 감정하는 상마가相馬家라는 직업에 종사하던 인물이었다. 그 안목이 특출나서 그가 고르는 말은 백이면 백 모두 명마였다고 한다. 이에 사람들이 본명인 손양 대신 백락이라는 별명으로 불렀다. '백락이 한 번 뒤돌아본다[伯樂一顧]'와 '백락이 말을 관찰한다[伯樂相馬]'의 두 고사가 유명하다.

3 **서미胥靡**는 말이다. 송나라의 왕우칭王禹偁이 〈기마記馬〉에서 '말 사육하는 자가 말하기를 "망아지가 교미하여 어미가 되어 다행히 기류 말이 되면 그 뛰어남은 반드시 배가 되지만 불행히도 암말이 또 그 씨를 얻으면, 내년에는 일반 말이 되니, 잃을 수 없다.圉人復曰 以是駒配是母, 幸而驪, 其駿必倍 ; 不幸而騋, 又獲其種, 明年將胥靡之, 不可失也."'라 했다. 서미胥靡의 원래 의미는 죄수이다. 이는 속되게 말하여 말을 고쳐서 말한 것이다. 여기서는 보통 말을 의미한다.

🌀 화가 이야기

한간韓幹

당唐의 화가로 하남성 대량大梁(지금의 개봉) 사람이다. 소년 시절 왕유王維에게 그림 재주가 있다고 인정받았고 천보 연간(742~756) 궁정 화가가 되었다. 관직은 태부사승에 이르렀으며 인물화와 안마화에 뛰어났다. 또 사원의 벽화에 불교 회화도 그렸으나 화마畫馬를 가장 특기로 하였다. 제실帝室의 마구간에 있는 수많은 명마를 묘사했으며, 현종 시기 살찐 말의 모습을 표현하여 '고금독보古今獨步'라는 명성을 얻었다. 처음에는 조패의 화풍을 배웠으나 나중에 독창적 경지를 떨쳤다. 전해 오는 작품으로 《조야백도照夜白圖》(뉴욕 메트로폴리탄 박물관), 《신준도神駿圖》(심양 요녕성 박물관), 《목마도牧馬圖》(타이베이 고궁박물관)가 있다.

 ### 작가 이야기

장봉익張鳳翼, 1527~1613

명나라 희곡 작가로 강소성 장주長洲 사람이다. 자는 백기伯起이고, 호는 영허靈 虛이다. 가정 43년(1564)에 거인이 되었다. 곡曲에 뛰어났는데, 동생 장연익張燕翼, 장헌익張獻翼과 함께 명성을 얻어 '삼장三張'으로 불렸다. 관직을 그만두고 두문불 출하였고 만년에는 시문을 팔아 생계를 이어갔다. 저서에 시문집 『처실당집處實堂 集』 8권과 『몽점류고夢占類考』, 『해내명가공화능사海內名家工畵能事』, 『문선찬주文 選纂注』, 『사서구해四書句解』, 『서란각경행록瑞蘭閣景行錄』, 『청하일사淸河逸事』 등 이 있다. 전기傳奇로 『양춘집陽春集』이 있다.

한간《목마도牧馬圖》

題李士達《삼타도三駝圖》

[명] 전윤치錢允治

이사달의 《세 꼽추 그림》에 적다

張駝提盒去探親 _{장타제합거탐친}　장타는 찬합을 들고 친지를 찾아가고
李駝遇見問緣因 _{이타우견문연인}　이타는 우연히 만나 인연을 묻고
趙駝拍手哈哈笑 _{조타박수합합소}　조타는 손뼉치며 하하하 웃으니
世上原來無直人 _{세상원래무직인}　세상에는 원래 등이 곧은 사람은 없다네

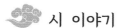 시 이야기

　삼타三駝는 장씨 꼽추, 이씨 꼽추, 조씨 꼽추 세 명의 등이 굽은 노인들이다. 그 림에 세 노인이 서로 담소하며 걸어가는 모습을 그렸는데 동작이 제각각이다. 맨 앞에 찬합을 들고 가는 곱추가 장타이고 뒤에 손뼉 치며 따르는 이가 조타이다. 세상 사람들은 꼽추가 아니라도 늙으면 등은 굽는다. 시에서 꼽추들은 이미 늙은이 라 세상에 등 굽은 이들과 다를 것이 없다고 하였다.

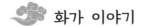

화가 이야기

이사달李士達, 1540~1620

명나라 말기 화가로 만력 연간에 활동했다. 강소성 소주 오현吳縣 사람이다. 자는 통보通甫이고, 호는 앙괴仰槐·앙회仰懷이다. 만력 2년(1574) 진사시에 급제했다. 그림은 인물과 산수에 능했고 화법은 동원董源에게서 배웠으나 당시 유행하던 기괴한 산수화를 그렸다. 만년에는 신곽新郭에 은거했고, 작품에 《산정조망도山頂眺望圖》, 《석호아집도石湖雅集圖》, 《죽리천성도竹裡泉聲圖》 등이 있다.

작가 이야기

전윤치錢允治, 1541－1624

명대 문학가이고 화가이며 장서가이다. 강소성 장주長洲 사람이다. 이름이 부府이고 자는 윤치允治·공보功父이다. 명대 화가인 전곡의 아들로 부자가 장서를 취미로 삼았다. 청대 장서가인 전증은 『독서민구기讀書敏求記』에서 '공보는 낡은 집 세 칸에 장서가 마룻대를 가득 채웠다. 대낮에 서책을 조사하는 데도 반드시 등촉을 밝히고 아래위로 사다리를 오르내렸다. 특히 소장한 것은 사람들이 잘 보지 못한 귀한 책들이다.'라고 했다. 또 『열조시전列朝詩傳』에서는 '나이가 80살 즈음 한겨울 그가 병상에 들자, 낮에 서적을 훔쳐가는 것이 저녁 무렵까지도 그치지 않았다. 공보가 죽자 자식이 없어 그가 남긴 서적들은 모두 흩어져 없어졌다. 이로부터 오중의 문헌은 찾을 수 없고 선배들이 읽은 책은 자식 대에 끊어졌다.'라고 하였다.

題李士達《삼타도三駝圖》

이사달의 《세 꼽추 그림》에 적다

爲憐同病轉相親 위련동병전상친 불쌍함은 같은 병통으로 친함으로 바뀌니
一笑風前薄世因 일소풍전박세인 풍전 박세가 원인이 되어 한번 웃으니
莫道此翁無傲骨 막도차옹무오골 방법이 없어 이 노인들이 오골이 없겠는가
素心淸澈勝他人 소심청철승타인 순수한 마음 맑음이 타인을 능가하는 것이라네

🌊 시 이야기

그들은 세상 사람들의 박대를 받기 때문에 불쌍하다는 상황이 같아서 서로 친하기 쉽다. 이들이 만약 세상 사람들 박대에 화를 낸다면 꼽추로 타고난 것이 원망스럽겠지만, 이미 덕德을 지니고 태어나서 마음에 순수함이 충만하다. 그들의 마음은 맑고 깨끗하여 세상에 온전한 육체를 지니고 있으면서 마음이 깨끗하지 못한 인간들을 능가한다. 이는 『장자·덕충부』에 나오는 꼽추 우화를 빌려온 것이다.

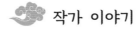 **작가 이야기**

육사인陸士仁

　명나라 화가이다. 자는 문근文近이고 호는 징호澄湖·승호이며 강소성 장주長洲 사람이다. 오도자를 스승 삼았고 산수를 그리는 필법이 고아하다. 대부분 부친의 풍을 지녔으나 문징명이 남긴 뜻을 잃지 않았다. 만력 39년(1611)《도원도선桃源圖扇》을 그렸고, 『고궁순간故宮旬刊』에 실려있다. 작품으로 『화사회요畵史會要』, 『무성시사無聲詩史』, 『명화록明畵錄』이 전한다.

 고사 이야기

애태타哀駘它

　『장자·덕충부』에 다음과 같이 적고 있다. '위나라에 등이 굽고 못생긴 사람이 있는데 이름이 애태타라고 한다. 사내 중에 그와 함께 지낸 자들은 그를 사모하여 떠나지를 못하고 여인들은 그를 보고서 부모에게 청하기를, 다른 사람의 처가 되느니 차라리 그 선생님의 첩이 되겠다는 사람이 몇 십 명에 그치지 않는다. 그런데 그가 앞장서는 것을 들어본 적이 없고 항상 다른 사람과 어울릴 뿐입니다. 그가 임금의 지위로 사람을 죽음에서 구제해 주는 것도 아니고, 녹봉을 모아서 사람들의 배를 채워 줄 수 있는 희망을 주는 것도 아니며, 또한 그 못난 용모는 천하의 사람들을 놀라게 하지만, 남과 어울리며 앞장서지 않으니 그 지혜가 천지사방에서 뛰어난 것도 아닌데도 또한 남녀가 그 앞에 모여드니 이 자는 반드시 보통 사람과는 다를 것이다.'

　애태타는 이처럼 못생겼지만 넘쳐나는 덕으로 남녀노소 모든 이들에게 사랑받는다. 그 이유는 본바탕에 덕을 지녔기 때문이다. 그는 생사, 존망, 성패, 빈부 등 세상의 변화에 따라 마음을 어지럽히지 않는다. 즉, 순수한 마음이 타인을 능가한 것이다.

題李士達《삼타도三駝圖》

[명] 문겸광文謙光

이사달의 《세 꼽추 그림》에 쓰다

形貌相肖更相親 형모상초갱상친　　모습은 서로 닮아 한층 서로 친한데
會聚三駝似有因 회취삼타사유인　　세 꼽추가 모인 건 인연이 있는 듯하네
卻羨淵明歸思早 각선연명귀사조　　도리어 도연명이 일찍 귀향한 것이 부러우니
世途只見折腰人 세도지견절요인　　세상에는 허리 굽히는 사람만 볼 뿐이라네

시 이야기

　이사달의 《삼타도》 그림에 세 수의 제화시가 적혀있는데 그 마지막 작품이다. 세 꼽추가 이렇게 한자리에서 만난 건 분명 인연이 있을듯하다. 도연명이 세상에서 고개 숙이며 월급 타는 것이 싫어 〈귀거래사〉를 읊고 고향으로 돌아갔던 시에서 그 의미를 빌려왔다. 세상을 살아가는 사람들은 모두 윗사람에게 비굴하게 허리를 굽혀야 녹봉을 받아 살 수 있으니 선천적인 꼽추와 후천적으로 인간들이 허리 굽혀야 세상을 사는 것은 서로 다를 것이 없다.

〈귀거래사 歸去來辭〉　　　　　　　　도연명

歸去來兮 귀거래혜　　　　　　　돌아가자.

田園將蕪胡不歸 전원장무호불귀　전원이 황폐해지는데 어찌 돌아가지 않으리

旣自以心爲形役 기자이심위형역　이미 자신이 마음을 육신의 노예로 삼았는데

奚惆悵而獨悲 해추창이독비　　어찌 실망하며 홀로 슬퍼하리

悟已往之不諫 오이왕지불간　　이미 지난 일이 돌이킬 수 없음을 깨닫고

知來者之可追 지래자지가추　　앞으로 쫓아야 하는 길은 알았는데

實迷塗其未遠 실미도기미원　　사실 길을 헤매었지만 멀리 가지 않았으니

覺今是而昨非 각금시이작비　　지금이 옳고 지난날 그릇됨을 깨달았네

(중략)

도연명陶淵明(365~427)

동진의 전원시인으로 심양 사람이다. 이름은 잠潛이고, 자는 원량元亮·연명淵明이다. 사람들이 오류五柳선생이라고 불렀고 시호는 정절靖節이다. 하급 귀족의 가난한 가정에서 태어났고 부친은 일찍 사망했다. 젊어서부터 입신의 포부를 품고 면학에 전념하여 29세에 주州의 관리로서 관직에 임했다. 그 후 13년간 지방 관리로 있었으나 입신의 뜻을 이루지 못하고, 팽택령彭澤令을 80일간 근무한 후 향리로 돌아갔다. 그는 현縣을 시찰하러 온 군郡의 관리에게 "내 오두미五斗米의 봉급 때문에 허리를 굽히고 향리의 소인에게 절을 해야 하겠느냐?"라고 하고 현령의 자리를 내동댕이치고 전원으로 돌아가 술과 국화를 사랑하며 살았다. 작품으로 전원으로 돌아가고 싶은 심경을 적은 〈귀거래사歸去來辭〉, 〈도화원기桃花源記〉, 〈오류선생전五柳先生傳〉, 〈책자責子〉, 〈음주飮酒〉, 〈귀원전거歸園田居〉, 〈귀조歸鳥〉 등은 많이 알려졌다. 청나라 때 도주陶澍가 편찬한 『정절선생집靖節先生集』 10권이 있고, 현대에 들어서는 왕요王瑤가 편찬한 『도연명집』이 있다.

《삼타도》

그림에서 화가가 전달하고자 하는 의미는 '세상에 곧게 선 사람은 없다.'라는 것이다. 《삼타도》에 등이 굽은 세 인물의 형체, 표정, 행동은 모두 그들의 개성을 반영하고 시와 그림이 어우러져 당시 사회의 한 현상을 표현하였다. 선천적으로 등이 굽지 않은 사람들도 젊어서는 사회생활 하며 윗사람에게 등을 굽혀야 봉급받아 살아가고 또 나이 들면 모두 등이 굽어진다. 어차피 모두 등을 굽히고 살아가는 사람인데 선천적 꼽추를 비웃지 말라는 충고가 들어있다.

그림에는 세 명의 꼽추인 노인이 걸어가는 모습이 그려져 있다. 앞쪽에는 지팡이를 든 사람이 뒤를 돌아보고 있었고, 가운데에는 손을 모으고 앞으로 나와 안부를 묻는 듯했고, 마지막에는 바짝 따라와 손뼉을 치며 웃고 있다.

 작가 이야기

문겸광文謙光

명대 화가이다. 자는 거영去盈 · 현학생縣學生이다. 글씨는 행서와 해서를 잘 썼는데, 동진의 왕희지 서풍을 모방하여 서체의 형신과 골격[神骨]이 닮았다.

이사달 《삼타도三駝圖》 북경 고궁박물원 소장

《답설심매도踏雪尋梅圖》

[명] 장풍張風

《눈을 밟으며 매화를 찾는 그림》

踏雪尋梅去 답설심매거	눈을 밟고 매화를 찾으러 떠났는데
梅花在何處 매화재하처	매화는 어느 곳에 있는가
色聲與香味 색성여향미	색 소리와 향기 맛
眼下都全具 안하도전구	눈 아래 모두 온전히 구비되어있다네

 시 이야기

　매화는 추위에 견디는 한화寒花이다. 눈을 밟으며 매화를 찾으러 떠났는데 매화가 눈 속에서 색과 향기를 뿜으며 눈에 들어오니 얼마나 반갑겠는가? 탐매는 맹호연의 고사에서 비롯되었고 매화를 예기하자면 매화를 처로 삼았던 임포林逋 역시 빼놓을 수가 없다.

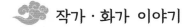 **작가·화가 이야기**

장풍張風

명말 청초 화가이고 시인이다. 자는 대풍大風이고 호는 승주升州이며 자칭 상원 노인上元老人이라 했다. 강소성 상원(지금의 남경) 사람이다. 숭정崇禎 때 재생이었 고 명이 망한 후 관직에 나가지 않아 집이 빈궁하였다. 그는 산수, 인물, 화훼 등을 그렸는데 초상화가 더욱 정밀하였다. 젊었을 때는 그림의 풍격이 비교적 한아하고 신운神韻이 깃들어 있었다. 현존하는 작품으로는 《제갈량상諸葛亮像》, 《상풍도賞楓 圖》(상해박물관 소장), 《관폭도觀瀑圖》, 《위북근사산수책爲北覲寫山水冊》(일본 나랑대화 奈良大和문화관 소장), 《후국도嗅菊圖》이 있다.

 고사 이야기

파교탐매灞橋探梅

파교탐매는 '파교를 건너 매화 찾으러 가다'라는 뜻이다. 송나라 육유 〈사왕자임 판원혜시편謝王子林判院惠詩編〉에서 '당나귀를 타고 파교에 올라가 술을 사서 신풍 에 취한다.騎驢上灞橋, 買酒醉新豊'라고 썼다. 당나귀를 타고 파교를 건너는 것은 매 화를 찾아 떠나는 맹호연孟浩然(689~740)의 이미지이자 전고이다. 파교는 원래 섬 서성 장안 동쪽 교외 파수 위에 있는 남북 2교로 다리 양쪽에 버드나무가 넓게 심 어있다. 당나라 때 장안 사람들은 보통 파교에 가서 친척과 친구를 보내며 버드나 무를 꺾어 주고 헤어졌다. 명나라 장대張大의 〈야항선夜航船〉에 따르면, 맹호연은 늘 눈을 맞으며 당나귀를 타고 매화를 찾으며 '나의 시는 파교의 풍설 속에서 당나 귀 등을 타고 생각이 나온다.'라고 했다. 만당의 재상 정계鄭綮가 맹호연에게 새 작품을 지을 수 있느냐고 묻자 "시사가 파교의 풍설 속에서 당나귀 등에 있을 때

떠오르는데 여기서 어떻게 얻겠느냐?"고 답하기도 했다.

맹호연은 잠시 벼슬에 몸담기도 했지만 이른 시기 낙향하여 세속의 영욕을 버리고 자연을 벗 삼아 천하절경을 유람했다. 그가 나귀를 타고 이른 봄에 첫 번째 핀 매화를 찾아 파교를 건너 설산으로 간 일로 파교탐매의 고사로 남아 그 후로 중국뿐 아니라 한국, 일본에서도 많은 작가가 심매尋梅와 탐매探梅 등 매화를 찾아 떠나는 이야기를 시로 읊거나 그림으로 남겼다.

매처학자梅妻鶴子

송나라 임화정林和靖은 자가 포逋이다. 절강성 전당 사람으로 평생 독신으로 서호西湖의 고산孤山에 은거하였다. 홀로 청빈하게 살면서 학문을 좋아하고 시·사詞·서·화에 모두 능했다. 임포는 외딴 산에 초가집을 짓고 살다가 나무를 심고 울타리를 만들기 시작했는데, 매화나무를 300본을 심고 학 두 마리를 기르며 20년 동안 성안에 들어오지 않고 풍류 생활을 한 것으로 전해진다. 그는 매화를 아내로 학을 자식으로 삼았다고 전한다.

서호 고산 위에 방학정이 있고 그 옆에 넓은 매화 숲이 있다. 매년 겨울이 되면 만물이 고요하고 서리와 눈이 땅에 쏟아질 때, 이곳은 오히려 새소리와 은은한 매화 향에 고산 전체가 물든 것 같고 매화 꽃송이가 금빛 가루처럼 유혹적인 향기를 풍기며 사람의 마음을 사로잡는다. 겨울이 끝날 무렵이 되면 매화의 은은한 향기가 코를 찌르며 사람을 취하게 한다. 임화정은 늘 매화의 그윽한 향기 속에서 시를 짓고 그림을 그리며 매화가 자라는 것을 보고 즐거워하며 세상과 오랫동안 이별하고 살았다. 어느 날 저녁 석양이 붉게 물들고 맑은 호수에 붉은 매화가 그림자를 드리우며 듬성듬성 푸른 물이 하늘 끝까지 이어지는데 매화 꽃송이가 눈부시게 빛나니 임화정은 시흥이 크게 일어나 붓을 휘둘러 〈산원소매〉 한 수를 썼다.

〈산원소매山園小梅〉　　　　[송] 임포林逋

衆芳搖落獨暄妍 중방요락독훤연　　모든 꽃 졌어도 홀로 곱게 피어
占盡風情向小園 점진풍정향소원　　작은 정원의 풍경 독차지하네
疏影橫斜水淸淺 소영횡사수청천　　성긴 꽃 그림자 비스듬히 맑은 개울 비추고
暗香浮動月黃昏 암향부동월황혼　　그윽한 향기 어둑한 달빛 아래 떠다니네
霜禽欲下先偸眼 상금욕하선투안　　서리 맞은 새 먼저 살피려 하고
粉蝶如知合斷魂 분접여지합단혼　　흰나비는 마치 나간 혼을 모을 줄 아는 듯
幸有微吟可相狎 행유미음가상압　　다행히 나는 시 읊어 친할 수 있으니
不須檀板共金尊 불수단판공금존　　악기나 금 술잔 다 필요 없다네

　이 시에서 3, 4구의 '소영횡사천수청천'과 '암향유동월황혼' 두 구절은 천고의 영매 절창으로 꼽힌다. 매화의 특유한 자태와 고결한 품성이 시에서 성긴 그림자의 '소영疏影'과 어둑어둑한 향기의 '암향暗香'으로 표현되었다. 그 때문에 이 두 단어는 후세 매화를 상징하는 시어가 되었다. 우아한 모란도 화려한 도화도 매화의 청아한 아름다움에 미치지 못한다. 매화는 청순한 화장기 없는 얼굴과 같은 순수미와 격조 높은 우아함을 지니고 있다. 임포의 고고하고 은일한 삶의 정취가 매화의 품성과 잘 어울려 매처학자의 삶에 잘 드러난다. 그는 매화를 아내로 삼아 고독하고 우아하게 지냈다는 소문이 세상에 퍼졌다. 나중에 그는 두 마리의 학을 더 키웠는데, 학은 인성과 통해서 그와 밤낮으로 함께 지내며 그림자처럼 붙어 다녔다. 화정이 휘파람을 불자 백학이 눈앞에 와서 섰고 화정은 돈과 쪽지를 담은 띠를 백학의 목에 걸어 백학에게 술과 채소를 사러 시장으로 날아가게 했다. 상인들은 종이에 적은 물건값을 계산하여 받고 물건을 백학의 목에 걸어 주었다. 해가 갈수록 임포와 매화 그리고 학은 서로 의지하며 쾌적하고 청빈하게 지냈다. 훗날 임포가 세상을 떠나자 백학은 고독을 느끼며 사흘 밤낮을 그의 묘소에서 구슬프게 울다가 죽었다고 한다. 그래서 이곳 매림梅林은 세상 사람들에게 관광지가 되었고 세상에 매처학자를 알리게 되었다.

장풍 《답설심매도踏雪尋梅圖》 상해박물관 소장

《죽림고사도竹林高士圖》

[명] 장풍

《죽림고사 그림》

一竿兩竿修竹 일간양간수죽 한그루 두그루 대나무 숲
五月六月淸風 오월육월청풍 오뉴월 맑은 바람 불어오네
何必徜徉世外 하필상양세외 하필 세상 밖에서 배회하고 있는가
只須嘯詠林岾 지수소영림중 단지 숲 가운데서 읊어야 하거늘

시 이야기

간竿은 대나무를 세는 수사이고 수죽修竹이 무밀茂密한 것은 우거진 대나무 숲[竹林]을 말한다. 대나무 숲에 오뉴월 시원한 바람이 불 때는 굳이 복잡한 세상을 떠나 유유자적하는 삶을 동경할 필요가 없다. 대나무 숲에서도 은거의 정취를 느낄수 있다. 죽림고사는 진나라 죽림칠현을 소재로 지어 많은 문인의 시제로 쓰이고있다.

죽림칠현竹林七賢

위魏나라 2대 황제 조예가 34세에 죽으며 8살의 조방의 후견인으로 사마의를 지정하였다. 친위 세력이 굳건하지 못해 사마司馬씨 일족들이 국정을 장악하고 전횡을 일삼았다. 이에 위나라 지식인들은 등을 돌리고, 노장老莊의 무위자연 사상에 심취하여 죽림에 은거하며 술을 벗하여 청담을 나누는 등 사회를 풍자하고 방관자적인 입장에 취했다. 그때 함께 했던 일곱 명의 지식인을 죽림칠현이라 칭하게 되었다. 유의경이 명사들의 언행과 일화를 담은 『세설신어』에 죽림칠현의 이야기가 자세히 실려있다. 『세설신어·임탄任誕』에 다음과 같이 적혀있다.

> 진유陳留의 완적, 초국譙國의 혜강, 하내의 산도 등 세 사람이 나이가 비슷한데 혜강이 조금 어렸다. 이 모임에 참여한 자는 패국沛國의 유령, 진유陳留의 완함, 하내의 상수, 낭야琅邪의 왕융이었다. 이 일곱 사람이 항상 죽림의 아래에 모여 마음 내키는 대로 술을 마시며 지냈으므로, 세상에서 그들을 죽림칠현이라 불렀다. 陳留阮籍, 譙國嵇康, 河內山濤, 三人年皆相比, 康年少亞之. 預此契者, 沛國劉伶, 陳留阮咸, 河內向秀, 琅邪王戎. 七人相集於竹林之下, 肆意酣暢, 故世爲竹林七賢.

이들은 위나라의 황위를 찬탈하고 진晉나라를 세운 사마염司馬炎 등 사마씨 일족에 회유당해 해산되었다. 하지만 혜강 만은 끝까지 사마씨의 회유를 뿌리치다 결국 사형을 당했다.

장풍 《죽림고사도竹林高士圖》
일본 동경 개인山本悌二郎氏 소장

《죽림고사도竹林高士圖》[1]

[명] 원화袁華

《죽림의 고사 그림》

淇澳水彌彌 기오수미미[2]　　기오의 물은 출렁거리고
淇園竹猗猗 기원죽의의[3]　　기수가 동산의 대나무 아름답구나
有匪古君子 유비고군자[4]　　문체 있는 옛 군자가
燕坐淇之涯 연좌기지애　　　기수 가에 잔치하며 앉아
橫琴未暇彈 횡금미가탄　　　금을 걸쳐둔 채 아직 타지 않네
悠然有遐思 유연유하사　　　우연히 먼 옛 생각이 드니
興懷仰高躅 흥회앙고촉　　　회포 일어 고상한 행적을 우러르며
三復衛風詩 삼복위풍시　　　시경 위풍의 시를 세 번 반복하네

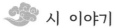 시 이야기

　기오는 기수의 물굽이이다. 『시경·위풍』〈기오淇奧〉에 나오는 글을 그대로 인용하여 군자가 기수 가에서 금을 타지 않고 걸쳐두고, 대나무처럼 곧고 푸른 문체에 빛나는 군자를 떠올리며 시경을 반복하여 외워본다. 《죽림고사도》에서 고사高士는 〈기오〉 시에서 말하는 군자를 일컫고 있다.

1 고사高士는 의지, 품행이 고상한 사람이며 세속을 초월한 은사를 말한다.

2 기오淇澳는 기수가 둥글게 굽은 곳을 말한다.

　미미彌彌는 물이 가득 찬 모양이다. 『시경·패풍邶風』〈신태新台〉에 '새 누대 산뜻하고 황하는 출렁이네.新台有泚, 河水彌彌.'라고 했다.

3 기원淇園은 왕가의 원림이다. 중국 제1 원림이며 하남성 기현 기하만에 위치한다. 서주 말 무렵 위무공衛武公이 건립되었다. 『술이기述異記』에 '위衛나라에는 기원淇園이 있었는데 기수 가에 대나무가 있었다.'라고 하고 명나라 원중도의 『원중도집袁中道集』에 '나는 반표班彪의 〈지志〉에 근거하여 기원淇園은 은나라 주紂 임금의 사냥터인 죽전원竹箭園이다. 더욱이 위나라 무공에서 비롯되지 않았다.'라고 기록했다. 육조六朝의 대개지戴凱之의 『죽보竹譜』에도 말하기를 '기원淇園은 위나라 땅이나 은나라 주왕의 죽전원竹箭園이다. 이는 반표班彪의 〈지〉에 근거하였다.'라고 하였다.

　의의猗猗는 아름다움이 성한 모양이다.

4 유비고군자有匪古君子는 문체 있는 옛 군자이다. 『시경·위풍』〈기오〉에 '기수 물굽이 바라보니 푸른 대나무 무성한데, 문체 있는 군자는 깎고 다듬은 듯 쪼고 간듯하다네. 瞻彼淇奧, 綠竹猗猗. 有匪君子, 如切如磋, 如琢如磨.'라고 했다.

〈기오淇奧〉	『시경·위풍衛風』
瞻彼淇奧 첨피기오	저 기수가의 물굽이를 바라보니
綠竹猗猗 녹죽의의	푸르른 대나무 무성하고
有匪君子 유비군자	문체있는 군자
如切如磋 여절여차	깎은 듯 다듬은 듯
如琢如磨 여탁여마	쪼은 듯 간 듯
瑟兮僩兮 슬혜한혜	엄숙하고 굳세네
赫兮咺兮 혁혜훤혜	빛나고 훤하다.

有匪君子 유비군자　　　　문채있는 군자
終不可諼 종불가훤　　　　끝내 잊을 수 없도다.

瞻彼淇奧 첨피기오　　　　저 기수 강가의 물굽이를 바라보니
綠竹青青 녹죽청청　　　　푸른 대나무 청청하여라.
有匪君子 유비군자　　　　문채있는 군자
充耳琇瑩 충이수영　　　　귀 구슬에 아름다운 옥돌
會弁如星 회변여성　　　　고깔에 매단 구슬 별처럼 반짝인다.
瑟兮僩兮 슬혜한혜　　　　곱고도 장중하여라
赫兮咺兮 혁혜훤혜　　　　빛이나고 훤칠하여라.
有匪君子 유비군자　　　　문체있는 군자
終不可諼 종불가훤　　　　끝내 잊을 수 없구나

瞻彼淇奧 첨피기오　　　　저 기수 강가의 물굽이 바라보니
綠竹如簣 록죽여책　　　　푸르른 대나무 빽빽하구나.
有匪君子 유비군자　　　　문채있는 군자
如金如錫 여금여석　　　　금같고 주석같고
如圭如璧 여규여벽　　　　옥홀같고 옥구슬 같구나
寬兮綽兮 관혜작혜　　　　너그럽고 대범한 모습
倚重較兮 의중교혜　　　　수레 옆에 기대어 서서.
善戲謔兮 선희학혜　　　　농담도 잘하지만
不爲虐兮 불위학혜　　　　지나치게 하지는 않네.

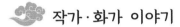 **작가·화가 이야기**

원화袁華, 1319~?

명나라 화가이며 문인이다. 자는 자영子英이고, 강소성 소주 사람이다. 홍무 초기 군현에서 문학을 지도하였고 소주부 학문을 이끌었다. 어려서 책 읽기를 좋아하고 시를 잘 지었다. 고체시 7권과 근체시 5권이 있다.

 **고사 이야기**

상산사호商山四皓

상산사호는 상산에 은거하는 수염이 하얀 네 명의 고사高士를 말한다. 진의 황제가 된 진시황秦始皇이 일찍이 전국을 통일하겠다고 전쟁하던 시기에 네 명의 선비가 난리를 피하여 산서성 상산에 들어가서 은거했다. 진에서 삼국시대를 거쳐 한나라 초까지 이들은 줄곧 상산에 칩거해 모두 80세가 넘었고, 수염이 하얗게 되었다. 이들은 중국에서 최고의 학자이며 고사로 불리는 인물이다. 한나라의 고조 유방이 여러 차례 조정의 일을 도와 달라고 모시러 갔지만 산에서 내려오지 않았다. 후에 고조를 도와 천하를 통일한 공신 장량이 유영이 태자가 될 수 있게 하려면 그들의 지지가 필요하다고 하여 사람을 보내 그들을 정중하게 모셔왔다. 한나라 사마천의 『사기·유후세가留侯世家』에 아래와 같이 적혀있다.

유방이 즉위하고 장남 유영을 태자로 세우고 척부인의 아들 유여의를 조왕으로 봉했다. 그들이 더 자란 후에 유영은 천성적으로 나약하고 재능이 평범하지만, 유여의는 총명하고 재능과 학문이 뛰어나다고 태자를 교체하려 했다. 물론 그 내면에는 고조 유방이 척부인을 몹시 아꼈기 때문에 유영을 폐위시키고 유여의를 태자에 세우려 한 것이다.

유영의 모친인 여태후는 그 말을 듣고 매우 초조하여 오빠 여석지呂釋之를 보내 개국 공신 장량張良과 상의했다. 여석지는 장량에게 "당신은 황제의 최측근 중신입니다. 지금 황제가 태자를 바꾸려고 하는데 어찌 베개를 높이 베고 누워 있을 수 있습니까?" 하자 장량은 "전쟁 시 황제는 여러 차례 위급한 상황을 처했었기 때문에 저의 계책을 유용하게 쓸 수 있었습니다. 이제 나라가 안정되어 상황이 크게 달라졌습니다. 게다가 지금 황제가 태자를 바꾸려는 것은 황제의 집안일입니다. 청렴한 관리는 이런 일에 관여하기 어렵습니다! 이런 일에 장량 백 명이 나서면 무슨 소용이 있겠습니까?" 하였다. 여석지는 장량에게 도와달라고 간청했다.

장량은 마지못해 "이런 일은 저의 세 치 혀만으로는 효과가 없을 것 같습니다. 다만 폐하께서 조정에 모시기를 원했는데 뜻을 이루지 못한 네 분의 고사가 있습니다. 그들은 나이가 많지만, 황제는 그들을 매우 존경합니다. 만약 태자에게 공손한 서신을 쓰고, 보석과 비단을 많이 가지고, 편안한 차량을 갖추고, 언변이 좋은 사람을 보내 그들을 진지하게 초빙한다면 그들은 올 것입니다. 그리고 귀빈의 예를 갖추어 자주 태자를 따라 조정에 가서 황제가 그들을 보게 하는 것이 태자에게 큰 도움이 될 것입니다."라고 하였다. 여씨 남매와 태자는 장량의 조언대로 시행하여 네 고사를 모셔다가 건성후建成侯 저택에 정중히 모셨다.

어느 날 한 잔치에서 세자가 태조의 곁을 지켰고 네 명의 노인이 뒤를 따랐다. 유방은 갑자기 낯선 네 명의 노인을 보았는데, 모두 수염이 하얗고 이미 80여 세가 넘었다. 태조가 그들이 누구인지 묻자 네 사람은 자신의 이름을 말했다. 유방은 그 이름을 듣고 놀라 물었다. "여러 해 동안 내가 사람을 보내 불렀는데도 당신들은 모두 피했는데 지금은 왜 스스로 제 아들을 따릅니까?" 하니 네 노인이 대답했다. "태자가 어질고 효성이 깊다는 소문을 들었고 또 천하 모든 사람이 목을 길게 빼고 올려다보며 태자를 위해 죽을 것을 원하며 신들에게 도움을 청했습니다." 하자 곧바로 유방은 "그럼 앞으로 태자를 보필해 주십시오."라고 했다. 이렇게 네 노인은 산에서 내려와 유영이 태자가 될 수 있게 도왔다. 후대에 이들을 '상산사호'라고 불렀다. 상산에 은거했던 사호는 동원공, 하황공, 기리계, 녹리선생이다.

題《위수조어도渭水釣漁圖》

[명] 왕좌王佐

《위수에서 고기잡는 그림》에 적다

太公未遇時 태공미우시[1]　　　강태공을 만났을 때

渭水垂釣鉤 위수수조구　　　　위수에서 낚시하고 있었지

千尺直下投 천척사륜직하투　　천길에 투망을 아래로 던지니

任公六鼇且爾休 임공육오차이휴[2]　임공과 여섯 거북이 너는 쉬라고 하네

試看西伯開宗周 시간서백개종주　서백이 주를 열어본다는데

明堂配帝八百秋 명당배제팔백추　팔백년 황제가 있을 명당이라

조顯謨訓古今留 비현모훈고금류　계책이 크게 드러나 고금에 남아있으니

孰匪絲綸釣下求 숙비사륜조하구　누가 임금을 낚시 내리고 구하겠는가

斯人往矣光嶽愁 사인왕의광악수　이 사람이 자주 천지의 근심하는데

每回看盡風颼颼 매회간진풍수수　매번 돌아보니 바람소리 다하네

🌥 시 이야기

강태공이 위수에서 낚시한 것은 자기를 알아주는 성인을 만나기 위해서이다. 그
와 달리 임공은 큰 물고기 잡아 많은 사람이 나누어 먹었고 용백의 대인은 6마리

거북을 잡아 불태워 두 산을 바다로 가라앉게 하여 삼신산을 만들었다. 이들이 진정한 낚시꾼임을 말하고 있다. 후에 서쪽 주족의 제후 서백이 상나라를 멸망시키고 풍豊 땅에서 주周를 건국하고자 하니 그곳은 팔백 년간 주를 이어갈 명당이다. 그 계책의 중심인물이 위수에서 낚시하던 강태공이다. 그는 서백이 자신을 찾아주길 기다리며 세월을 낚고 있었다.

주

1 태공太公은 성이 강姜씨이고 이름이 상尙이다. 그의 선조가 여呂 땅에 봉해졌기 때문에 여상呂尙이라 불렸다. 하지만 강태공이라는 이름으로 더 알려져 있다. 주나라 문왕으로부터 제濟나라 땅을 식읍으로 받아 제의 조종이 되었다. 강태공의 낚시는 물고기를 잡기 위한 것이 아니고 누군가가 찾아오기를 기다리는 것이다.

2 임공任公은 임공자라고도 불리며 낚시의 일화를 만들었고 임공조어의 고사를 남겼다. '고사이야기'에 적었다.

육오六鰲는 불태워진 여섯 마리 거북으로 신화 이야기가 있다. '고사이야기'에서 전한다.

작가·화가 이야기

왕좌王佐, 1428~1512

해남의 유명한 시인이다. 자는 여학汝學이고 호는 동향桐鄉이며, 임고臨高(지금의 해남) 사람이다. 정통 12년(147)에 향시에서 붙어 소무, 임강이부동지臨江二府同知를 역임하였다. 고향에 가시 오동나무가 많아서 왕동王桐이라고 불렸다. 저서로 『계륵집雞肋集』이 있다.

고사 이야기

위수조어渭水釣魚

위수조어는 강태공이 위수에서 낚시한다는 뜻이다. 진晉·부랑苻朗의 『부자苻子·방외方外』에 위수조어의 전고가 적혀있다. 강태공이 위수에서 낚시한 지 56년이 되었다. 물고기는 한 마리도 얻지 못했다. 노련魯連은 그 말을 듣고 낚시하는 모습을 구경하였다. 태공은 바위에 꿇어앉아 미끼도 없이 낚시하였고 하늘을 우러러 뭔가 읊조리며 해 질 무렵이 되어서 장대를 풀었다. 강태공은 매일 위수에서 낚시하며 현인이 찾아오기를 기다렸다. 강태공의 낚시법은 특이하여 장대는 짧고 줄을 길게 늘어트려 대나무 갈고리에 매었다.

어느 날 서백은 수레를 타고 아들과 군사를 데리고 위수 북으로 사냥을 나갔다. 위수 변에서 그는 한 노인이 강기슭에 앉아 낚시하는 것을 보았는데 행렬이 지나가도 그 노인은 못 본 체하고 조용히 낚시에 몰두했다. 서백은 이상히 여겨 차에서 내려 노인에게 다가가 이야기를 나누었다. 대화 끝에 그의 이름이 '여상呂尙'이라고도 하며, '여呂'는 그의 조상의 봉지封地라는 것을 알게 되었다. 또 그는 병법兵法에 능통한 인물이었다. 문왕은 매우 기뻐하며 "조부께서 살아계실 때, 장차 훌륭한 사람이 주의 백성을 융성케 할 것이라고 내게 말씀하셨습니다. 당신이 바로 이런 사람입니다."하고는 여상을 모시고 함께 환궁하였다. 여상은 문왕의 조부가 바라던 사람이었기 때문에 훗날 '태공망太公望'이라 불렸고, 민간 전설에서는 강태공姜太公이라 불렀다.

태공은 서백의 훌륭한 조력자가 되기를 바랐다. 그는 한편으로는 생산을 제창하면서 한편으로는 병마를 훈련하여 주의 세력이 점점 커졌다. 주는 점차 상나라가 지배하던 지역 대부분을 차지하게 되었고, 서백에게 귀속하는 소국도 점점 많아졌다. 그러나 서백은 상의 멸망을 보지 못하고 병으로 죽었다. 아들 무왕이 강태공을 책사로 하여 상을 멸망시키고 주나라를 건국했다. 그리고 부친 서백을 문왕에 추대했다. 뒷날 강태공은 주나라 재상으로 등용되어 제 땅을 봉토로 받아 제나라 제후들의 조종이 되었다. 이 '위수조어' 고사를 바탕으로 하여 한가하게 낚시하는 사람을 강태공이라 부르고 있다.

임공조어任公釣魚

임공은 큰 낚싯바늘과 검은 끈으로 낚싯줄을 만들어 살이 찐 소 50마리를 미끼로 삼아 회계산 꼭대기에 쭈그리고 앉아 낚싯바늘을 동해로 던지고 매일 그곳에서 낚시했는데, 1년을 기다려도 물고기를 잡지 못했다. 나중에 큰 물고기가 낚싯바늘을 물었고 거대한 낚싯바늘을 물속으로 끌고 들어가 빠르게 고개를 들고 꼬리를 흔들며 옅은 흰 파도가 산처럼 흔들리고, 바다 전체가 흔들리며, 귀신이 나올 것같이 무서운 기세로 천리 밖까지 놀라게 했다.

임공은 이 물고기를 힘껏 낚아채니 엄청나게 큰 물고기였다. 그는 이 큰 물고기를 잘게 썰어 건어물로 절여 제하制河 동쪽에서 창오산 북쪽에 이르는 사람들이 배부르게 먹었다고 한다. 보잘것없는 재주를 가진 이들이나 말하기 좋아하는 자들이 임공자의 낚시 이야기를 서로 전했다.

그들은 낚싯대와 낚싯줄을 가지고 강가로 달려가 메기, 붕어 같은 작은 물고기를 잡는데, 임공처럼 큰 물고기를 잡기는 어려웠다. 그들은 임공이 터무니없는 일로 대단한 평판을 얻었다고 비난하였다. 임공과 그들 사이에는 높고 오묘한 도리에서 큰 차이가 있었다. 그들은 일찍이 임공의 태도나 기풍을 들은 적이 없었고 그들은 정사를 다스리는 일에도 거리가 멀었다. 임공은 이미 남다른 인물이었다.

『장자·외물』에 '무릇 가는 낚싯줄에 보통의 낚싯대를 들고 작은 도랑에서 송사리나 노리면서 큰 물고기를 잡는 것은 어렵다. 또 작은 이야기를 꾸며 현령 정도의 벼슬을 구하는 자는 지극한 경지에 있는 대인과는 큰 차이가 있다. 임공자의 낚시 이야기를 들어보지 못한 자는 제대로 세상을 경륜하지 못할 것이 틀림없다.'라고 적혀있다. 여기서 임공자가 낚시할 때 허심의 경지를 얻어 외물(거대한 물고기)을 얻는 방법을 알려준 고사 이야기이다.

육오六鰲

신화에서 오선산五仙山을 짊어진 여섯 마리의 큰 거북이가 있고 발해의 동쪽에는 깊은 골짜기가 있다고 전해진다. 오선산은 대여산岱輿山, 원교산員嶠山, 방장산方丈山, 영주산瀛洲山, 봉래산蓬萊山이며 신선과 성인이 거처하는 곳이다. 그 산의 높이와 둘레는 3만 리이고 그 정상의 평편한 곳이 9천 리나 된다. 산들의 중간 서로 거리는 7만 리인데 그곳 사람들은 이웃처럼 살고 있다. 『열자·탕문』에 여섯 마리 거북이에 대해 다음과 같이 적혀있다.

오선산 누대樓臺는 다 금옥으로 만들어져 있고 금수는 순백색이며 주옥으로 된 나무는 떨기를 늘어뜨린다. 꽃은 아름답게 피고 열매는 아주 맛있고 그것을 먹으면 늙지도 죽지도 않는다. 그러나 오선산은 모두 바다에 떠서 항상 조류를 따라 오르락내리락한다. 선성仙聖들이 그것을 해롭게 여겨서 황제에게 호소하였다. 황제는 오선산이 서극으로 흘러가 선성들의 거처를 잃을까 봐 두려워하여 우강禹彊을 사신으로 보내 큰 거북 15마리에게 명하여 머리를 쳐들고 오선산을 머리에 이게 했다. 3번씩 교대하여 6만 년간 머리에 이었다. 이에 오선산이 비로소 안정되어 움직이지 않았다.

용백龍伯이라는 나라에는 큰 사람이 있었는데 발을 들어 몇 걸음도 가지 않고 오선산에 이르렀다. 낚시로 한 번 낚았는데 여섯 마리 거북을 낚았다. 그는 모두 짊어지고 자기 나라로 돌아갔다. 잡아 온 거북의 뼈를 불태웠다. 그러자 대여산과 원교산이 북극에서 흘러가서 바다에 가라앉았다. 두 산에서 옮겨온 선성들이 수억 명을 헤아릴 정도였다. 황제는 화가 나서, 용백 나라를 축소하여 좁게 만들고, 용백의 백성들 키를 축소하여 작게 만들었다. 그래서 지금은 방장·영주·봉래 삼신산만이 남게 되었다.

396

작자미상 《위수조어도渭水釣漁圖》

題《추강어정秋江漁艇》[1]

[명] 진계유陳繼儒

《가을밤 작은 고깃배 그림》에 적다

怕將姓名落人間 파장성명락인간 　이름이 인간 세상에 떨어질까 두려워
買斷秋江蘆荻灣 매단추강로적만 　가을 강의 노적만을 몽땅 사려하네
幾度招尋尋不得 기도초심심부득 　몇 번인가 찾아 나섰지만 찾지를 못하고
釣船雖小卽深山 조선수소즉심산 　낚싯배가 비록 적으나 깊은 산에 들어가네

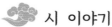 ## 시 이야기

이름이 세상에 알려질까 걱정하여 어느 가을날 갈대 우거진 강가의 갯벌을 사서 그곳에 은거하려고 찾아 나섰으나 마땅한 곳을 찾기 쉽지 않았다. 결국, 마음을 비우고 적은 낚싯배에 의지하여 깊은 산속에 들어가서 편안하게 은거하며 자유롭게 살고자 했다. 낚싯배가 적은 것은 자신이 이미 욕심을 다 버렸다는 뜻이다.

 ## 작가·화가 이야기

진계유陳繼儒, 1558~1639

명대 문인이고 화가이며 서예가이다. 자는 중순仲醇이고 호는 미공眉公·미공麋

公이며 송강부 화정華亭(지금 상해) 사람이다. 제생諸生 출신으로 스물아홉 살 때부터 소곤산小昆山에 은거하다가 후에 동사산東佘山에 살면서 외부와 단절한 채 시를 잘 짓고 글을 잘 썼으며, 서예는 소식과 미불米佛을 배웠고, 그림을 잘 그렸는데 특히 묵매와 산수에 뛰어났다. 문인화를 창도하고 남북종론을 주장하며 화가의 수양을 중시하고 서예와 그림은 하나라고 주장하였다.《매화책》,《운산권》등이 남아 전한다. 저서로는『진미공전집』,『소창유기』,『오갈장군묘비』,『니고록』이 있다.

진계유 《추강어정秋江漁艇》

청淸의 시와 그림의 풍風을 엿보다

청대 시문학은 고전 시풍을 그대로 계승하고 발전시켜 원명 시기보다 시인도 많고 작품도 훨씬 많았다. 청대 시단이 방대하여 사당四唐 시기처럼 청초淸初, 강희康熙·옹정雍正, 건륭乾隆·가경嘉慶의 세 시기로 나눈다.

청초의 시인은 황종희, 왕부지, 고염무 등의 명의 유로遺老들이었다. 그들은 망국의 비분을 시로 읊었다. 명말 이지의 동심설童心說과 서위의 광기는 명말 공안파였던 원종도·원굉도·원중도의 삼원三袁에게 이어져 성령설性靈說을 낳게 되었다. 성령 시인의 특징은 형식에 구애받지 않고 영감에 따라 글 쓰며 본성을 좇아 행동한다는 점이다. 삼원 외에 청초 가장 뛰어난 시인은 오위업吳偉業, 전겸익錢謙益, 공정자龔鼎孶로 이들을 강좌삼대가江左三大家라고 불렀다.

강康·옹雍의 시기는 작시 이론에 대한 견해가 둘로 나뉘었다. 하나는 당의 시풍을 따르는 존당파尊唐派와 다른 하나는 송의 시풍을 따르는 종송파宗宋派이다. 존당파는 왕사정, 시윤장, 송완, 심덕잠, 옹방강 등이고 종송파는 송락, 사신행, 조익 등이 속했다.

건乾·가嘉의 시기는 사회가 안정되고 경제가 발전하여 문화예술도 번성했다. 시인들도 많이 나와 활발하게 창작 활동을 하였던 시기이다. 건륭제가 예술에 관심이 많았고 그림에 많은 제화시를 남겼다. 대표적 시인은 원매, 장사전, 정섭 등을 들 수 있다.

청초 화단에는 낭세령郎世寧과 같은 서양화가들이 북경에 들어와 일가를 이루었다. 그들은 청의 화원 화가 화풍을 습득하기도 하고 화원 화가에게 원근법과 명암을 가르쳐 주기도 했다. 강희제는 궁중 화실을 만들어 기상궁綺祥宮이라 불렀다. 화원 화가들은 이곳에서 농사짓는 모습의 그림《경직도耕織圖》46폭을 그리며 원근법을 구현했다.

명말의 유민 화가들은 동기창의 화풍을 이어 복고를 주장하면서도 창조적으로 변형시켜 청초 화단을 이끌었다. 핵심 인물은 주탑朱耷, 곤잔髡殘, 원제原濟이다. 주탑은 팔대산인으로 더 알려져 있으며 명의 왕족으로 명이 망하자 불가에 귀의했다. 그의 그림에서는 약간의 필로 새, 물고기, 바위 등을 표현하였으니 감상자는 어디에도 구속되지 않는 자유로운 묵희墨戲를 엿볼 수 있다. 또 한 승려 화가가 청 미술계에 혜성처럼 등장했는데 명 태조 주원장의 후손이며 석도石濤로 더 알려진 원제이다. 그는 불교 교단에서 도제道濟라는 법명을 얻었으나 절에 기거하지 않고 문인들과 명산대천을 돌아다니다 양주에 정착하였다. 그는 『화어록畵語錄』을 지었는데 중심화론은 일획론一畵論이다. 왕시민·왕휘·왕원기·왕감 그리고 오력과 운수평의 산수화가 뛰어나서 이들 6명을 함께 '사왕오운四王吳惲'이라고 불렀다. 왕시민은 동기창의 제자이다.

청의 화가 중 양주팔괴陽州八怪가 있었는데 그들이 한 화단을 이룬 것은 회화 양식이 같기 때문이 아니고 활동지역이 같은 데서 비롯되었고 팔괴八怪라 부르게 된 것은 8명의 화풍이 당시 유행하던 복고주의적 예술 조류에서 벗어나 자신들의 화풍을 이룬 것이 괴이했기 때문이다. 팔괴는 금농金農·나빙羅聘·정섭鄭燮·이선李鱓·왕사신汪士慎·이방응李方膺·고봉한高鳳翰·황신黃慎을 뽑지만 약 15명 정도 함께 그림을 그려 고상高翔·화암華嵒·민정閔貞도 팔괴에 함께 이름을 올리기도 한다.

題《추강독조도秋江獨釣圖》

[청淸] 왕사정王士禎

《가을 강 홀로 낚시하는 그림》에 적다

一蓑一笠一扁舟 일사일립일편주　도롱이옷에 삿갓을 쓰고 쪽배 타고는
一丈絲綸一寸鉤 일장사륜일촌구　한 치 낚싯줄에 한 마디 갈고리
一曲高歌一樽酒 일곡고가일준주　한 곡 노래에 한 잔 술
一人獨釣一江秋 일인독조일강추　가을 강에서 홀로 낚시하네

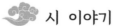 시 이야기

　이 시는 왕사정이 친구의 부탁으로 《추강독조도》를 그리고 칠언 시를 제화하였다. 작은 배 위에 삿갓 쓰고 도롱이 걸치고 앉아 1인치 굵기의 낚싯줄에 한 마디 길이의 갈고리를 묶어 내려두었다. 그리고 큰소리로 노래 부르고 술 마시며 가을 강에서 혼자 낚시를 했다. 시에서는 도롱이, 삿갓, 가벼운 배, 낚싯대 등의 시어를 써서 어부 차림을 한 자가 강에서 낚시하는 모습을 묘사했다. 그림에는 가을의 정취를 그렸고 시에서 낚시꾼 마음에 여유로움과 함께 외로움도 깃들어 있음을 보여준다.

주

1 **사립蓑笠**은 사의蓑衣와 입모笠帽이다. 사의는 풀을 엮어 만든 옛날 농어촌 사람들의 띠풀 옷이고 입모는 삿갓으로, 대오리나 갈대 오리로 엮은 햇빛과 비를 막아주는 모자이다.

2 사륜絲綸은 실로 짠 낚싯줄이다.
3 준樽은 술잔이다.
4 편주扁舟는 작은 배이다

 ### 작가·화가 이야기

왕사정王士禎, 1634~1711

청초 저명한 시인이고 학자이다. 이름은 왕사진王士禛이고 자는 자진子眞·이상貽上·예손豫孫이며 호는 완정阮亭·어양산인漁洋山人이다. 사람들은 그를 왕어양王漁洋이라고 불렀다. 산동성 신성新城 사람이다. 스스로 제남 사람이라고 칭했다. 박학했고 옛것을 좋아하여 시는 명의 전칠자 풍을 따랐다. 서예는 진대를 고수했고 금석전각金石篆刻에 정밀했으며 서화의 감별이 능했다. 남아있는 작품으로 『지북우담池北偶談』, 『고부어정잡록古夫於亭雜錄』, 『향조필기香祖筆記』 등이 있다.

왕사정 《추강독조도秋江獨釣圖》

《묵필류하도연명墨筆柳下陶淵明》

[청] 원제原濟

《묵으로 그린 버드나무 아래 도연명》

采之東籬間 채지동리간   동쪽 울타리 사이에서 국화꽃 따니
寒香愛盈把 한향애영파   손에 가득한 국화 향기 사랑스럽네
人與境俱忘 인여경구망   사람들 사는 곳 모두 잊었는데
此語語誰者 차어어수자   이 말은 누구에게 말할까

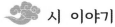 시 이야기

이 시는 도연명의 〈음주〉 5수 중 '동쪽 울타리 아래서 국화꽃 따다가 아득히 남
산을 바라보네.採菊東籬下, 悠然見南山.'의 두 구절을 근거로 삼아 지었다. 도연명이
자연을 벗 삼고 사람들이 사는 곳에 대해 다 잊었다. 다만 홀로 국화를 좋아하며
살아가니 마음이 너무 편안하다. 도연명은 누구에게라도 이 즐거움을 말하고 싶었
을 것이다.

404

〈음주飲酒〉5수　　　　　　　　도연명

結盧在人境 결로재인경　　　사람들 사는 곳에 오두막을 지었는데도
而無車馬喧 이무거마훤　　　수레와 말소리 시끄럽지 않네.
問君何能爾 문군하능이　　　그대에게 묻노니 어찌 그럴 수 있겠는가?
心遠地自偏 심원지자편　　　마음이 멀어져 사는 곳도 저절로 외져졌네
採菊東籬下 채국동리하　　　동쪽 울타리 아래서 국화꽃 따다가
悠然見南山 유연견남산　　　아득히 남산을 바라보네.
山氣日夕佳 산기일석가　　　산 기운은 저녁 무렵이 아름답군
飛鳥相與還 비조상여환　　　새들은 서로 함께 날아돌아오네.
此中有眞意 차중유진의　　　이 가운데 삶의 참뜻이 있으니
欲辨已忘言 욕변이망언　　　설명해주고 싶지만 이미 말을 잊었다네

 작가·화가 이야기

원제原濟, 1642~1708

명말 청초의 저명한 화가이며 이론가이고 승려이다. 그는 중국 회화사에서 대단히 중요한 인물이며 광서성廣西省 전주全州 사람이다. 성은 주朱이고 이름은 약겁若極이며 승명이 원제原濟이다. 자는 석도石濤이고 호는 둔근鈍根·석도인石道人·고과화상苦瓜和尚·대척자大滌子·청상노인淸湘老人·할존자瞎尊者·영정노인零丁老人 등 많다. 명나라 정강왕靖江王 주형가朱亨嘉의 아들이다. 홍인弘仁, 곤잔髡殘, 주탑朱耷과 함께 명말사승明末四僧으로 불렸다. 그는 어려서 명이 멸망하게 되자 출가하여 중이 되었다. 안휘성 경정산敬亭山 광교사廣敎寺에 주재하였고, 후에 그

림을 파는 일을 직업으로 삼았다. 일찍이 산수는 송원宋元대 화가들의 화풍을 본받았다. 만년에는 붓을 자유자재로 사용하였고, 묵법이 남달랐다. 화론에서 일획론一劃論을 주장하였다. 남아있는 작품으로는《석도라한백개책엽石濤羅漢百開冊頁》,《수진기봉타초고도搜盡奇峰打草稿圖》,《산수청음도山水清音圖》,《죽석도竹石圖》 등이 있고 저서로 『고박화상화어록苦瓜和尚畫語錄』이 있다.

 ## 고사 이야기

주중선酒中仙

중국에는 유명한 술꾼 시인이 많은데, 조조, 조식, 조비의 삼조三曹, 이백, 두보, 백거이, 이청조, 도연명이 이에 속한다. 도연명이 술을 좋아했다는 것은 그의 〈정운停雲〉 시에 잘 나타난다. 〈정운〉 제 2수에 '술이 있고 술이 있으니, 동창에서 한가하게 마신다有酒有酒, 閑飲東窗'라고 하였다. 또 혜원법사가 동림사로 도연명을 초대했는데 무례하게도 절에서 술을 마시지 못하게 하면 가지 않겠다고 하여 혜원이 특별히 그에게 술 마실 것을 허락했다고 한다.

도연명은 은둔생활을 시작한 후 농사에 의존하여 살았다. 그의 시 〈귀원전거歸園田居〉에서 '남산 아래에 콩을 심었는데 풀이 무성하고 콩 묘종은 보이지 않네. 새벽에 잡초를 뽑고, 달빛 대하고 호미 들고 돌아왔다네種豆南山下, 草盛豆苗稀. 晨興理荒穢, 帶月荷鋤歸.'라고 하였다. 그는 평택령 벼슬을 내던지고 자연으로 돌아와 손수 농사도 짓고 이웃 농부들과 허물없이 지내는 등 삶의 여유를 만끽하는 듯했다. 하지만 그는 관직 생활을 하다가 전원으로 돌아왔으니 원래 농부가 아니다. 당연히 농사기술도 부족하고 체력도 떨어지며 언제나 집에서는 술을 마시니 술 깨는 시간이 필요했다. 가끔 그를 보러 술을 사서 들고 오는 친구들도 있었고, 그에게 약간의 돈을 주기도 했지만 아무리 술 마실 돈이 궁해도 누구의 도움도 구하지 않았다. 궁핍 속에서 절개만을 굳게 지키며 추위와 주림은 싫어도 겪어야 함은 그의 불가

피한 선택이었다.

　도연명은 술을 좋아하며 '평생 술을 멈추는 것은 즐거움이 없어지는 것이다'라고 말했다. 풍년이 들면 도연명 집에서는 술 몇 항아리를 담근다. 비록 도연명 집 농사는 형편없지만, 양조기술은 마을에서 제일 좋아서 마을 사람들은 어느 집에서 술을 담그든 오류선생에게 조언을 청하고 술이 다 익으면 선생에게 술로 보답하여 그를 취하게 하였다. 도연명의 집 주위에 다섯 그루의 버드나무가 심어있어 마을 사람들은 그를 오류선생이라 불렀다. 그는 오랫동안 마을 사람들에게 술 얻어먹은 일로 의기양양했다. 그는 다른 먹거리는 신경 쓰지 않았다. 단 두 개의 단무지나 마당에서 오이 한 개를 따서 식사해도 만족했다. 다만 친구가 왔을 때 집에 술이 있으면 반드시 마셨고 항상 오류선생이 먼저 취했다. 그는 친구에게 "나는 취했다. 곧 자러 갈 것이다. 너를 배웅하지 않을 테니 잘 가라"라고 미리 말했다고 전한다.

　하지만 흉년이 들면 살림살이가 참담해진다. 아내와 아이들은 모두 안색이 좋지 않고, 술은 맛이 없고, 심지어 호롱의 기름도 살 돈이 없다. 그래서 도연명이 등불을 만든다고 소나무 가지에 불을 붙여 방을 새까맣게 그을린 적도 있다. 또 가족들에게 물 한 바가지를 마시고 이불 덮고 자자고 하기도 했다. 이때 그의 생활이 어렵다는 것을 아는 친구가 있어 그에게 약간의 돈과 쌀을 보내기도 하고 어떤 친구는 그를 초대하기도 하여 시를 이야기하며 즐겁게 시간을 보냈다. 그리고 도연명이 배불리 먹고 떠날 때는 돼지고기, 생선 따위를 싸주기도 했다. 도연명은 〈걸식乞食〉 시에 다음과 같이 썼다.

〈걸식〉　　　　　　　　　　　도연명

飢來驅我去 기래구아거　　　　굶주림이 나를 나가라고 내몰아서
不知竟何之 부지경하지　　　　어디로 가야 할지 알지 못하겠네
行行至斯里 행행지사리　　　　걷고 걸어 이 마을에 도착해서
叩門拙言辭 고문졸언사　　　　대문 두드렸는데 말이 나오지 않네

主人解餘意 주인해여의	주인이 내 마음 이해하고
遺贈豈虛來 유증기허래	음식 내오니 어찌 괜히 온 것이겠는가
談諧終日夕 담해종일석	종일 저녁까지 어울려 담소 나누고
觴至輒傾杯 상지첩경배	술잔 이르니 마침내 잔을 기울이네
情欣新知歡 정흔신지환	마음이 기쁘고 새롭게 환희를 알게 되어
言詠遂賦詩 언영수부시	말로 읊으니 바로 시를 짓네
感子漂母惠 감자표모혜	표모의 은혜 고맙기만 한데
愧我非韓才 괴아비한재	내 한신의 재능이 없으니 부끄럽네
銜戢知何謝 함집지하사	어찌 감사할지 마음속에 간직하고
冥報以相貽 명보이상이	죽어서라도 꼭 갚으리

은자의 존엄과 고결함을 무너트리고 자신의 빈궁한 처지를 시로 옮겼다. 시에서 한 고조 유방劉邦의 측근 한신의 이야기는 한신이 굶주릴 때 빨래터 아낙네 표모가 수일간 식사를 차려주었는데 나중에 한신이 그 은혜를 천금으로 보답했다는 것이다. 그는 상대에게 보은할 길이 없음을 스스로 인정하기에 '저승에 가서라도 꼭 갚겠다'는 다짐으로 시를 마친다. 도연명을 좋아하고 그의 시풍을 이은 당나라 왕유마저도 이 시에 대해서는 '세상 물정을 외면한 채 큰 것을 망각하고 작은 것을 고수한' 탓이라며 못마땅해 했다. 하지만 세상 사람들은 그를 술 마시는 신선이라고 '주중선'이라 불렀다.

오류선생五柳先生

도연명은 진나라 대사마를 지낸 도간陶侃의 증손이며 조부와 부친도 태수를 지냈다. 도연명 대에 와서 가세가 기울어 힘든 생활을 했다. 어릴 적 그는 특별히 독서를 좋아해서 책 속의 내용을 체득할 때마다 기뻐서 밥 먹는 것도 잊었다. 여덟 살 때 부친이 돌아가시고 열두 살 때 서모가 돌아가셨기 때문에 가세가 넉넉하지 못하였다. 스물아홉 살이 되자 서성 왕희지와의 친분으로 도연명은 강주제주江州祭酒에 올랐으나 이 작은 벼슬이 다소 억울하여 며칠 못 가 사직하고 집으로 돌아갔다. 그는 빈천에 마음 아파하지 않고 부귀에 급급하지 않았다. 그러다가 뒷날 다시 생계를 위해 팽택현彭澤縣의 소현령小縣令이 되었다.

초라한 거실은 추위와 뙤약볕을 가릴 수 없을 정도로 텅 비었고, 거친 천으로 된 짧은 옷을 입고 밥을 담은 바구니와 마실 물바가지만 있고 살림살이는 전혀 관심도 없었다. 그래도 그는 모든 것이 편안했다. 그는 평생 득실이나 이익을 염두에 두지 않았다. 팽택령 시절 공전에 50무에는 술 담글 좁쌀, 50무에는 쌀을 심게 하고, 그가 일에 몰두하려고 할 때, 군에서 독우督郵를 파견하여 그의 지역을 시찰하게 했다. 그는 정장을 입고 독우를 만나야 했다. 또 깍듯이 맞이하고, 연회를 베풀어 환대해야 하는데, 천성이 자유로운 도연명이 어찌 이런 규칙을 받아들일 수 있겠는가. 그는 "내가 어찌 쌀 다섯 말을 위해 향리의 젊은이에게 허리를 굽힐 수 있겠느냐"고 탄식하며 7품 벼슬을 그만두고 "황무지를 개간하여 전원으로 돌아가겠다"라고 말했다.

귀향하여 지은 집 앞에 버드나무 다섯 그루를 심어놓고 스스로 오류선생이라 하였다. 그는 조용하고 말을 거의 하지 않았다. 그는 곡식을 심고 술을 빚으며 남는 시간에 명산대천을 돌아다녔다. 작은 수레를 몰거나 조그만 배를 타고 골짜기를 찾거나 험준한 언덕을 지나며 시문을 써서 마음을 담았다. 그의 문학적 명성은 점점 커졌지만 오랜 기간 누적된 피로가 심각한 족병을 앓게 했다. 비록 떠돌이 의사의 한약재가 일부 증상을 완화시켰지만, 당시의 의료 조건으로는 이 족병은 완치되기 어려웠다.

후에 많은 사람이 그를 벼슬에 초대했지만, 도연명은 사양하고 그저 유유자적한 전원생활을 하며 지냈다. 〈오류 선생전〉은 도연명 스스로 자신의 살아온 생애와 전원생활 이후의 삶을 제 3자의 시선으로 서술한 고백한 글이다. 〈오류 선생전〉에 다음과 같이 적었다.

〈오류 선생전〉   [진] 도연명

선생은 어디 사람인지를 알지 못한다. 집 언저리에 버드나무 다섯이 있어 그것으로 호를 삼았다. 단정하고 조용하여 말이 적고 영리를 따르지 않으며 책을 좋아하여 읽어도 심하게는 풀이를 구하지 않는다. 뜻에 맞는 일이 있을 때마다 흔연히 식음을 잊는다. 술을 좋아하지만, 집이 가난하여 항상 얻을 수는 없었다. 친구가 그의 사정을 알고 술을 준비하여 부르면 와서 마시되 다하기까지 하며, 그 마시는 기간은 반드시 취할 때까지 마셨다. 이미 취하여 돌아갈 때는 거처에 연연하지 않았다. 집안에 아무것도 없이 가난하여 비바람조차 가리지 못했고 짧은 갈옷을 입고 한 대그릇의 밥과 한 표주박의 물로 누추한 시골에 살아도 편안하게 여겼다. 항상 문장을 저술하여 스스로 즐거워하고 자못 자기의 뜻을 표시하여 마음에서 득실을 잊었다. 이렇게 스스로 글을 쓴다. 先生不知何許人也, 亦不詳其姓字, 宅邊有五柳樹, 因以爲號焉. 閑靜少言, 不慕榮利. 好讀書, 不求甚解 ; 每有會意, 便欣然忘食. 性嗜酒, 家貧不能常得. 親舊知其如此, 或置酒而招之 ; 造飮輒盡, 期在必醉. 旣醉而退, 曾不吝情去留. 環堵蕭然, 不蔽風日 ; 短褐穿結, 簞瓢屢空, 晏如也. 常著文章自娛, 頗示己志. 忘懷得失, 以此自終.

若復不快
飲空負頭
上巾但恨多
謬誤岩當
起醉人

원제 《도연명 시의도詩意圖》 중에서

《묵필교상아동방지연墨筆橋上兒童放紙鳶》

[청] 원제

《묵으로 그린 다리 위에서 아이들이 날리는 종이 연》

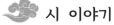 我愛二童心 아애이동심　　나는 두 아이의 동심을 사랑하는데
紙鳶成遊戲 지연성유희　　종이 연 만들어 노는 것이라네
取樂一時間 취락일시간　　한 때 사이의 즐거움을 취했구나
何曾作遠計 하증작원계　　어찌 일찍이 먼 계획을 세웠는가

 시 이야기

　아이 둘이서 종이 연을 날리고 있다. 보는 이도 동심으로 돌아가 즐거움을 느낀다. 이 연 날리는 즐거움은 원대한 계획에서 생기는 즐거움이 아니라 한때의 동심일 뿐이다.

고사 이야기

방지연放紙鳶

방지연은 '종이연을 풀어놓는다.'라는 뜻이다. 명나라 가정 연간에 하남성 낙양

에 등하생鄧河生이라는 어부가 있었는데, 그는 낙양 낙하洛河 근처에서 태어나 낙하에서 자랐다. 그의 부친은 물고기를 잡는 어부였다. 그는 부친과 물고기를 잡아 생활했다.

어느 해부터 낙하 주변의 용문산이 움직이기 시작했다. 산에서 진동이 자주 일어났을 뿐 아니라 점점 높아져 가고 있다. 용문산이 높아지면서 산 북쪽의 낙양에도 큰 변화가 생겼다. 우선 높아진 용문산이 햇빛을 막아 농경지 작황이 나빠지고 있다. 또 낙하의 물고기도 용문산의 그늘에 햇빛이 들지 않아 생산량이 점차 감소하기 시작했으며 예전에는 수십 근의 큰 물고기를 자주 잡았지만, 지금은 작은 새우와 작은 게만 잡혔다. 등하생은 물고기 수확에 직접적인 영향을 받았다. 예전에는 물고기를 잡을 때 빈 그물을 당긴 적이 없었고 때로는 물고기가 너무 많아 잡아당길 수 없었는데 지금은 열 번 중 여덟 번이 텅 비었다. 그는 강에서 피리를 불거나 종이연을 풀어놓아 즐거움으로 삼았다.

어느 날, 등하생은 여느 때처럼 물고기를 잡으러 강에 나가 연거푸 그물을 10번 던졌으나 아무것도 건지지 못했다. 겨우 몇 마리의 작은 게와 조개껍데기뿐이었다. 한참 후 그물을 걷는데 약간의 무게가 느껴졌다. 십여 년의 고기잡이 경험으로 등하생은 이 그물이 분명 큰 물고기를 건질 것이라고 알았다. 그물이 조금씩 모습을 드러내자 머리와 지느러미가 보였다. 흥분한 등하생은 힘껏 그물을 배 위로 끌어올리고 천천히 그물을 열었다. 그런데 잡은 것은 일곱 마리 금빛 잉어였다. 그러나 평범한 잉어가 아니었다. 잉어는 각각 6개의 눈을 가지고 있으며 물고기 등에 있는 등지느러미 외에도 몸 양쪽에 각각 한 쌍의 날개가 있는 것처럼 보였다.

"뱃사람, 안녕하세요." 물고기 중 한 마리가 입을 열었다. 등하생은 놀라 하마터면 갑판에 넘어질 뻔했다. 등하생은 용기를 내어 다가가 "너희들이 말한 것이냐"고 물었다. "네, 뱃사람!" 우두머리 물고기가 꼬리를 흔들며 등하생에게 인사를 하였다. "너희들은 왜 이런 모양을 하고 있냐"고 물으니, 한 물고기가 "나는 세 마리의 물고기에서 한 마리의 물고기로 변했기 때문에 지금 눈이 여섯 개, 등지느러미가 세 개, 몸의 양쪽에 등지느러미가 있어서 날개가 생긴 것 같기에 육안날치라고 부르기도 해"하였다. 그리곤 "용문산을 보았어? 우리 낙하의 잉어는 용문산을 뛰어 넘어 용이 되는 것이 궁극적인 목표야 즉 잉어 등용문이지! 그러나 용문산이 갑자기 높아지기 시작하면서 우리는 이미 한 마리의 물고기의 힘으로는 날아갈 수 없게 되었고, 그래서 세 마리의 물고기가 하나가 되어 이 여섯 개의 눈을 가진 날치로 변화하여 힘을 합치게 되었어. 하지만 이 용문산이 점점 높아져 우리 세 물고기가 일체가 되어도 날아갈 수 없어. 어제도 우리 일곱 명은 밤새도록 날려고 노력했지만 날지 못했지. 밤새 잠을 못 자서 너무 피곤해서 쉬고 있었는데, 네가 우리를 잡아 이 배에 실었지."하며 한숨을 쉬었다. 등하생은 그제야 "오, 그렇구나, 근데 왜 이 용문산이 점점 높아져?"하니 물고기가 "용문산이 계속 높아지고 있는 것은 이 산 밑에 나쁜 흑룡이 깔려있고 흑룡이 점점 힘을 키워 산을 들고 있기 때문이야.

"뱃사람이 모르는 것이 있는데 우리 몇 마리의 이번 임무는 용문산을 함께 비약하고 힘을 합쳐 그 흑룡을 항복시키는 것이야. 하지만 산이 너무 높아져서 우리의 힘이 미치지 못하여 어떻게 해야 좋을지 모르겠어." 등하생은 "흑룡을 항복시킬 수만 있다면 나도 도울 수 있지, 내가 지금 배를 저어 기슭에 닿아 너희를 업고 저 용문산을 넘어 너희를 데리고 가면 돼?"라고 말하고 돛을 올려 배를 띄우겠다고 했다. "잉어가 용문을 뛰어오르는 것은 자연의 힘에 의지해야 해. 사람의 힘에 의지하는 것은 효과가 없어. 네가 우리를 용문산으로 데리고 가더라도 우리는 여전히 잉어일 뿐 용이 될 수 없거든." 그 물고기의 말을 들은 등하생은 자연의 힘이어야 한다면 어디서 그런 힘을 찾을 수 있을까를 곰곰이 생각했다.

돌아서던 중 등하생은 종이연을 떠올렸다. 평소에 그가 만들었던 종이연의 실을 가장 길게 놓았을 때 등하생은 팔에 엄청난 당김을 느꼈었다. 그는 이 연이 물고기들을 끌어 줄 만큼 힘이 충분하다고 생각했다. 등하생은 물고기들에게 "이것은 내가 평소에 가지고 놀던 종이연이다. 높은 곳에 날리면 엄청난 끄는 힘이 생긴다. 내가 너희를 줄에 묶어서 종이연이 바람을 타고 너희를 비약하게 할 것이다. 풍력은 자연의 힘에 속한다. 한번 해 볼래?"

흑룡을 항복시키기 위해 무엇이든 해보겠다고 말했다. 등하생은 그들의 등지느러미를 하나씩 종이연 줄에 묶은 뒤 "하나, 둘, 셋, 날아라!"라고 하고는 손에 들고 있던 줄을 풀었다. 흩날리는 종이연이 강 위의 거센 바람의 도움을 받아 빠르게 하늘로 날아갔고, 점점 더 높이 날아올라 용문산 정상으로 곧장 날아갔다. 갑자기 산 너머에서 흰 연기가 피어오르더니, 흰 연기 속에서 금빛 거대한 용 일곱 마리가 갑자기 빙빙 돌고 있었다. 일곱 마리의 금룡은 천천히 감아 하나의 공으로 모여서 금빛 진룡주鎭龍珠가 되어 천천히 용문산 정상에 떨어졌다. 진룡주가 천천히 내려오면서 흑룡은 봉인됐고 용문산도 원래 높이로 내려갔다.

얼마 지나지 않아 햇빛이 두루 비치고 대지가 소생하여 낙양은 다시 물고기 살찌고 물이 좋은 어미魚米의 고장으로 변했는데, 바로 어부가 종이연을 놓아 잉어가 용문으로 뛰어오르도록 도와주었기 때문이다.

《종규변상지기귀도鍾馗變相之騎鬼圖》[1]

[청] 고기패高其佩

《종규변상이 귀신을 탄 그림》

饑時啖鬼腹便便 기시담귀복편편　배고플 때 귀신먹으니 배부르고
剩者騎將遍九天 잉자기장편구천　나머지 귀신은 타고 구천을 두루 돌아다니네
好語街頭窮進士 호어가두궁진사　길거리 빈궁한 진사에게 좋은 말 해 주겠는데
何須愁乏雇驢錢 하수수핍고려전　어찌 나귀 빌릴 돈이 없어 걱정하는가

🌫️ 시 이야기

　종규는 악귀를 잡아먹는 귀신으로, 집 집마다 대문 위에 종규 그림 붙여놓고 악귀를 쫓는다. 종규는 배고플 때는 악귀를 잡아먹지만 배부르면 악귀를 타고 하늘 끝까지 두루 돌아다닌다. 시인은 길거리에서 만난 가난한 선비가 나귀를 빌려 탈 경제적 여유가 없어 걱정하니 종규처럼 귀신 타고 다니면 되는데 왜 나귀 빌릴 돈 걱정하느냐? 라고 한다.

주

1 **변상變相**은 변화된 모습이라는 뜻으로 부처님의 본생 혹은 정토 등의 변현상을 말한다. 변상은 당대 이래로 유행한 회화예술 형식의 하나이며 간단히 변變이라고도 하고,

경변經變, 경변상經變相 혹은 경위經僞라고도 말한다. 부처님 일대기 또는 불교 설화에 관한 여러 내용을 시각적으로 조형화한 그림을 《변상도》라고 한다. 《변상도》는 일반적으로 부처님의 전생을 묘사한 《본생도》와 일대기를 나타낸 《불전도佛傳圖》 그리고 서방정토의 《장엄도》가 그 기본을 이루고 있다. 따라서 이러한 《변상도》는 대체로 여러 가지의 교훈적인 감계鑑戒의 내용을 담고 있다.

 ## 작가 · 화가 이야기

고기패高其佩, 1662~1734

청나라 화가이며 요녕성 요양遼陽 사람이다. 자는 위지韋之이고, 호는 차원且園 · 남촌南村이다. 강희康熙 때 숙주지주宿州知州와 사천안찰사四川按察使를 지냈고 옹정雍正 때 형부시랑과 도통都統을 지냈다. 산수화와 인물화, 화조화에 능했고, 명대 오위吳偉의 풍에 가깝다. 특히 손가락 끝에 먹을 칠해서 그림을 그리는 지두화指頭畵로 유명했다. 형식에 얽매이지 않았으나 절파浙派의 영향을 받았고, 용묵用墨에 강한 패기가 나타난 산수화를 많이 남겼다. 질손姪孫인 고병高秉이 『지두화설指頭畵說』을 편집하여 그의 화법을 기록하였다. 대표작에 《범주도泛舟圖》, 《마도馬圖》, 《원명원등고도圓明園登高圖》 등이 있다.

 ## 고사 이야기

종규鐘馗

당나라 현종이 처음 몸에 질병이 있었는데 갑자기 꿈에 커다란 귀신이 조그만 귀신을 잡아먹고 있었다. 그 커다란 귀신은 자칭 종규라고 말했고 오로지 천하의 도깨비들을 모두 제거한다고 했다. 괴이한 것은 현종이 꿈을 깬 후 학질이 다 나았다. 이에 오도자에게 명하여 꿈속의 정경을 그려내게 했다. 이것이 《종규화》이다. 종규는 문종규와 무종규가 있다. 종규의 외형은 동물과 비슷하며 무서운 모습을 하고 있다. 종규는 상상 중의 인물로 전설에서는 종규가 사후에 염라대왕의 상을 받고 음양 양계의 판관으로 임명되었다고 한다. 《종규화》는 매년 말에 여염집 대문 위에 걸렸는데 사람들은 그림 안의 종규가 와서 사특한 도깨비를 물리친다고 믿었다. 그 후 종규가 악귀를 징벌하는 그림으로 정의正義, 공도公道의 화신으로 집 집마다 종규화가 붙어 있다.

고기패 《종규변상지기귀도鍾馗變相之騎鬼圖》

《종규변상지강마도鍾馗變相之降魔圖》

[청] 고기패

《종규변상이 마귀를 잡는 그림》

迷漫煙霧迫身來 미만연무박신래　자욱한 연무가 몸으로 몰려오는데
喜殺狐狸跳九垓 희살호리도구해　기쁘게 여우 살쾡이 죽이고 구해를 뛰어오르네
手腮定睛輕一嘯 수시정정경일소　뺨 만지고 눈동자 고정하고 가볍게 휘바람 부니
電光飛處亦飛灰 전광비처역비회　전광이 날리는 곳에 또한 재가 날리네

🌀 시 이야기

　여우 살쾡이[狐狸]는 악귀들을 말한다. 종규가 악귀를 잡아먹고 기뻐 날뛰더니 어느새 짙은 안개가 갑자기 몰려오면서 다른 귀신의 눈을 주시하고 얼굴 한번 만지더니 잠깐 사이에 다 잡아먹고 재가 날린다. 시인은 종규 귀신이 마귀를 잡는 모습을 표현하고 있다.

고기패 《종규변상지강마도鐘馗變相之降魔圖》

《종규도鐘馗圖》

[청] 고기패

《종규그림》

誰家門上神 수가문상신	누구네 집 대문위에 귀신인가
持鋒忽飛起 지봉홀비기	칼들고 홀연히 날아오르네
若能斬愁魔 약능참수마	만약 수마를 벨 수 있다면
與君同不死 여군동불사	그대와 함께 죽지 않겠구나

 시 이야기

　수마愁魔는 인간을 근심스럽게 만드는 마귀를 말한다. 어느 집 대문 위에 붙어 있는 종규 귀신이 갑자기 칼을 들고 하늘로 날아올라 인간들의 근심거리인 잡귀들을 베어 물리쳐준다면 죽음에 대한 걱정을 덜 수 있을 것이다.

고기패 《종규도鐘馗圖》

題趙孟頫《욕마도浴馬圖》

[청] 건륭乾隆

조맹부의《말 목욕하는 그림》에 적다

碧波澄澈朗見底 벽파징철랑견저	푸른 물 맑아 훤하게 바닥 드러내고
十四飛龍浴其裏 십사비룡욕기리	열네 마리 비룡이 그 안에서 목욕하네
奚官無事出上蘭 해관무사출상란[1]	말 관리가 일이 없어 상란에 나아가고
驪黃牝牡憑區觀 여황빈모빙구관	검고 누른 암수 말들이 여기저기 기대어 있네
集賢畫馬身即馬 집현화마신즉마	조맹부가 말을 그려내니 자신이 바로 말이네
牖中窺之無眞假 유중규지무진가	창을 통해 들여다보니 진짜 가짜가 없네

시 이야기

물이 맑아 바닥까지 훤하게 들여다보이는데 열네 마리 말들이 그곳에서 목욕하고 있다. 전쟁이나 왕의 순행이 없으니 말 기르는 해관들도 한가하다. 그래서 물 맑고 경치 수려한 상란으로 놀이 나갔고 각종 말도 여기저기 기대어 쉬고 있다. 시에 건륭이 창밖의 말들을 들여다보니 그림의 말과 다름이 없어 어느 것이 진짜 말인지 그림의 말인지 알기 어렵다고 하였다.

1 해관奚官은 해당 관원이라는 뜻이고 여기서는 말을 기르는 관리이다.

상란上蘭은 산서성 태원에 있는 태원 팔경 중의 하나로 경치가 뛰어난 곳이다.

 ## 작가 이야기

건륭제乾隆帝, 1711~1799

건륭제(1735~1796 재위)는 만주족으로 청나라 6대 황제이다. 이름이 애신각라愛新覺羅·홍력弘曆이다. 호는 장춘거사長春居士·신천주인信天主人이고 만호는 고희천자古稀天子이며 스스로 십전노인十全老人이라 불렀다. 옹정雍正 13년(1735)에 부친 옹정제가 죽자, 그의 뒤를 이어 왕위에 올랐다. 연호가 건륭이고 묘호는 고종高宗이다. 조부 강희제와 건륭제 시대를 합쳐 강건성세康乾盛世로 불리는데 이 시기는 청대 최고의 전성기를 이루었다. 장수하여 재위 기간이 가장 길었다. 『사고전서四庫全書』를 편집하였고 서예와 그림, 시문에 두루 능하였다. 작품으로 『낙선당전집樂善堂全集』과 『어제시초집御製詩初集』이 있다.

조맹부 《욕마도浴馬圖》

畫《마馬》

[청] 화암華嵒

《말 그림》

少年好騎射 소년호기사　　소년 시절은 말타기와 활쏘기를 좋아하여

意氣自飛揚 의기자비양　　의지는 스스로 높이 드날렸었지

於今愛畵馬 우금애화마　　지금까지 말 그림 그리기를 좋아하니

須眉成老倉 수미성로창　　모름지기 눈썹은 늙어졌으나

但能用我法 단능용아법　　다만 나만의 화법을 쓸 수 있다네

孰與古人量 숙여고인량[1]　　누가 옛사람과 견주겠는가

俯仰宇宙間 부앙우주간　　우주 사이를 둘러보아도

書生眞迂狂 서생진우광　　본인은 정말로 우활하고 미친 짓이네

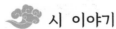 시 이야기

　　시인은 젊은 시절에 말타기와 활쏘기 좋아했었고 그 기상도 대단했었는데 나이 들어 말 타는 기상은 사라졌어도 여전히 말을 좋아하여 말 그림을 그리고 있다. 나름대로 자신의 화법도 정립하였으니 말 좋아함에 있어 누가 자기와 견주겠는가? 하고 당당히 묻는다.

1 숙여孰與는 여하何如의 의미이지만 여기서는 두 가지를 비교하여 하나를 택하는 것이다.

 작가·화가 이야기

화암華嵒, 1682~1756

청나라 화가이다. 이름은 덕숭德嵩이고 자는 추악秋嶽이며 호는 신라산인新羅山人·백사도인白沙道人·이구거사離垢居士·동원생東園生이다. 복건성 장정현長汀縣에서 태어났는데 그는 제지공장에서 일하다 경덕진에서 도자기에 그림을 그렸다. 훗날 강소성 양주에서 오래 살다가 만년에 서호의 아름다운 경치에 끌려 절강성 항주로 옮겨가 살았다. 산수, 인물, 화조, 풀벌레 그림을 잘 그렸고 산수는 오파吳派의 남종산수화를 계승하였다. 양주팔괴 중 한 사람이다. 시는 종요를, 서예는 우세남을 배웠으며 시·서·화를 모두 잘하여 삼절三絶이라는 칭호를 받았다. 저서로 『이구집離垢集』, 『해령관시집解弢館詩集』이 있다.

《종규가매도鍾馗嫁妹圖》

[청] 화암

《종규가 누이를 시집보내는 그림》

輕車隨風風颶颶 경거수풍풍시시   가벼운 수레가 바람을 따르니 바람소리 쌩쌩
華鐙紛錯雲團持 화등분착운단지   화려한 등자 어지러우니 단지라고 하네
跳拏叱吒眞怪異 도나질타진괴리   뛰어올라 채칙을 잡은 것이 참으로 괴이한데
阿其髯者雲鍾馗 아기염자운종규   그 중 수염 덥수룩한 놈이 종규를 말한 것이네

🌫 시 이야기

시시颶颶는 바람소리이고 화등華鐙은 화려한 등자이다. 등자는 말안장 양쪽 발 내려놓는 곳이다. 가벼운 수레에는 누이가 타고 있고 화려한 등자는 혼인 행렬에 함께 하는 부하 귀신들의 말이고 말들이 많이 모여 있는 것을 단지라고 했다. 한 귀신이 말에 뛰어오르는 모습이 범상하지 않으니 그놈이 바로 종규 귀신이었다.

🌀 고사 이야기

종규가매鍾馗嫁妹

　종규는 본래 문무를 겸비한 세상에서 뛰어난 사내였으며 자라서 한층 영걸이 되었다. 향시가 있는 해에 그는 동향의 수재 사평과 함께 도읍으로 과거에 응시하러 떠났다. 불행히도 우연히 귀신의 굴에 들어가게 되었는데 귀신과 도깨비들이 학대하고 희롱하여서 종규는 하룻밤 사이에 누추하기 짝이 없게 되었다. 당 황제는 그의 누추함 때문에 과거에 응시하는 것을 허락하지 않았다. 종규는 부끄럽고 분하여 자진하였다. 사평이 억울함을 알리는 상소를 올렸고 당 황제는 곧바로 뉘우치며 종규를 종남산 진사에 봉하여 황궁 후문을 지키는 책임을 부여하여 자신을 따라다니는 귀신을 진압하게 했다. 종규는 사평에게 감격하여 단호하게 저승과 이승 사이의 간극을 없애버렸다. 또 자신의 동생을 보내어 사평과 혼인하게 했다. 이것이 종규가매이다.

화암《종규가매도鍾馗嫁妹圖》

《종규도鍾馗圖》 두 수

[청] 화암

《종규 그림》 제1수

虯髥拂拂怒不平 규염불불로불평   용의 수염을 세우고 노하여 불평하며

便欲白日搏妖精 편욕백일박요정   곧 백주 대낮에 요괴를 잡고자 하네

籲嗟山妖木魅動成把 유차산요목매동성파   아 산 요괴 나무 도깨비 움직여 잡고

更欲掃盡人間藍面者 갱욕소진인간람면자   남색 얼굴 지닌 인간을 다 치우려 하네

《종규 그림》 제2수

老髥袒巨腹 노염단거복   늙은이 구렛나루에 큰 배를 드러내고

啖興何其豪 담흥하기호   씹어먹는 흥취가 어찌 그리 호탕한가

欲盡世間鬼 욕진세간귀   세상의 귀신을 다 먹어치우려 하니

行路無腥臊 행로무성조   길에는 누린내 나는 것이 없다네

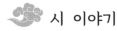 시 이야기

《종규 그림》 제1수

종규의 수염은 마치 용의 수염과 같다고 규염이라 했다. 종규는 귀신 잡는 귀신

이라 노하면 수염을 세우고 바르르 떨며 대낮에도 요괴를 잡는다. 산에 사는 요괴나무는 도깨비들을 막 잡아놓고서 또 나무색 얼굴을 띈 인간을 보면 모조리 잡으려 하고 있다. 종규는 요괴를 잡아먹고 산의 요괴는 숲의 도깨비를 잡아먹는 모습을 표현했다.

《종규 그림》 제2수

종규 귀신은 구렛나루를 기르고 큰 배를 내밀고서 다른 귀신들을 게걸스럽게 씹어 먹고 있다. 그 모습을 호탕하다고 보았다. 누린내 나는 것은 귀신들이다. 종규가 온 세상의 귀신을 다 먹어치우려 하니, 인간 세상에는 종규 덕분에 귀신을 볼 수가 없다.

참고

양주팔괴

청나라 건륭 연간에 강서성 양주에 모인 8인의 화가들을 말한다. 금농金農, 황신黃愼, 이선李鱓, 왕사신汪士愼, 고상高翔, 정섭鄭燮, 이방응李方膺, 나빙羅聘 8명을 가리키나, 양주팔괴 기념관에는 고봉한高鳳翰, 민정閔貞, 화암華喦 등 양주화파를 포함하여 15명의 부조를 세워두었다. 팔괴의 괴는 정통에서 벗어나 화풍이 자유롭고 독창적이기 때문에 붙은 이름이다. 그들은 대운하와 소금 거래로 경제적 번영을 이룬 상업 도시 양주 특유의 자유로운 분위기 속에서 마왈관·마왈로 등 대부호들과 교우하여 지원을 받기도 했다. 또 그들은 오파인 사왕오운四王吳惲의 정통적 남종화를 이어받아 청조 이래 이미 정형화되어 있던 문인화의 전통에 구애받지 않는 자유분방하고 개성적인 작품을 선보였다.

화암 《종규도鍾馗圖》

《연표사안도聯鏢射雁圖》 丁酉 春

[청] 화암

《늘어선 무사들이 기러기에 활 쏘는 그림》 정유년 봄

颯颯寒空落木頹 삽삽한공락목퇴[1] 바람 불어 찬 공기에 낙엽 떨어지고
一聲孤雁向南來 일성고안향남래   외로운 기러기 소리내며 남쪽으로 나네
煙沙影裏聯鏢客 연사영리련표객[2] 안개 낀 모래밭 달빛 속에 무사들 늘어서니
手挽強弓抱月開 수만강궁포월개[3] 손으로 화살을 잡아당겨 시위를 활짝펴네

🌀 시 이야기

　계절은 낙엽 지는 가을이다. 하늘에 기러기들이 끼륵끼륵 소리내며 사막에서부터 남쪽으로 내려온다. 무사들이 늘어서 기러기를 장전한다고 표현했으나 기러기 떼는 적군을 상징하고 있다. 북쪽의 전쟁터에는 무사들이 싸우고 있어 화약 연기가 모래밭에 자욱하다. 무사들이 당기는 활시위는 동그랗게 굽어 마치 달처럼 둥글다. 날씨 추운 전쟁터에 무사들이 적극적으로 전투에 임하는 모습을 그렸다.

주

1 삽삽颯颯은 바람소리를 말한다.
2 표객鏢客은 표사鏢師이다. 칼 쓰는 무사이다.
3 포월抱月은 활시위를 당기는 것이 만월과 같음을 형용하였다.

화암《연표사안도聯鏢射雁圖》고궁박물원 소장

題羅聘《동심선생오수도冬心先生午睡圖》

금농金農

나빙이 그린 《금농이 낮잠 자는 그림》에 적다.

先生瞌睡 선생갑수		선생이 졸고 있는데
睡著何妨 수착하방		자는 것을 무엇이 방해하겠는가
長安卿相 장안경상¹		장안의 재상들은
不來此鄕 불래차향		이런 시골에 오지 않네
綠天如幕 녹천여막		푸른 하늘이 장막 같아서
擧體淸涼 거체청량		몸을 일으키니 청량하여
世間同夢 세간동몽		세상에서는 같은 꿈을 꾸니
惟有蒙莊 유유몽장²		오직 장주가 있었구나.

 시 이야기

　시를 지은 금농이 바로 동심선생이다. 나빙이 자기 스승인 금농이 낮잠을 자는 그림을 그렸는데 금농이 자신을 그린 그림에다 제화하였다. 관리들도 찾아오지 않는 한적한 곳에서 낮잠을 즐기니 훼방 놓은 자가 없다. 온통 푸른 하늘이 방에 드리운 커튼 같아서 낮잠을 자며 자신이 나비인지 나비가 자기인지 모르는 꿈을 꾸고 있다고 하며 장자 호접몽에 비유하여 자기를 장주와 비교하였다. 금농이 세상과 단절된 자기만의 자유로운 세계를 꿈꾸고 있다는 것을 알 수 있다.

주

1 **경상**卿相은 임금을 도와 모든 관원을 지휘하고 감독하는 이품二品 이상의 관직을 통틀어 이르던 말이다. 경卿과 상相을 아울러 이르는 말이며 육조의 판서와 삼정승을 뜻한다.

2 **몽장**蒙莊은 장주莊周를 가리킨다. 장주는 전국시대 송나라 몽현蒙縣의 칠원리漆園吏를 지냈기 때문에 몽장이라고 칭한다.

 화가 이야기

나빙羅聘, 1733~1799

청나라 화가이며 안휘성 흡현歙縣사람이다. 양주揚州에 거주했다. 자는 둔부遯夫이고, 호는 양봉兩峰이며, 스스로 화지사승花之寺僧·금우산인金牛山人·의운도인衣雲道人·요주어부蓼州漁父라 불렀다. 양주팔괴의 한 사람인 금농金農의 수제자였다. 시도 잘 지었고, 그림은 다방면에서 뛰어났다. 인물, 불상佛像, 산수를 많이 그렸고, 귀신 그리기도 좋아했다. 가경嘉慶 연간에 양주에 살면서 평민으로 생애를 마쳤다. 스승이 돌아가신 후 스승의 작품을 모아 건륭乾隆 38년(1773) 『제화기題畵記』와 시집을 간행했다. 그가 《귀취도鬼趣圖》를 그렸는데, 당시 많은 사람이 시로 읊었다. 시에도 능하여 저서에 『향엽초당집香葉草堂集』이 있다.

 작가 이야기

금농金農, 1687~1764

청대 중기의 문인이자 서화가로 양주팔괴의 한사람이며 절강성 전당 출신이다.

자는 수문壽門이고 호는 동심冬心·계류산민·곡강외사·심출가암죽반승心出家盦粥
飯僧 등이 있다. 젊어서 하작何焯에게 사사하여 일찍부터 필명이 높았고 금석을 애
완했다. 30대부터 여러 지방을 돌아다니다가 60세경부터 양주로 이주하여 그곳에
서 사망했다. 서예는 팔분체八分體와 한나라 예서를 바탕으로 특이한 방형의 서체
를 이루었고, 그림은 중년이 지나서 시작했지만 말, 꽃과 과일, 불상, 묵죽 등을 잘
그렸고 특히 50세부터 시작한 묵매에 독자적인 화풍이 엿보인다. 대표작으로는
《흑매도黑梅圖》 4폭이 있고 저서에 『금동심집金冬心集』 등이 있다.

 ## 고사 이야기

호접몽胡蝶夢

호접몽은 장자가 꿈에 나비가 된 이야기이다. 『장자·제물론』에 다음과 같이 적
혀있다. "지난밤 장주는 꿈에 나비가 되었다. 훨훨 기분 좋게 꽃 사이로 날아다니
는 호랑나비는 스스로 자신의 즐거운 마음과 딱 맞아 떨어진다고 깨달았다. 그래서
자신이 장주인 것마저 알지 못했다. 갑자기 꿈에서 깨어나 보니 분명히 자신은 장
주였다. 정말 알 수 없구나! 장주의 꿈에 나비가 된 것인가? 나비의 꿈에 장주가
된 것인가? 장주와 나비는 반드시 분별이 있는 것이다.昔者莊周夢爲胡蝶, 栩栩然胡
蝶也, 自喩適志與! 不知周也. 俄然覺, 則蘧蘧然周也. 不知周之夢爲胡蝶與, 胡蝶之夢爲周
與? 周與胡蝶, 則必有分矣."

장주는 장자의 이름이다. 장자는 이 바뀜을 만물의 변화라 하고 간단히 물화物化
라 하였는데, 물화는 부류라는 경계를 넘어 서로 옮겨 다니고 현상의 국한도 초월
한다. 장자가 우리에게 전하고 싶은 뜻은 만물의 변화에서 그 본질을 보아야 피차
의 구분을 없앨 수 있고 그 근원은 다 하나임을 인정하게 된다는 것이다. 만물은

하나의 뿌리에서 다른 가지로 태어나 길고 짧게 되고 가늘고 굵게 되었을 뿐이다. 이 대소大小나 강유剛柔 역시 상대적일 뿐 본질은 같다. 만물을 동일한 선상에서 바라보면 만물이 다 같은 것이며 만물과 나 또한 다르지 않다. 즉, 내가 나비가 되었다고 슬픈 일이 아니고 나비가 사람이 되었다고 기뻐할 일이 아니라는 것이다. 이것이 제물齊物이고 물아일체物我一體이며 만물제동萬物齊同이다. 장자는 희·노·애·락에 감정이 쉽게 변화하지 않는 인물이다. 그 본질을 알고 물화를 이해하기 때문이다. 장자는 호접몽의 고사를 통해 우리에게 만물제동의 가르침을 주었다.

나빙 《동심선생오수도冬心先生午睡圖》 상해박물관 소장

《어귀도漁歸圖》

[청] 황신黃愼

《고기 잡아 돌아오는 그림》

楊柳氃氃曲曲村 양류삼삼곡곡촌　　버드나무 늘어지고 구불구불한 촌마을에
滄浪唱罷又黃昏 창랑창파우황혼　　창랑가 마치니 또 황혼이네
妄言自是蘆中叟 망언자시로중수　　말을 잊고 이로부터 갈대 속 노인이 되어
買酒還招楚國魂[1] 매주환초초국혼　　술을 사서 또다시 초나라 혼을 부르네
蕩破白雲歸釣艇 탕파백운귀조정　　흰 구름 흩어지며 낚시 배 돌아오고
飛空夢月掛江門 비공몽월괘강문　　허공을 나는 꿈속의 달 강 문에 매달렸네
不知何處有耕鑿 비공몽월괘강문　　어느 곳에 밭갈고 우물 팔지 모르겠는데
天漢爲家認故園 천한위가인고원　　은하수를 집으로 삼으니 고향임을 알겠구나.

시 이야기

　위의 시는 굴원의 〈어부사〉에서 가져다 노래한 가락이다. 버드나무 우거진 인적이 드문 어촌에서 고기잡이 노인이 〈창랑가〉 부르며 굴원을 제사 지내고 낚시하니 시간 가는 줄 몰랐으리라. 갈대 숲속의 어옹漁翁은 시인을 말한다. 어옹은 다시 술 한 병을 사 가지고 초나라 굴원의 혼을 부른다고 했는데 그에게 술 한 잔 따라주고

싶었나 보다. 어옹은 낚싯배 타고 돌아오는데 마치 꿈속에 있는 것 같고 달나라 선계에 있는 듯했다. 하지만 집에 돌아와 보니 세속의 일들이 기다리고 있었다. 이러한 일에는 마음이 미치지 않았다. 다만 은하수를 집 삼아 고기잡이배를 타고 유유자적하며 살아가는 은자가 되고자 한 것이다

1 초국혼楚國魂에서 〈초혼〉은 초사 편명이다. 왕일이 「초혼서」에 '초혼이란 송옥이 지은 작품인데 송옥은 굴원이 충忠를 다했으나 버림받은 것을 근심하고 또 목숨을 잃어 혼백이 없어진 것을 슬퍼하여 초혼을 지었다. 그 정신을 회복시키고 그 수명을 연장하여 밖으로는 사방의 악을 막고 안으로는 초국의 아름다움을 높여서 초나라 혜왕에게 충성으로 아뢴다.'라고 하였다. 초혼은 바로 굴원의 혼이다.

참고

〈창랑가滄浪歌〉	굴원
擧世皆濁我獨淸 거세개탁아독청	온 세상이 모두 혼탁한데 나만 홀로 깨끗하고
衆人皆醉我獨醒 중인개취아독성	사람들 모두 취해있는데 나만 홀로 깨어 있군
滄浪之水淸兮 창랑지수청혜	창랑의 물이 맑으면
可以濯吾纓 가이탁오영	내 갓끈을 씻고
滄浪之水濁兮 창랑지수탁혜	창랑의 물이 흐리면
可以濯吾足 가이탁오족	내 발을 씻을 수 있다.
新沐者必彈冠 신목자필탄관	머리를 감을 사람은 갓의 먼지를 털어야 하고
新浴者必振衣 신욕자필진의	몸을 씻을 사람은 옷의 먼지를 털어야 한다.

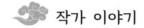

황신黃愼, 1686~1768

청나라 서화가이고 복건성 영화寧化 사람이다. 자는 공무恭懋·공수恭壽·궁무躬懋이고, 호는 영표자癭瓢子이며 양주팔괴 중 한 사람이다. 집안이 가난해서 그림을 배웠다. 18, 19세 때 소사蕭寺에서 낮에는 그림을 공부하고 밤에는 부처님 앞 등불 아래 독서를 하며 지냈다. 강희 연간에 어머니를 모시고 양주揚州로 이사하여 그림을 팔았는데, 사람들이 서로 그를 모시려고 했다. 인물화와 산수화를 잘 그렸으나 특히 인물화에 두드러졌다. 작풍作風이 자유분방하고 필력이 예리하였으며, 속필速筆이 특징이었다. 초서草書를 잘 썼는데, 나중에 광초필법狂草筆法으로 그림을 그렸다. 시에도 능했다. 저서에 『교호시초蛟湖詩鈔』가 있다.

황신 《어귀도漁歸圖》

《수조도垂釣圖》

《낚싯대 드리운 그림》

一臥淸波老釣徒 일와청파로조도   맑은 물결 속에 누워있는 늙은 낚시꾼
故人夜雨億三吳 고인야우억삼오[1] 친구는 밤비에 삼오 땅을 추억하네
大江東去成天塹 대강동거성천참   큰 강이 동쪽으로 흘러가서 천연 해자를 이루고
處處深山叫鷓古 처처심산규자고[2] 곳곳에 깊은 산에는 자고새 우네

🌀 시 이야기

　노인은 낚싯대를 드리우고 맑은 물가에 누워있고 함께 있는 친구는 장강 근처에 있는 고향 생각을 하고 있다. 노인은 낚시가 목적이 아니라 강 흐르는 모습 바라보고 자고새 소리 들으며 망중한을 즐기고 있다.

주

1　삼오三吳는 역사적인 명칭이다. 동진 시기 남조는 중요한 지역이었다. 삼오는 오군吳郡, 오흥吳興, 회계會稽를 가르킨다. 삼오는 장강 아래 강남지역의 명칭이며 일반적으로 삼오는 강남의 오땅을 가리킨다. 예를 들면 소주蘇州, 상주常州, 호주湖州, 항주杭州, 무석無錫, 상해上海, 소흥紹興 지역이다.

2 자고鷓古는 자고鷓鴣이다. 꿩과科의 새이다. 메추라기와 비슷하며 날개 길이가 길며 가을에 떼를 지어 다닌다. 사해 부근에 많이 서식한다.

 고사 이야기

정자고鄭鷓鴣

정자고는 당나라 시인 정곡이 〈자고새〉 시를 지어 얻은 별칭이다. 자고鷓鴣는 고대 일종의 아름다운 백령조白靈鳥였다. 이 새는 꿩만한 크기로 주로 강남지역에서 산다. 다른 새가 자고새 둥지에 낳고 간 알을 품거나 다른 새의 알을 훔쳐다 품는 습성이 있어 자주 자기 알이 다른 큰 새알로부터 죽임을 당하기도 한다. 자고새의 울음소리는 떠나가지 말라는 뜻으로 들려 길 떠나는 사람들에게 근심을 일으킨다.

당나라 시인 정곡(鄭谷)이 〈자고〉 시를 지어 자고새의 생김새와 소리를 묘사해 나그네의 처절함과 귀향하고픈 마음을 표현하였다. 시인은 사람과 자고새의 정서를 잘 파악하여 자고새의 기운을 전달하는 데 중점을 두고 사람과 자고새가 하나가 되게 하였다. 《당시감상대사전》에 '추위를 타는 자고새들은 대나무 숲에서 보금자리를 찾느라 바쁘지만, 강가에서 혼자 걷는 나그네들은 언제 고향으로 돌아갈 수 있을까? 넓은 상강에서 자고새의 울음소리가 요란하게 울려 퍼지는 것은 불행한 처지에 놓인 사람들의 정이 융합된 것이며, 울창한 대나무 숲속 깊은 곳에서 자고새가 따뜻한 보금자리를 찾으면 석양이 저물어 슬프고 쓸쓸한 고통을 가져다줄 것이다.'라고 하였다. 아래에 〈자고새〉 시가 있다.

〈자고새鷓鴣〉　　　　　　　　[당] 정곡 鄭谷

暖戲煙蕪錦翼齊 난희연무금익제　　안개 가득한 곳 놀며 비단 날개 나란한데
品流應得近山雞 품류응득근산계　　종류는 응당 산꿩에 가깝네

446

雨昏青草湖邊過 우혼청초호변과	비 내리는 저녁이면 청초호 지나고
花落黃陵廟裏啼 화락황릉묘리제	꽃 지면 황릉묘에서 우네
遊子乍聞征袖濕 유자사문정수습	나그네 잠깐 듣고 옷소매 적시니
佳人才唱翠眉低 가인재창취미저	가인은 막 노래하고 고개 숙이네
相呼相應湘江闊 상호상응상강활	서로 부르고 서로 답하며 상강은 넓은데
苦竹叢深日向西 고죽총심일향서	참대 우거진 대숲에 해 서쪽으로 향하네

정곡은 시에서 비단에 수놓은 것 같은 날개를 가지런하게 펴고 있는 자고새 형체를 설명하였다. 서리와 추위를 두려워하는 자고새는 자유롭게 놀지 못하고 슬프게 울 수밖에 없다. 동정호의 아황과 여영의 사당인 황릉묘에서 자고새들이 그녀들의 슬픔을 슬퍼하며 소리 내어 운다고 한다. 아황과 여영은 요임금의 두 딸이며 순임금의 두 비이다. 청초호는 동정호 남동쪽에 있고 황릉묘는 동정호 가에 있다. 전설에 따르면 순임금이 남방 지역을 순시하다가 창오에서 죽었다. 두 비가 남편을 따라 상강에서 익사하자 후손들이 물가에 사당을 세워 '황릉묘'라고 하였다. 굴원이 빠져 죽은 멱라강도 동정호와 같은 물줄기이다.

이 일대는 역사적으로 굴원이 유랑한 곳이기도 해서, 이곳은 시인들에게 슬픔의 시상을 떠오르게 한다. 서리 이슬과 추위를 두려워하는 자고새는 슬프게 울 수밖에 없다. 그러나 '비 내리고 어둑어둑한 호숫가를 지나가고, 꽃이 지는 황릉묘에서 운다'라는 글귀의 읊조림은 마치 나그네가 황량하고 외진 곳에 발을 들여놓고 자고새의 울음소리를 들으며 슬퍼하는 것 같다.

중국 문학에서 자고새는 이별과 그리움을 의미한다. 많은 문학작품에서 작별한 이를 그리워하는 마음을 자고새에 담아 노래했다. 자고새의 울음소리가 힘들고 먼 여행길과 헤어질 때의 강한 아쉬움과 슬픔을 연상시킨다. 그래서 자고새는 슬픔과 원망의 상징이 되었다. 특히 시詩와 사詞에서 자고새가 많이 등장한다. 당대 시인 정곡鄭谷은 〈자고〉 시를 지어 인구에 회자 되었으며 '정자고鄭鷓鴣'라는 별명을 얻었다.

황신 《수조도垂釣圖》 천진예술박물관 소장

《어부도漁夫圖》

[청] 황신

《어부 그림》

籃內河魚換酒錢 남내하어환주전	광주리 속 민물고기 술살 돈으로 바꾸어
蘆花被裏醉孤眠 노화피리취고면	갈대꽃 이불 속에 술에 취해 외로이 자고 있네
每逢風雨不歸去 매봉풍우불귀거	매번 비바람을 만나도 돌아가지 않고
紅蓼灘頭泊釣船 홍료탄두박조선¹	붉은 여뀌 우거진 여울 가에 낚싯배 정박하네

 시 이야기

하어河魚는 민물고기를 말한다. 어부는 민물고기 잡아 술살 돈만 마련되면, 술에 취해 갈대를 이불 삼아 자연 속에 묻혀 지낸다. 비바람 치는 날에도 집으로 돌아가지 않는다. 어부는 세상살이에는 초연하고 자연과 하나가 되어 유유자적하며 지내고 있다.

주

1 홍료紅蓼는 수생식물인 여뀌를 말한다. 여름과 가을 즈음에 백색 줄기 홍색띠를 한 다섯 꽃잎의 작은 꽃이 핀다.

황신 《어부도漁夫圖》

《어옹어부도漁翁漁婦圖》

[청] 황신

《어옹과 아낙 그림》

漁翁曬網趁斜陽 어옹쇄망진사양　　어옹이 그물 말리는데 석양이 기울고
漁婦攜筐入市場 어부휴광입시장　　어부의 아낙 물고기 광주리 들고 시장 가네.
換得城中鹽茶米 환득성중염다미　　성안에서 소금과 차와 쌀로 바꾸고,
其餘沽酒出橫塘 기여고주출횡당[1]　　나머지는 술을 사서 횡당에 나갔네

 시 이야기

　이 시는 늙은 어부와 그 아낙의 모습을 묘사했다. 어부가 잡은 물고기를 아낙이 광주리에 담아 들고 시장에 가서 팔아 쌀과 차를 사고 또 남은 돈으로 술을 사서 횡당으로 갔다. 시에서 어옹이 고기 잡고 그물 말리고 술 한잔하며 살아가는 풍류 생활을 볼 수 있다. 또 아낙이 쌀과 소금 기본 먹거리만 마련하고 차를 사 온 것은 그들이 은둔하여 술과 차를 마시며 풍류 생활을 하고 있음을 알 수 있다. 이 부부는 자연을 벗 삼아 살아가는 은자 부부인 것이다.

주

1 횡당橫塘은 강서성 오현, 지금의 소주蘇州 서남 세로로 길게 펼쳐진 못이다. 옆에는 횡당진이 있다. 시흥 관곡지의 연꽃이 횡당에서 가져온 것이다.

황신《어옹어부도漁翁漁婦圖》
천진예술박물관 소장

《사녀도仕女圖》[1]

[청] 황신

《미인 그림》

高髻阿那長袖垂 고계아나장수수	높은 머리 하늘거리며 긴 소매 드리우고
玉釵倣佛掛羅衣 옥채방불괘라의	옥비녀 꽂고 어렴풋이 비단옷을 매단 듯
折得花枝向寶鏡 절득화지향보경	꽃가지 꺾어 거울을 향하니
比妾顔色誰光輝 비첩안색수광휘	내 얼굴에 비하여 누가 더 광채가 나는가?

시 이야기

사녀는 머리를 틀어 올리고 긴 소매를 늘어뜨리며 또 옥비녀를 꽂았고 비단옷을 걸쳤다. 사녀가 꽃가지 하나를 꺾어 손에 들고 거울 앞에 서서 자기 얼굴보다 더 광채가 나는 사람이 또 있을까? 라고 묻는다. 사녀仕女는 사녀士女와 같이 쓰여 궁중에서 일하는 여관女官을 말하지만, 여기서는 미녀를 상징한다. 이 시는 미녀가 곱게 단장하고 거울 보면서 "거울아! 거울아! 세상에서 누가 제일 예쁘냐?"하고 묻던 〈백설공주〉 이야기를 떠오르게 한다.

주

1 사녀仕女는 대체로 궁녀들이나 귀족, 관료 가정의 여인네를 말하나 나중에는 미녀의 의미로 확장되었다. 많은 화가에 의해 《사녀도》가 그려졌다.

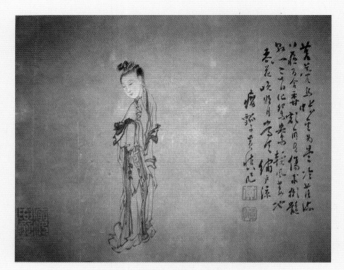

황신 《사녀도仕女圖》

《휴금사녀도携琴仕女圖》

[청] 황신

《금을 안고 있는 사녀 그림》

樂哉新婚 악재신혼   혼인에 악사들이

鼓瑟鼓簧 고슬고황   거문고 타고 생황 부네

爲以旨酒 위이지주   맛있는 술로서 잔치하니

載笑載觴 재소재상   술잔에 웃음이 실렸네

 시 이야기

   사녀는 악사이다. 악사는 머리를 둥글게 빗고 귀밑머리는 목을 드리우고, 얼굴을
오른쪽으로 돌려 몸을 비틀었다. 그녀는 왼쪽 겨드랑이에 거문고를 끼고 있다. 시
에서 악사는 잔치에 거문고를 타고 다른 악사가 생황도 불어 술자리가 즐거움으로
가득하다. 거문고 켜는 악사가 잔치에 공연하러 가서 본 분위기를 읊었다.

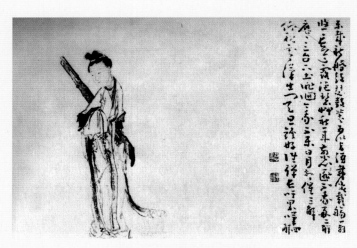

황신《휴금사녀도携琴仕女圖》

《취면도醉眠圖》

[청] 황신

《취해서 잠자는 그림》

誰是鐵拐 수시철괴[1]	누가 철괴인가
形跛長年 형파장년[2]	모습은 절름발이 장년일세
芒鞋何處 망혜하처[3]	신발은 어디에 두었는가
醉倒華巔 취도화전	취하여 화산 꼭대기에 누워있네

 시 이야기

신선 이철괴는 절름발이인데 신발도 신지 않고 취하여 섬서성 화산華山 정상에 누워 자고 있다. 신선들의 자유 분망한 모습을 읊었다.

주

1 철괴鐵拐는 이철괴李鐵拐이며 전설의 팔선 중 하나이다. 전설에서 성은 이李이고 이름 은 현玄이라고 전한다. 일찍이 노자를 만나 득도하여 혼백을 분리하는 도술을 지니게 되었다.

2 파跛는 절름발이이다.

3 망혜芒鞋는 신발이다.

팔선은 8명의 도교의 신선을 말한다. 그들은 장과로張果老, 여동빈呂洞賓, 이철괴李鐵拐, 조국구曹國舅, 한종리漢鐘離, 하선고何仙姑, 한상자韓湘子, 남채화藍采和이다.

 ## 고사 이야기

신선 이철괴李鐵拐

『속문헌통고續文獻通考』에 '수나라 때 이름은 홍수洪水인데 철괴라고 불린 자가 있었다. 사람들은 그가 종종 천하게 행동하여 무시하였다. 그러나 후에 철 지팡이를 던져 용이 되니 그 용을 타고 하늘로 올라갔다'라고 전한다.

『산당사고山堂肆考』에 '철괴 신선의 성은 이씨이며 이름은 모른다. 그는 오랫동안 족병을 앓았고 서왕모가 신선에 오르게 하여 동화교주東華敎主로 봉한 다음 철괴를 하나 주었다.'라고 하였다. 이철괴는 서왕모가 법술을 사용하여 득도의 경지에 오르도록 변화시켰다.

『역대신선통감』에 '그의 성은 이씨이고 이름은 현씨인데, 노자를 만나 득도했다고 한다. 하루는 철괴가 섬서성에 위치한 화산을 여행하고 노자를 뵈러 가는데 도반들에게 자신이 7일 안에 돌아오지 않으면 내 몸이 변화할 것이라고 하였다. 6일째 되는 날 돌아오는데 갑자기 어머니가 위독하다는 연락을 받고 어머니를 뵈러 가느라 기일 안에 돌아오지 못하자 그의 육체는 사라졌다. 그의 떠돌아다니는 혼은 의지하여 정착할 곳이 없었다. 7일째 되는 날 재빨리 절뚝거리는 거지의 시체에 달라붙어 더부룩한 머리와 때 묻은 몸을 감싸고 절뚝거리며 일어났다. 몸을 기댄 대나무 지팡이에 물뿌리개로 물을 뿌리니 쇠지팡이로 변하였다. 그래서 그를 철괴라고 부르게 되었다.'라고 적혀있다. 우리가 이철괴를 그린 그림을 보면, 술 항아리인 호롱박과 도술용 철괴를 등에 메고 있다.

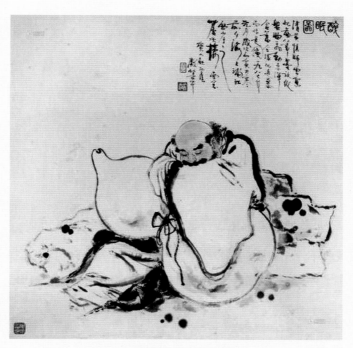

황신 《취면도醉眠圖》 천진예술박물관 소장

《종규상鍾馗像》

《종규 모습 그림》

自向終南避世深 자향종남피세심¹　스스로 종남산으로 세상 피함이 심한데
山魈木客接知音 산소목객접지음²　산 요괴와 나무 도깨비가 만나서 벗이 되었네
君憎我面非人面 군증아면비인면　그대는 내 얼굴이 인간 얼굴 아님에 증오하니
未必他心是我心 미필타심시아심　아직 그대들 마음은 내 마음이 아니구나

🌀 시 이야기

　종규가 인간 세상을 피해 종남산에 들어가 산요괴와 나무 도깨비와 서로 알아주는 지음知音이 되었다. 종규는 그들과 지음이라고 생각했으나 산요괴와 나무 도깨비는 종규 얼굴이 인간 얼굴과 다르게 흉악하게 생겼다고 싫어하니 마음이 통한 건 아니라고 한탄한다.

주

1　종남終南은 종남산을 말한다. 섬서성 서안시 남쪽에 있으며 남산이라고도 불린다. 도교의 한 파인 전진도全眞道에서 북 오대 선조 중의 여동빈과 유해섬이 이곳에서 도를 닦았다고 전한다.

460

2 산소山魈는 원숭이과에 속하는 포유동물 이름이다. 전설에서는 산속에 사는 괴물이다.
3 목객木客은 원래 벌목하는 사람을 말하나 『수경주水經注·절강수浙江水』에 '구천句踐
　　이 장인에게 화려한 난간을 만들 목재를 벌목하게 하여 오왕에게 바치고자 하였는데
　　장인이 떠나간 지 오래되었는데 돌아오지 않았다. 장인을 근심하여 〈목객음木客吟〉을
　　지었다.'라고 하여 그 후로 목객은 산중의 도깨비라는 뜻을 지니게 되었다.

 ## 작가 이야기

이선李鱓, 1686~1756

　중국 청대 중기의 화가이다. 양주팔괴 중 한 명이며 자는 종양宗揚이고 호는 복
당復堂·오도인懊道人·묵마인墨磨人 등이다. 강소성 흥화興化 사람이다. 명대 재상
이춘방李春芳의 6대손이다. 강희 50년에 과거에 붙어 53년에 내정공봉內廷供奉이
되었다. 산동성 등현藤縣의 지현을 지냈으나 퇴직하고 건륭 20년 양주 남교南郊에
부구관浮漚館을 세우고 살며 금농, 정섭, 황신 등과 교제했다. 궁정 화가인 장정석
에게 화조를 배우고 고기패에게 영향을 받아 화조화에 능했다. 전하는 작품은 《토
장접화도土牆蝶花圖》(남경박물원), 《송등도松藤圖》(북경 고궁박물원)가 있고 『이선화집
李鱓画集』이 있다.

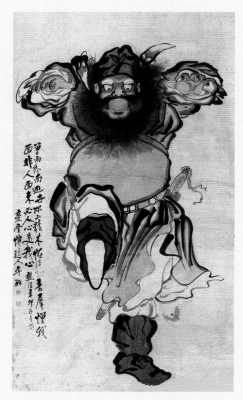

이선 《종규상鍾馗像》 제남시박물관 소장

《풍우종규도風雨鍾馗圖》乾隆十年端陽前二日

[청] 이방응李方膺

《비바람 속의 종규 그림》 건륭십년 단오 이일전

節近端陽大雨風 절근단양대우풍[1] 절기가 단오에 가까워 크게 비바람 부니
登場二麥臥泥中 등장이맥와니중 추수하는 마당에 이맥이 진흙에 누워있는데
鍾馗尚有閑錢用 종규상유한전용 종규는 여전히 여유 돈이 있어 쓰니
到底人窮鬼不窮 도저인궁귀불궁 도대체 사람들은 궁한데 귀신들은 궁하지 않네

🌀 시 이야기

단오절 무렵에는 보리를 타작할 때이다. 바람 불어 보릿대가 진흙에 쓰러져 있으니 농민들은 걱정이 앞선다. 귀신 종규는 일도 하지 않고 비바람에 우산 쓰고 놀러 다니니 돈이 궁하지 않나 보다. 역대 많은 화가가 《종규화》를 그렸다. 대부분 화가는 종규가 강하고 곧으며 치우치지 않아서 귀신이나 마귀의 형상과는 다르게 그려냈다. 이방응은 종규를 백성의 재물을 약탈하는 관리에 비유하여 표현하였다.

주

1 단양端陽은 단오절이다. 보리는 가을에 씨를 뿌려 단오 무렵이면 수확을 시작한다.

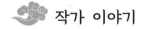 **작가 이야기**

이방응李方膺, 1695~1754

청나라 시인이며 화가로 양주팔괴의 한 사람이다. 자는 규중虯仲이고, 호는 청강晴江·추지秋池·억원抑園·백의산인白衣山人 등이다. 강소성 남통南通 사람이다. 그는 부친을 따라 상경하여 옹정 때 재생으로 천거되어 낙안현령樂安縣令을 지냈고 성격이 강직했다. 난산현蘭山縣 지현으로 있을 때 새로 부임한 총독이 토지 개간을 명하였는데 집행을 거부하여 투옥되었다. 석방되어 복권된 뒤 다시 누명을 쓰게 되어 벼슬을 버리고 남경과 양주를 왕래하며 금농, 정섭, 원매 등과 친하게 교유했다. 그림을 잘 그렸는데, 송·죽·매·란 그림이 뛰어났으며, 특히 매화 그림에서 일가를 이루었다. 1755년 이방응과 이선, 정섭 세 사람이 《세한삼우도》를 합작했다. 작품에 《풍죽도風竹圖》, 《묵매도墨梅圖》, 《풍송도風松圖》, 《쌍어도雙魚圖》 등이 있다.

이방응《풍우종규도風雨鍾馗圖》

《삼대경전도三代耕田圖》四首

[청] 이방응

《삼대가 밭을 경작하는 그림》 제1수

披開不禁淚痕枯 피개불금루흔고	그림 펼치니 눈물 흔적 마르길 막을 수 없고
輾轉傷心輾轉孤 전전상심전전고	이리저리 마음 다치니 뒤척뒤척 외롭네.
十七年前漳海署 십칠년전장해서[1]	17년 전에 장주 해서에서
老親命我作斯圖 노친명아작사도[2]	노친이 명하여 이 그림을 그렸다네

《삼대가 밭을 경작하는 그림》 제2수

半業農田半業儒 반업농전반업유	반나절은 농사짓고 반나절은 공부하니
自來家法有規模 자래가법유규모	가법으로부터 규정이 있었지
耳邊猶聽呼龍角 이변유청호룡각[3]	귓가에 오직 나를 부르는 소리 들리니
早起牽牛下緣蕪 조기견우하연무	일찍 일어나 소를 끌고 초야로 내려갔었지

《삼대가 밭을 경작하는 그림》 제3수

老父初心寄此圖 노부초심기차도	노부가 처음에 이 그림을 마음에 부쳤는데
教兒從幼怕歧途 교아종유파기도	아이들 유아 때부터 두 길로 갈릴까 걱정되네

諸孫八九開蒙學 제손팔구개몽학　　손주들은 다 8세 9세에 몽학을 시작하는데
東作提筐送飯無 동작제광송반무　　동쪽에 해 뜨면 광주리 들고 밥 심부름 보내네

《삼대가 밭을 경작하는 그림》 제4수

父子銜思遭際殊 부자함사조제수[4]　　부자가 뜻을 받드니 특별히 좋은 기회 만났네
涿州分路漏如珠 탁주분로루여주[5]　　탁주는 길이 갈라져 구슬처럼 구멍 뚫리고
諄諄農業生靈本 순순농업생령본　　순순하게 농업은 신령함의 근원에서 생겨나니
三代耕圖記得無 삼대경도기득무　　삼대가 경작하는 그림에 기록한 것이 없네

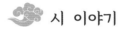 시 이야기

제1수

　부친의 초상을 당해 고향에 돌아와 부친을 생각하며 눈물을 흘린다. 마음이 쓸쓸하여 17년 전에 부친이 근무하던 장주의 해양관저에서 부친이 명하여 그렸던 《삼대경작도》를 다시 펼쳐본다. 그리고 부친을 그리는 마음을 담아 그림에 시를 썼다.

제2수

　옛적 새벽에 깨우면 밭에 나가 일하고 일 마치면 공부를 부지런히 해야 했다. 이는 부친이 정한 가법이었다. 어느 날 부친이 삼대가 농사일하는 그림을 그리라고 명하여 이방응이 직접 그렸는데 지금 그 그림을 다시 꺼내 보고는, '아! 당시

부친이 나를 부르시면 공부하다가도 소 끌고 일터로 나갔었지'하고 옛 추억을 떠올린다.

제3수

초등학교 갈 무렵 『사자소학』, 『동몽요결』, 『명심보감』 등 몽학蒙學을 공부해야 한다. 저자는 부친이 손자들에게도 해 뜨면 일터에 밥 심부름 보내니 공부와 일 두 갈래 길을 모두 해야 하는데, 몽학 공부해야 할 나이에 밭으로 심부름하는 데에 시간을 뺏기니 공부를 마치지 못할까 걱정이 되는 것이다.

제4수

옹정 7년 이옥횡, 이방응 부자는 특별히 좋은 기회를 얻어 같이 관직에 나가게 되었다. 농사는 삶의 근본인데 두 사람 모두 농사를 짓지 못하게 되었으니 《삼대경전도》에 아무것도 적지 못했다.

주

1 장해서漳海署는 이옥횡이 만년에 복건양역도福建糧驛道의 관직에 있었던 당시 해당 관청이다.
2 노친은 이방응의 부친 옥횡玉鈜, 1659~1739를 가리킨다.
  하霞는 이방응의 아들이다. 자字가 적중赤中이고 시를 잘 지었으며 시집《잔운시초殘雲詩草》가 있다.
3 용각龍角은 이방응의 유아기 이름이다.
4 부자함사父子銜思는 옹정 7년 이옥횡, 이방응 부자는 같이 황제의 부름을 받아 북경으로 가게 되었다. 황제는 부친 옥횡에게 "그대는 살아오는 동안 삼가고 조심했으며 화평을 굳건히 지켰다."라고 하며 드러내어 칭찬했다.
  조제수遭際殊는 특별히 좋은 기회를 만남을 접했다는 뜻이다.
5 탁주涿州의 행정관청은 범양範陽에 있다. 지금 하북성 탁현涿縣이다.

《삼대경전도三代耕田圖》

이 그림에 부친은 밭갈이를 가르치고, 본인은 밭을 갈고, 아들 이하李霞는 소를 몰고 있다. 청 건륭乾隆 4년에 이방응李方膺의 부친이 돌아가셨고 곧바로 모친도 병으로 돌아가셨다. 건륭 11년(1733), 그의 나이 50세 때 부친을 따라 복건성 민閩 땅에 거주할 때 부친의 명으로 《삼대경전도》를 그렸다. 17년 후에 부친상으로 고향으로 돌아와 옛일을 떠올리며 시 4수를 지어 제화하였다. 그림은 전하지 않는다.

贊羅聘《양봉사립도兩峰蓑笠圖》[1]

[청] 옹방강翁方綱

나빙의 《사립 걸친 자화상》을 찬하다

何魚何筌 하어하전 　무슨 물고기에 무슨 통발 쓰는가
渾以意釣 혼이의조 　오로지 낚시할 뜻이네
青篛笠邊 청약립변 　푸른 대나무 우거진 주변에
煙雨之妙 연우지묘 　안개비 묘연하고
一領蓑披 일령사피 　도롱이 옷 한 벌 걸치니
萬綠相照 만록상조 　온갖 초록이 서로 비추네
江山風月 강산풍월 　강산과 풍월을
拈來一笑 염래일소 　집어와서 한번 웃는다네

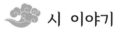 시 이야기

　물고기 잡는 것은 풍류에 뜻을 둔 것이고 홀로 고요히 은거하고픈 마음이 들어 있으니 굳이 통발로 고기 잡을 필요는 없다. 대나무 숲 우거진 곳에 안개비 내리는데 허름한 옷 걸치고 낚싯대 드리우고 앉아있으니 주위 푸르름이 나에게 다가와 비추어주고 강, 산, 달, 바람 모두 나에게 다가온다. 한가하고 여유로운 어옹의 심

경을 적은 시이다. 유종원의 시 〈강설〉과 〈어옹〉에서 느끼는 심경과 비슷하다.

1 찬贊은 문장의 한 형식이다. 보통 시를 지으면 제題와 찬贊을 붙였다. 찬은 대체로 4
자로 짓는다.

참고

〈강설 江雪〉   [당] 유종원柳宗元

千山鳥飛絕 천산조비절   온 산을 날던 새도 자취 끊어지고
萬徑人蹤滅 만경인종멸   모든 길에 사람 발자국 사라졌네
孤舟蓑笠翁 고주사립옹   외로운 배에 도롱이 걸치고 삿갓 쓴 늙은이
獨釣寒江雪 독조한강설   홀로 눈 날리는 차가운 강에서 낚시하네

〈어옹 漁翁〉   [당] 유종원

漁翁夜傍西巖宿 어옹야방서암숙   늙은 어부가 밤에 서쪽 바위 옆에서 자고 나서
曉汲淸湘然楚竹 효급청상연초죽   새벽 맑은 상수 물 길어 반죽에 불 지피네
煙銷日出不見人 연소일출불견인   안개 사라지고 해 뜨니 사람은 보이지 않고
欸乃一聲山水綠 애내일성산수록   어기야 소리 들리고 산과 강물은 푸르네
廻看天際下中流 회간천제하중류   하늘가 돌아보니 강물 중류로 흐르고
巖上無心雲相逐 암상무심운상축   바위 위로 무심한 구름만 연이어 흘러가네

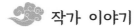 작가 이야기

옹방강翁方綱, 1733~1818

청나라 관리이고 서예가이며 문학가이고 중국 최고의 금석학자金石學者이다. 대흥大興(지금 북경) 사람으로, 자는 정삼正三·충서忠敍이고 호는 담계覃溪이며 만호는 소재蘇齋이다. 건륭 17년에 진사가 되어 편수編修를 제수받았다. 광동, 강서, 산동의 학정이 되었고 관직은 대각학사에 이르렀다. 금석金石, 보록譜錄, 서화書畫, 사장詞章 등의 학문에 정통하고, 서예는 구양순과 우세남의 서체를 배웠다. 조선의 김정희와 인연을 맺어 우리나라에 많이 알려졌다. 저서로『월동금석략粵東金石略』, 『소미재난정고蘇米齋蘭亭考』, 『복초재시문집復初齋詩文集』 등이 있다.

 고사 이야기

옹방강과 김정희

김정희는 당시 천연두가 창궐하여 예산 외가댁에서 출생하였으나 어린 시절 대부분 서울 통의동에 있던 월성위궁에서 보냈다. 월성위궁은 영조가 사위인 월성위 김한신을 위해 지어준 집이다. 김한신은 김정희 증조부이다. 김정희는 월성위궁 '매죽헌'에 있는 김한신의 장서로 그의 학문 세계를 넓혔고 당시 북학파의 거두였던 박제가에게 수학하며 실학을 공부했다.

김정희는 1809년 연행사 일원인 부친을 따라 북경에 갔다. 북경에 2달 남짓 체류하며 중국 최고의 금석학자 옹방강翁方綱과 완원阮元을 만나게 되었다. 김정희는 옹방강, 완원과 같은 당대 최고의 석학들과 교류하면서 당시 학문의 흐름이었던 금석학과 고증학을 공부하였다. 옹방강은 추사의 비범함에 놀라 '경술문장經術文章, 해동제일海東第一'이라 찬탄했다. 옹방강은 소동파를 흠모하여 자신의 서재를 보소재寶蘇齋(소동파를 보배로 여기는 서재)라고 했는데 김정희는 담계覃溪 옹방강을 존중하여 자신의 서재를 보담재寶覃齋라고 하였다. 완원으로부터는 완당阮堂이라는 아호를 받았다. 스승인 박제가가 만났던 나빙은 이미 세상을 떠나 만나지 못했으나 김정희는 북경에서 옹방강, 완원과 같은 스승 외에도 이정원, 서송, 조강, 주학년 등 많은 학자를 만났다. 이들은 1810년 2월 조선으로 돌아가는 김정희를 위해 북경 법원사에서 송별연을 열었다. 주학년은 송별연 장면을 즉석에서 그림으로 그리고 참석자 이름을 모두 기록했다.

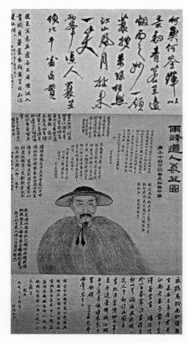

나빙 《사립상自畵簑笠像》 고궁박물원 소장

《인물도人物圖》 年八十

[청] 왕소王素

《인물 그림》 나이 80세

一翁沽酒來 일옹고주래	한 늙은이는 술을 사오고	
一翁抱琴去 일옹포금거[1]	한 늙은이는 금을 안고 가네	
相値小橋邊 상치소교변[2]	작은 다리 가에서 서로 만나	
桑麻話絮絮 상마화서서[3]	뽕과 삼 농사일을 쉬지 않고 이야기하네	

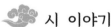 시 이야기

　두 명의 늙은이가 술과 금을 가지고 강의 다리 주변에서 한가로이 농사 이야기를 나누고 있다. 맹호연의 〈과고인장〉 시에서도 두 친구가 농가에서 삼마桑麻 농사에 대해 담론하였는데 이는 세상일과 멀리하여 조용히 살고 싶다는 의지가 깃들어 있다.

주

1 금琴은 현악기로 칠현금七絃琴을 말한다. 많은 사람이 거문고로 말하고 있으나 우리나라 가야에서 만든 금은 12현의 가야금이고 고구려 때 왕산악이 만든 금은 6현의 거문고이다. 줄의 숫자가 다르다.
2 상치相値는 서로 만나는 것을 말한다.
3 서서絮絮는 쉬지 않고 계속 이야기한다는 뜻이다.

〈과고인장 過故人莊〉　　　　　[당] 맹호연

故人具雞黍 고인구계서	친구가 닭 잡고 기장밥 지어놓고
邀我至田家 요아지전가	시골집으로 나를 초대했네
綠樹村邊合 녹수촌변합	초록 나무들 마을 둘레에 둘렀고
青山郭外斜 청산곽외사	푸른 산은 성곽 밖에 비껴있네
開軒面場圃 개헌면장포	방문 열고 넓은 채마밭 보며
把酒話桑麻 파주화상마	술잔 잡고 뽕나무와 삼나무 이야기 나누네
待到重陽日 대도중양일	중양절 기다렸다가
還來就菊花 환래취국화	다시 와서 국화꽃 감상해야겠네

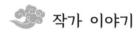 작가 이야기

왕소王素, 1794~1877

　청나라 화가이다. 자는 소매小梅이고 만년의 호는 손지遜之이다. 강소성 양주 사람이다. 어렸을 때는 포개전鮑芥田을 스승 삼았고 양주팔괴 중 한 사람인 화암華嵒을 임모했고 도광 초에 위소면과 왕응상과 나란히 이름을 올렸는데 자신이 부족하다고 느끼면 평생 매일 아침 수백 자를 임모했다. 함풍 3년(1853) 태평천국이 일어나자 양주에서 소백邵伯으로 옮기고 다시 곽촌郭村으로 옮겼다가 다음 해 양주로 돌아왔다. 그림은 인물, 화조, 주수走獸, 충어蟲魚를 많이 그렸고 신묘한 경지에 들었다. 서예와 전각에도 능했다.

《채릉녀도采菱女圖》

[청] 거소居巢

《마름 따는 아가씨 그림》

越女歌采菱 월녀가채릉[1]	월 아가씨 채릉가를 노래하니
煙波蕩遠音 연파탕원음	안개속에 노래가락이 출렁인다
不識曲中意 불식곡중의	노래 속의 뜻은 잘 알지 못하겠으나
此意抵千金 차의저천금	이 뜻은 천금에 해당되리

 시 이야기

　월 땅의 여인들이 물가에서 마름 캐는 노래인 채릉가 부르며 마름을 따고 있다. 안개가 낀 이른 아침에 벌써 노랫소리와 함께 물이 출렁이니 마름을 많이 캐서 돈이 될 것 같다.

주

1 **월녀越女**는 옛적 강江(강소성), 절浙(절강성), 월粵(광동성), 민閩(복건성)의 여인을 말한다. 또 월녀는 서시를 비유하여 아름다운 아가씨를 말한다. 월 땅의 서시에 대해 고사 이야기에 적어둔다.
　채릉采菱은 마름 캐는 노래로 채련采蓮과 함께 악부의 곡조이다. 이를 강조江調 혹은 강남조江南調라고 한다. 6월 24일을 연꽃 따는 날인 관연절觀蓮節로 정하고 그날 〈채릉가采菱歌)를 불렀다. 채릉가 명칭은 많은 곳에서 쓰이지만, 노랫말이 전해지지 않아 『시경』의 〈채빈采蘋〉 시를 참조하였다.

『시경』, 「국풍·소남召南」, 〈채빈采蘋〉

於以采蘋 우이채빈	어디서 개구리밥 딸가요
南澗之濱 남간지빈	남쪽 계곡 물가에서 따지요
於以采藻 우이채조	어디서 마름을 딸까요
於彼行潦 우피행료	도랑에서 따지요
於以盛之 우이성지	어디에 담을까요
維筐及筥 유광급거	광주리에 담지요
於以湘之 우이상지	어디다 삶을까요
維錡及釜 유기급부	솥가마에 삶지요
於以奠之 우이전지	어디에 놓을까요
宗室牖下 종실유하	종실 창문 아래 놓지요
誰其尸之 수기시지	누가 재물을 받을까요
有齊季女 유제계녀	임금의 막내딸이 받지요

 작가·화가이야기

거소居巢, 1811~1899

청대 화가이고 영남학파의 창시자 중 한 명이다. 본명은 역易이고 자는 사걸士傑이며 호는 매생梅生·매소梅巢·금석암주今夕庵主 등이다. 광동성 번우番禺(지금의 광주) 사람이다. 그림은 산수, 화훼, 조금鳥禽에 모두 빼어났는데 초충도草蟲圖가 두드러졌다. 서예를 잘 쓰고 시와 사를 잘 지었다. 문학 작품으로 〈석사실시昔邪室詩〉, 〈연어사煙語詞〉, 〈금석암독화절구今夕庵讀畫絶句〉, 〈금석암제화시今夕庵題畫詩〉 등이 있다. 전하는 그림은 《화과도花果圖》축, 《오복도五福圖》축, 《인물화조선人物花鳥扇》책 등이 있다.

 ## 고사 이야기

월녀서시越女西施

서시는 월越나라 빈촌에서 살던 여인이었다. 당시 월이 오나라에 패하여 월왕 구천이 오 땅에 볼모로 잡혀있었고 구천의 충신 범려가 오를 물리치기 위해 미녀를 찾고 있었다. 그는 월 땅에 미녀가 있다는 소식을 듣고 직접 가서 서시를 찾아서 궁으로 데려와 그녀를 궁녀에 걸맞게 교육하여 미녀 악사들과 함께 오 왕 부차에게 보냈다. 부차는 서시를 끔찍이도 사랑했다. 그는 고소대姑蘇臺라는 화려한 궁전을 짓고 8경八景을 조성케 하여, 그곳에서 그녀와 밤낮으로 향락에 빠져 헤어날 줄을 몰랐다. 구천에게 범려라는 충신이 있었던 것처럼, 부차의 곁에도 오자서五子胥라는 충신이 있었다. 오자서는 서시와의 사랑에 빠져 좀처럼 나랏일을 살피려 하지 않는 부차에게 여러 차례에 걸쳐 충언을 올렸으나 범려의 뇌물을 받은 백비라는 재상이 오히려 오자서를 모함했다. 부차는 서시에 빠져 충신의 간언을 들으려 하지도 않고 오자서에게 칼을 내려 자결하게 했다. 그로부터 3년 뒤 월越왕 구천이 오나라를 공격해 왔고 오나라는 패했다.

서시에 대해 서시빈목西施顰目, 서시봉심西施捧心, 추부효빈醜婦效顰의 고사성어가 있다. 아름다운 서시가 얼굴을 찡그리고 다니는 것을 추녀인 동시가 따라 한다는 뜻으로, 자기 특성은 고려하지 않고 무조건 남의 흉내를 내는 것을 비유하는 말이다. 『장자·천운天運』에 서시효빈에 대한 글이 있다.

서시는 가슴앓이 병이 있어서 언제나 손으로 가슴을 지그시 누르고, 얼굴을 찡그리고 다녔다. 마을의 어떤 못생긴 사람이 그게 아름답게 보였는지 자기도 손으로 가슴을 누르고 얼굴을 찡그리고 마을을 돌아다녔다. 마을의 부자들은 문을 굳게 닫아 버렸고, 가난한 자들은 가족을 데리고 떠나 버렸다. 그 사람은 찡그리는 것이 아름답게 보이는 것만 알았지, 찡그리는 것이 아름답게 보인 이유를 몰랐기 때문이다.

거소 《채릉녀도采菱女圖》

《문희귀한도文姬歸漢圖》

[청] 고동헌高洞軒

《채문희가 한나라로 돌아오는 그림》

塞上笳聲絶 새상가성절[1]	변방에는 호가소리 끊기니
文姬此心悲 문희차심비[2]	문희는 이 마음이 슬프네
親恩遠漢相 친은원한상	어버이 은혜인 한나라 재상을 멀리하고
舊恨憶明妃 구한억명비[3]	옛날 한스러운 명비을 추억한다.
旅夢依駝影 여몽의타영	나그네 꿈은 낙타 그림자를 의지하고
鄉心逐雁飛 향심축안비	고향 생각은 날아가는 기러기를 뒤쫓네
征車留不得 정거류부득	떠나는 수레는 머무를 수 없는데
兒女任牽衣 아녀임견의[4]	아이들은 마음대로 옷자락을 잡아끄네

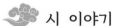 시 이야기

　호가는 호족의 악기이다. 채문희는 한나라로 돌아와 변방의 호가 연주하는 소리를 들을 수 없으니 그곳에 두고 온 자식들 생각에 마음 아프다. 부친을 두고 떠날 때는 자기와 같은 처지의 명비 왕소군의 한스러움을 추억하였는데 이제는 돌아와 아이들이 옷자락을 잡아끌던 것이 생각나서 다시 변방을 그리워하고 있다.

1 **가가**笳는 호가胡笳이며 고대 악기 명이다. 한나라 때 변방 북쪽과 서쪽 일대에 유행했고 한위漢魏의 고취악鼓吹樂으로 쓰이던 악기 중의 하나이다.

2 **문희**文姬는 채옹의 딸 채염이다. 그에 대한 고사가 있다.

3 **명비**明妃는 왕소군이다. 서한 후베이성 자귀秭歸 사람이다. 이름은 장嫱이다. 자가 소군이고 진나라 사마소의 이름을 피하여 명군明君 혹은 명비明妃로 개칭하였다. 그녀에 대한 고사가 전한다.

4 **아녀임견의**兒女任牽衣는 '아이가 옷자락을 붙잡다'라는 뜻으로 채문희가 한나라로 돌아올 때를 묘사하여 부모와 자식이 이별하는 모습이다.

《호가 18박》 일부 한위육조 시   [한] 채문희

제1박 오랑캐 땅으로 끌려가

我生之初尙無爲 아생지초상무위   내가 태어날 땐 별일이 없었는데

我生之後漢祚衰 아생지후한조쇠   내가 태어난 후 한 나라가 쇠하였네.

天不仁兮降亂離 천불인혜강란리   하늘이 불인하여 난리를 내리더니

地不仁兮 지불인혜   땅이 불인하여

使我逢此時 사아봉차시   내가 이 시련을 맞았구나.

幹戈日尋兮道路危 간과일심혜도로위   전쟁이 날로 심해져 길이 위태롭고

民卒流亡兮共哀悲 민졸류망혜공애비   백성과 병졸 도망하니 애처롭고 슬프다.

煙塵蔽野兮胡虜盛 연진폐야혜호로성   연기와 먼지 땅 뒤덮어 오랑캐들 성하니

志意乖兮節義虧 지의괴혜절의휴   뜻이 어그러지고 절개는 허물어졌네

對殊俗兮非我宜 대수속혜비아의   다른 풍속을 대함은 내 뜻이 아니지만

遭忍辱兮當告誰 조인욕혜당고수   굴욕을 당하여도 누구에게 알릴까

笳一會兮琴一拍 가일회혜금일박   호가 한곡 탄금 일박에

心憤怨兮無人知 심분원혜무인지   마음에 서린 한 알아줄 사람 없구나

제2박 강제결혼

戎羯逼我兮爲室家 융갈핍아혜위실가   흉노족이 핍박하여 강제로 결혼하니
將我行兮向天涯 장아행혜향천애   장차 내가 갈 곳은 하늘 끝쪽이네
雲山萬重兮歸路遐 운산만중혜귀로하   구름 낀 산은 첩첩 돌아올 길 아득한데
疾風千里兮揚塵沙 질풍천리혜양진사   천리 길 질풍으로 안개 먼지 자욱하네
人多暴猛兮如虺蛇 인다폭맹혜여훼사   사람들은 사나워 마치 독사 같고
控弦被甲兮爲驕奢 공현피갑혜위교사   갑옷에 활을 쏘니 교만하고 무례하다
兩拍張弦兮弦欲絕 양박장현혜현욕절   두 박의 줄을 당기니 줄이 끊어지려 하고
志摧心折兮自悲嗟 지최심절혜자비차   마음의 뜻이 무너지니 절로 슬프구나

(생략)

제16박 끝없는 그리움이여

十六拍兮思茫茫 십륙박혜사망망   십육박에 그리움만 망망한데
我與兒兮各一方 아여아혜각일방   나와 아이들은 각각 하늘 끝에 있구나
日東月西兮徒相望 일동월서혜도상망   동녘 해 서녘 달 다만 서로 쳐다볼 뿐
不得相隨兮空斷腸 부득상수혜공단장   서로 따를 수 없어 공연히 애간장 태우네
對萱草兮憂不忘 대영초혜우불망   영초를 보아도 근심 사라지지 않고
彈鳴琴兮情何傷 탄명금혜정하상   탄금소리에도 마음만 상하네
今別子兮歸故鄉 금별자혜귀고향   아이들과 이별하고 고향으로 돌아오니
舊怨平兮新怨長 구원평혜신원장   옛 원망 사라져도 새 원망이 오래가네
泣血仰頭兮訴蒼蒼 읍혈앙두혜소창창   피눈물로 머리들어 넓은 하늘에 알리니
胡爲生兮獨罹此殃 호위생혜독리차앙   어찌하여 태어나 홀로 이런 재앙 겪는가

제17박 고향에 돌아와도 수심은 여전해

十七拍兮心鼻酸 십칠박혜심비산   십칠박에 마음과 코 시리니

482

關山阻修兮行路難 관산조수혜행로난　관산이 가로막혀 가기 어렵네
去時懷土兮心無緒 거시회토혜심무서　갈 적에 고향 생각에 마음 복잡하더니
來時別兒兮思漫漫 래시별아혜사만만　올 때 아이와 이별하니 마음 어지럽네
塞上黃蒿兮枝枯葉幹 색상황호혜지고엽간　변방의 쑥은 가지와 잎 마르고
沙場白骨兮刀痕箭瘢 사장백골혜도흔전반　사막의 백골에 칼과 화살 맞은 흔적들
風霜凜凜兮春夏寒 풍상름름혜춘하한　바람과 서리 차서 봄과 여름도 추우니
人馬饑匡兮筋力單 인마기회혜근력단　사람과 말 굶주려 근력이 부족하네
豈知重得兮入長安 기지중득혜입장안　어찌 장안에 돌아오게 될 줄 알았으리
歎息欲絶兮淚闌幹 탄식욕절혜루란간　탄식 끊으려 해도 난간에서 눈물 흘리네

제18박 이 내 인생이여!

胡笳本自出胡中 호가본자출호중　호가는 본래 호족에서 생겼으니
緣琴翻出音律同 연금번출음률동　금 연주로 음률을 맞추네
十八拍兮曲雖終 십팔박혜곡수종　열여덟 박에 곡은 비록 마쳤으나
響有餘兮思無窮 향유여혜사무궁　여음이 남아 그리움이 끝이 없네.
是知絲竹微妙兮 시지사죽미묘혜　관현악기의 미묘함을 알겠으니
均造化之功 균조화지공　모두 조화의 공이라
哀樂各隨人心兮 애락각수인심혜　슬픔과 즐거움 사람 마음을 따르고
有變則通 유변칙통　변하면 통한다.
胡與漢兮異域殊風 호여한혜리역수풍　호족과 한족은 지역과 풍속이 다르니
天與地隔兮子西母東 천여지격혜자서모동　천지가 막혀 아들은 서에 어미는 동에
苦我怨氣兮浩於長空 고아원기혜호어장공　원망의 고통이 하늘보다 넓고 크니
六合雖廣兮 육합수광혜　세상이 비록 넓다고 해도
受之應不容 수지응불용　받고도 담지 못하네

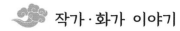

고동헌高洞軒, 1835~1906

청말 화가이며 서화 수장가이다. 이름이 음장蔭章이다. 자는 동헌桐軒이고 하북성 천진天津 양류楊柳 사람이다. 양류청년화의 1대 종사宗師이다. 어려서 그림을 좋아하였고 32세에 청 조정에 불려 들어가 여의관如意館에서 자희태후 초상을 그렸다. 후에 경진을 왕래하며 인물 초상화와 행락도를 초달안焦達安과 합작하여 그렸는데 고동헌은 화상을 전문적으로 그리고 초달안은 빈자리에 경치를 그려 넣었다. 60세 후에 신춘에 복을 부르는 일종의 민화인 연화年畵를 제작하는데 전력을 쏟았다. 아울러 설홍산관雪鴻山館에 화실을 열고 작품에 독자적인 풍격을 갖추어 고상한 사람이나 속세인 누구나 감상할 수 있었다. 시詩와 사詞도 잘 지었다. 남긴 작품은 『하정소하荷亭消夏』, 『서설조풍년瑞雪兆豐年』 등이다.

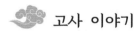 고사 이야기

채염귀한蔡琰歸漢

채염귀한은 문희귀한文姬歸漢이라고도 하는데 '채염이 한나라로 돌아오다.'라는 뜻이다. 채염은 자가 문희文熙이다. 채염은 진유陳留군 어현圉縣 출신으로 동한 말기의 여성 문학가이자 문학가 채옹蔡邕의 딸이다. 박학다재하며 문학, 음악, 서예에 능하였다. 위중도衛仲道에게 시집갔다가 남편이 죽은 후 친정으로 돌아왔다. 흥평 2년(195), 중원에서는 동탁과 이도 등이 난을 일으켰고 속국 남흉노가 반란을 틈타 노략질을 하였다. 그때 채염은 흉노 좌현왕에게 사로잡혔다. 그래서 채염은 12년 동안 흉노의 땅에서 살았고 두 아이를 낳았다.

건안 11년(207) 조조는 항상 문학과 서예를 좋아했으며 종종 채염의 아버지 채옹과 문학과 서예에 있어 교류하며 친하게 지냈다. 조조는 채옹에게 후사를 이을 아들이 없는 것을 보고 금과 옥을 보내 남흉노에게서 채염을 속히 돌아오게 했으며 한으로 돌아온 채염을 동사董祀와 결혼시켰다.

어느 날 동사가 죽음에 해당하는 큰 죄를 지었다. 채염이 조조를 찾아가 동사를 용서해 달라고 사정했다. 그때 조조는 공경대부와 명사들을 초대해 연회를 하고 있었는데, 당에 가득한 하객들에게 "채옹의 딸이 밖에 와 있다고 하니 우리 한 번 만나보지요"라고 말했다. 채염은 머리를 풀고 맨발로 머리를 조아린 채 사죄하며 조리 있게 말했고, 그 말들이 하도 애통한지라 하객들이 모두 감동했다. 그러나 조조는 "죄를 내리는 문서가 이미 발송되었으니 어찌겠는가?" 하니 채염은 "당신의 마구간에는 수천 마리의 좋은 말들이 있고, 용맹한 사졸들은 셀 수 없이 많은데, 아직도 빠른 말을 아껴서 죽어가는 생명을 구하지 않습니까?"라고 말했다. 조조는 결국 채염에게 감동하여 동사를 사면했다. 채염이 남편 동사를 위해 사정했을 때 날씨가 매우 추웠고, 조조는 당시 채염이 맨발로 머리를 풀어헤친 것을 보았기에 그녀에게 목도리, 신발, 양말 등을 선물했다고 한다.

채염의 〈비분시〉

조조는 채염에게 "그대 집에는 원래 고서가 많다고 들었는데 아직도 생각이 나느냐?"라고 물었다. 채염은 "당초 아버지가 제게 남긴 책은 4천여 권이지만 전란으로 떠돌아다니다 잃어버려 보존된 것이 거의 없습니다. 다만 지금 제가 기억하는 것은 4백여 권뿐입니다."라고 말했다. 조조는 "부인을 모시고 쓸 사람을 열 명 보내도 괜찮겠는가?"라고 말했고 채염은 "남녀는 유별하니 종이와 붓을 주면 제가 목록을 적어 드리겠습니다."라고 말했다. 그래서 채염은 자신이 기록한 고서의 내용을 조조에게 보내는 데 한 치의 착오도 없었다. 채염은 집에 돌아온 후 슬픔과 분노가 솟아 〈비분시〉 두 곡을 썼다.

〈비분시〉 두 곡 중 한 곡은 오언체, 한 곡은 소체騷體였다. 그중 오언체 서사시는 난리를 만나 헤어지는 아픔[感傷亂離]에 중점을 두었다. 이는 역사상 최초의 자전적 장편 서사시이다. 청나라 시론가 장옥곡張玉谷은 '채염의 재능이 한나라의 재녀 탁문군을 압도했다. 또 조식과 두보의 〈오언서사시〉는 채염의 영향을 받았다.'라고 극찬하였다.

〈이소〉의 문체로 쓴 〈비분시〉는 정서를 중점으로 적었다. 시작과 끝 두 구절 모두 호 땅에 들어가 포로로 잡힌 경험을 비교적 간략하게 적고, 중간의 웅장한 자연 풍경은 채염이 고향을 떠나 비통한 심정을 두드러지게 표현했다. 채염은 풍경과 인정에 대한 묘사에서, 사는 곳과 고향 땅의 차이를 언급하며 자신이 자란 곳과는 판이하게 열악한 환경에서 느끼는 침통함과 비분을 드러냈다. 그 이후로 채염에 대한 기록은 없으며 사망 연도는 알려지지 않는다. 『수서 · 경적지經籍志』에는 「채문희집」이 있는데, 지금은 실전되어 〈비분시〉 두 곡과 〈호가십팔박〉만 남아 있다.

채염의 〈호가18박〉

그녀는 어려서부터 매우 총명하여 그 소문이 자자하였다. 유소劉昭의 『유동전幼童傳』에 다음과 같은 이야기가 실려 있다.

> 채옹이 밤에 거문고를 타다 현이 끊어졌다. 채염이 "두 번째 현이 끊어졌네요."하자 채옹은 우연히 맞추었다고 여기며 다시 줄 하나를 끊고 딸의 답을 기다렸다. 채염은 "네 번째 현이 끊어졌네요."라고 말했다. 언제나 틀린 적이 없었다.

흥평 연간(194~195) 나라가 혼란하여 채염은 흉노 병사에게 붙잡혔고 남흉노 좌현왕 유표의 첩이 되었다. 흉노의 땅에 사는 12년간 유표와의 사이에서 아이를 둘 얻었다. 당시의 한나라 승상 조조는 부친인 채옹과 아주 각별한 사이였다. 채옹이 세상을 떠난 뒤 채옹의 저작을 정리할 사람이 마땅치 않자 조조는 흉노와 교섭하여 채염을 고국으로 데려오려 했다. 그러나 이미 두 아이의 어머니가 된 그녀의 마음은 괴로웠다. 사랑하는 아이들을 남겨두고 떠나기도 어려웠고 그렇다고 흉노 땅에 남아 있기는 더욱 싫었다. 채염은 고국에 돌아오게 되고 후에 〈호가 18박胡笳十八拍〉이라는 악곡을 지어 마음을 달랬다. 〈호가18박〉은 흉노의 악기인 호가로 연주하는 악곡으로, 그녀의 심중을 여실히 그려낸 작품이었다. 〈호가십팔박〉은 송곽무(宋郭茂)의 『악부시집』 권59, 주희의 『초사후어』 권3에 수록되어 있다.

왕소군王昭君

중국 4대 미인 중 한 명이다. 한나라 원제 때 뽑혀서 입궁하였다. 『서경잡기西京雜記』에 원제는 화공들에게 궁궐의 여인들을 그리도록 명하여 그림을 보고 마음에 드는 여자를 불러들였다고 한다. 궁녀들은 모두 궁중 화가였던 모연수에게 뇌물을 주고 자신을 예쁘게 그려달라고 간청했으나, 왕소군은 천생적 미인이라 뇌물을 주지 않았다. 모연수는 왕소군을 가장 못생기게 그렸다.

한 황제 유방은 흉노 정벌을 위해 북상했다가 대참패 하여 겨우 도망쳐 목숨만 건졌다. 그 후 매년 공물을 바치고 공주나 황제의 여인을 바쳐야 하는 굴욕을 당했다. 한나라가 약속을 잘 이행하여 평화가 이루어지고 있었다. 그래서 원제 때 흉노족 왕 호한야呼韓邪 선우는 한나라 여인을 왕비로 삼고 싶다고 요청하고 BC 33년 직접 여인을 데리러 한의 조정에 들어와 화친을 요구했다. 원제는 그림을 보며 가장 인물이 추한 소군을 보내기로 했다. 그래서 소군은 흉노에게 시집가게 되었다.

흉노로 들어간 후 영호알씨寧胡閼氏로 불렸다. 호한야 선우는 '이런 미녀를 보내주다니 한나라가 우리 흉노와 잘 지내고 싶다는 거구나'하고 무척 기뻐하여 정중히 그녀를 대접했다. 왕소군은 호한야 선우의 처가 되어 아들을 낳았고, 호한야 선우 사후 당시 흉노족의 수계혼 관습대로 호한야 선우의 아들인 복주누약제 선우가 처로 삼았고 딸을 낳았다고 한다. 한족의 풍속에서는 아버지의 처첩을 자식이 물려받는 것은 있을 수 없는 패륜이었다. 하지만 유목민 사회에서는 자신을 낳은 생모나 적모를 제외한 아버지의 처첩을 아들이 들이는 것은 당연히 해야 할 습속이었다.

채옹의 〈금조〉에 따르면, 왕소군이 흉노의 수계혼 풍습에 따라 의붓아들과 합방할 것을 강요받자 거부하고 자살했다고 전하며, 민간전승에서는 심지어 국경을 넘어간 후 강물에 투신하여 자살함으로써 원제에게 절개를 지켰고, 흉노가 그 의기를 높이 사서 그곳에 무덤을 만들어 주었다고도 한다. 그녀가 흉노 땅에서 오래 살면서 한과 흉노의 우호 관계 유지에 도움을 주었고 또 한족 문화를 흉노에 전파하는 데에 기여했던 사실은 부인할 수 없다. 한의 미녀가 흉노에게 시집간 이야기는 많은 시인이 시를 지었다. 그중 이백의 〈왕소군〉, 동방규의 〈소원군〉 시가 유명하다. 이 시로 인해 시 중의 춘래불사춘春來不似春이 미인을 대신하는 글귀가 되었다.

〈소원군昭君怨〉　　　　　　[당] 동방규

胡地無花草 호지무화초　　오랑캐 땅에는 화초도 없다는데
春來不似春 춘래불사춘　　봄이 와도 봄 같지 않구나
自然衣帶緩 자연의대완　　자연스럽게 허리띠 날로 줄어드니
非是爲腰身 비시위요신　　날씬한 허리를 위해서가 아니네

고동헌 《문희귀한도文姬歸漢圖》

《동경풍년도同慶豊年圖》

[청] 고동헌

《풍년을 함께 기뻐하는 그림》

年穀豊穰萬寶成 년곡풍양만보성¹   한해 수확 풍성하니 만 보배가 이루어지고
築場納稼積如京 축장납가적여경²   마당에 수확한 것 언덕처럼 쌓여있네
回思望杏瞻蒲日 회사망행담포일³   살구나무 향하여 단오날 올려다보며 회상하니
多少辛勤感倍生 다소신근감배생   많은 고생 끝에 감격이 두 배로 생겨나네

🌀 시 이야기

단오절이 되어 보리농사 밀농사 지어 수확한 것이 타작마당에 산더미처럼 쌓여있는 것을 바라보며 그동안 고생했던 나날들을 회상한다. 살구를 수확하는 시기도 단오절 즈음이라서 살구나무 올려다보며 고생했던 옛일을 추억하니 마당에 곡식이 산더미처럼 쌓여있는 것은 더욱 기쁜 일이다.

주

1 풍양豊穰은 농작물이 풍성하게 무르익은 것이다.
2 경京은 사람이 쌓은 높은 언덕을 말한다. 『이아爾雅 · 석구釋丘』에 '절고위지경絶高爲之京'이라 하였다.

3 **포일**蒲日은 옛 풍속인 농력 5월 5일 단오절에 창포잎으로 칼을 만들어 쑥 잎사귀와 같이 묶어 문 위에 걸어둔다. 창포잎이 악귀를 물리치는 데 사용되어 5월 5일을 포일 蒲日이라 부른다. 이는 수확할 때의 절기를 가리킨다.

행杏은 살구인데 수확 시기는 5월 10일 경이다. 남조南朝·진陳 서릉徐陵의 〈서주자사 후안도덕정비徐州刺史侯安都德政碑〉에 '살구나무 바라보며 농사에 힘쓰고 창포 바라 보며 수확을 힘쓴다望杏敦耕, 瞻蒲勸穡'라고 했다.

題任頤《종규참호도鍾馗斬狐圖》

[청] 오창석吳昌碩

임이가 그린 《종규가 여우 잡는 그림》에 적다

須眉如戟叱妖狐 수미여극질요호   수염과 눈썹 창 같아 요사스런 여우 질타하니
顧九堂前好畵圖 고구당전호화도[1]   고구의 당전에 좋은 그림 있네
路鬼揶揄行不得 노귀야유행부득   길 도깨비 야유하여 갈 수가 없으니
願公寶劍血模糊 원공보검혈모호   공의 보검이 모호하게 피칠하기를 바라네

🌀 시 이야기

그림 중에 칼을 들고 선 종규의 수염과 눈썹이 마치 창같이 날카롭다. 세상의 불합리한 모든 것에 분개하고 증오하는 듯하다. 이 그림은 고구 댁 대청마루에 걸려 있다. 종규가 칼에 피 묻히기를 원하니 온갖 도깨비들이 모두 두려워하고 있다.

주

1 고구顧九는 고씨댁 아홉 번째 아들이다.

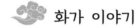

임이任頤, 1840~1896

청말 화가이다. 이름은 윤이고 자는 차원次遠이며 호는 소루小楼이다. 이름을 이頤로 개명하고 자는 백련伯年·수도사壽道士 등으로 불렸다. 절강성 산음山陰 사람이다. 15살 때부터 상해에서 살았다. 아버지 임성학任聲鶴은 그림을 잘 그렸는데, 특히 초상화에 능했다. 어려서부터 가학을 따랐으며, 화초는 송나라의 법을 배웠고, 인물화나 산수화에 모두 정통했다. 일찍이 임웅任熊, 임훈任薰 형제에게 배웠는데, 임이는 부친과 임웅任熊·임훈任薰 형제와 함께 '사임四任'으로 불렸다. 임이는 사임 중 가장 뛰어났다. 작품에 《동진화별도東津話別圖》,《사산춘삼십구세소상沙山春三十九歲小像》,《군선축수도群仙祝壽圖》,《이성오십일세소상以誠五十一歲小像》,《파주지오도把酒持螯圖》,《구사도九思圖》,《쌍송화구도雙松話舊圖》,《지반규어도池畔窺魚圖》,《동산사죽도東山絲竹圖》 등이 있다.

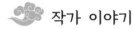

오창석吳昌碩, 1844~1927

청나라 서화가이며 전각가이다. 이름은 준경俊卿이고 자는 향보香補·창석昌碩이며 호는 노부老缶·고철苦鐵·부도인缶道人·대롱大聾 등이다. 절강성 안길安吉 사람이다. 17살 때 태평천국의 난이 고향에까지 미쳐 가족을 데리고 오랫동안 노수濾水에 살면서 그림으로 생계를 유지했다. 민국시기 후해파后海派의 대표였다. 서예는 전篆·예隷·해楷·행行·초草 오체에 모두 정통했고, 석고문石鼓文을 연구하면서 독자적인 전을 창안하여 중년에는 전서 필법으로 그림을 그렸고 만년에는 주로 전서와 예서, 광초를 썼다. 여양옥厲良玉, 조지겸趙之謙과 함께 신절파新浙派로 불리는 세 명의 대표적인 인물이다. 항주 서령인사西泠印社 초대 사장을 역임했다. 청말에 직례지주直隸知州를 했고, 53살 때 안동현령安東縣令을 지냈으나 1개월 만에 사직하였다. 10년 남짓의 벼슬 생활을 청산하고 상해에서 문예에만 전념했다. 제백석齊白石·왕일정王一亭·반천수潘天壽·진반정陳半丁·조운학趙雲壑·왕개이王個簃·사맹해沙孟海 등이 그의 지도를 받았다. 인보印譜에는 〈삭고려인존削觚廬印存〉과 〈오준경인존吳俊卿印存〉등과 서화집에는 『고철쇄금苦鐵瑣金』 등이 있다. 저서에는 『부려시缶廬詩』 4권과 『부려인존缶廬印存』 2권, 그 밖에 많은 화집이 있다. 그림에 《등화난만도藤華爛漫圖》, 《모란목련도牧丹木蓮圖》, 《벽도개화도碧挑開華圖》, 《옥란도玉蘭圖》, 《자등도紫藤圖》, 《추국가색도秋菊佳色圖》, 《파초장미도芭蕉薔薇圖》 등이 있다.

임이 《종규참호도鍾馗斬狐圖》 천진문물공사 소장

《필탁도주畢卓盜酒》[1]

[청] 제백석齊白石

《필탁이 술을 훔치다》

宰相歸田 재상귀전	재상도 고향으로 돌아가니
囊底無錢 낭저무전	돈주머니 바닥에 돈이 없네
寧肯爲盜 영긍위도	차라리 도적이 될지언정
不肯傷廉 불긍상렴	청렴을 더럽힐 수는 없다네

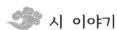 시 이야기

　　필탁은 진대의 명재상이었다. 그는 고위관직에 있어도 청렴한 인물로 알려졌다. 한때 재상이었다 하더라도 관직에서 물러나면 개인 돈으로 술을 마음껏 사 마시기 어렵다. 술 좋아하는 필탁의 주머니는 이미 바닥이 났으리라. 필탁의 소신은 자기 자신이 도적이 되더라도 관직에서 뇌물을 받거나 청탁을 위해 술 얻어 마시는 일은 절대 하지 않는 것이다. 그의 행위가 도적이 되어도 죄가 되는 것이고 뇌물로 술을 얻어 마셔도 죄가 되나 뇌물을 받으면 백성들에게 해가 되고 도적으로 술을 마시면 한 사람에게만 해가 된다고 여겼다. 이 시를 통해 관리로서의 기본적 마음가짐을 알 수 있다.

496

1 **필탁畢卓**은 동진 때 신채新蔡 동양鮰陽 사람이며 자는 무세茂世이다. 어릴 때부터 활달하고 호방했으며 영특했다. 원제元帝 태흥太興 말 321년에 이부랑吏部郎이 되었다. 그래서 사람들은 필랑 혹은 필이랑이라 불렀다. 지금까지도 민간에서 '취해 술 항아리 넘어지게 한 필이랑甕邊醉倒畢吏部', '말에 실려 돌아오는 이백馬上扶歸李太白'의 두 구절을 술을 좋아하는 사람들이 대련으로 즐겨 읊고 있다. 아래에 필탁의〈지오파주持螯把酒〉과 이백의〈월하독작月下獨酌〉 4째 수를 적어둔다.

지오파주 持螯把酒　　　　　　[진晉] 필탁 畢卓

得酒滿數百斛船 득주만수백곡선　　술을 얻어 수백 곡의 배에 가득 싣고
四時甘味置兩頭 사시감미치양두　　사철 맛 좋은 음식 양쪽 머리에 두고
右手把酒杯 우수파주배　　　　오른손으로는 술잔을 들고
左手持蟹螯 좌수지해오　　　　왼손에는 게의 집게다리를 들고서
拍浮酒船中 박부주선중　　　　술 실은 배에 둥둥 떠서 노닌다면
便足了一生矣 편족료일생의　　　한평생을 넉넉히 보낼 것이다.

월하독작月下獨酌 제4수　　　　[당] 이백李白

窮愁千萬端 궁수천만단　　　　곤궁한 시름은 천만갈래이고
美酒三百杯 미주삼백배　　　　잘 익은 술은 삼백 잔인데
愁多酒雖少 수다주수소　　　　근심은 많고 술은 비록 적으나
酒傾愁不來 주경수불래　　　　술잔을 기울이면 근심이 오지 않네
所以知酒聖 소이지주성　　　　그래서 주성을 알겠고
酒酣心自開 주감심자개　　　　술마셔 즐거우니 마음이 절로 한가롭네

辭粟臥首陽 사속와수양	주의 곡식을 사양하고 수양산에 죽었고
屢空飢顔迴 누공기안회	안회는 늘 쌀독이 비어 굶주려
當代不樂飲 당대불락음	당시에는 즐거이 술을 마시지 못했으니
虛名安用哉 허명안용재	헛된 명성 어디에 쓰겠는가
蟹螯卽金液 해오즉금액	게 집게발은 신선들이 먹는 금액이고
糟丘是蓬萊 조구시봉래	지게미 언덕은 봉래산이니
且須飲美酒 차수음미주	또 반드시 잘 익은 술을 마셔서
乘月醉高臺 승월취고대	달빛 밟고 올라 높은 누대에서 취해보리라

 작가·화가 이야기

제백석齊白石, 1864~1957

청말·현대 화가이다. 이름은 황璜이고 자는 평생萍生이며 호는 백석·백석옹白石翁·기평寄萍·노평老萍·차산옹借山翁·제대齊大·목거사木居士·삼백석인부옹三百石印富翁 등이다. 태어난 곳이 호남성 상담현湘潭縣 사람이다. 25세에 서화를 배우고, 시문을 익히고, 전각篆刻을 새기고, 화공을 겸하였다. 40세 이후 다섯 차례 남북 각지를 여행하며 풍경을 그렸고 60세 이후 베이징에 정착해 전각과 그림을 팔며 살았다. 북경예전 교수로 재직했고 동시대 서화가 진사증陳師曾의 영향을 받아 구습을 버리고, 서위徐渭, 팔대산인八大山人, 석도石濤의 '사의화조도'의 풍을 따랐다. 또 오창석이 창립한 '홍화녹엽파紅花綠葉派'의 화풍을 배웠다. 민국 건립 후 미술가협회 회장, 인민대표대회 대표, 1956년 세계평화평의회 평화상을 수상하여 90세가 넘도록 계속 그림을 그렸다. 주요 회화 작품에는 《묵하墨蝦》, 《목우도牧牛圖》, 《와성십리출산천蛙聲十里出山泉》, 《송백고립도松柏高立圖》 등이 있고 저서에는

『차산음관시초借山吟館詩草』, 『백석시초白石詩草』 등의 시집이 있다. 화집으로《제백석작품선집齊白石作品選集》,《제백석산수화선齊白石山水畫選》이 있다.

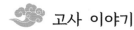

고사 이야기

지오파주持螯把酒

지오파주는 왼손에 게의 집게다리 들고[左手持蟹螯] 오른손에 술잔 들다[右手把酒杯]라고 한 시 구절에서 지오持蟹와 파주把酒를 따온 것이다. 동진의 필탁이 술을 좋아하여 이에 관련된 고사가 있다. 『세설신어·임탄任誕』에 다음과 같이 적었다.

당시 조정이 부패하여 팔왕의 난[八王之亂]이 있었다. 서로 권력을 다투며 죽이고 베니 나라가 편안할 날이 없었다. 그는 권세를 탐하지 않고 술을 마시며 즐겁게 지냈다. 그는 옆집에 사는 남자가 담근 술이 잘 익은 것을 미리 알았다. 하루는 필탁이 술에 취한 채 옆집 술 창고에 들어가 술을 항아리 채 몰래 훔쳐 마시다가 술 창고지기에게 붙잡혀 술 창고에 갇히게 되었다. 다음 날 아침에 주인이 와서 도둑이 바로 옆집 이부랑 필탁임을 알게 되었고 황급히 필탁을 풀어주었다. 필탁은 돌아가다 발에 걸려 술 항아리를 깨고 다시 항아리에 남은 술을 다 마시고 대취하여 돌아갔다. 후에 그는 난을 피하여 남으로 내려가 온교溫嶠의 평남장사平南長史가 되었다. 사곤謝鯤, 완방阮放 등과 머리카락을 흐트리고 웃통을 벗은 채 문을 걸어 잠그고 며칠 내리 술을 마셨다.

지오파주 고사는 가을에 게 집게발을 안주 삼아 술 마시는 즐거움을 표현하였다.

중국 문헌

周積寅 · 史金城 編著, 『中國歷代題畫詩選注』, 杭州, 西泠印社出版社, 1998

吳企明 外 編著, 『中國歷代題畫詩』, 北京, 語文出版社, 2001

邱燮友 譯著, 『新譯 唐詩三百首』, 臺北, 三民書局, 民88

王步高 外 編著, 『唐詩三百首匯評』, 南京, 鳳凰出版社, 2017

孫明君 著, 『三曹與中國詩史』, 北京, 商務印書館, 2013

兪劍華 編著, 『中國古代畫論類編』, 北京, 人民美術出版社, 2007

張志衛 · 郝旭, 『中國名畫家全集』, 北京, 河北教育出版社, 2004

楊海平 · 水明 編著, 『歷代最經典人物畫』, 杭州, 浙江人民美術出版社, 2012

盧輔聖 外 編著, 『中國人物畵通鑒』, 上海, 上海書畫出版社, 2011

번역 문헌

鐘嶸, 임동석 역주, 『시품』, 동서문화사, 2011

班固, 이한우 역, 『한서열전 1~6』, 21세기북스, 2020

劉歆, 김장환 역, 『서경잡기』, 지식을만드는지식, 2012

李昉 外 김장환 역, 『태평광기, 15권』, 학고방, 2004

劉義慶, 안길환 역, 『세설신어, 상중하』, 명문당, 2012

司馬遷, 박일봉 역, 『사기열전, 상하』, 고즈원, 2002

박일봉 역주, 『고문진보, 상하』, 육문사, 2002

屈原 外, 권용호 역, 『초사』, 글항아리, 2018

葛洪, 임동석 역주, 『신선전』, 고즈원, 2002

서경호 外 역, 『산해경』, 안티쿠스, 20028

列禦寇, 임동석 역주, 『열자』, 동서문화사, 2009

劉晏, 안길환 역, 『회남자, 상중하』, 명문당, 2013

陳專席, 김병식 역, 『중국 산수화사, 상하』, 심포니, 2014
張彦遠, 조송식 역, 『역대명화기, 상하』, 시공사, 2013
張法, 신정근 외 역, 『중국 미학사』, 성균관대학교출판부, 2019
陳炎 외, 신정근 외 역, 『동아시아 미의 문학사』, 성균관대학교출판부, 2017

사전과 인터넷

張撝之 外 編著, 『中國歷代大辭典』, 上海, 上海古籍出版社, 1999
楊旭輝 外 編著, 『唐詩鑒賞大辭典』, 北京, 中華書局, 2017
임종욱 외, 『중국역대인명사전』, 이화문화사, 2010
〈百度〉

| 지은이 소개 |

권오향

이화여대 문리대학 수학과
성균관대학교 문학석사, 철학박사
성균관대학교 겸임교수 역임
(사) 인문예술연구소 선임연구원
(현) 해여인문예술 연구소 대표
인문예술학회 부회장
국가교육위원회 전인교육 분과위원

저서 및 역서

『실학의 태두 왕정상』 저(우수학술도서 선정)
『신언愼言』 역주
『세종은 과연 성군인가 우문에 대한 현답』,『백가쟁명』,『철학자의 창고』 공저

시와 고사로 들려주는
그림이야기

초판 1쇄 인쇄 2023년 10월 10일
초판 1쇄 발행 2023년 10월 20일

지 은 이 | 권오향
펴 낸 이 | 하운근
펴 낸 곳 | 學古房

주　　소 | 경기도 고양시 덕양구 통일로 140 삼송테크노밸리 A동 B224
전　　화 | (02)353-9908　편집부(02)356-9903
팩　　스 | (02)6959-8234
홈페이지 | http://hakgobang.co.kr
전자우편 | hakgobang@naver.com, hakgobang@chol.com
등록번호 | 제311-1994-000001호

ISBN 979-11-6995-392-4 93820

값 : 50,000원

■ 파본은 교환해 드립니다.